VON VORHERSEHUNG UND PHANTOMEN

MINISTERIUM DER KURIOSITÄTEN, BAND #7

C.J. ARCHER

Übersetzt von
ANNETTE SPRATTE

WWW.CJARCHER.COM/

Von Vorhersehung und Phantomen, Ministerium der Kuriositäten, Band 7

Originaltitel: Of Fate and Phantoms © 2017 C.J. Archer

Aus dem Englischen übersetzt von Annette Spratte
© 2023

KAPITEL 1

LONDON, SILVESTER 1889

„*D*u siehst bezaubernd aus", flüsterte Lincoln und umfasste meine Hand.

Wir standen im Flur zwischen unseren Zimmern. Lincolns Wärme verscheuchte die eisige Kälte dieses Silvesterabends. Auf seiner Stirn lag eine Strähne seiner Haare, die er für den Ball nicht zusammenbinden wollte. Anscheinend hielten Piraten nichts vom Frisieren.

„Danke", murmelte ich. Hitze kroch mir den Hals herauf in die Wangen. „Du siehst auch ziemlich fesch aus."

„Piraten sollen nicht fesch aussehen." Er rieb sich das stoppelige Kinn und zog sich zurück, wobei er meine Hoffnungen auf einen Kuss mitnahm. „Vielleicht hätte ich den Bart schon einen Tag früher wachsen lassen sollen."

„Nicht allzu fesch", versicherte ich ihm schnell.

Wer hätte gedacht, dass ein so selbstbewusster Mann sich solche Gedanken um sein Piratenkostüm für einen Maskenball machte? Er hatte sich sogar ein neues Hemd mit Rüschen an den Ärmeln gekauft, ebenso wie einen breiten Ledergürtel und einen Dreispitz, den er zu Hause direkt in den Dreck geworfen hatte. Piraten durften wohl nicht in brandneuen Hüten gesehen werden. Jedenfalls nicht so ein Schurke, wie er ihn darstellen wollte.

„Sobald du die Augenklappe trägst, wirst du furchterregend

"

aussehen", sagte ich. „Wir Jungfrauen werden in unseren Schuhen erzittern."

Er beugte sich wieder so weit vor, wie der breite Reifrock meines barocken Kostüms es erlaubte. „Ich hoffe, dass ich alle außer der tapfersten Jungfrau vergraule."

Ich hätte zu gern eine spitzfindige Antwort gegeben, aber mein Kopf war plötzlich leer, da seine Lippen über meinen Mundwinkel strichen und er seine Hand an meine Taille legte. Ich spürte den sanften Druck sogar durch die Stangen meines Korsetts.

„Ich werde einen Tanz für dich reservieren", sagte ich.

„Reserviere sie alle für mich. Ich werde mit niemand anderem tanzen."

„Das solltest du aber. Die Leute werden tratschen, wenn du nur mit mir tanzt."

„Lass sie."

„Du willst, dass sie tratschen?", fragte ich.

Seine Lippen verzogen sich zu einem seltenen Lächeln, das einen Hauch von Spitzbüberei in sich barg, was noch seltener war. „Sie sollen wissen, dass du zu mir gehörst."

In der Woche seit Weihnachten hatten Lincoln und ich uns ein Verhaltensmuster angewöhnt, das irgendwo zwischen Freundschaft und Verlobung lag. Weder das eine noch das andere traf zu, aber manchmal, so wie jetzt, fühlte es sich an, als wäre es beides. Ich hatte meinen Verlobungsring noch nicht aus seinem Samtbett in dem Schmuckkästchen gepflückt, aber das hielt uns nicht davon ab, uns an den Händen zu berühren, wenn wir uns im Flur begegneten, oder beim Essen nebeneinander zu sitzen. Nur einmal hatten wir uns im Empfangszimmer leidenschaftlich geküsst, einen Tag nachdem er von seinem Krankenbett aufgestanden war.

Dieser Kuss hatte sich nicht wiederholt, nicht einmal bei der einzigen Gelegenheit, als wir an einem Sonntagmorgen allein im Haus gewesen waren. Er hatte sich in sein Arbeitszimmer zurückgezogen und ich hatte ihn dort aufgesucht. Ich weiß nicht, was ich erwartet hatte, aber rausgescheucht zu werden ganz gewiss nicht. Er war später zu mir gekommen und hatte sich entschuldigt. Seine Abruptheit hatte er auf seine Sorge um meine

Jungfräulichkeit und seine mangelnde Selbstbeherrschung geschoben. Ich hatte gelacht, er jedoch nicht.

Lincoln senkte jetzt seine Hände und sein Blick wurde verschlossen. „Wir sollten das nicht tun. Nicht hier. Nicht jetzt."

Nicht jetzt.

Er nahm Bezug auf unseren Status als Paar oder die Abwesenheit dessen. Ich wusste, dass er wieder mit mir verlobt sein wollte und dass sein Angebot von meiner Reaktion abhing. Ich brauchte nur den Ring wieder an den Finger zu stecken. Allerdings war ich noch nicht bereit, meine neu gefundene Freiheit aufzugeben. Ich hatte jetzt ein eigenes kleines Häuschen. Ich hatte hier in Lichfield Towers ein Dach über dem Kopf und ich konnte für mein Leben, mich selbst und meine Zukunft eigene Entscheidungen treffen. Das wollte ich nicht gefährden, ganz gewiss nicht mit einem Mann, der sich als unberechenbar erwiesen hatte. Und doch liebte ich ihn. Das ließ sich nicht leugnen.

„Du hast recht", sagte ich seufzend und bewegte mich von ihm weg. „Nicht, dass Lady Vickers uns sieht." Noch vor wenigen Monaten hatte ich mich nicht um meinen Ruf geschert, aber seither hatte sich einiges geändert. Nicht zuletzt durch die Ankunft von Seths Mutter und meiner Freundin Alice. Wo ich zuvor noch immer ein Straßenkind gewesen war, was meine Gedanken und mein Verhalten anging, war mir die Notwendigkeit, mich meinem Alter von neunzehn Jahren entsprechend zu verhalten, deutlich bewusster. Es war an der Zeit, mich wieder in die Gesellschaft einzufügen, die mir so lange fremd gewesen war, und die Art von Mensch zu sein, mit der man sich gern umgab. Meine neu gewonnene Reife konnte man auf die beiden Übel zurückführen, denen ich mich im Pensionat für missratene Töchter hatte stellen müssen: die Armee der Herzkönigin und die Schulleiterin. Diesen Ort lebend zu verlassen konnte selbst den stärksten Willen beugen.

Ich machte mich auf die Suche nach Alice, um gemeinsam mit ihr unsere Perücken und Masken aufzusetzen, die wir diese Woche gekauft hatten. Die Kleider hatten wir in einem Koffer auf dem Dachboden gefunden, den der vorige Besitzer von Lichfield zurückgelassen hatte. Sie mussten gelüftet und an wenigen Stellen geflickt werden, aber sonst waren sie perfekt.

Zur verabredeten Zeit trafen wir uns mit Lady Vickers, Seth und Lincoln. Ich verkniff mir ein Kichern beim Anblick von Seths affigem Barockkostüm mit gepuderter Perücke und sogar einem Schönheitsfleck. Er hatte darauf bestanden, dass unsere Kostüme zusammenpassten und hatte auch Lincoln davon überzeugen wollen, damit man uns als zusammengehörige Gruppe erkennen konnte. Doch Lincoln hatte sich geweigert, als Dandy zu gehen und sich stattdessen für ein Piratenkostüm entschieden. Sein Argument, dass er damit in die gleiche Zeit passe wie unsere Kostüme, war nicht anzufechten, sehr zu Seths Unmut.

Seth setzte sich seinen Hut auf, pustete die lange schwarze Feder aus seinem Gesicht und hielt Alice den Arm hin. „Sie sehen schick aus", sagte er.

Schick? Etwas Besseres fiel ihm nicht ein? Für einen so charmanten Mann war er ihr gegenüber nicht immer in Bestform. Tatsächlich wirkte er von ihr etwas überwältigt. Sie war außergewöhnlich hübsch und besaß eine gewisse Unnahbarkeit.

Er musste realisiert haben, dass seine Äußerung Begeisterung vermissen ließ, und fügte hinzu: „Und wunderschön. Bezaubernd. Ein Gedicht."

„Und historisch akkurat", sagte Alice. „Mehr oder weniger."

Lady Vickers folgte ihnen nach draußen, den grimmigen Blick auf Alices Rücken gerichtet. Die Strenge verlor sich jedoch in den klimpernden Perlen und Anhängern am Saum ihres Zigeunerkleides, das unter ihrem Pelzmantel zu sehen war. Ich hätte ihr zu gern erklärt, dass die Perlen und bunten Kleider ein Klischee waren und das Zigeuner keine so pompösen Sachen trugen, aber dann hätte ich ihr erklären müssen, woher ich das wusste. Lady Vickers würde trotz ihrer Charakterstärke nicht wissen wollen, dass eine Frau, die sie unter ihre Fittiche genommen hatte, ein Zigeunerlager besucht hatte, noch dazu mit einem Mann, der selbst halb Zigeuner war.

Diesem Mann warf ich jetzt einen Blick zu und nahm lächelnd seinen Arm. „Bist du dir sicher, dass du nicht frierst?", fragte ich angesichts seines Hemdes und Lederwamses. Einen Mantel trug er nicht.

„Charlie", schimpfte er. „Du hast es mir versprochen."

„Ich habe versprochen, dich nicht zu fragen, ob es dir gut geht, nicht ob dir warm genug ist. Abgesehen davon sagte ich *beim* Ball. Wir sind noch nicht da."

„Das nächste Mal bin ich genauer."

„Du warst krank, Lincoln, um nicht zu sagen verletzt." Und die Abendluft fühlte sich jetzt schon eisig an. Frost würde sich in der Nacht über den Rasen legen und in die Knochen der Obdachlosen kriechen, die keinen passenden Unterschlupf fanden, wie ich nur zu gut wusste.

„Ich bin aber nicht mehr krank oder verletzt."

„Du hast dich vielleicht von deiner Tortur erholt, ich aber noch nicht." Darüber durfte er nachgrübeln, während mir der Butler Doyle die Kutschentür aufhielt. „Hast du genug Decken, um dich warm zu halten, Gus?", rief ich unserem Kutscher und Freund zu. Wir mussten wirklich bald einen richtigen Kutscher finden, der seine Pflichten übernahm, ebenso wie eine Haushälterin und Mägde. Lichfield war bereit dafür, ebenso wie ich.

„Danke, Charlie." Gus klopfte auf seine Manteltasche, wo er einen Flachmann aufbewahrte. „Alles bereit."

Seth lehnte sich aus der Kutsche und sprach laut genug, sodass Gus ihn hören konnte. „Mach dir um den keine Sorgen. Seine Haut ist so dick, da geht nichts durch."

„Anders als deine", erwiderte Gus. „Die ist so zart, dass du Pelze und Federn tragen musst."

„Es ist ein *Kostüm*."

Gus schnaubte. „Du hast mir erzählt, du hast es aus deinem Kleiderschrank zusammengeklaubt. Kostüm am Ar—"

„Los gehts!", sagte ich und schubste Seths Schulter. Er zog sich in die Kabine zurück.

In der Kutsche war es zu eng für fünf Personen, von denen zwei weite Reifröcke trugen. Das wurde mir erst klar, als Lincoln die Tür von außen schloss. Die Kutsche wankte, während er neben Gus auf den Kutschbock stieg. Ich versuchte, nicht daran zu denken, dass er da oben in der Kälte saß, aber die Erinnerungen an die Küchenexplosion und wie er danach bewusstlos auf dem Bett gelegen hatte, überfielen mich trotzdem. Dieser Albtraum war noch zu frisch für meinen

Geschmack. Nicht einmal er konnte sich schon vollständig erholt haben.

Als ob sie meine Anspannung gespürt hätte, sorgte Alice für fröhliche Gespräche, bis wir die Residenz von Lady Vickers' Freundin Lady Hothfield in der Curzon Street erreicht hatten. Ein Lakai öffnete die Kutschentür. Wir setzten unsere Masken auf und legten die Decken beiseite, die unsere Knie während der Fahrt warmgehalten hatten.

„Das ist ziemlich beeindruckend", flüsterte Alice, als wir im Haus den roten Teppich betraten.

Die geräumige Eingangshalle war in der Tat beeindruckend. Eine zentrale Treppe spaltete sich auf dem ersten Absatz in zwei Richtungen auf, die an den Wänden entlang in die obere Etage führten. Lampen und ein Kronleuchter in der Mitte erstrahlten vor Licht, das Glanz auf Bilderrahmen, Möbelbeine und eine Speerspitze in der Hand einer halb nackten Statue warf. Der Anstand der weißen griechischen Marmorstatue wurde von einem leichten roten Tuch gewahrt, das aussah, als würde ein Fingerschnipsen genügen, um es zu entfernen.

Ich ballte meine Hände zu Fäusten. „Etwas beeindruckender als die Schule", stimmte ich ihr zu. „Aber verrate dem Geist von Sir Walter nicht, dass ich das gesagt habe."

Zu meiner Erleichterung grinste sie. Als sie in Lichfield angekommen war, hatte jede Erwähnung des Burggefängnisses, in das wir beide nach Yorkshire geschickt worden waren, sie erzittern lassen. Es war schön zu sehen, dass sie die schlimmen Erinnerungen an die Zeit dort jetzt hinter sich ließ.

Ein weiterer Lakai—davon gab es furchtbar viele—begleitete uns die Treppe hinauf in Richtung Musik. Lady Vickers stellte uns im Ballsaal den Gastgebern vor, aber ich machte mir keine Illusionen über unsere Bedeutung. Wir waren lediglich dank Lady Vickers hier, nicht weil wir in irgendeiner Weise für Lord und Lady Hothfield interessant waren. Ihre Begrüßung fiel halbwegs höflich aus, aber es war Seth, der die meiste Aufmerksamkeit erhielt.

„Es ist so lange her, dass wir dich das letzte Mal gesehen haben, mein lieber Junge", rief Lord Hothfield und klopfte Seth auf die Schulter. „Du siehst so fit und stark aus wie immer. Was hast du getrieben?"

Er bekam keine Gelegenheit zu antworten, oder zu lügen, ehe Lady Hothfield das Wort ergriff. „Du hast dich gar nicht verändert." Sie tippte Seth mit ihrem Fächer auf die Brust. „Schon immer so ein gut aussehender Junge." Sie wechselte ihren Fächer in die linke Hand, öffnete ihn und kicherte dahinter. „Wie wir dich vermisst haben, lieber Seth. Wie lange ist es her? Ich würde sagen, zu lange."

Seths Gesicht färbte sich rot. Ich biss mir auf die Lippe, um nicht zu grinsen. Er hatte mir gestern erzählt, dass er sich nicht gerade auf ein Wiedersehen mit Lady Hothfield freute. Ihre letzte Begegnung hatte vor über einem Jahr in ihrem Schlafzimmer stattgefunden, bevor Lincoln ihn eingestellt hatte. Sein Geständnis hatte mich völlig verblüfft, da sie überhaupt nicht dem Typ Frau entsprach, den er bewunderte oder begehrte. Sie war sogar wesentlich älter als Lady Harcourt, eine seiner kürzlich Verflossenen. Ich hatte einige bohrende Fragen stellen müssen, bevor ich begriffen hatte, dass er höchstwahrscheinlich für Geld mit ihr geschlafen hatte. Um genau zu sein, hatte er mir meine Fragen erst beantwortet, nachdem ich ihm versprochen hatte, ihm zu helfen, Lady Hothfield aus dem Weg zu gehen.

Ich wollte gerade meiner Pflicht nachkommen und ihn bitten, mich zu begleiten, als seine Mutter ihn fortscheuchte. Lady Hothfields Blick folgte ihm, bis er in der Menge verschwunden war.

Lincoln, Alice und ich gingen ihnen nach, nur um wieder abzubiegen, da Lady Vickers ihren Sohn einer kleinen Gruppe von Damen vorstellte. Er warf einen verzweifelten Blick über die Schulter zu uns, aber für den Moment hielt ich es für das Beste, ihn sich selbst zu überlassen. Er musste diese Vorstellungen irgendwann über sich ergehen lassen. Immerhin war es der Grund, warum seine Mutter überhaupt hier war.

„Dieser Raum ist bezaubernd", sagte Alice, die die sechs Kronleuchter über uns betrachtete. „Und sehen die Kostüme nicht alle herrlich aus? Hast du Queen Elizabeth gesehen?"

„Mit den Haaren kann man sie nicht übersehen." Ich deutete auf einen römischen Senator und seine Frau, die wie eine antike römische Adelige gekleidet war. „Mir gefällt, was sie an hat. Das nächste Mal probiere ich das."

„Erkennst du irgendjemanden?" Da Alice größer war als ich, konnte sie über einige Köpfe hinweg weiter in den Ballsaal sehen.

„Mit den Masken vor dem Gesicht ist es schwer zu sagen", sagte ich.

„Da ist Lord Gillingham", sagte Lincoln. Er nickte in Richtung einiger barocker Schnösel.

„Tatsächlich. Den erkennt man an seinem Spazierstock."

„Seine Frau ist dort drüben."

Mein Blick folgte seinem zu einer Gruppe von Frauen, deren Alter dank der Masken nicht zu schätzen war. „Welche?"

„Die mittelalterliche Prinzessin in Grün."

„Bist du sicher? Ihre Haare sind dunkler."

„Sie trägt eine Perücke."

„Woher wissen Sie dann, dass sie es ist?", fragte Alice.

Lincoln zögerte, ehe er sagte: „Sie hat die richtige Größe und das richtige Gewicht."

„Hier muss es dutzende Frauen in der Größe geben", sagte ich und deutete auf die hundert oder mehr Gäste. „Komm schon, Lincoln, sag es uns. Woher weißt du es?"

Wieder zögerte er. Wollte er sein Wissen nicht preisgeben? „Es liegt nicht an einer einzelnen Eigenschaft. Ein Teil ihres Gesichts ist sichtbar. Ihr Mund und ihr Kinn, der Hals und die Ohren."

„Ihre Ohren?" Alice lachte, nur um unter Lincolns finsterem Blick abrupt zu verstummen. Er schaffte es, mit einem hinter der Klappe verborgenen Auge genauso stählern zu gucken wie mit zweien.

„Sie hat außerdem recht breite Schultern und neigt ihren Kopf nach links, wenn sie zuhört. Ihre Hände sind ziemlich groß und sie verbirgt sie meistens hinter dem Rücken, vielleicht aus Scham."

Ich schaute auf meine Hände. Sie hatten eine normale Größe, aber ich glaubte gern, dass sie kleiner waren als die von der gestaltwandelnden Lady Gillingham. Laut Lincoln, der sie in ihrer Tiergestalt gesehen hatte, ähnelte sie einem Wolf und keinem Menschen. Ich war unglaublich neugierig, sie ihre Gestalt verändern zu sehen, wagte es aber nicht zu fragen. Wenn sie sich schon wegen ihrer Hände schämte, wie empfand sie dann ihren haarigen Tierkörper?

Alice blinzelte Lincoln langsam durch die Augenlöcher ihrer Maske an. „Sie meinen das vollkommen ernst, nicht wahr? Sind Sie bei allen so aufmerksam?"

„Ist er", sagte ich. „Es ist eine Fähigkeit."

Würde ich Lincoln nicht so gut kennen, wäre ich eifersüchtig geworden, weil er an einer anderen Frau so viel wahrgenommen hatte, aber ich wusste, dass er wahrscheinlich Dutzende kleiner Details über mich parat hatte, mit denen er mich von anderen unterschied, nicht nur meine Größe. Lady Gillingham war nichts Besonderes.

„Oh, sieh nur, hier kommt noch ein Pirat", sagte ich, als ein Gentleman von beeindruckender Statur auf uns zusteuerte. „Sein Kostüm ist aber nicht annähernd so einzigartig wie deins, Lincoln."

„Es ist Marchbank", sagte er.

Sobald der Mann sich zu uns gesellte, konnte ich die Narben in seinem Gesicht sehen. Der breitkrempige Hut, die langhaarige schwarze Perücke und die Augenklappe hatten viel verborgen, aber die nicht.

„Guten Abend Charlie, Fitzroy", sagte er. „Exzellente Kostüme."

Ich stellte ihn Alice vor und wir redeten über die Kostüme. Niemand erwähnte die jüngsten Geschehnisse in Lichfield. Die Nacht, in der General Eastbrooke Lincoln beinahe getötet hätte, versucht hatte, mich umzubringen, und dann die Küche in die Luft gejagt hatte, wurde selten erwähnt, selbst von uns, die wir den Wiederaufbau der Küche erduldeten. Ich für meinen Teil hatte Probleme, den Horror zu verdauen, und etwas in mir wollte es auch gar nicht. Dabei ging es gar nicht so sehr um die Verletzungen und die Zerstörung, sondern um den Verrat des Generals. Er war für Lincoln so etwas wie ein Vater gewesen und trotzdem hatte er sich sehr bemüht, ihn zu manipulieren und auszuhebeln.

„Ich frage mich, was der Prinz und seine Anhänger tragen werden", sagte Marchbank, wobei er Lincoln genau beobachtete.

Lincoln erstarrte. „Prinz?"

„Wie ich sehe, haben Sie noch nichts davon gehört."

Lady Vickers wählte diesen Moment, um durch die Menge zu stürmen, ihr Grinsen so breit wie ihr hübsches Gesicht. „Ihr werdet nie erraten, wer heute Abend kommen soll."

„Der Prinz", sagte ich.

Ihr Lächeln verwelkte, aber nur für einen Moment. „Ist das nicht aufregend? Wen er wohl mitbringen wird? Zu Partys wird er immer von einer Gruppe fröhlicher, charmanter Royals begleitet. Er selbst ist auch so ein charmanter Mann. Ich hoffe, seine Söhne kommen, obwohl ich nicht glaube, dass sie sich in den gleichen Kreisen bewegen. Jammerschade. Sie müssen ihn unbedingt treffen, Charlie, und Sie auch, Alice. Und Fitzroy, wenn Sie es wünschen. Ich werde Sie bekanntmachen."

„Sie kennen ihn?", fragte Alice.

Lady Vickers wedelte leichthin mit der Hand. „Wir sind uns begegnet." Es war kaum das Gleiche, aber sie war so aufgeregt, dass ich nichts sagen wollte, was ihr den Wind aus den Segeln nahm.

„Welcher Prinz?", fragte ich und warf Lincoln einen Blick zu. Er stand stoisch da, die Hände hinter dem Rücken, das Gesicht ausdruckslos, obwohl ich an seiner steifen Schulterhaltung und dem festen Kinn erkennen konnte, dass die Nachricht ihn traf. Sein Vater war der Thronanwärter, der Prinz von Wales.

Lord Marchbank und die anderen Komiteemitglieder wussten das. Sonst niemand, nicht einmal der Prinz selbst.

„*Der* Prinz", sagte Lady Vickers, als ob ich ein wenig minderbemittelt wäre. „Der Prinz von Wales."

„Ich dachte, Sie wüssten es schon", sagte Marchbank gewichtig.

Lincoln erwiderte nichts. „Wussten wir nicht", sagte ich. „Das ist eine Überraschung."

Lincoln hatte noch nie schockiert gewirkt, dennoch kam seine Reglosigkeit dem sehr nahe. Er blinzelte nicht einmal. Auf diese Begegnung war er nicht vorbereitet und das war etwas, was er verabscheute.

„Ich bin mir nicht sicher, ob ich ihm vorgestellt werden möchte", sagte Alice. „Vielleicht warte ich hier bei der Wand, wo ich niemandem im Weg bin. Aber Charlie sollte gehen."

„Ich bestehe darauf." Lady Vickers' Stimme wurde schrill vor Aufregung. „Ganz besonders, wenn er junge Gentlemen mitbringt oder sogar die jungen Prinzen. Sie haben das perfekte Alter für Sie, Alice."

„Für mich!", platzte Alice heraus. „Ich bin nur ein gewöhnliches Mädchen."

„Sie sind ein wunderschönes, charmantes Mädchen, genau das, was die Aufmerksamkeit jedes Gentleman erregt. Charlie natürlich auch, aber wir wissen alle, dass sie nicht zur Verfügung steht."

Ich vermied es intensiv, Lincoln anzusehen. Alice bedankte sich bei Lady Vickers für die Komplimente, äußerte aber den Wunsch, den Prinzen und sein Gefolge nicht zu treffen. Ich stimmte ihr zu. Nach dem, was Lincoln mir über die einzige Begegnung mit seinem Vater bei einem Ball vor einigen Monaten erzählt hatte, betrachtete der Prinz Frauen als Spielzeuge, die seinem Vergnügen dienten. Ich wollte nicht, dass meine Freundin an einen reichen adeligen Schuft geriet. Sie sollte nicht so enden wie Lincolns Mutter—verlassen und schwanger. Alice hatte keine Familie, die sich um sie kümmerte, und wir waren ihre einzigen Freunde. Ich würde sie vor solchen Männern beschützen. Zum Glück glaubte ich nicht, dass das schwierig werden würde. Sie war eins der vernünftigsten Mädchen, die mir je begegnet waren.

Lady Vickers war allerdings wild entschlossen. Sie bettelte Alice an, dann diskutierte sie mit ihr, bis sie schließlich aufgab und Alice schlichtweg befahl, den Prinzen zu treffen, wenn er ankam.

„Hier seid ihr", sagte Seth strahlend, als er sich zu uns gesellte. Sein Strahlen war im Wesentlichen auf Alice gerichtet. Seine Mutter kniff die Lippen zusammen. Erst da wurde mir klar, warum sie Alice so bedrängt hatte, den Prinzen kennenzulernen. Sie hatte gehofft, jemand anderes würde ihr ins Auge fallen—jemand anderes als ihr Sohn.

Vielleicht sollte sie Seth passenden Damen vorstellen und

nicht Alice anderen Herren. Die Vernarrtheit schien ausschließlich bei ihm zu liegen, nicht bei ihr. Aus den winzigen Hinweisen, die sie mir gegeben hatte, schloss ich, dass Alice Seth amüsant fand, sich aber nicht für ihn interessierte. Er konnte allerdings die Augen nicht von ihr abwenden.

Er streckte die Hand aus. „Möchten Sie mit mir tanzen, Alice?"

Sie zögerte. Ihr Blick sprang zu seiner Mutter. Lady Vickers blähte die Nasenflügel. „Mir fällt kein einziger Grund ein, warum ich das nicht tun sollte", sagte Alice und nahm seine Hand.

Lady Vickers sah ihnen nach und stürmte dann davon. Lord Marchbank war ebenfalls verschwunden, obwohl ich ihn nicht hatte gehen sehen.

Ich ergriff Lincolns Ellenbogen. „Du musst nicht mal in seine Nähe gehen, wenn du das nicht willst."

Wir standen schweigend Seite an Seite und sahen zu, wie die Paare sich auf der Tanzfläche sammelten. Ein bedrückender Gedanke kam mir.

„Du wirst doch nichts Dummes tun, oder? In Anwesenheit des Prinzen, meine ich."

Sein Blick glitt zu mir. „Wann habe ich je etwas Dummes getan?" Angesichts meiner hochgezogenen Brauen fügte er hinzu: „Abgesehen von der Zeit, in der ich dich weggeschickt habe."

„Und als du mich gekidnappt hast. Und als du—" Ich unterbrach mich, bevor ich von den dunkleren Dingen anfing, die er getan hatte. „Egal." Er war nicht in der Stimmung, daran erinnert zu werden oder sie auf die leichte Schulter zu nehmen.

„Ich werde heute Abend nichts Dummes tun", sagte er. „Ich werde gar nicht mit ihm sprechen."

„Dann werde ich das auch nicht tun." Ich nahm seine Hand. „Du hast mir einen Tanz versprochen."

Wir bewegten uns an den Rand der Tanzfläche und warteten darauf, dass ein neues Lied begann. Es war ein Walzer, was mich sehr erfreute, denn dadurch kamen wir uns sehr nahe. Wie bei allem, was Lincoln tat, war er ein hervorragender Tänzer, sodass ich mich trotz meiner fehlenden Tanzstunden besser als angemessen fühlte.

Als der Tanz endete, traten wir zur Seite und gingen in den Raum, wo es Getränke und ein Büffet gab. Lincoln holte mir eine Tasse Tee, sich selbst aber nichts. Wir vertieften uns in ein leises Gespräch.

Einige Minuten später trat eine weiß gekleidete Frau mit einer weißen Maske ein, die mit Perlen besetzt war. Ihre dunklen Haare flossen ihr über den Rücken, pechschwarz im Kontrast zu dem Weiß. Eine Tiara funkelte im Licht des Kronleuchters. Stimmen begleiteten ihren Weg zu dem Lakaien, der ein Tablett mit Eis hielt. Ich dachte erst, die Kommentare wären dem tiefen Ausschnitt ihres Kleides geschuldet, aber dann wurde mir klar, dass hinter der Maske Lady Harcourt steckte. Seit ihre Vergangenheit als Tänzerin ans Licht gekommen war, war sie von den Damen der Gesellschaft gemieden worden. Anscheinend hatte Lady Hothfield eine Ausnahme gemacht.

Ich konnte mich nicht entscheiden, ob wir sie grüßen sollten oder nicht. Sie sah uns, kam aber nicht näher, sondern neigte nur den Kopf, stellte ihr Eis unangetastet weg und glitt wieder hinaus.

„Sie wird dich vermutlich später um einen Tanz bitten", sagte ich zu Lincoln.

„Das bezweifle ich. Ich schätze, sie hat aufgegeben."

„Dich? Unwahrscheinlich. Verlieren liegt nicht in ihrer Natur."

Er drehte sich zu mir. „Du brauchst weder sie noch sonst eine zu bekämpfen. Ich gehöre dir."

Ein Kloß setzte sich in meinen Hals. Ich schluckte. „Wenn ich kämpfen müsste, würde ich gewinnen. Mein rechter Haken ist ziemlich gut."

Er schmunzelte. „Das ist er, Charlie."

Nach Weihnachten hatten wir unser Training wieder aufgenommen. Lincoln hatte mir gezeigt, wie ich mit oder ohne Waffen einen Angriff abwehren konnte. Obwohl der übernatürliche Kobold in meiner Kette mein Leben retten konnte, musste er aus seiner Bernsteinkugel befreit werden, um das zu tun. Möglicherweise kam ich nicht dazu, ihn zu rufen. Zu wissen, dass ich so geschickt zuschlagen konnte wie ein Faustkämpfer, beruhigte sowohl Lincoln als auch mich. Außerdem konnten wir uns so berühren, ohne dass jemand mit der Wimper zuckte.

Ein Mann schlenderte auf uns zu. Er war in gewöhnliche Abendgarderobe mit Frack, schwarzer Weste und weißer Krawatte gekleidet. Ich erkannte ihn an seiner gemächlichen, arroganten Art zu gehen und an der Tatsache, dass seine schwarze Maske—das einzige Kleidungsstück, das dem Maskenball gebührte—sein Gesicht kaum verdeckte. Ich bemühte mich zu verbergen, wie sehr Andrew Buchanan mich anwiderte, bezweifelte allerdings, dass es mir gelang.

„Na, wenn das nicht Blaubart und seine Geliebte sind", sagte er und betrachtete mich kritisch. Sein Blick blieb an meinen Brüsten hängen, die im Vergleich zu denen seiner Stiefmutter Lady Harcourt vernachlässigbar waren. Er schnupperte.

Weder Lincoln noch ich gingen auf seine Anspielung ein.

„Ihre Verkleidung ist gar nicht besonders gut, wissen Sie." Buchanans kleiner Finger wackelte in Richtung Lincolns Brust. „Ich habe Sie sofort erkannt."

„Sie suchen Julia", sagte Lincoln.

Buchanan wirkte verärgert. „Warum sagen Sie das? Ich bin hier wegen des Büffets." Als ob er sein Argument untermauern wollte, beäugte er den mit Kuchen, Gebäck, Bonbons und Sandwiches beladenen Tisch.

„Sie ist gerade gegangen", fuhr Lincoln fort.

„Ich sagte doch, ich habe nicht—"

„Verschwinden Sie."

Buchanan trat mit erhobenen Händen zurück. Ein Lakai musste geschickt ausweichen, um eine Kollision zu vermeiden.

„Er ist schon betrunken", sagte ich, während ich beobachtete, wie Buchanan in den Ballsaal zurückging.

„Und bald wird er noch viel betrunkener sein."

„Glaubst du, er wird sich blamieren? Oder sie?"

„Höchstwahrscheinlich."

Unruhe in der Nähe der Tür zog unsere Aufmerksamkeit an. Sicher hatte Buchanan sich nicht jetzt schon zum Trottel gemacht. Geflüsterte Worte drangen durch den Raum zu uns: „Er ist hier."

„Der Prinz", verkündete ich.

„Sollen wir noch einmal tanzen?", fragte Lincoln.

„Ist das klug? Vielleicht sollten wir hier drinnen bleiben."

„Ich werde ihn weder angreifen, Charlie, noch ihn konfrontieren. Ich möchte einfach nur mit dir tanzen."

„Oh", sagte ich und biss mir auf die Lippe.

„Abgesehen davon, hast du jemals ein Mitglied der Königsfamilie gesehen?"

„Nein."

„Dann hast du jetzt die Gelegenheit." Er hielt mir die Hand hin.

Ich legte meine hinein. „Du gehst da raus in seine Nähe, nur damit ich einen Blick auf einen Prinzen werfen kann?"

„Ist das so schlimm?"

„Überhaupt nicht." Trotzdem glaubte ich nicht, dass er es für mich tat. Es musste einen kleinen Teil in ihm geben, der seinen Vater beobachten wollte, wenn auch nur aus der Ferne.

Wir verließen den Raum, konnten seine Königliche Hoheit aber in der Menge nicht ausmachen. Jeder schien ihm vorgestellt werden zu wollen. Es dauerte gut eine Stunde, ehe der Andrang nachließ und wir den Mann sehen konnten. Er sah kräftig und gut aus für sein Alter, auch wenn sein gerötetes Gesicht und der Bauch seine Exzesse offenlegten. Laut Lady Vickers genoss der Prinz von Wales die Gesellschaft von Frauen, allerdings nicht die seiner eigenen. Er trank Champagner, als wäre es Wasser und badete manchmal sogar darin, aber nur in einem der exklusiven Pariser Freudenhäuser.

„Da sind Sie ja." Lady Vickers ergriff meine Hand, sobald Lincoln und ich unseren Tanz beendet hatten. „Kommen Sie mit, Charlie. Sie müssen den Prinzen treffen, bevor er zu betrunken ist und Sie erobern will."

Meine Augen weiteten sich.

Sie winkte ab. „Sie haben doch gehört, wie er ist."

Ich drehte mich zu Lincoln um, aber die Menge hatte sich bereits zwischen uns geschoben. Anscheinend hatte er nicht vor, uns zu folgen.

Wir sammelten unterwegs Alice ein, wobei wir sie aus einem Gespräch mit Seth und vier anderen rissen, und marschierten auf den Prinzen und seine Freunde zu, als würden wir einen Feind angreifen, die Schritte sicher und gleichmäßig, die Blicke stur nach vorn gerichtet. Wir wurden allerdings von Lady Harcourt ausgetrickst. Sie war bereits dort und ihr glockenhelles Gelächter schwebte durch den Raum. Der Prinz lachte ebenfalls, wobei sich sein Blick nicht höher hob als ihr wogender Busen.

„Diese Frau", presste Lady Vickers zwischen den Zähnen hervor. „Niemand sonst atmet so tief ein. Sie macht das nur, um mit ihren Brüsten anzugeben. Als ob wir die noch nicht bemerkt hätten."

„Wir können ihn trotzdem treffen", sagte Alice.

Lady Vickers zog voller Entschlossenheit die Augenbrauen zusammen. Sie sah sich im Raum um. „Ich frage mich, wer seine Freunde sind. Wo ist unsere Gastgeberin, wenn man sie braucht? Ich möchte ihnen vorgestellt werden."

„Wir brauchen seine Freunde nicht kennenzulernen", sagte ich. „Die sind eh zu alt für, äh ..." Ich schaute Alice an.

„Für mich", sagte sie ohne Umschweife. „Sie sind zu alt für mich. Danke für Ihre Bemühungen, einen passenden Ehemann für mich zu finden, Madam, aber ich denke, ich schaffe das auch allein."

Lady Vickers ließ Alices Hand los, als wäre sie gestochen worden. „Nein! Das schaffen Sie nicht!" Sie schaute an uns vorbei zu Seth, der auf Alice konzentriert war.

„Mir ist es nicht sonderlich wichtig, den Prinzen oder seine Freunde kennenzulernen", sagte ich, ehe das Gespräch zu sehr außer Kontrolle geriet. „Aber danke, dass Sie sich um mich Gedanken machen, Lady V."

Sie riss meine Hand an ihre Seite. Ich stellte mich darauf ein, zum Prinzen geschleppt zu werden.

Doch die Gelegenheit ergab sich nicht mehr.

Die Stimme einer Frau mit starkem Akzent erhob sich über die Musik. „Ich muss sprechen! Ich muss mit Prinz sprechen!"

Jeder wandte sich der Stimme zu. Die Tänzer blieben mitten in der Bewegung stehen und die Musik verstummte.

„Wer ist das?", verlangte der Prinz zu wissen, während er über die Köpfe zu schauen versuchte.

Eine große, schlanke Frau mit hüftlangen grauen Haaren und

dunkler Haut bahnte sich einen Weg durch die Menge. Niemand hielt sie auf. Jeder schien zu neugierig darauf, was wohl geschehen würde.

Die seltsamste Reaktion kam allerdings von Lady Harcourt. Sie schnappte nach Luft und verdeckte dann ihren Mund mit der Hand. Ihr Blick ging an mir vorbei. Ich drehte mich um und sah Lincoln dort stehen. Er war blass geworden und starrte die Frau unverwandt an.

Die Frau blieb kurz vor dem Prinzen stehen, dessen Freunde jetzt versuchten, sich ihr in den Weg zu stellen. Der Prinz schob einen von ihnen zur Seite. Er stellte sich der Frau, wobei er eine Armlänge Abstand hielt. Sie hob ihr Kinn. In den Tiefen ihrer pechschwarzen Augen blitzte heftiger Trotz. Sie war eine umwerfend schöne Frau von etwa fünfzig Jahren mit starkem Kinn und Wangenknochen. Ihre Kleidung war jedoch schlicht, die zweckmäßigen Stiefel abgetragen. Kein einziger Gast hätte einen solch simplen Mantel oder solch einen einfachen Rock als Kostüm gewählt.

„Wer ist sie?", fragte der Prinz Lord Hothfield, der neben ihm stand.

Lord Hothfield machte ein Geräusch in seiner Kehle, öffnete den Mund und schloss ihn wieder, ohne zu antworten. Er sah aus wie ein Fisch auf dem Trockenen.

„Du kennst mich", sagte die Frau. „Ich bin Leisl. Deine Frau, vor langer Zeit."

Der gesamte Ballsaal wurde mucksmäuschenstill. Kein Schuh rutschte über den Boden, keine Nase wurde hochgezogen.

Der Prinz brach in Gelächter aus, in dem allerdings eine gewisse Unsicherheit mitschwang. „Du beliebst zu scherzen, Frau. Mit dir würde ich meine Zeit nicht verschwenden. Schafft sie hier raus."

„Thompson!", brüllte Lord Hothfield. „Thompson! Begleiten Sie diese dreckige Kreatur aus dem Haus."

Ein Lakai griff den Arm der Frau, aber sie schüttelte ihn mit einer rabiaten Bewegung ab. „Ich gekommen für warnen. Ich sehe dich, Prinz. Ich sehe Zukunft. Du bist in Gefahr."

Das Gelächter des Prinzen geriet ins Stocken und erstarb

dann ganz. Die Wangen über seinem Bart wurden weiß. „Was für eine Gefahr?"

Seine Frage verlor sich beinahe in den Rufen und dem Protest seiner Freunde. „Werft die bekloppte Alte hier raus", rief einer von ihnen.

Die Frau zeigte mit dem Finger auf den Prinzen. „Ich warne dich. Hüte dich vor dein Vater."

Noch mehr Gelächter ertönte. „Sein Vater ist tot", sagte jemand. „Gott, Frau, wo warst du?"

Der Lakai packte sie erneut, diesmal mit der Hilfe eines zweiten.

„Ich habe gesehen!", kreischte die Frau, deren starrer Blick noch immer auf den Prinzen gerichtet war, obwohl die beiden Männer sie hinausbrachten. „Er wird viel Ärger machen! Höre auf mein Warnung! Du weißt, ich nur Wahres sage. Du *weißt*!"

Die Männer schubsten sie vorwärts und sie stolperte. Sie fingen sie auf und schleiften sie weg. Die Menge teilte sich, wobei die Frauen angewidert die Nase rümpften. Ein Mann spuckte sie an.

„Widerliche Zigeuner", grummelte eine Frau in meiner Nähe. „Sie sollten daran gehindert werden, das Land zu betreten."

Zigeuner.

Ich drehte mich zu Lincoln um, aber er bemerkte mich nicht. Er pflügte durch die Menschen zu den Lakaien und der Zigeunerin, die die Männer anschrie, sie sollten sie loslassen. Sie würde allein gehen. Sie ließen sie nicht los.

Bis Lincoln ihre Schultern packte und sie von ihr wegriss. Weg von seiner Mutter.

KAPITEL 2

„ $\mathcal{W}$ as tun Sie da, Mann?", brüllte einer der Freunde des Prinzen. Seine Stimme hallte klar durch den Raum, da die Musiker und Gäste still geworden waren. „Lassen Sie sie nach draußen bringen. Sie hält uns alle zum Narren."

Lincoln legte der Frau seine Hand auf den Rücken und sagte etwas zu ihr, das niemand sonst hören konnte. Sie sah ihn scharf an. Ich versuchte irgendwie an ihrem Gesicht abzulesen, ob sie wusste, dass er ihr Sohn war, aber sie verbarg ihre Gefühle schnell und erlaubte ihm, sie aus dem Ballsaal zu führen. Lincoln war seiner Mutter noch nie begegnet, aber er kannte ihren Namen und Wohnort aus den Ministeriumsakten.

Ich hob meine Röcke, um ihnen zu folgen.

„Wer ist er?" Die Stimme des Prinzen ertönte erstaunlich nahe. Ich schaute über die Schulter. Er, Lady Harcourt und unser Gastgeber waren uns dicht auf den Fersen. „Hothfield?"

„Ich bin mir nicht sicher, Eure Hoheit", sagte Hothfield. „Meine Frau wird es wissen."

„Er ist Lincoln Fitzroy", sagte Lady Harcourt. „Von Lichfield Towers in Highgate."

„Nie von ihm gehört", sagte der Prinz. „Meinen Sie, er kennt Leisl?" Dass er ihren Vornamen benutzte, entging mir nicht. Er erinnerte sich an sie. Das musste er.

„Ich nehme es stark an", sagte Lady Harcourt.

Ich holte Lincoln und Leisl in der Eingangshalle ein, wo sie im Schatten unter der Treppe standen. Sie sagte etwas, worauf er nickte. Dann öffneten sich ihre Lippen, die Knie gaben nach, aber er fing sie auf und führte sie zu einem Ottomanen.

„Das ist Samt!", rief Lady Hothfield, die zwischen ihrem Mann und Lady Harcourt stand. Ihr Fächer wedelte heftig vor ihrer Brust. „Steh auf! Steh sofort auf! Du ruinierst meine Möbel mit deiner dreckigen Kleidung." Sie schob sich am Prinzen vorbei, aber ich hielt sie mit meinem Arm auf.

„Ihre Kleidung ist nicht dreckig", sagte ich so milde, wie ich angesichts meines kochenden Bluts konnte. „Sie fügt Ihnen keinen Schaden zu, indem sie dort sitzt."

„Seien Sie nicht albern", schnappte Lady Hothfield und schubste meinen Arm weg. „Sie hat versucht, seine Königliche Hoheit den Prinzen von Wales zu ermorden. In meinem Heim!"

„Ganz ruhig, meine Liebe", sagte Lord Hothfield. „Es gab keinen Mordversuch."

„Sei doch kein Dummkopf. Sie ist eine Zigeunerin!"

Lincoln stand zwischen Leisl und Lady Hothfield. „Sie wird gehen", sagte er. „Sie braucht nur einen Moment, um sich zu sammeln."

„Warum braucht sie einen Moment? Ich habe den Schaden! Und seine königliche Hoheit natürlich." Lady Hothfield sah Lincoln prüfend an und unternahm keinen Versuch, an ihm vorbeizukommen.

Lincoln verschränkte die Arme vor der Brust und stellte sich breitbeinig hin.

Lady Hothfield trat unter der Wucht seines Blickes zurück. „Thompson! Thompson, entfernen Sie augenblicklich diese Leute!"

„Lassen Sie uns allein, Hothfield", befahl der Prinz.

„Sie wollen mit ihr sprechen?" Lord Hothfield schaute den Prinzen erstaunt an. „Ist das klug in Anbetracht dessen, was sie ist?"

„In der Tat", sagte Lady Hothfield. „Was ist, wenn sie Sie verhext?"

„Geht." Die Art, wie der Prinz bellte, erinnerte mich sehr

stark an Lincoln. Beide Männer waren es gewohnt, Befehle zu erteilen, die ohne Frage befolgt wurden.

Lord Hothfield zog sich mit einer Verbeugung zurück und bedeutete seiner Frau, ihm zu folgen. Sie warf Lincoln einen finsteren Blick zu, folgte aber ihrem Mann. Am Fuß der Treppe gingen sie an Seth vorbei zurück in den Ballsaal. Lady Harcourt ging ebenfalls, allerdings langsamer und mit nachdenklich gerunzelter Stirn.

„Sorg dafür, dass wir nicht gestört werden", sagte Lincoln zu Seth.

Seth nickte und nahm zwei Stufen auf einmal die Treppe hinauf.

Der Prinz näherte sich Lincoln, als würde er sich einem angriffslustigen Hund nähern. In Lincolns derzeitiger Stimmung war das vermutlich klug. Er wirkte bedrohlich.

„Sie auch", sagte der Prinz.

„Nein", gab Lincoln zurück.

Ich verhielt mich ganz still. Er wagte es, dem Prinzen von Wales zu widersprechen? „Wir wissen, dass sie eine Seherin ist", sagte ich schnell. „Wir wissen viele Dinge, die in dieser Situation hilfreich sein können."

Der Prinz betrachtete mich einen Moment lang. Ich dachte, er würde mich auch wegschicken, doch dann sagte er: „Nun gut. Bleibt. Leisl, du hättest nicht herkommen sollen. Es ist viel zu öffentlich."

„In dein Palast kann ich nicht gehen", sagte sie. „Zu viele Wachen. Wo soll ich sonst hingehen?"

„Darum geht es nicht."

„Nein", sagte Lincoln leise. „Es geht darum, was sie riskiert hat, um hierher zu kommen und Sie zu warnen."

„Mich zu warnen?" Der Prinz schnaubte. „Wovor? Dass mein verstorbener Vater mir an den Kragen will? Das ist absurd." Er schob die Schultern zurück und streckte den Nacken durch. „Selbst wenn ich glauben würde, dass sie Visionen hat, ist das immer noch eine unhaltbare Aussage."

„Du glaubst", sagte Leisl, noch ehe Lincoln antworten konnte. „Ich kenne dich. Ich lese dich ... Sire."

War sie drauf und dran gewesen, ihn mit einem anderen

Namen anzusprechen, vielleicht einem vertrauteren, den sie früher benutzt hatte?

Der Prinz erstarrte. „Dieser Mann." Er ruckte mit dem Kopf in Lincolns Richtung. „Woher kennst du ihn?"

Leisl stand auf. Die feste Haltung ihres Kinns, Lincolns so ähnlich, sprach von ihrer kühlen Entschlossenheit, doch ein leichtes Beben ihrer Unterlippe schwächte den Effekt ab. „Ich habe gerade gelernt, er ist … er ist mein Sohn."

Also hatte Lincoln es ihr gesagt in dieser kurzen Begegnung. *Mein Sohn*, hatte sie gesagt, nicht *unser*.

„Fitzroy", murmelte der Prinz. Scheinbar grübelte er über den Namen nach, der ‚Sohn des Königs' bedeutete. Er sah Lincoln erneut an. „Wie alt sind Sie?"

„Mein Alter steht hier nicht zur Debatte." In vergangenen Jahrhunderten wäre Lincolns freche Antwort ein Vergehen gewesen, das mit Schlägen bestraft wurde. Jetzt blähte der Prinz lediglich die Nasenflügel, um seinen Unmut zu zeigen. „Tatsache ist, dass Sie Leisl heute Abend abscheulich behandelt haben. Entschuldigen Sie sich."

„Wie bitte?", stotterte der Prinz.

„Entschuldigen Sie sich bei ihr."

Mir stockte der Atem. Leisl zog die Oberlippe zwischen die Zähne und schüttelte kaum merklich den Kopf.

„Das werde ich nicht!", brüllte der Prinz. „Sie ist hier uneingeladen hereingeplatzt, hat die anderen Gäste erschreckt und dann auch noch wirres Zeug über meinen verstorbenen Vater geredet. Warum um alles in der Welt sollte ich mich bei ihr entschuldigen? Sie sollte sich bei mir entschuldigen." Sein Blick sprang zu der Frau, mit der er mindestens einmal intim geworden war.

„Wir beide Fehler gemacht", sagte Leisl. „Vor so langer Zeit."

Lincoln öffnete den Mund, höchstwahrscheinlich, um zu protestieren. Als einzige Anwesende, der seine Interessen am Herzen lagen—und in diese Einschätzung schloss ich Lincoln mit ein—beschloss ich einzuschreiten, bevor er sprach. Diese kleine Familienzusammenführung lief nicht gerade gut und er besaß das Potenzial, sie noch deutlich zu verschlimmern.

„Das liegt doch alles in der Vergangenheit", sagte ich in

lockerem Ton. „Vielleicht sollten wir Leisls Warnung besprechen. Ich denke, wir möchten alle mehr darüber erfahren."

Der Prinz sah mich durchdringend an, als ich mich neben Lincoln stellte. „Wer *sind* Sie?"

Ich machte einen Knicks und verbeugte mich dann noch etwas tiefer. Wie weit sollte ich runtergehen? Beim Aufrichten verlor ich beinahe das Gleichgewicht, aber Lincoln fasste meinen Arm. „Mein Name ist Miss Charlotte Holloway", sagte ich. „Ich bin eine Freundin von Mr Fitzroy."

„Miss Holloway, Sie behaupten von Dingen zu wissen, die in dieser Situation hilfreich sein können, aber ich denke, es ist das Beste, wenn Sie mir und Fitzroy die Angelegenheit überlassen."

„Sie bleibt", sagte Lincoln, ehe ich etwas erwidern konnte. Angesichts der hochgezogenen Augenbrauen des Prinzen fügte er hinzu: „Das Übernatürliche macht ihr keine Angst."

Das hätte ich so nicht gesagt. Einiges Übernatürliche machte mir furchtbare Angst.

Leisl stand auf und trat vor mich, sodass ich die Reaktion des Prinzen nicht sehen konnte. Sie berührte meine Wange, sah mir in die Augen und sog zischend Luft durch ihre Zähne. Ihre Finger krallten sich an meiner Wange zusammen. Die Nägel kratzten über meine Haut, rissen sie aber nicht auf.

„Ja, du kannst helfen", sagte sie. „Du siehst Tote. Ich nicht."

Ich konnte mehr tun, als die Toten sehen. Ich konnte sie aufwecken und kontrollieren. Vor dem zukünftigen König von England behielt ich das aber lieber für mich. Auch wenn ich bezweifelte, dass er die Macht besaß, Gesetze zur Hexenverbrennung wieder einzuführen, wollte ich es nicht darauf ankommen lassen.

Leisl wandte sich an den Prinzen, der nach ihrer Aussage ziemlich schockiert wirkte. Wenigstens nannte er niemanden verrückt und verlangte meine Verhaftung. „Ich bin gekommen, dich zu warnen, Sire. Du in Gefahr von deinen toten Vater."

„Wie kann mir ein Geist Schaden zufügen? Bestehen sie nicht aus Luft?"

„Ich weiß nicht. Ist unklar."

Er schnaubte. „In die Zukunft sehen ist keine präzise Wissenschaft, was?"

„Unklar kann verändert werden. Klar nicht. Glück heute Abend mit dir, Sire. Mein Sohn und seine Braut helfen, wenn du erlaubst."

„Oh! Ich bin nicht seine Braut", sagte ich mit einem albernen Lachen, das ich zu gern zurückgenommen hätte, sobald es meinen Lippen entschlüpft war.

„Ich … ich …" Der Prinz strich seinen Frack glatt und zupfte an den Manschetten. „Ich sollte zurück nach oben. Du musst jetzt gehen."

„Aber du bist in Gefahr!"

Lincoln legte eine Hand auf ihre Schulter. „Du hast alles getan, was du konntest."

Der Prinz sah Lincoln sehr lange in die Augen, ehe er den Blickkontakt unterbrach, um ihn noch einmal von oben bis unten zu studieren. Sah er die Ähnlichkeiten? Wusste oder vermutete er es? Sein Gesichtsausdruck gab nichts preis. Er war der Maske, die Lincoln manchmal trug, um seine Gefühle zu verbergen, so ähnlich, dass mir der Atem stockte.

Abrupt drehte der Prinz sich um und stieg die Treppen hinauf. Leisl umklammerte die Aufschläge ihres Mantels an ihrer Brust, die dunklen Augen nicht auf den Mann gerichtet, bei dem sie in ihrer Jugend gelegen hatte, sondern auf den Mann, der das Produkt dieses Beisammenseins war.

„Du warst so kleines Ding." Sie berührte Lincolns Arm und drückte ihn, als er sich nicht wegbewegte. „Jetzt bist du stark. Gefährlich."

„Sag mir, was du über diese Gefahr weißt", sagte er. „Was hast du gesehen?"

Leisls Finger öffneten sich. Sie ließ ihn los und trat zurück. Ich wollte Lincoln für seine Kühle ihr gegenüber rügen, wo sie doch sicherlich von Emotionen überwältigt war, ihren lange verlorenen Sohn zu treffen. Doch das konnte ich hier vor ihr und anderen nicht tun. Seth, Alice und Lady V näherten sich vorsichtig auf der Treppe.

„Es war sein Vater", sagte Leisl bestimmt. „Er kann sein Sohn schaden wollen."

„Wie, wenn ein Geist keine Substanz hat?", fragte Lincoln.

„Ich weiß nicht."

„Du sagst, du hast ihn gesehen in deiner Vision. Wenn du nicht gesehen hast, wie er ihm geschadet hat, was genau hast du denn gesehen?"

„Nein, nein, keine Vision sehen. Nicht ..." Sie schnalzte frustriert mit der Zunge. „Nicht wie ich dich jetzt sehe. Ich sehe Gefühl hier drinnen." Sie berührte ihre Brust. Da Lincoln weiter die Stirn runzelte, fügte sie hinzu: „Du siehst mein Atem nicht, doch weißt du, dass ich atme. Ja?"

„Ich verstehe", sagte ich. „Es ist ein Instinkt, der Sie beschäftigt, keine tatsächliche Vision."

„Ein Instinkt", sagte Lincoln platt.

„So wie *du* instinktiv weißt, wenn ich in der Nähe oder in Gefahr bin. Du siehst keine Bilder in deinem Kopf, trotzdem weißt du es." Ich berührte seine Brust über seinem Herzen. „Hier drinnen."

Seine Hand legte sich über meine und zog sie an seine Seite. „Du sollst angeblich eine starke Seherin sein", sagte er zu seiner Mutter. „Ich dachte, du könntest Bilder sehen, Visionen."

„Bei manchen kann ich. Bei Prinz ist nur das Herz. Instinkt", sagte sie mit einem Lächeln in meine Richtung. „Wie deine Braut sagt."

Lord und Lady Hothfield kamen mit dem Butler und Lakaien zurück. Es sah so aus, als dürften wir das neue Jahr nicht hier begrüßen. Lord Hothfield bat einen der Lakaien, unsere Kutsche bringen zu lassen, ein anderer holte unsere Mäntel. Lady Vickers lobte den Ball und die gehobene Gästeliste, aber Lady Hothfield ignorierte sie völlig. Lady Vickers schob ihre umfangreiche Brust heraus, hob das Kinn und wich zurück. Dabei stieß sie gegen die griechische Statue. Einen Moment später trat sie mit einem kleinen Lächeln wieder vor. Das rote Tuch, das die unteren Regionen der Statue verborgen hatte, verschwand in den Falten ihres Kleides.

Ich biss mir auf die Lippe, konnte mein Grinsen aber nicht unterdrücken. Seth und Alice folgten beide meinem Blick auf die weiße Marmorstatue, die nun vollkommen nackt war. Seth kniff sich in den Nasenrücken, während Alice in ihre Hand kicherte.

Lord und Lady Hothfield hatten es noch nicht gesehen. Sie schauten weiterhin finster die Lakaien an, die unsere Mäntel bereithielten. Ich zog meinen an und bemerkte, wie Leisl mich beobachtete. Konnte sie genauso in die Vergangenheit eines Menschen blicken wie in die Zukunft? Was sah sie in meiner?

„Du kein Medium", sagte sie leise. „Du mehr."

Ich warf Lincoln einen Blick zu. Keiner von uns antwortete.

„Hab keine Angst vor mir", sagte sie. „Ich tue Frau nichts, die mein … mein Sohn liebt." Sie griff nach seiner Hand, aber er wich ihr aus. Sie wirkte enttäuscht.

Stattdessen nahm ich ihre Hand. „Vergeben Sie ihm", sagte ich. „Er braucht Zeit."

Sie nickte und hielt meine Hand kurz in ihren, ehe sie losließ.

„Wenn Sie irgendetwas brauchen, finden Sie uns in Lichfield Towers in Highgate. Passen Sie auf sich auf, Leisl."

Alice hakte sich bei mir ein. „Wir sollten besser gehen", flüsterte sie. „Lady Hothfield schaut uns so grimmig an, ich spüre, wie ihr Blick mich durchbohrt."

„Du!" Leisl trat einen Schritt zurück, ihre weit aufgerissenen Augen auf Alice gerichtet. „Du bist Tür."

„Tür?" Alice versuchte zu lachen, aber es gelang nicht. „Charlie, was meint sie? Warum schaut sie mich an, als wäre ich der Teufel?"

„Tür zu anderen Welten", murmelte Leisl und wich einen weiteren Schritt zurück. Sie zog eine Kette aus ihrem Mieder und hielt sie hoch. Ein flacher, ovaler Anhänger an einem Lederband zeigte die grobe Gravur eines blauen Auges. Es war identisch mit dem, den ich vor einiger Zeit in Lincolns Schublade gefunden hatte. Er hatte mir gesagt, dass seine Mutter ihm den gegeben hatte, als er noch ein Baby war. Es war alles, was er von ihr besaß.

„Was tut sie? Verflucht sie mich?" Alices Stimme wurde lauter vor Angst. Sie drängte sich an mich.

„Nichts dergleichen", versicherte ich ihr schnell. „Es ist zu ihrem eigenen Schutz."

„Sie weiß, was ich bin? Was meine Träume machen? Wie? Wie kann sie das wissen?"

„Ich erkläre es später." Ich nahm ihre Hand und steuerte mit ihr auf die Tür zu.

„Alice?", Seth tauchte an ihrer anderen Seite auf. „Sie sind blass. Darf ich Sie begleiten?"

„Oh!", rief Lady Vickers. „Oh nein! Du meine Güte, wie *anrüchig*."

Ich fuhr herum. Lady Vickers zeigte auf die Statue, die Augen mit der anderen Hand bedeckt.

„Einen solchen … Schmutz kann ich nicht ertragen!", kreischte sie.

Mehrere Gesichter lugten über die Balustrade, um zu sehen, was der Trubel sollte. Mehr als ein Gentleman kicherte, auch einige Ladys, während eine ältere Frau ihrer jüngeren Begleitung die Augen zuhielt.

„Ich will es *sehen*, Mama", jammerte das Mädchen und krallte nach der Hand ihrer Mutter.

Lady Hothfields Wangen nahmen die Farbe des Teppichs an. „Bedeckt es sofort! Sie da, Ihre Jacke!" Sie riss einem unschuldigen Lakaien die Jacke von den Schultern und warf sie ihm wieder zu. „Bedecken Sie die anrüchige Region! Schnell!"

Weitere Gäste schauten herab. Es gab mehr Gelächter, doch andere schüttelten angewidert die Köpfe. Diese Gesellschaftsschicht war es nicht gewohnt, Nacktheit in ihren Fluren zu sehen, nicht einmal an Statuen. Für manche war Nacktheit grundsätzlich abstoßend, egal in welchem Raum.

Gus fuhr mit unserer Kutsche vor. Lincoln kletterte neben ihn auf den Kutschbock, während wir vier einstiegen und uns die Decken über die Beine zogen. Lady Vickers holte den Lendenschurz der Statue hervor und wedelte damit vor Seths Gesicht herum.

Er schob ihn weg. „Du bist betrunken."

Sie ließ das Tuch in seine Richtung schnappen. „Wie soll ich denn sonst durch so einen Abend kommen?"

„Ich dachte, du wolltest gehen."

„Damit hinter meinem Rücken getuschelt wird? Ich an jeder Ecke gemieden werde? Das entspricht nicht meiner Vorstellung eines vergnüglichen Abends, Seth."

„Warum hast du die Einladung dann angenommen? Oder vielmehr, warum hast du dich so bemüht, überhaupt eine Einladung zu bekommen?"

„Um sie zu zwingen, mich höflich anzulächeln, wenn ich sie begrüße. Ich will sie wissen lassen, dass ihre Boshaftigkeit mich nicht begraben hat." Sie tätschelte seine Wange. „Und um sicherzugehen, dass du wieder in der Gesellschaft akzeptiert wirst."

„Warum bedeutet dir das so viel? Ich will das nicht."

„Vielleicht willst du es nicht, aber du brauchst es. Du möchtest doch nicht eines Tages mein Alter erreichen und bereuen, dass du schlecht geheiratet hast, nur weil du in deiner Jugend keinen Zugang zu den besten Ladys hattest."

Er starrte sie an. „Mir fehlen die Worte."

„Das ist in Ordnung, mein Lieber. Du kannst mir danken, wenn du wieder bei Sinnen bist, aber bitte tu es, bevor ich sterbe. Oder Charlie kann mich beschwören und dann kannst du es mir sagen."

Seth schüttelte den Kopf. „Das ist eins der seltsamsten Gespräche, die ich je hatte."

„Wo wir gerade von seltsam sprechen, Gott sei Dank ist diese Zigeunerfrau in diesem Moment kommen", sagte Lady Vickers. „Sie hat auf jeden Fall Leben in eine ansonsten öde Veranstaltung gebracht. Ganz abgesehen davon, dass sich die Tratschtanten jetzt über jemand anderen das Maul zerreißen können."

„Die war ziemlich durchgeknallt", stimmte Seth zu.

„Redet bloß vor Lincoln nicht so von ihr", warnte ich sie.

„Warum nicht?"

Ich wollte ihnen nicht sagen, dass Leisl seine Mutter war, aber irgendwie musste ich erklären, warum sie ihre Kommentare in seiner Gegenwart drosseln sollten. „Sie hat seherische Fähigkeiten, genau wie er."

„Hat er?", fragten sowohl Lady Vickers als auch Alice.

Mir fiel kein Grund ein, warum ich es ihnen nicht sagen sollte. Sie wussten beide von übernatürlichen Dingen und hatten die Geheimnisse unseres Haushalts bisher für sich behalten. Keine von beiden würde ihre Position in Lichfield in Gefahr bringen wollen, indem sie über uns tratschte. „Ja, hat er", sagte ich. „Seine Fähigkeiten sind allerdings minimal. Er hat nicht wirklich Visionen, nur Gefühle über bestimmte Dinge und eine Ahnung von, nun, hauptsächlich von mir." Die Vision, die er während dieses einen Kusses gehabt hatte, erwähnte ich nicht. Das war privat, eine Vision von uns beiden glücklich zusammen.

Ich erzählte ihnen von Leisls Vision über den Prinzen und wie er sich über ihre Aussage lustig gemacht hatte.

„Ich frage mich, wie sein Leben von einem Geist bedroht werden kann", sagte Seth. „Seine Zurückhaltung, ihr zu glauben, kann ich verstehen, insbesondere wenn er nicht an das Okkulte glaubt."

„Er glaubt daran", sagte ich. „Sein Gesichtsausdruck, als sie es ihm gesagt hat, legt es nahe."

„Wie sie sich wohl begegnet sind", sagte Alice. „Sie schien ihn zu kennen, auch wenn er es abgestritten hat. Vielleicht hat sie ihm mal bei einem Jahrmarkt die Zukunft vorhergesagt."

„Er würde zu keinem Jahrmarkt gehen." Lady Vickers hielt den Lendenschurz der Statue hoch und untersuchte ihn von vorn bis hinten. „Es ist viel wahrscheinlicher, dass sie eine seiner Eroberungen ist."

„Mutter", knurrte Seth. „Doch nicht vor den jungen Damen."

„Papperlapapp. Sie sind keine albernen Mädchen und ich sage nichts, was sie nicht schon mal gehört haben." Sie stopfte das Tuch in ihr Mieder. „Das wird ein bezauberndes Taschentuch. Ich werde es zu allen Dinnerpartys und Mittagessen diese Woche mitnehmen. Ich glaube, das wird eine Sensation."

Seth stöhnte. „Ich mache Amerika dafür verantwortlich."

„Für was?"

„Dafür, dass du dich in ein schamloses Weibsstück verwandelt hast."

Sie lachte. „Das hat nichts mit Amerika zu tun. Es war der Einfluss meines lieben George." Sie zwinkerte Alice und mir zu. Sie sprach oft von George, dem Mann, der es vom Lakaien zu ihrem zweiten Ehemann gebracht hatte. Er war die Liebe ihres Lebens gewesen. Alice und ich hörten gern Geschichten über ihre Zeit in Amerika und wie wundervoll George bis zu seinem plötzlichen Tod mit ihr umgegangen war. Seth verließ allerdings meistens das Zimmer.

Er seufzte und kniff sich in den Nasenrücken. „Sind wir bald zu Hause?"

* * *

„ICH HABE NOCH PFLAUMENTORTE ÜBRIG", sagte der Koch aus den Tiefen der Speisekammer. „Butterkekse und zwei Stücke Orangenkuchen."

„Keinen Schinken oder Eier?", fragte Gus, der sich an den Küchentisch setzte. Er und Doyle hatten sich nach unserer Rückkehr um die Pferde und die Kutsche gekümmert, während sich Lady Vickers mit Unterstützung ihrer Magd Bella sofort zurückgezogen hatte. Wir anderen versammelten uns in der Küche, wo der Ofen noch warm war.

„Das ist kein Frühstück", sagte der Koch und stellte ein Tablett voller Essen auf den Tisch.

Gus stürzte sich darauf, aber Seth schlug seine Hand weg. „Ladys first." Er schob das Tablett zu Alice.

Sie nahm einen Keks und bedankte sich bei ihm. Seth lächelte und zog das Tablett dann näher zu sich und damit weiter von Gus weg, was Gus aber nicht davon abhielt, über den Tisch zu greifen und sich ein Törtchen zu schnappen.

Lincoln, der am Herd stand, goss heiße Schokolade in die Tassen, die ich direkt an alle weiterreichte. Doyle wollte keine. Er aß auch nicht und wirkte müde.

„Vielleicht sollten Sie Feierabend machen", sagte ich leise zu ihm.

„Nicht, solange Mr Fitzroy mich benötigt", sagte er.

„Ich brauche Sie nicht", sagte Lincoln und setzte sich neben mich. „Charlie hat recht. Sie sollten Feierabend machen."

Doyle sah aus, als wollte er protestieren, überlegte es sich dann aber anders. Mit Lincoln konnte man in dieser Hinsicht nicht streiten. Er hatte noch nie die Dienste eines Leibdieners benötigt und sonst gab es für Doyle nichts mehr zu tun. „Also gut, Sir. Ich schaue, dass alle Türen verschlossen sind, bevor ich nach oben gehe. Gute Nacht allerseits und ein frohes neues Jahr."

Irgendwann auf unserem Heimweg war der Zeiger über die Zwölf gewandert und damit ins Jahr 1890. Ein neues Jahr und ein neuer Anfang.

„Wie war der Abend so?", fragte der Koch, sobald Doyle weg

war. Wir hatten vor Doyle keine Geheimnisse, aber manchmal hatten die Männer das Gefühl, dass er keiner von uns war, weil er erst kürzlich nach Lichfield Towers gekommen war.

„Interessant", sagte Seth. „Meine Mutter hat einen Aufruhr veranstaltet, nach dem wir vermutlich nie wieder zu den Hothfields eingeladen werden."

Gus schmunzelte. „Je besser ich deine Mutter kennenlerne, desto mehr mag ich sie."

Seth zog die Nase kraus. „Wenn du sie heiratest, werde ich dich *nicht* Papa nennen."

Das brachte alle zum Lachen, sogar Seth.

„Sie war nicht die Einzige, die Aufruhr verursacht hat", sagte Lincoln.

Ich berührte unter dem Tisch sein Knie, um ihn wissen zu lassen, dass ich seinen Entschluss, Leisl und ihre Vision mit den anderen zu besprechen, unterstützte. Er legte seine Hand über meine.

„Meine Mutter ist aufgetaucht."

Überraschte Ausrufe erklangen in der Küche, inklusive meinem eigenen. Ich hatte nicht erwartet, dass er ihnen *das* erzählen würde.

„Diese Zigeunerin ist Ihre Mutter?", fragte Seth.

„Roma", korrigierte ich ihn. „Sie mögen es nicht, wenn man sie Zigeuner nennt."

„Hast du die Ähnlichkeit nicht gesehen?", fragte Lincoln.

„Ein wenig, jetzt, wo Sie es erwähnen", sagte Seth mit einem Schulterzucken. „Aber … wenn sie Ihre Mutter ist, wer ist Ihr Vater?"

Lincolns Finger spannten sich an. „Diese Information ist nicht wichtig."

Seth presste die Lippen aufeinander und konzentrierte sich auf seine Tasse.

Lincoln gab Gus und dem Koch einen kurzen Abriss von Leisls Vision.

„Die Frage ist, was machen wir jetzt?", sagte ich. „Der Prinz sollte beschützt werden."

„Wie?", fragte der Koch. „Er glaubt ihrer Vision nicht."

„Er glaubt es", sagte Lincoln. „Er will es nur nicht zugeben."

„Dann schlottert der heute Nacht in seinen Edelsteinschlappen", sagte Gus mit einem Schnauben.

„Wir sollten ihm morgen einen Besuch abstatten", sagte ich.

Alice lachte leise. „Charlie, man stattet der königlichen Familie nicht einfach so einen Besuch ab."

„Es muss doch eine Möglichkeit geben, zu ihm zu gelangen."

„Warum nicht einen anderen Ansatz wählen?", fragte Seth. „Du könntest den Geist des toten Prinzgemahls beschwören und ihn fragen, ob er etwas Übles mit seinem Sohn vorhat."

„Das is'n blöder Plan", entrüstete sich Gus. „Zum einen wird er's nich zugeben. Und was will er schon machen als Geist?"

„Ihn heimsuchen und zu Tode quälen", sagte der Koch. „So würde ich's machen."

„Deinen eigenen Sohn quälen!"

„Vielleicht ist der Prinz von Wales ein echter Saftsack und verdient es."

Seth nickte langsam. „Er behandelt seine Mätressen nicht allzu gut, sobald er ihrer überdrüssig wird."

„Das erzählen sie dir?", fragte Gus, den Mund zu einem frechen Grinsen verzogen.

Seths Blick sprang zu Alice. „Natürlich nicht. Warum sollte ich mit den Mätressen seiner Königlichen Hoheit in Kontakt sein?"

„Hast selbst genug, was?" Das tiefe Lachen des Kochs ließ seinen Bauch beben.

„Blödmänner", murmelte Seth. „Der Koch könnte allerdings recht haben. Der Prinzgemahl möchte vielleicht, dass sein Sohn die Erbfolge in den Blick nimmt und etwas Anstand walten lässt, wo er jetzt im mittleren Alter ist. Es dauert nicht mehr lange, bis er auf den Thron kommt und so wie er sich jetzt verhält, wird ihn niemand ernst nehmen, weder die Öffentlichkeit noch die Regierung. Es sind nicht nur die vielen Liebschaften, sondern auch die Partys, Ferien und übermäßigen Ausgaben. Sein Lebensstil ist weder sparsam noch diskret."

„Das ist eine gute Theorie", sagte Alice. „Aber sein sorgloser Lebensstil ist nicht neu und der Prinzgemahl ist schon lange tot. Warum sollte er ihm jetzt drohen?"

„Vielleicht ist die Königin krank und der Geist ihres verstorbenen Mannes weiß es. Vielleicht sieht er jetzt die Notwendigkeit."

„Ich finde, die Theorie hat was", sagte ich. „Aber wenn der Geist den Prinzen von Wales nur erschrecken will, warum ist Leisl dann so besorgt?"

„Vielleicht überreagiert sie", sagte Seth.

„Weil wir Frauen dazu neigen?", fragte Alice erbost.

Seth hielt die Hände zu seiner Verteidigung hoch. „Ganz und gar nicht", sagte er im gleichen Moment, in dem Gus „Jou" murmelte.

Seth verdrehte die Augen. „Und du wunderst dich, warum dich niemand heiraten will."

„Du bist auch nicht verheiratet", schoss Gus zurück.

„Das bedeutet nicht, dass ich keine Angebote hatte." Seth stand auf. „Ich gehe zu Bett. Alice, Charlie, darf ich euch zu euren Zimmern begleiten?"

Er tat es gemeinsam mit Lincoln. Mein Zimmer lag auf dem gleichen Flur wie Lincolns. Nachdem Alice und Seth sich in ihre Zimmer zurückgezogen hatten, lotste er mich in den zurückgesetzten Eingang und legte seine Hand auf den Türknauf, was mir den Weg versperrte.

„Gute Nacht", murmelte er.

„Gute Nacht", flüsterte ich.

Er nahm meine Hand und legte sie an seine Lippen, strich mit ihnen über meine Knöchel, was nicht direkt ein Kuss war, aber trotzdem ein Kribbeln auf der Haut verursachte und mein Blut in Wallung brachte. Leider trat er viel zu schnell zurück und ging zu seiner Tür.

„Oh. Warte", sagte ich. Er blieb stehen und ich lief zu ihm. „Lincoln, geht es dir gut? Dieser Abend muss für dich sehr herausfordernd gewesen sein."

Er nickte. „Mir geht es gut."

Er wirkte so, aber vielleicht verbarg er seine wahren Gefühle. „Bist du dir sicher?"

„Ja."

„Also schön. Gute Nacht." Ich wandte mich ab, blieb aber abrupt stehen. Als ich mich wieder zu ihm umdrehte, sah ich, dass er sich nicht bewegt hatte.

Er zog eine Augenbraue hoch.

„Die Sache ist die ..." Ich spielte mit den Lederbändern an seinem Wams. „Dir kann es unmöglich gut gehen. Du bist sowohl deiner Mutter als auch deinem Vater begegnet, ganz abgesehen davon, dass deine Mutter jetzt deinen Namen kennt und weiß, wo sie dich findet. Möchtest du sie nicht aufsuchen und mit ihr reden? Hast du keine Fragen an sie?"

„Nein."

Ich suchte in seinem Gesicht und in seinen Augen nach Anzeichen, ob er die Wahrheit sagte. Ich sah nichts darin, was darauf hindeutete, dass er eine tiefe innere Verletzung überspielte. „Ich verstehe das nicht", sagte ich mehr zu mir als zu ihm. „Wie kann die Begegnung dich nicht berührt haben? Mich hat es berührt, dabei sind es gar nicht meine Eltern."

„Ich mag meinen Vater nicht", sagte er. „Das hat sich seit unserer letzten Begegnung nicht geändert. Und ich kenne meine Mutter nicht. Sie ist mir fremd."

„Ja, aber sie schien doch wenigstens nett. Und sie ist deine Mutter, Lincoln. Das muss dir doch etwas bedeuten."

Er nahm meine Hände in seine und schaute darauf hinab. „Vielleicht fehlt mir ein sentimentaler Teil im Herzen, den andere haben."

„Was mich betrifft, warst du sentimental. Du hast mich aus der Schule zurückgeholt."

„Weil ich dich vermisst habe." Er küsste meine Nase und legte die Arme um mich. „Ich kannte dich, Charlie, und ich war einsam ohne dich. Ich brauchte dich und wollte dich. Ich habe meine Mutter nie gekannt, wie sollte ich sie also vermissen?"

Ich lehnte meine Wange an seine Brust und lauschte auf seinen gleichmäßigen Herzschlag. „Das ergibt Sinn. Aber es erklärt nicht, warum ich so neugierig auf sie bin."

„Du hast eine neugierige Natur. Du hinterfragst alles, während ich Dinge einfach akzeptiere."

„Manchmal."

Seine Arme zogen sich enger um mich. „Manchmal."

Ich schloss die Augen und blieb in seiner wärmenden Umarmung, bis er mich schließlich zur Seite schob. „Geh ins Bett, sonst stehen wir die ganze Nacht hier."

„Gute Nacht."

„Versuche bitte, nicht wach zu liegen und dir neue Möglichkeiten zu überlegen, wie du mich zu weiteren Gesprächen über Leisl zwingen kannst."

Ich seufzte. „Du kennst mich zu gut."

* * *

LINCOLN und ich nahmen unser Training im leeren Ballsaal am folgenden Morgen wieder auf. Ausgestattet mit meiner lockeren Kleidung inklusive Männerhose schlugen, traten und rangen wir, bis der Schweiß lief. Oder besser gesagt, bis mir der Schweiß lief. Lincoln atmete nicht einmal schwer, was Alice kommentierte, als wir fertig waren und den Raum verließen. Sie, Seth und Gus hatten uns beim Training zugeschaut und manchmal unterstützt. Alice stand beim Fenster und war beeindruckt, dass ich einen ordentlichen Schlag abliefern konnte.

„Strengt ihn überhaupt irgendetwas an?", fragte sie.

Ich lachte. „Manchmal. Das hier macht ihm allerdings nichts. Zum wahnsinnig werden, oder?"

„Wenn ich ihn nicht durch die Explosion geschwächt gesehen hätte, als ich hier angekommen bin, würde ich mich fragen, ob er überhaupt menschlich ist."

„Da biste nicht die Einzige, die sich das fragt", sagte Gus und legte den Schlagstock zurück in das Sideboard.

„Deswegen sind wir ja so überrascht, dass Leisl seine Mutter ist", sagte Seth. „Die Neuigkeiten machen mich immer noch schwindelig. Ich habe geglaubt, er wäre gemacht worden, nicht geboren."

Ich verdrehte die Augen. „Lass ihn das nicht hören."

„Warum nicht? Ist doch nicht so, als hätte er Gefühle, die man mit etwas Stichelei verletzen könnte."

Ich wollte protestieren, aber er hatte recht. Während Lincoln mir bewiesen hatte, dass er durchaus Gefühle hatte, die genauso verletzt werden konnten wie meine eigenen, würden ein paar Späße von einem Freund keine Wunden hinterlassen.

Lady Vickers marschierte in den Raum. „Hier seid ihr alle. Guter Gott, Charlie, was tragen Sie denn da? Ist das eine *Hose*?"

Ich zupfte an der leichten Baumwolle. „Trainingskleidung. Ich trage sie sehr gern. Damit kann ich das hier machen." Ich zeigte einen Tritt zur Seite, der viel zu viel preisgegeben hätte, hätte ich ein Kleid getragen.

Lady Vickers verzog das Gesicht. „Sie sind ein einzigartiges Mädchen."

„Danke. Glaube ich."

„Gehen Sie sich umziehen und kommen Sie ins Empfangszimmer. Ich möchte mit Ihnen Anzeigen für eine Hausdame und Mägde besprechen."

Ich seufzte. „Vermutlich ist es an der Zeit. Wir können nicht so weitermachen wie bisher. Der arme Doyle wird den ganzen Tag herumgehetzt, genau wie Bella."

„Eine gute Einstellung", sagte Lady Vickers mit einem Nicken. „Sie könnten sich eigentlich zu uns gesellen, Alice."

„Ich?" Alice blinzelte. „Oh, ich glaube nicht. Das steht mir nicht zu."

„Haben Sie etwas Besseres zu tun?"

„Ich … ich habe nichts geplant."

„Sie wollte mit mir spazieren gehen", sagte Seth.

„Es regnet", sagte seine Mutter.

„Ein Spaziergang im Haus. Die Flure entlang, durch den Ballsaal …" Er bot Alice seinen Arm an.

Sie zögerte, nahm ihn dann aber mit einem vorsichtigen Blick zu Lady Vickers. Die verzog grimmig das Gesicht und marschierte wieder aus dem Ballsaal hinaus. Ich hatte das Gefühl, dass Seth später eine weitere Standpauke von ihr zu erwarten hatte. Seit Alice angekommen war und Seth Interesse an ihr zeigte, hatten sich Mutter und Sohn in den Haaren. Ein armes Mädchen aus der Schicht der Kaufleute kam für ihren einzigen Sohn nicht infrage.

Ich zog mich schnell um und begab mich ins Empfangszimmer im vorderen Bereich des Hauses. Lady Vickers las Briefe am regennassen Fenster. Ich schaute hinaus zum wolkenverhangenen Himmel und seufzte. Heute würde es keine ruhigen Spaziergänge mit Lincoln durch den winterlichen Garten geben.

Ein dunkles Objekt bewegte sich auf der Einfahrt. Ich spähte durch das Fenster und versuchte, die Form auszumachen. „Ich glaube, wir bekommen Besuch", sagte ich, als das Objekt sich als Kutsche mit einem passenden Paar Apfelschimmel entpuppte.

„Bei diesem Wetter?" Lady Vickers legte den Brief auf ihren Schoß. „Wer hätte das gedacht. Da muss jemand gestern Abend ziemlich viel Eindruck gemacht haben. Wo ist Seth?"

Ich wischte die beschlagene Fensterscheibe ab. „Der arme Kutscher und Lakai. Sie haben Schirme, aber bei dem Wetter bieten die wenig Schutz."

„Können Sie sehen, wer es ist?"

„Nein, sie steigen nicht aus."

„Das kann man ihnen nicht verübeln, aber wie sollen wir sie empfangen, wenn sie nicht hereinkommen? Vielleicht brauchen sie noch einen Schirm. Können Sie ein Wappen auf der Tür ausmachen?"

„Es regnet zu stark. Der Kutscher und der Lakai tragen rotgoldene Uniformen. Sehr auffällig. Kennen Sie jemanden, der—"

„Rotgolden!" Sie schoss auf die Füße und schubste mich zur Seite. „Guter Gott. Das glaube ich nicht."

Ich sah erst sie mit gerunzelter Stirn an, dann den Lakaien, der sich den Eingangsstufen näherte. „Wer ist das?"

Sie drehte sich zu mir um, eine Hand auf den Bauch gepresst, die andere an den Hals. „Keine Panik, Charlie."

„Habe ich nicht. Wer ist das?"

Sie packte meine Schultern und holte Luft. „Oh Charlie, das ist der monumental wichtigste Tag in Ihrem Leben. Notieren Sie ihn in Ihrem Tagebuch. Das ist der Tag, an dem die Königsfamilie nach Lichfield Towers kam."

KAPITEL 3

Ich eilte in die Eingangshalle, wo Doyle den durchnässten Lakaien in Empfang nahm.

„Ich werde auf Mr Fitzroys Antwort warten", sagte der Lakai und reichte Doyle eine Nachricht.

Doyle wollte sie gerade nach oben tragen, als Lincoln auf dem Treppenabsatz erschien. Er musste die Kutsche ebenfalls gesehen haben und las jetzt die Nachricht.

„Doyle, einen Regenschirm, bitte." Sein Gesicht gab nichts vom Inhalt der Nachricht preis.

Doyle reichte ihm einen Schirm und Lincoln ging hinaus, den Lakai auf den Fersen. Wir schlossen die Tür, damit es nicht rein regnete.

„Glauben Sie, es ist der Prinz von Wales?", fragte Lady Vickers. „Oder die Königin selbst?"

Ich lief in der Eingangshalle auf und ab, bis mir Lady Vickers befahl, still zu stehen. Aber wie sollte ich das tun, wenn Lincoln möglicherweise wieder seinem Vater gegenübertreten musste?

Seth und Gus näherten sich vom Dienstbotenbereich her. „Warum habt ihr euch alle an der Tür versammelt?", fragte Seth.

Seine Mutter packte seine Arme. Ihr Gesicht leuchtete vor Aufregung. „Jemand vom königlichen Haushalt ist hier!"

„Ach du Kacke", murmelte Gus. „Wer?"

Plötzlich ging die Tür auf und Lincoln trat ein. Er reichte

Doyle den völlig nassen Schirm, der damit wegrannte und eine Spur von Tropfen auf den Fliesen zurückließ.

„Und?", fragte Lady Vickers. „Wer war es?"

„Der Prinz von Wales", sagte Lincoln, dessen Blick meinen suchte.

„Ich wusste es!" Lady Vickers klatschte. „Was wollte er?"

„Mich und Charlie in den Palast rufen. Er sagte nicht, warum, aber es muss um Leisls Vision gehen."

„Mich?", platzte ich heraus. „Ich soll in den Buckingham Palace gehen? Sei nicht albern. Da kann ich nicht hingehen. Ich bin ein Niemand."

„Sagtest du nicht einmal, du wärst die Nekromantin Ihrer Majestät?"

Ich warf ihm einen vernichtenden Blick zu. „Das war ein Witz, Lincoln, und das weißt du."

„Tatsache ist, dass du eine Nekromantin *bist*. Auch wenn sie nie von unserer Existenz wussten, arbeiten wir für die Krone. Wir wurden gerufen und wir müssen gehen."

„Kannst du nicht allein gehen?"

„Nein. Das ist eine Geisterangelegenheit und du siehst Geister."

Ich musste meinen Knicks üben.

„Wenn sich das herumspricht, werden Sie von allen beneidet werden." Lady Vickers hob meine Arme und begutachtete mein einfaches Wollkleid. „Sie müssen sich umziehen."

„Unser Besuch wird außerhalb dieses Hauses nicht erwähnt", wies Lincoln sie an. „Falls wir bei unserer Ankunft erkannt werden, ist es so, aber Tratsch über den Besuch darf nicht hierher zurückverfolgt werden. Ist das klar?"

Lady Vickers neigte den Kopf in demütiger Zustimmung. „Natürlich. Jetzt, Charlie, Ihr Kleid."

„Ich werde das blaue anziehen", sagte ich.

„Warum im Palast?", fragte Seth. „Warum nicht hier? Er ist schließlich den ganzen Weg hergekommen, um mit Ihnen zu reden."

„Er ist persönlich gekommen, weil er es nicht für sicher genug gehalten hat, die Einladung einem Lakaien anzuvertrauen", sagte Lincoln. „Er will nicht, dass bekannt wird, wie ernst er

Leisls Warnung nimmt. Das Treffen soll im Palast stattfinden, weil seine Mutter dabei sein möchte."

„Die Königin!" Mir drehte sich der Magen um. „Ich soll die Königin treffen?"

„Nach dem Mittagessen."

„Ich kann unmöglich etwas essen! Lady V, können Sie mir zeigen, wie ich einen ordentlichen Knicks mache, ohne das Gleichgewicht zu verlieren?"

Ihre Augen leuchteten auf. „Es wird mir ein Vergnügen sein. Ich wollte immer eine Tochter, der ich die Kunst der Verneigung beibringen kann." Sie ging zum Empfangszimmer. „Kommen Sie, Charlie, wir fangen sofort an."

Seth schaute mich grimmig an, als ich an ihm vorbeiging. „Ich komme mir vor, als wäre ich ersetzt worden."

* * *

Seth und Gus bestanden beide darauf, uns zum Buckingham Palace zu fahren, sodass Lincoln ihnen schließlich gestattete, gemeinsam auf dem Kutschbock zu sitzen, aber Gus hielt die Leinen. Sie fuhren uns in den Hof des Palastes und lieferten uns an den Stufen ab. Zwei Lakaien in der auffälligen rotgoldenen Uniform führten uns hinein.

Ich bemühte mich intensiv, so zu tun, als würde ich täglich die Flure in Palästen entlangspazieren, aber mein Staunen musste mir deutlich im Gesicht stehen, denn Lincoln wirkte amüsiert. Wie konnte er diesen Überfluss nicht anglotzen? Ein Raum nach dem anderen war angefüllt mit goldenen Kerzenleuchtern, Vasen und Bilderrahmen, kunstvoll verzierten Möbeln, Türen und Decken, deren Fresken feine Details aufwiesen. Lange Bahnen dicker Vorhänge hingen bis auf den Boden und weiche Teppiche mit eingewobenen Kronen dämpften unsere Schritte. Die blauen und rosa Wände überraschten mich und sagten meinem Geschmack nicht zu, aber sie passten zum Prunk des Palastes.

Man würde eine Lebzeit brauchen, um ein Haus dieser Größe mit so vielen Dingen zu füllen. Die Königin war vielleicht alt, aber nicht alt genug, um jeden Zentimeter zu dekorieren. Dieser

Ort hatte sich über viele Jahre entwickelt und sie war lediglich die derzeitige Bewohnerin. Jeder vor ihr hatte dem Palast seinen Stempel aufgedrückt und greifbare Erinnerungen hinterlassen. Bisher hatte ich der königlichen Familie ihr luxuriöses Leben immer übel genommen, wenn so viele Menschen auf der Straße verhungerten, aber jetzt verstand ich, dass sie nicht einfach ein Gemälde verkaufen konnten, um hungrige Mäuler zu stopfen. In gewisser Weise gehörten sie ihnen nicht.

„Es gibt so viel zu sehen", sagte ich leise und starrte auf das Gemälde eines Mannes mit Dreispitz. „Schau dir all das Gold an."

„Hast du schon irgendwelche Geister gesehen?", fragte Lincoln, die Stimme gesenkt.

„Noch nicht."

Die Lakaien führten uns durch eine Reihe schlichterer Räume, die nicht so reich dekoriert waren. Eine kleine Frau mittleren Alters, die ein elegantes, kohlschwarzes Kleid trug, wartete vor einer geschlossenen Tür. „Guten Tag, Miss Holloway, Mr Fitzroy. Ich bin die ehrenwerte Mrs Charles Grey, die Kammerfrau Ihrer Majestät. Ich entschuldige mich für die doppelte Eskorte, aber wir hatten kürzlich einen Einbruch und die Sicherheitsmaßnahmen wurden verschärft."

„Einen Einbruch?", fragte Lincoln.

„Eine geringfügige Unannehmlichkeit. Es wurde nichts gestohlen." Die ehrenwerte Mrs Charles Grey sah weder ihm noch mir in die Augen. „Nun, bevor Sie Ihrer Majestät vorgestellt werden, gibt es einige Dinge, die Sie beachten sollten. Wenn Sie sie begrüßen, sprechen Sie sie mit Eure Majestät an, danach mit Ma'am. Ein kleiner Knicks wird von Ihnen erwartet, Miss Holloway, und eine Verbeugung vom Gentleman ist ausreichend. Drehen Sie ihr niemals den Rücken zu, geben ihr die Hand oder berühren sie in irgendeiner Weise. Wenn sie aufsteht, müssen auch Sie aufstehen. Bereit?"

Sie öffnete die Tür, ehe einer von uns reagieren konnte und kündigte uns an. Verglichen mit den öffentlichen Räumen, durch die wir gerade gegangen waren, war dieser hier in seiner Größe und Einrichtung regelrecht gemütlich. Der Kamin war bescheiden, flankiert von zwei Vasen, die größer waren als ich, und in der Mitte des Raumes stand ein runder Tisch, der zu schwer wirkte, um ihn zu bewegen. Eine in schwarze Seide und Spitze gehüllte Gestalt saß auf dem Sofa. Ihre schweren Gesichtszüge hoben sich kurz voller Neugier, ehe sie eine erhabene Unnahbarkeit annahmen.

Ich versank in einem Knicks und erhob mich, ohne das Gleichgewicht zu verlieren. Lady Vickers würde stolz auf mich sein. Lincolns Verbeugung war mehr ein Nicken und ich war mir nicht sicher, ob sie dem Protokoll genügte.

„Guten Tag, Miss Holloway, Mr Fitzroy." Die Stimme der Königin war so robust wie sie selbst. „Nehmen Sie Platz. Mein Sohn wird in Kürze hier sein."

Wir setzten uns auf die Stühle am Tisch. Wer hatte noch hier gesessen? Der Premierminister? Prinzessinnen? Besser nicht darüber nachdenken. In Gegenwart der Königin nervös zu kichern schickte sich nicht, während man mit ihr über ihren verstorbenen Mann sprach.

Das Schweigen zog sich, während wir warteten. Ich fühlte mich verpflichtet, es zu füllen, und konnte mich nicht auf Lincoln verlassen. „Sie haben ein bezauberndes Heim, Ma'am." *Ach.* Vielleicht hätte ich still bleiben sollen.

„Danke", sagte die Königin. „Sie leben mit Mr Fitzroy in Lichfield Towers, wenn ich es recht verstehe."

„Das tue ich."

„Als sein Mündel?"

„Ja." Nicht wirklich, aber unser Arrangement würde uns nur Spekulationen und Gerüchten aussetzen und das ertrug ich nicht von einer Frau, deren Moralvorstellungen breiter waren als ihre Person, laut Lady V.

„Und womit beschäftigen Sie sich, Mr Fitzroy? Oder sind Sie ein Müßiggänger?"

„Das bin ich nicht", sagte er.

„Er ist die am wenigsten untätige Person, die mir je begegnet ist", sagte ich.

Sie nagelte mich mit ihren tief sitzenden Augen fest, die sowohl scharfsinnig als auch grimmig waren. Nein, nicht grimmig, traurig. Diese Frau trauerte noch um ihren Mann. Jedenfalls behaupteten die Zeitungen das. Wie es die Luft hier durchdringen und mit ihrem Leid infizieren musste. Kein Wunder, dass ihr ältester Sohn genau das Gegenteil tat und sich amüsierte.

In diesem Moment betrat der Prinz von Wales den Raum. Wir erhoben uns und ich machte einen Knicks, während Lincoln wieder nickte. Der Prinz stellte sich neben das knisternde Feuer, die Hände auf dem Rücken. Wenn er stand und die Königin saß, was sollten Lincoln und ich dann tun? Die ehrenwerte Mrs Charles Grey hatte uns keinen Hinweis gegeben. Lincoln setzte sich wieder, also tat ich es auch. Als ob es ein Signal gewesen wäre, setzte sich der Prinz ebenfalls. Er hatte seinen Blick noch nicht von Lincoln abgewendet.

Er wusste es.

„Mein Sohn hat mir die Geschehnisse des gestrigen Abends erläutert", sagte die Königin. „Alle Geschehnisse. Anscheinend behaupten Sie, Kenntnis über spirituelle Dinge zu besitzen."

Lincoln zögerte kaum eine Sekunde, ehe er sagte: „Ein paar, Ma'am, ja."

„Und Sie sind der Sohn dieser Zigeunerfrau."

„Leisl. Ich glaube schon, obwohl ich mir nicht sicher sein kann. Bis gestern Abend bin ich ihr noch nie begegnet."

„Wer hat Sie großgezogen? Ihr Vater?"

„Ein Mann, der als General Eastbrooke bekannt war, ein Kommandeur in der Armee Eurer Majestät. Er ist jetzt verstorben."

„Er war nicht Ihr Vater?"

„Nein."

„Wer dann?"

Lincoln zögerte wieder. „Ich kann mir nicht sicher sein." Ehe die Königin ihm weitere Fragen stellen konnte, wandte er sich an den Prinzen. „Dürfen wir annehmen, dass Sie der Aussage Leisls doch Glauben schenken?"

Der Prinz lehnte sich auf seinem Stuhl zurück und streckte die Beine unter den Tisch. Die legere Geste brachte die Königin dazu, die Lippen zusammenzukneifen. „Ich bin ihr schon früher begegnet und habe Gründe zu glauben, dass sie die Wahrheit sagt."

„Welche Gründe?"

„Ich muss doch sehr bitten", schnappte die Königin.

Ich versank in meinem Stuhl und wünschte mir, ich hätte das Gespräch in die Hand genommen und es nicht Lincoln überlassen. Er war so feinfühlig wie ein Bulle.

„Private Gründe", sagte der Prinz. Er lächelte charmant. Zu charmant. Ich glaubte es nicht ganz. „Mr Fitzroy, ich gestehe, dass Sie mich gestern Abend ebenso fasziniert haben wie Leisls Vision. Ich habe Sie gefragt, wie alt Sie sind, und bekam keine Antwort, also habe ich heute Morgen meinen Sekretär zum Standesamt geschickt."

Grundgütiger! Ich konnte nicht glauben, dass er so etwas getan hatte. Ich konnte nicht glauben, dass er es zugab. Auch wenn ich vor einigen Monaten das Gleiche getan hatte, hatte ich doch gute Gründe gehabt. Ich lebte bei Lincoln, aber er war mir ziemlich fremd gewesen. Ich hatte mehr über die Person erfahren müssen, mit der ich unter einem Dach lebte.

„Sie haben nichts erfahren", erwiderte Lincoln. „Meine Geburtsurkunde ging verloren, wenn sie überhaupt je existierte."

Der Prinz bestätigte dies mit einem Nicken. „Ich finde das merkwürdig. Sie nicht?"

„Nicht im Geringsten. Vielleicht hat Leisl es versäumt, mich anzumelden. Vielleicht wurde meine Geburt unter einem Roma-Namen angemeldet."

„Warum hat der General es nicht getan?", fragte die Königin.

„Ich weiß es nicht. Das müssten Sie ihn fragen."

„Sie haben selbst gesagt, dass er tot ist."

Lincoln erzählte ihr nicht, dass ich ihn beschwören konnte. Entweder war er noch nicht bereit, meine Nekromantie zu erwähnen, oder er wusste, dass ich den General nie wiedersehen wollte, nicht mal als Geist.

Der Prinz öffnete den Mund, um zu sprechen, aber die Königin hob ihre Hand und er schloss ihn wieder. „Dieses Treffen dient dazu, die Vision der Zigeunerin zu besprechen, nicht Mr Fitzroys Familie."

„Meinetwegen", sagte der Prinz. „Die Sache bezüglich seiner Familie kann warten." Warten. Fallengelassen wurde sie nicht. „Ich glaube, dass Leisl in ihren Visionen etwas gesehen hat, das ihr ernsthaft Sorge bereitet hat", fuhr er fort. „Und ich möchte, dass Sie, Mr Fitzroy, herausfinden, was das ist, und diese Gefahr bannen. Können Sie das tun?"

„Ich glaube schon."

„Wie?" Die Königin beugte sich vor, was angesichts ihres Umfangs und des tiefen Sofas eine beachtliche Leistung war. „Wie können Sie das? Was qualifiziert Sie?"

„Ich bin Leiter einer Organisation, die Menschen mit übernatürlichen Fähigkeiten beobachtet."

Ich zog die Augenbrauen hoch, aber sie hoben sich nicht so weit nach oben wie die der Königin oder des Prinzen.

„Soll das ein Witz sein?", bellte der Prinz.

„Wir sind eine uralte Organisation, die jetzt als das Ministerium der Kuriositäten bekannt ist. In der Vergangenheit gab es jedoch andere Bezeichnungen."

„Ein Ministerium?" Die Königin sah ihren Sohn an. „Warum wurde ich davon nicht unterrichtet?"

„Kein offizielles Ministerium", sagte Lincoln. „Wir agieren nicht unter dem Schirm des Parlaments. Würde man uns einen offiziellen Status geben, träten wir an die Öffentlichkeit und die ist unseres Erachtens nicht bereit, von übernatürlichen Phänomenen zu hören."

„Ach, ich weiß nicht", sagte die Königin ruhig. „Spirituelle Dinge sind doch gerade sehr in Mode. Eine meiner Damen behauptet, vor einigen Jahren an einer Séance teilgenommen zu haben, bei der ein Medium mit einem Geist gesprochen hat, der bei seiner Witwe spukte. Anscheinend war diese Frau sehr überzeugend."

Der Prinz schloss die Augen und seufzte. „Es gibt kein echtes Medium."

„Es gibt sie durchaus", sagte Lincoln. „So wie viele andere Menschen mit interessanten Fähigkeiten, die Sie als Betrüger oder Scharlatane abstempeln würden. Das Ministerium katalogisiert sie und ihre Familien, um sicherzugehen, dass wir wissen, wo sie sich befinden und was ihre Gaben sind. Es ist wichtig, die Abstammung im Blick zu behalten, da paranormale Fähigkeiten vererbt werden. Es schützt sie ebenso wie unsere Nation."

Die Königin warf ihrem Sohn einen triumphierenden Blick zu und richtete ihre Aufmerksamkeit dann wieder auf Lincoln.

„Haben Sie eine Liste echter Medien? Werden Sie sie mir schicken?"

Er schüttelte den Kopf. „Ich werde diese Informationen niemandem preisgeben, nicht einmal Ihnen. Es ist viel zu gefährlich—"

„Ich bin Ihre Königin! Ich befehle es Ihnen."

„Sie benötigen keine Liste", sagte ich, ehe Lincoln sich in noch mehr Schwierigkeiten brachte. „Ich kann Ihren Mann für Sie beschwören. In der Tat halte ich es für eine hervorragende Idee, ihn zu fragen, ob er etwas von Leisls Vision weiß, da sie ihn genannt hat. Es scheint mir der logische nächste Schritt zu sein."

Sowohl die Königin als auch der Prinz starrten mich mit höchst unköniglich offenen Mündern an. „Aber Sie sind so ein kleines Ding", sagte die Königin. „Und so jung."

Ich zuckte lediglich mit den Schultern. „Das Alter hat nichts mit übernatürlichen Fähigkeiten zu tun. Ich wurde damit geboren."

Neben mir ballten sich Lincolns Finger zur Faust, aber er versuchte nicht, mich zum Schweigen zu bringen.

„Sie können mit den Toten reden?", fragte die Königin.

„Das kann ich. Und sehen kann ich sie auch."

„Wie sehen sie aus?"

„Wie ein Nebel in Form ihres lebendigen Körpers."

„Erstaunlich", flüsterte sie.

„Welche anderen übernatürlichen Fähigkeiten kennt ihr sogenanntes Ministerium?", fragte der Prinz.

Die Königin wedelte mit einem schwarzen Spitzentuch, das sie aus den Tiefen ihrer Seidenröcke gezogen hatte. „Sie müssen den Prinzgemahl rufen, Miss Holloway. Umgehend. Was benötigen Sie, um anzufangen? Eine Trommel? Schellen? Bertie, schließe die Vorhänge."

Der Prinz erhob sich nicht. „Wir sollten erst mehr über dieses Ministerium erfahren. Ich bin noch nicht bereit, Mr Fitzroys Behauptungen zu akzeptieren. Nicht ohne Beweise."

„Miss Holloway ist mein Beweis", gab Lincoln zurück.

„Sie glauben Leisl", sagte ich sanft. „Und Lincoln ist ihr Sohn. Er möchte sich weder respektlos zeigen, noch verlangt er im Gegenzug etwas von Ihnen. Wir fordern kein Geld oder ein königliches Anerkennungssiegel. Wir wollen nur ebenfalls wissen, was Leisl meinte. Es schadet nicht, das verspreche ich." Zur Königin sagte ich: „Ich benötige keine Dunkelheit oder andere Gegenstände. Ich kann ihn jederzeit an jedem Ort rufen."

„Was ist, wenn er nicht kommen will?"

„Für mich wird er kommen." Die Geister hatten keine Wahl, wenn eine Nekromantin sie rief, selbst die, die schon ins Jenseits übergetreten waren. Bei einem Medium konnte der Geist nur erscheinen, wenn sie sich noch nie begegnet waren. Dieser Unterschied machte meine Fähigkeiten umso beängstigender. Das, und die Tatsache, dass Nekromanten einen Geist zwingen konnten, in einen toten Körper einzutreten. „Sind Sie bereit, Ma'am?"

„Ja. Oh ja, ich habe so lange gewartet." Sie wirkte plötzlich größer, jünger, und ein Blitzen leuchtete in ihren Augen auf. „Enttäuschen Sie mich nicht, Miss Holloway."

„Wir erwarten Beweise, dass Sie mit meinem Vater sprechen", sagte der Prinz. „Wenn Sie uns anlügen ..."

Ich schluckte. „Wie lautet sein vollständiger Name?"

„Francis Albert Augustus Charles Emmanuel von Sachsen-Coburg-Gotha", ratterte die Königin herunter.

Ich musste ihn zweimal rufen, da ich beim ersten Mal einen seiner Namen ausgelassen hatte. Beim zweiten Mal seufzte ich jedoch erleichtert auf, als ein Nebel sich in der Ecke des Raumes sammelte und auf mich zu schwebte. Er bildete allmählich die Gestalt eines vornehm wirkenden Mannes mit hoher Stirn und beeindruckenden Koteletten. Er sah erst zu mir, dann zu den anderen im Raum, ehe er sich auf das Sofa neben seine Witwe setzte und seine Hand über ihre legte. Sie reagierte nicht.

„Sind Sie Albert, der Prinzgemahl?", fragte ich.

Die Königin presste ihr Taschentuch an ihre Brust. Ihr Blick huschte durch den Raum. „Ist er hier? Wo? Wo?"

„Er sitzt neben Ihnen." Ich nickte dem Geist zu.

Die Königin streckte vorsichtig die Hand aus. Sie glitt durch ihn hindurch. „Ich kann ihn nicht spüren."

Der Prinz von Wales stand auf. Die Hände hinter dem Rücken verschränkt, beugte er sich mit gerunzelter Stirn zu dem Geist. „Beweise, Miss Holloway."

„Sir?", bat ich. „Sind Sie der Prinzgemahl?"

„Der bin ich." Der Geist hatte einen leichten deutschen Akzent, aber eine klare Stimme. Er bewegte seine Hand vor dem Gesicht seiner Witwe. „Wer sind Sie?"

„Mein Name ist Miss Holloway und das hier ist Mr Fitzroy. Ich bin … Ich kann Geister beschwören."

„Offensichtlich." Er nickte in Richtung seiner Witwe. „Kann sie mich hören?"

„Sie können sie weder sehen noch hören noch spüren. Nur ich. Sir, ich muss Sie um irgendein Zeichen bitten, dass Sie in der Tat der sind, der Sie zu sein behaupten. Für Ihre Liebsten."

„Ich verstehe." Ich wusste nicht, woran der Prinz gestorben war, aber ich konnte keine Wunden entdecken. Er stand auf und wirbelte herum, ehe er sich wieder auf das Sofa setzte. „Ich habe sie mein süßes Blütenblatt genannt, weil sie eine Rose in einem dornigen Garten war. Parlament", erklärte er. „Es war ein Name, der nur für ihre Ohren bestimmt war."

„Der Geist sagt mir, dass er Sie sein süßes Blütenblatt genannt hat, Ma'am", sagte ich. „Stimmt—"

Die Königin fing ein einziges lautes Schluchzen mit ihrem Taschentuch ein. „Liebes Herz." Sie griff nach ihm und einen Moment lang dachte ich, sie könnte seine Gestalt sehen, denn sie strich über seine Wange. Doch sobald der Prinz sich bewegte, fuhr ihre Hand durch ihn hindurch. „Ich vermisse dich so schrecklich, mein Liebster. Es ist unerträglich ohne dich an meiner Seite."

Sowohl der Prinz von Wales als auch der Geist schauten erst mich, dann Lincoln an. Ich verstand ihre Bedenken. Es war peinlich genug, die Worte einer unglücklichen Witwe an ihren verstorbenen Mann zu hören, aber sie von den Lippen einer Monarchin zu hören, fühlte sich für mich an, als hätte ich Landesverrat begangen. Sie sah verletzlich aus, wie sie da in ihrer Trauerkleidung auf dem Sofa saß, die Augen voller Tränen.

„Sagen Sie ihr …" Der Prinzgemahl schaute in die Ecke, in der ich ihn zuerst wahrgenommen hatte. „Sagen Sie ihr, dass meine Seele sich nach ihr sehnt." Er nickte mir zu, als ich zögerte.

Ich wiederholte seine Worte. Das Schluchzen der Königin füllte den Raum.

„Sie ist ziemlich dick geworden", bemerkte er und fügte dann hastig hinzu: „Das sagen Sie ihr nicht."

„Ihr Tod liegt schon einige Jahre zurück", erklärte ich ihm.

„Achtundzwanzig Jahre", sagte sein Sohn.

„Achtundzwanzig lange Jahre", fügte die Königin mit zittriger Stimme hinzu.

„So lange?" Prinz Alberts Geist stand auf und umrundete seinen Sohn. „Er sieht älter aus als ich zum Zeitpunkt meines Todes. Trotzdem ein gut aussehender Kerl. Sagen Sie ihm das."

Ich wiederholte die Worte für den Prinzen von Wales, der von dem Lob kurz verblüfft zu sein schien. „Äh, danke."

„Es gibt so viel, was ich dir erzählen muss", sagte die Königin und schob sich nach vorn auf die Sofakante. Die königliche Haltung, der hochmütige Zug ums Kinn waren verschwunden. Sie sah aus wie jede andere ältere Witwe, die einen lange vermissten geliebten Menschen wiedersieht. „Wo soll ich anfangen? Wir haben ..." Sie zählte etwas an ihren Fingern ab, schüttelte dann aber den Kopf. „Ich bin mir nicht ganz sicher, wie viele Enkel wir haben. Mehr als dreißig. Aber unsere liebste Alice und Leo sind beide von uns gegangen. Oh! Aber das musst du wissen! Wie geht es ihnen?"

„Äh ..." Der Geist sah mich an.

„Sie sind glücklich", sagte ich für ihn. Ich wusste nicht, ob er mit anderen Verstorbenen kommunizierte, aber ich wusste, dass es für die Königin wichtig war zu glauben, dass sie ihren Vater an einem besseren Ort wiedergetroffen hatten. „Sir, wir haben Sie aus einem bestimmten Grund gerufen."

„Noch nicht", sagte die Königin. „Ich bin noch nicht bereit. Es gibt noch mehr Neuigkeiten, die ich weitergeben muss."

Ihr Sohn legte ihr eine Hand auf die Schulter. „Davon ist sehr wenig für Miss Holloways und Mr Fitzroys Ohren geeignet."

Ihre Lippen pressten sich aufeinander, als würde sie sich plötzlich daran erinnern, wer sie war und dass wir nichts zu melden hatten. „Du hast recht, Bertie. Fahren Sie fort, Miss Holloway. Lassen Sie uns diesem Geheimnis auf den Grund gehen."

„Eine Seherin namens Leisl ist gestern Abend auf den Prinzen von Wales zugekommen", begann ich. „Sie behauptete, eine Vision gehabt zu haben, in der Sie sein Leben in Gefahr brachten."

„Ich?" Der Geist waberte. „Wie soll das gehen, wenn ich keine physische Gestalt habe?"

„Das wissen wir nicht", sagte ich. „Haben Sie irgendwelche Ideen?"

„Vielleicht ist sie verrückt."

„Das ist sie nicht", sagte ich. „Sie ist wirklich eine Seherin."

„Woher wissen Sie das?"

„Wir wissen, dass sie die Wahrheit sagt."

Prinz Albert brummte. „Nun gut, ich akzeptiere Ihre Einschätzung, Miss Holloway. Allerdings muss sie sich in dieser Hinsicht irren. Ich habe weder einen Grund noch den Wunsch, irgendeinem Mitglied meiner Familie zu schaden. Schon der Gedanke ist absurd und abstoßend. Ihre Seherin muss das, was sie gesehen hat, falsch interpretiert haben."

Ich wiederholte seine Worte für die anderen.

„Da siehst du es." Die Königin warf ihm Sohn einen vielsagenden Blick zu. „Ich wusste es. Die Zigeunerin lag falsch oder hatte Übles im Sinn."

„Möglicherweise lag sie falsch", sagte Lincoln, „aber Übles hatte sie nicht im Sinn. Wenn sie Probleme hätte verursachen wollen, hätte sie das schon längst tun können, auf deutlich dramatischere Art und Weise."

Der Prinz von Wales versteifte sich und seine Augen wurden zu Schlitzen, während er wieder einmal Lincolns Gesicht absuchte. „Was meinen Sie damit?"

Lincoln erhob sich ruhig. Er war größer als der Prinz, mit breiteren Schultern und insgesamt schlanker. Trotzdem wich der Prinz nicht zurück. „Möchten Sie wirklich, dass ich das ausführe?", fragte Lincoln. „Hier?"

Der Kiefer des Prinzen arbeitete und er senkte den Kopf. „Es scheint, als wären wir kein bisschen schlauer als am Anfang. Die Bedeutung von Leisls Vision ist noch immer ein Rätsel."

„Ihre Kammerfrau erwähnte einen Einbruch", sagte Lincoln. „Was ist passiert?"

„Ist das wichtig?", fragte die Königin.

„Eventuell."

Der Prinz von Wales ging zum Kamin und stützte seine Ellenbogen auf das Sims. „Es war kein wirklicher Einbruch. Der Palast ist zu jeder Stunde ein Ort der Geschäftigkeit. Diener kommen und gehen. Niemand muss ein Fenster einschlagen, um hereinzukommen. Sie müssen lediglich so tun, als ob sie hierher gehören."

Der Geist trat ans Fenster und schaute hinaus in den Garten. „Das wäre zu meiner Zeit nie passiert."

„Wurde etwas entwendet?", fragte Lincoln.

„Ein Porträt von uns beiden, das kurz vor ..." Die Unterlippe der Queen bebte. „Bevor du krank wurdest, mein Liebster", sagte sie zu dem leeren Platz neben sich. Ich hatte nicht das Herz, ihr zu sagen, dass er dort nicht mehr war.

„Ich erinnere mich", sagte er und kam zurück, um wieder neben ihr Platz zu nehmen.

„Es stand auf einem Tischchen im kleinen Musikzimmer."

„Wurde noch etwas entwendet?", fragte Lincoln.

„Nicht, dass wir wüssten." Der Prinz von Wales sah sich in dem ziemlich vollgestopften Raum um. Es gab so viele Dinge— wie konnten sie überhaupt bemerken, dass ein kleines Bild verschwand?

„Meine Privatkorrespondenz wurde bewegt", sagte die Königin.

„Was?", brüllte ihr Sohn. „Warum hast du mir das nicht gesagt?"

„So spricht man nicht mit seiner Königin", sagte der Geist im gleichen Moment, wie die Witwe sagte: „Sprich nicht in diesem Ton mit mir, Bertie."

„Entschuldigung", sagte der Prinz von Wales knapp.

„Es erschien mir nicht wichtig, bis jetzt." Sie tupfte sich mit dem Taschentuch die Nase. „Es wurde nichts entwendet."

„Sie haben vorhin ein echtes Medium erwähnt", sagte Lincoln. „Waren Sie je versucht, sie zu beauftragen, Ihren Mann zu kontaktieren?"

„Die Königin steht über solchen Dingen", sagte der Prinz von Wales.

„Tatsächlich habe ich nachgefragt." Die kurzen Hände der Königin zerknüllten ihr Taschentuch. „Das habe ich dir nie gesagt, Bertie, weil ich wusste, dass du es nicht gutheißen würdest. Ich habe sogar nicht weniger als fünf Medien konsultiert. Die ersten vier waren alle Betrüger. Das wusste ich beinahe sofort. Die fünfte, von meiner Freundin empfohlen, war anders. Erst schien sie nicht herkommen zu wollen. Als ich darauf bestand, lehnte sie jegliche Bezahlung ab. Wir wanderten stundenlang durch den Palast und die Gärten, aber sie spürte keine Geister. Sie erklärte mir, dass sie nur mit den Geistern kommunizieren kann, die noch nicht ins Jenseits übergetreten sind. Geister, die bleiben, haben in der Regel etwas zu erledigen, ehe sie weiterziehen, eine Rechnung zu begleichen. Da sie den Geist meines Mannes nicht sehen konnte, sagte sie, er wäre als zufriedener Mann gestorben und hätte dieses Reich verlassen."

Zwei Paar lebendiger Augen und ein Paar toter richtete sich auf mich.

„Wenn das der Fall ist", sagte der Prinz von Wales langsam, „wie kommt es dann, dass *Sie* mit meinem Vater sprechen können, Miss Holloway?"

Anscheinend musste ich es doch zugeben. Ich schaute zu Lincoln, doch der bot keine Hilfe an. Er überließ mir die Entscheidung. „Ich bin kein Medium", sagte ich. „Ich bin etwas Selteneres, was man Nekromant nennt. Ich kann Geister rufen, egal, wo sie sich befinden."

„Erstaunlich", murmelten beide Prinzen.

„Der Name dieses Mediums?", fragte Lincoln die Königin.

Sie riss ihren schockierten Blick von mir weg „Warum müssen Sie den wissen? Sie konnte den Geist meines Mannes doch nicht sehen."

„Ich erfahre gern Dinge", sagte er schlicht.

Sie presste ihre Fingerspitzen an ihre Schläfen und schloss die Augen. „Ich erinnere mich nicht an ihren Namen, aber sie ist mit den Erben des Preston Vicomte verheiratet."

„Ich kenne den derzeitigen Vicomte", sagte der Prinz von Wales. „Beaufort ist der Familienname."

„Das ist es! Mrs Emily Beaufort."

„Es gab vor einigen Jahren einen Skandal, als der Erbe eine

Bürgerliche heiratete, deren Hautfarbe, sagen wir, nicht typisch englisch war."

„Ich fand sie sehr charmant", sagte die Königin.

Ich kannte sie auch. Oder wusste zumindest von ihr. Sie war in unseren Archiven gelistet. Während mein Erinnerungsvermögen längst nicht so gut war wie Lincolns, war ihr Name durch die Verbindung zum Preston Vicomte hängen geblieben. Es gab nur wenige Adelige mit übernatürlichen Fähigkeiten.

„Gibt es noch etwas, das wir über den Einbruch wissen sollten?", fragte Lincoln. „Oder andere ungewöhnliche Vorkommnisse im Palast, die mit Leisls Vision in Verbindung stehen könnten?"

„Mir fällt nichts ein", sagte die Königin. „Bertie?"

Er schüttelte den Kopf, sah ihr aber nicht in die Augen.

„Miss Holloway und ich werden uns verabschieden." Lincoln nickte mir zu. „Schick den Geist seiner Hoheit zurück, Charlie."

„Nein!", rief die Königin und versuchte, sich aus dem Sofa zu stemmen, nur um zu versagen und aufzugeben. „Nein, das dürfen Sie nicht. Ich bin noch nicht bereit. Wir haben so viel zu besprechen."

„Er kann nicht bleiben", sagte der Prinz von Wales.

„Warum nicht?"

„Sagen Sie ihr, dass wir eines Tages wieder zusammen sein werden", sagte der Geist von Prinz Albert zu mir. „Sagen Sie ihr, dass ich nicht bleiben kann, aber dass ich sie hören werde, wenn sie allein ist und mit meinem Geist spricht. Das sollte ihre Trauer deutlich lindern."

Ich wiederholte seine Worte und befahl ihm dann, ins Jenseits zurückzukehren. Sein Nebel wirbelte einmal durch den Raum und verschwand dann durch die Decke. Tränen traten der Königin in die Augen und ihr Kinn bebte. Ihr Sohn unternahm nichts, um sie zu trösten.

„Gestatten Sie mir, Sie hinauszubegleiten", sagte er zu uns.

Ich machte einen Knicks vor der Königin, aber sie drehte mir einfach die Schulter zu und weinte stumme Tränen in ihr Taschentuch. Wir gingen in Begleitung des Prinzen von Wales.

Ein Lakai stand an der Tür, das Gesicht ausdruckslos. Der Prinz entließ ihn und ging mit uns zurück durch den Palast.

„Sie haben vorhin etwas zurückgehalten", sagte Lincoln. „Was war das?"

Der Prinz betrachtete ihn. „Sie sind es gewohnt, Forderungen zu stellen, nicht wahr? Denen Folge geleistet wird?"

Lincolns fester Blick geriet etwas ins Wanken. Er hatte nicht erwartet, dass der Prinz ihn so schnell einschätzen würde. „Meine Männer ziehen es vor, nicht in Ungnade zu fallen."

„Und Miss Holloway? Folgt sie Ihren Befehlen?"

Lincolns Schultern versteiften sich. „Sie hat ein Gemüt, das nicht so leicht beeinflusst wird, wenn sie einmal eine Entscheidung gefällt hat."

Ich schnaubte ein Lachen heraus und biss mir dann auf die Zunge. Ich befand mich mitten in einem Willenskampf zwischen Vater und Sohn, und möglicherweise war es das Beste, so unauffällig wie möglich zu bleiben, während sie ihn ausfochten.

„Schön für Sie, Miss Holloway", sagte der Prinz. „Ein Mann sollte immer wenigstens einen Menschen haben, der ihm die Stirn bietet, sonst wird er arrogant."

„Ja, Sir", sagte ich und klang dabei vollkommen verblödet.

„Was Ihre Frage angeht, Fitzroy." Der Prinz senkte die Stimme. „Sie haben Recht. Es gibt noch etwas, aber ich wollte Ihre Majestät nicht noch mehr erschüttern. Vor nur wenigen Tagen kam ein Mann her und verlangte, sie zu sehen. Ihre Kammerfrau—ich erinnere mich nicht, welche—hielt es für besser, dass sie nicht gestört wird, also rief sie stattdessen mich. Es war offensichtlich, dass Ihre Majestät von dem Besucher verstört werden würde." Das Tempo des Prinzen wurde langsamer und er schaute sich erneut um. Dann blieb er stehen, wie wir auch. „Sehen Sie", sagte der Prinz leise, „der Mann behauptete, mein Vater zu sein."

KAPITEL 4

„ **G** rundgütiger", sagte ich. „Haben Sie ihn verhaften lassen?"

Der Prinz schüttelte den Kopf. „Ich habe ihn weggeschickt und ihm gesagt, er solle nie wiederkommen. Ich … ich konnte mich nicht durchringen, die Polizei zu verständigen."

„Warum nicht?", fragte Lincoln.

„Er sah meinem Vater verblüffend ähnlich. Exakt gleich, um genau zu sein, vom Bart über die Frisur bis zur Form seines Gesichts. Ich hätte seine Behauptung beinahe geglaubt. Die Königin hätte ihm mit Sicherheit geglaubt und ihre Kammerfrau wusste das. Deswegen hat sie nach mir geschickt."

„Was war mit seiner Kleidung?", fragte Lincoln.

„Was soll damit sein?"

„Sah sie so aus, wie die, die er zu Lebzeiten trug?"

„Er ist vor so langer Zeit verstorben, dass ich mich nicht erinnern kann. Er hatte verschiedene Anzüge, einige formell, andere eher nicht. Ich würde sagen, der Betrüger trug etwas Unauffälliges, da ich seine Kleidung nicht beachtet habe. Um ehrlich zu sein, war ich zu sehr damit beschäftigt, sein Gesicht zu studieren."

„Was ist mit seiner Stimme?", fragte ich, während ich mich an den deutschen Akzent des Geistes erinnerte.

„Auch hier, sein Tod liegt fast dreißig Jahre zurück. Der

Akzent war sicherlich genau auf den Punkt, mit einem Hauch deutsch." Er runzelte die Stirn. „Jetzt, wo ich darüber nachdenke, war seine Stimme nicht ganz die gleiche. Die des Schwindlers war tiefer."

Lincoln ging wieder weiter und der Prinz und ich schlossen uns an. „Es war richtig, ihn wegzuschicken", sagte Lincoln. „Er ist ein Betrüger."

„Ich weiß", sagte der Prinz mit angespanntem Kinn. „Ich habe die Leiche meines Vaters gesehen. Er ist auf jeden Fall tot."

„Jetzt wissen wir, was Leisl meinte", sagte ich. „Sie hat nicht den *Geist* Ihres Vaters gesehen, sondern den Mann, der ihn nachahmt."

„Das scheint der Fall zu sein", sagte der Prinz.

„Könnte er ein weiteres Kind gezeugt haben?", fragte Lincoln.

Die Schritte des Prinzen verlangsamten sich, bis er erneut stehen blieb. „Wie bitte?"

„Das macht Ihnen etwas aus?", fragte Lincoln. Er klang ehrlich überrascht.

„Ja! Er hat die Königin hingebungsvoll geliebt."

Lincoln sah mich an. Ich vermutete, dass er mich um Bestätigung bat, ob das mein Eindruck von der Begegnung mit dem Geist des Prinzgemahls war. „Er schien sehr erfreut, sie zu sehen", sagte ich.

„Ich versichere Ihnen, dass er nicht fremdgegangen ist", zischte der Prinz. „Er war ein guter Mann."

Lincoln ging weg. „Auch gute Männer irren manchmal. Sogar gute Männer mit königlichem Blut."

„Und manche tun es nicht."

„Stimmt", gab Lincoln nach. „Manche haben Willenskraft und Moral."

Der Prinz schlug hinter seinem Rücken die Hände zusammen und marschierte voran. Ich musste meine Schritte beschleunigen, um mit den beiden mithalten zu können. „Sogar Männer mit Willenskraft und Moral benötigen manchmal den Trost außerhalb des ehelichen Gemachs", sagte der Prinz. „Wobei mein Vater nicht dazugehörte."

Der Willenskampf war erneut so heftig aufgeflammt, dass sie

mich vergessen hatten. Nicht, dass Lincoln ein solches Gespräch als zu unanständig für mich erachtet hätte. Er wusste, dass ich Dinge gesehen und gehört hatte, die sogar seine Königliche Hoheit entsetzt hätten. Ich räusperte mich.

„Ich bitte vielmals um Entschuldigung, Miss Holloway", sagte der Prinz mit geröteten Wangen. „Ich weiß nicht, was über mich kam, dass ich solche Dinge in Ihrer Gegenwart geäußert habe."

„Das ist schon in Ordnung, Sir", sagte ich. „Sie sind nicht allein schuld."

Ich spürte mehr, als dass ich sah, wie Lincoln erstarrte. „Wissen Sie, wohin der Betrüger ging?"

„Ins East End. Ich habe einen der Lakaien angewiesen, ihm zu folgen, aber er hat ihn in Whitechapel verloren. Mein Mann hat sich nicht weiter getraut."

In Anbetracht seiner königlichen Uniform hätte er unerwünschte Aufmerksamkeit erregt, was seine Zurückhaltung verständlich machte. Einer der Lakaien öffnete jetzt die Tür zum Hof. Gus und Seth richteten sich auf und trieben die Pferde an, um uns einzusammeln.

„Was werden Sie jetzt unternehmen?", fragte der Prinz.

„Das habe ich noch nicht entschieden", sagte Lincoln. „Guten Tag, Sir."

„Halten Sie mich auf jeden Fall auf dem Laufenden. Verstanden?"

„Einwandfrei."

Ich machte einen Knicks. „Guten Tag, Eure Hoheit. Es war mir ein Vergnügen, in Ihr Heim eingeladen zu werden und Ihre Mu— die Königin zu treffen."

Er nahm meine Hand und half mir in die Kutsche. „Guten Tag, Miss Holloway. Ihre Gesellschaft zu haben, war mir eine Freude. Ich hoffe, Sie bald wiederzusehen." Er küsste meinen Handrücken und lächelte, als er zurücktrat.

Lincoln stieg neben mir ein. Der Lakai schloss die Tür und klappte die Stufen hoch. Die Kutsche rollte aus dem Hof.

„Du hast ihn angestachelt", sagte ich.

Lincoln zog eine Augenbraue hoch. „Das ist das Erste, was du zu sagen hast?"

„Wären wir im Mittelalter, wärst du hingerichtet worden."

„Das bezweifle ich. Nicht seinen eigenen Sohn. Vielleicht hätte er mich in den Tower geworfen, um mir eine Lektion zu erteilen."

Er sagte das so gelassen, dass man leicht glauben konnte, ihm würde es nichts ausmachen, über seinen Vater, den Prinzen, zu sprechen. Aber ich hatte den Verdacht, dass es ihm sehr wohl etwas ausmachte. Sein Lächeln erreichte seine Augen nicht. Die waren grüblerisch und finster.

Ich rückte dichter an ihn heran und schmiegte mich an seine Seite. Er legte den Arm um meine Schultern und hielt mich fest. Ich küsste seine Wange.

„Ich verstehe, warum du so mit ihm gesprochen hast", sagte ich. „Das tue ich wirklich. Aber ..." Ich seufzte. „Gib ihm eine Chance, Lincoln."

„Ein Vater für mich zu sein? Die Zeit dafür ist schon lange vorbei, selbst wenn er es wollte, was ich bezweifle. Ich will keinen Vater und brauche auch keinen." Er küsste meinen Scheitel. „Du bist jetzt alles, was ich brauche."

Ich hob den Kopf, um ihn anzusehen. Er drückte meine Schulter und schob mich von sich. Das war alles. Nur ein freundschaftliches Drücken.

Ich richtete mich auf und schluckte mein enttäuschtes Seufzen herunter. „Was hältst du von diesem Gauner?"

„Ich denke, wir haben ein Problem."

„Du meinst, die königliche Familie hat ein Problem—und die Polizei. Mir scheint, es hat doch nichts mit uns zu tun. Schade. Ich würde zu gern noch einmal in den Palast gehen oder vielleicht eine Runde durch den Garten drehen. Jetzt laden sie uns wohl kaum noch einmal ein, es sei denn, der Prinz beschließt, dich besser kennenlernen zu wollen."

„Das wird er nicht. Die Tage, in denen die unehelichen Nachkommen der Königsfamilie am Hof Vorzüge genossen, sind vorbei. Ich wäre eine Peinlichkeit."

Ich legte meine Hand über seine. „Du wärst sowieso kein sehr guter Adeliger geworden. Du hasst Dinnerpartys und Small Talk."

„Und Abendgarderobe. Ich müsste ständig eine Krawatte

tragen." Er hob meine Hand an seine Lippen und küsste sie. „Nebenbei bemerkt glaube ich, dass du falschliegst."

„Weswegen?"

„Das die Sache ein Fall für die Polizei und nicht das Ministerium ist. Ich glaube, da ist etwas Übernatürliches im Spiel. Der Prinz von Wales hat erwähnt, wie ähnlich der Mann seinem Vater in jeglicher Hinsicht gewesen ist. Die Kammerfrau der Königin muss das auch gedacht haben, sonst hätte sie nicht nach ihm geschickt."

Ich zuckte mit den Schultern. „Ein unehelicher Sohn, der ein grausames Spiel spielt. Der Prinz hält seinen Vater vielleicht für einen guten Mann, aber das bedeutet nicht, dass er es war."

„Das ist möglich, aber ich möchte weiter nachforschen."

„Was gibt es da nachzuforschen? Wie könnte jemand wie ein Verstorbener aussehen, ohne mit ihm verwandt zu sein?"

„Ein Gestaltwandler."

Ich wartete darauf, dass er das näher ausführte, tat er aber nicht. „Wie Lady Gillingham und meine beiden Freundinnen im Pensionat für missratene Töchter?", fragte ich. „Aber die sehen wie Tiere aus in ihrer anderen Gestalt, nicht wie Prinzen."

„So ähnlich, aber nicht genauso."

„Wie dann?"

Er schaute aus dem Fenster. Die hohen Hecken und verschnörkelten Tore der Anwesen am Rande von Hampstead Heath zogen schnell an uns vorbei. „Wir sind fast zu Hause. Ich werde dir und den anderen dort alles erklären."

Ich schnalzte mit der Zunge und entzog ihm meine Hände. „Du bist ein frustrierender Mann.

Er strich mit seinem Daumen über die Unterseite meines Kinns. „Zum Reden ist keine Zeit mehr."

„Warum nicht?"

„Weil ich dies hier tun muss."

Er zog mich an sich und küsste mich. Es war unser erster richtiger Kuss seit über einer Woche und seine Intensität fuhr mir in die Glieder und jagte meinen Puls in die Höhe. Danach hatte ich mich beinahe schmerzhaft gesehnt und er anscheinend ebenfalls. Er hielt mich fest, sodass ich mich keinen Millimeter bewegen konnte. Das wollte ich auch nicht. Warum auch, wenn der Kuss meinen Körper zum Singen brachte?

Warum hatte er mich die ganzen langen Tage nicht so geküsst? Weil er Angst hatte, gesehen zu werden? Oder Angst, dass er nicht aufhören konnte?

Das war eine Möglichkeit, warum er mit dem Kuss bis jetzt gewartet hatte, ein paar Minuten von Lichfield entfernt. Ich würde später darüber nachdenken. Jetzt wollte ich nur diesen Kuss genießen, seine warmen Arme, seine bedingungslose Liebe, solange wir allein waren.

Die Kutsche hielt deutlich früher, als ich erwartet hatte. Waren wir schon durch die Tore von Lichfield gefahren?

Lincoln rückte von mir ab und sog stockend Luft in seine Lungen. Ohne auch nur in meine Richtung zu schauen, öffnete er die Tür, womit er Seth erschreckte. Der betrachtete die beschlagenen Scheiben und grinste breit.

Lincoln schob sich an ihm vorbei. „Hast du etwas zu sagen?", knurrte er.

Seths Grinsen verwelkte. „Nein!" Er bückte sich, um die Stufen für mich herunterzuklappen.

Lincoln half mir aus der Kutsche. Hinter ihm grinste Seth erneut und zwinkerte mir zu.

Meine Wangen glühten.

„Wir treffen uns in der Bibliothek, sobald du und Gus so weit sind", sagte Lincoln. Er bot mir seinen Arm an und wir gingen zusammen rein.

Mehrere Minuten später gesellten sich Seth und Gus in der Bibliothek zu Lincoln, mir und Alice. Er hatte beschlossen, sie zu involvieren, aber die Gründe noch nicht erklärt. Vielleicht dachte er einfach, sie sollte gewisse Dinge erfahren, da sie jetzt bei uns wohnte. Lady Vickers hatte er jedoch nicht gebeten, dazu zu kommen.

Der Koch brachte Tee und Früchtekuchen und setzte sich. „Wie gehts dem alten Mädchen, Charlie?"

„Ihre Majestät schien traurig", sagte ich, während ich den Tee ausschenkte. „Ich bin mir nicht sicher, ob es eine gute Idee war, den Geist ihres Mannes in ihrem Beisein zu rufen."

„Sieht sie aus wie auf dem Bild?", fragte Gus. Als ich die Stirn runzelte, zog er einen Penny aus seiner Westentasche.

„Etwas älter." Ich reichte Alice eine Tasse und ein Stück Kuchen. „Und etwas dicker ums Kinn."

„Ich kann mir nicht vorstellen, die Königin zu treffen", sagte Alice. „Du hast so ein Glück. Das ist ein Erlebnis, an das du dich immer erinnern wirst und eine tolle Geschichte, die du deinen Kindern erzählen kannst."

„Es war merkwürdig und am Anfang ziemlich überwältigend. Sobald der Geist ihres Mannes erschien, wurde sie ... normaler. Sie tat mir leid."

„Und der zukünftige König?"

„Er ist eigentlich ein ganz gewöhnlicher Mann, außer dass er die Königin nie Mutter oder Mama genannt hat. Ob er das wohl tut, wenn sie unter vier Augen sind?"

Lincoln und ich berichteten von dem Treffen. Als wir zu dem Teil mit dem Medium Mrs Beaufort kamen, sagte Seth: „Ich weiß von Beaufort, aber wir sind uns nie begegnet. Sie bleiben für sich in ihren eigenen Kreisen. Ist sie in den Archiven vermerkt?"

Lincoln nickte. „Ich sehe zurzeit keinen Grund, mit ihr zu sprechen."

„Der interessanteste Teil des Treffens fand statt, nachdem wir die Königin verlassen haben", sagte ich und erzählte ihnen von dem Schwindler und Lincolns Theorie eines Gestaltwandlers.

„Sie existieren?", fragte Alice mit großen Augen.

„Ich habe vor einiger Zeit Gerüchte über einen gehört", sagte Lincoln. „Gefunden habe ich ihn allerdings nie und habe auch keine Beweise."

„Das ist doch sicher unmöglich."

„Vor nur wenigen Monaten dachte ich, es wäre unmöglich, die Toten wiederzubeleben", sagte ich. „Oder dass Träume lebendig werden."

„Jou", murmelte Gus in seine Teetasse.

Seth wollte an seinem Tee nippen, überlegte es sich aber anders und senkte die Tasse wieder. „Stellt euch vor, was ein Gestaltwandler tun kann. Wenn er jeden nachahmen kann ... Mein Gott. Das wäre ein Chaos. Absolutes Chaos."

„Wir wissen nicht, wie leicht es für ihn ist, die Gestalt eines anderen anzunehmen", sagte Lincoln. „Eine solche Person muss sehr selten sein, oder wir hätten einen in unseren Archiven erfasst."

„Sie haben selbst gesagt, Sie hätten Gerüchte gehört", sagte Seth.

„Gerüchte sind keine Beweise."

„Dieser Schwindler könnte 'n Verwandter vom alten Prinz Albert sein", sagte Gus. „Oder 'n Sohn, der am falschen Ende der Bettdecke geboren wurde."

„Das haben wir in Erwägung gezogen", sagte ich. „Der Prinz von Wales besteht darauf, dass sein Vater nicht der Typ dafür war."

Seth schnaubte und öffnete den Mund, um etwas dazu zu sagen, doch dann sah er, dass Alice ihn beobachtete. Er kniff die Lippen zusammen und studierte seinen Kuchen mit höchstem Interesse.

„Wir sollten diese Frage ein für alle Mal klären", sagte ich. „Ich werde den Prinzgemahl noch einmal rufen. Ich glaube, alle außer Lincoln sollten den Raum verlassen. Er könnte vor Fremden Hemmungen haben, frei zu sprechen."

Alice stand auf und nahm ihre Tasse und ihren Teller. „Natürlich. Kommt."

Seth und der Koch folgten ihr, doch Gus blieb zurück. „Ich will ihn kennenlernen", sagte er. Angesichts Lincolns finsteren Blickes schnappte er sich noch ein Stück Kuchen. „Ich geh ja schon."

Sobald die Tür geschlossen war, sah ich Lincoln an. „Erinnerst du dich, ob es Francis Albert Augustus Charles Emmanuel oder Francis Albert Augustus Emmanuel Charles war?"

„Ersteres."

„Ich hoffe, er ist nicht wütend, dass wir ihn zweimal an einem Tag rufen. Oder ihm eine so persönliche Frage stellen."

„Es ist irrelevant, ob er es ist. Du hast das Sagen, Charlie, nicht er."

Er hatte gut reden. Immerhin war er der Ansicht, dass die Königsfamilie keine besondere Behandlung verdient hatte. „Francis Albert Augustus Charles Emmanuel von Sachsen-Coburg-Gotha, ich rufe deinen Geist hierher."

Der Nebel platzte durch die Decke wie die Dampfwolke einer Lok und sauste auf mich zu.

Ich duckte mich. „Verdammt und zugenäht!"

„Es schickt sich nicht für eine Dame, so zu sprechen", sagte der Geist des Prinzgemahls, während er neben dem Kamin Gestalt annahm.

Ich hielt meinen Rücken kerzengerade. „Und das ist keine Art für einen Gentleman, einen Raum zu betreten, selbst wenn er ein Geist ist."

Seine Nasenflügel bebten. „Sie wagen es, mich zu rügen?"

„Ich wage es. Sie mögen ein Prinz sein, aber ich befehlige Ihren Geist hier. Verstehen Sie?"

Er schnaubte und drehte mir den Rücken zu. Dann streckte er seine geisterhaft weißen Finger zu den brennenden Kohlen aus, obwohl er keine Kälte empfinden konnte. Lincoln nickte mir wohlwollend zu.

„Warum haben Sie mich hergerufen?", fragte der Prinz. „Und wo ist das hier genau? Ich erkenne diesen Raum nicht."

„Lichfield Towers in Highgate", sagte ich. „Es gehört Mr Fitzroy."

Der Prinz warf Lincoln einen Blick zu, schnaubte erneut und wandte sich wieder dem Feuer zu. „Beantworten Sie meine erste Frage."

Ich sog Luft durch meine Zähne und wappnete mich für eine ungehaltene Antwort. „Ein Mann hat den Palast betreten und sich für Sie ausgegeben, Sir."

Er verschränkte die Hände hinter seinem Rücken. „Ich hoffe, man hat den Verrückten weggeschickt."

„Er sah Ihnen verblüffend ähnlich. So ähnlich, dass der Prinz von Wales gerufen wurde, um mit ihm zu sprechen."

„Bertie hätte den Wahnsinnigen weggeschickt."

„Das tat er, allerdings blieb ihm der Vorfall im Gedächtnis, da der Mann eine so bezeichnende Ähnlichkeit mit Ihnen hatte. Ihr Sohn nahm an, es wäre ein Zufall."

„Das ist es."

Ich spreizte meine Finger auf meinem Schoß und streckte frustriert die Muskeln durch. „Könnte es eine andere Erklärung geben?"

Der Prinz trat auf mich zu. In seiner Jugend wäre er eine imposante Erscheinung gewesen mit seiner aufrechten Haltung und dem abfällig verzogenen Mund, aber ein Geist schüchterte mich nicht ein. „Was deuten Sie an?"

Ich warf Lincoln einen Blick zu. Er ermutigte mich mit einem Nicken, fortzufahren. „Könnte es sein, dass dieser Mann Ihr Sohn mit einer Geliebten ist?"

Der Geist waberte und brach auseinander. Der Nebel kreiste um mich, schneller und schneller, bis ich nur noch verschwommenes Weiß sah. Mir wurde schwindelig.

„Genug!", rief ich. „Stehen Sie still und antworten Sie mir."

Lincolns Mundwinkel hob sich, als der Geist stehen blieb.

„Sie befehligen mich." Die Stimme des Prinzen wurde weich vor Erstaunen.

„Das tue ich", sagte ich gereizt. „Meine Frage ist taktlos und ich wollte sie nicht stellen, aber das musste ich. Ihre Familie könnte durch diesen Mann bedroht werden. Wir müssen ihn finden. Wenn Sie uns irgendetwas über ihn sagen können, würde es unserer Suche helfen."

„Ich kann Ihnen nichts sagen. Ich weiß von niemandem, der mir so ähnlich sieht, dass er sich für mich ausgeben könnte, und eine Geliebte hatte ich nie. So. Zufrieden?"

„Danke. Das ist alles. Sie dürfen ins Jenseits zurückkehren."

Der Nebel schwebte in die Luft. „Ich hoffe, ich werde nicht wieder gestört."

„Das hoffe ich auch. Sehr sogar."

Seine Augenbrauen hoben sich, aber dann löste sein Gesicht sich auf und er verschwand schließlich ganz.

„Er ist weg", sagte ich.

Lincoln stand auf und öffnete die Tür, um die anderen wieder hereinzulassen.

„Wir haben dich rufen gehört, Charlie", sagte Seth, die Stirn besorgt gerunzelt. „Ist alles in Ordnung?"

„Er ist ein aufgeblasener, herrischer Mann." Ich trank den Rest meines Tees, schenkte mir nach und trank auch davon die Hälfte.

„Brauchst du etwas Stärkeres?", fragte der Koch.

„Nein, danke. Der Prinz besteht darauf, dass er nie eine

Geliebte hatte." Mein Blick traf Lincolns. „Es scheint, als wäre deine Theorie korrekt. Also, was tun wir?"

„Wir untersuchen die Möglichkeit einer Person, die die Gestalt eines anderen Menschen annehmen kann, anstatt die Gestalt eines Tieres", sagte er. „Und wir schauen, ob wir dem Betrüger auf die Schliche kommen."

Alle begannen gleichzeitig zu sprechen. Dutzende Fragen wurden aufgeworfen, bis Lincoln mit erhobenem Finger um Ruhe bat.

„Lady Gillingham hat möglicherweise einige Kenntnisse über das Ändern der Gestalt", sagt er.

Schnell erklärte ich Alice, dass Lady Gillingham wie unsere beiden Freundinnen in der Schule war, die ihre Gestalt ändern konnten. Sie war weder schockiert noch angeekelt. Es gab nur wenig, was sie verstörte, da war sie ähnlich wie ich.

„Lade sie zum Tee ein und schau, was du über sie erfahren kannst", sagte Lincoln zu mir. „Ich werde in Whitechapel herumfragen, wo der Lakai des Palastes den Schwindler verloren hat. Seth und Gus kommen mit mir."

„Du glaubst, du bekommst Antworten von den Leuten im East End?", höhnte ich. „Die mögen es nicht, wenn Fremde ihnen Fragen stellen."

Er sah mich nur mit diesen bodenlos schwarzen Augen an.

„Oh. Klar. Du hast das schon mal gemacht."

Er stand auf. „Es wird spät. Wir gehen morgen."

* * *

LADY VICKERS hetzte Doyle vor Lady Gillinghams Besuch durch die Gegend, bis er auf dem Zahnfleisch ging. Er kam vor lauter Staubwischen und Möbelpolieren gar nicht dazu, dem Koch bei den Vorbereitungen zu helfen. Der musste sich mit der eher ungeschickten Bella begnügen.

„Die ist schlimmer als Seth", brummelte er, als Bella mit einem Armvoll dreckiger Töpfe in der Spülküche verschwand. „Die kennt nicht mal den Unterschied zwischen Zucker und Mehl."

„Ich werde helfen", sagte Alice und knöpfte ihren Ärmel auf. „Wo soll ich anfangen?"

Der Koch hörte auf, den Teig zu massakrieren und starrte sie mit offenem Mund an. „Äh, das ist schon in Ordnung, Miss Everheart. Bella und ich kommen klar."

„Ich koche gern und habe zu Hause immer ausgeholfen. Bitte nennen Sie mich Alice und nicht Miss Everheart."

„Das … das kann ich nicht", würgte er hervor, die Wangen rotglühend.

„Charlie nennen Sie doch auch beim Vornamen."

„Ja, aber die war am Anfang nicht vornehm. Sie war wie ich."

„Ich bin mir nicht sicher, ob ich jetzt vornehm bin." Ich klopfte dem Koch auf die Schulter. „Lass Alice helfen. Du möchtest Lady Gillingham doch nichts Gewöhnliches servieren, oder?"

Er hämmerte seine Faust in den Teig. „Ich hab noch nie was Gewöhnliches serviert, Charlie."

Ich zwinkerte Alice zu und ließ sie allein. Doyle flitzte an mir vorbei, die Wangen gerötet, die Atmung keuchend. „Es ist nicht mehr lange", rief ich ihm nach.

Er blieb kurz stehen, um mir zu zeigen, dass er mich gehört hatte, und eilte dann weiter. Der arme Mann. Aber ich meinte es ernst. Lady Vickers hatte eine Kandidatin als Haushälterin auserkoren, die ich nur noch bestätigen musste. Obwohl ich Lady V gesagt hatte, dass ich nicht wusste, welche Qualitäten eine Haushälterin mitbringen sollte, bestand sie darauf, dass ich das letzte Wort hatte, da ich die Herrin von Lichfield Towers war. Dass ich darauf beharrte, Lincolns Antrag—den zweiten—nicht angenommen zu haben, stieß auf taube Ohren.

Lady Vickers verließ das Haus mitten am Vormittag, um in der Oxford Street einkaufen zu gehen, und nahm Alice mit. Wir hatten ihr nicht gesagt, warum sie gehen musste, sondern lediglich, dass es sich um Ministeriumsangelegenheiten handelte und dass Lady Gillingham vermutlich weniger geneigt war, mit uns zu reden, wenn jemand ihres Standes anwesend war. Das hatte Lady V geschmeichelt und sie hatte gern zugestimmt, dass ich keine Bedrohung darstellte.

Da Seth und Gus mit Lincoln unterwegs waren und Doyle

beschäftigt war, mussten Alice und Lady Vickers den Bus nehmen, zu Lady Vs Entsetzen. Ich dachte, sie könnte einen Schwächeanfall bekommen und blieb vorsichtshalber in ihrem Zimmer, doch sie nahm es in Angriff, als Alice ihr sagte, sie freue sich darauf, mehr Zeit mit ihr zu verbringen.

„Wir sollten einander wirklich besser kennenlernen", sagte Alice.

Lady Vickers' Augen wurden schmal. „Warum?"

„Kein besonderer Grund. Seth lobt Sie in den höchsten Tönen."

Das schien Lady Vickers die Sprache zu verschlagen, ein seltenes Ereignis. Ob sie überrascht war, dass Seth sie lobte, oder besorgt darüber, dass Alice und Seth sich privat unterhielten, konnte ich nicht ergründen. Vermutlich war es eher letzteres, denn sie sagte: „Wir sollten für Sie ein neues Kleid für das Frühjahr anfertigen lassen. Etwas, das Ihre schlanke Figur betont. Und wir sollten im Park spazieren gehen, nur wir beide, damit Sie von den jungen Männern bemerkt werden. Kommen Sie. Wir wollen doch den Bus nicht verpassen."

Alice warf mir ein spitzbübisches Grinsen zu. Sie wusste genau, wie sie Seths Mutter zu manipulieren hatte, und das nach wenig mehr als einer Woche. Sie würde eine hervorragende Schwiegertochter abgeben, wenn Lady Vickers es nur gestattete. Oder wenn Alice es wollte, natürlich. Es war schwer zu sagen, ob sie für Seth Gefühle hatte.

Lady Gillingham kam kurz darauf an und begrüßte mich höflich, wenn auch recht misstrauisch, als ich sie darüber informierte, dass Lady Vickers nicht im Hause war.

„Der Maskenball hat großen Spaß gemacht", fing ich das Gespräch an, während ich ihr eine Teetasse reichte.

„Ja." Sie nippte. Ihr sanfter blauer Blick sprang über den Rand der Tasse durch den Raum.

„Ich entschuldige mich, dass ich an dem Abend nicht mit Ihnen gesprochen habe. Es erscheint mir seltsam, dass wir uns noch nie offiziell begegnet sind, obwohl ich Ihren Mann kenne. Er kommt gelegentlich geschäftlich hierher", erläuterte ich, als sie nicht antwortete.

„Ich weiß vom Ministerium."

Ich räusperte mich. „Und ich weiß von Ihnen."

Sie ließ ihre Tasse fallen, fing sie jedoch auf, ehe zu viel Tee heraus schwappte. Einige Tropfen landeten auf dem Teppich, aber es hätte viel schlimmer sein können. Lady Gillinghams Reflexe waren schneller als meine.

Ihre Hände zitterten, sodass die Tasse auf der Untertasse klapperte. Ich nahm ihr beides ab und stellte es auf den Tisch. „Vergeben Sie mir", sagte ich. „Das kam jetzt sehr überraschend für Sie."

„Mr Fitzroy versicherte mir, dass er es niemandem sagen würde", jammerte sie.

„Ich habe ihm kaum eine Wahl gelassen." Es war eine glatte Lüge, aber ich konnte sie nicht glauben lassen, dass Lincoln mir oder den anderen leichtfertig davon erzählt hatte. Es war notwendig gewesen und er wusste, dass er uns vertrauen konnte. Lady Gillingham würde das allerdings anders sehen. „Ich habe die Akte gesehen, die er über Sie angelegt hat, als ich in den Archiven nach etwas anderem gesucht habe. Als ich ihn danach fragte, hat er mich über Ihr Gespräch in Ihrem Schlafzimmer informiert."

„Es war nicht so, wie Sie denken", sagte sie schnell.

Sie dachte, ich verdächtige sie und Lincoln *deswegen*? „Ich weiß."

„Wirklich? Sie vertrauen ihm?"

„Natürlich." Ich wollte schon fragen, warum ich ihm nicht trauen sollte, entschied mich aber dagegen. Ich wollte keine Liste von Lincolns verflossenen Liebschaften.

„Sie sind wohl noch nicht verheiratet, nehme ich an", sagte sie bedeutungsschwanger. „Und Sie sind keine … keine Kreatur wie ich." Also dachte sie an die Verfehlungen ihres Mannes, nicht die von Lincoln.

„Sie sind keine Kreatur."

„Sie haben meine andere Gestalt noch nicht gesehen."

Sie war eine hübsche Frau mit hellen Haaren und glatter Haut. So jung wie ich war sie nicht mehr, aber sie musste deutlich jünger sein als ihr Mann, der im mittleren Alter war. Er sollte sich glücklich schätzen, mit so einer bezaubernden Frau verheiratet zu sein, stattdessen behandelte er sie laut Lincoln grausam. Lord Gillingham war das Monster, nicht seine Frau.

„Lincoln hat Ihnen nichts über mich erzählt, oder?", fragte ich.

„Nein." Sie schaute mich merkwürdig an. „Warum?"

„Ich bin auch nicht normal. Ich kann mit Geistern kommunizieren."

Sie machte ein verächtliches Geräusch. „Medien sind nicht so ungewöhnlich."

„Ich kann auch die Toten wiederbeleben, indem ich den Geistern befehle, in eine Leiche einzutreten."

Sie starrte mich an, den Mund zu einem perfekten O geformt.

„Sogar die verwesten, die schon eine Weile in der Erde gelegen haben", fügte ich hinzu und nahm meine Tasse. „Grauenhaft, nicht wahr?"

„Ja. Äh, nein. Nicht grauenhaft, lediglich … einzigartig."

Ich lachte. „Ich kann Ihrem Gesicht ansehen, was Sie wirklich denken. Es ist in Ordnung. Ich habe meinen Frieden damit geschlossen. Es ist grauenhaft, aber so bin ich nun mal und kann nicht keine Nekromantin sein."

Sie nahm ebenfalls ihre Tasse zur Hand. „Wenigstens können Sie es kontrollieren. Das kann ich nicht immer."

„Wie im Schlaf?"

Sie nickte. „Er hat mich gesehen, wissen Sie, während ich schlief. Und jetzt ist er … nicht mehr so aufmerksam."

Lincoln hatte mir erzählt, wie sehr Lady Gillinghams Tiergestalt ihren Mann anekelte und verängstige. Er weigerte sich sogar, ihr beizuliegen, seit er es herausgefunden hatte. Für jemanden, der sich sehnlichst Kinder wünschte, war dieser Entzug von Intimitäten vernichtend.

„Ich weiß es zu schätzen, dass Sie mir von sich erzählen, Miss Holloway", sagte sie. „Wie bezeichnen Sie sich?"

„Eine Nekromantin. Und bitte, nennen Sie mich Charlie."

Sie lächelte. „Und Sie müssen mich Harriet nennen. Meine Schwiegermutter ist ebenfalls Lady Gillingham. Das hasse ich." Sie kicherte, was mir ins Bewusstsein rief, wie jung sie war.

„Erzählen Sie mir, wie Sie und Lord Gillingham sich kennengelernt haben."

„Daran erinnere ich mich kaum. Ich war noch ein Kind. Er bat meinen Vater damals sofort um meine Hand."

„Wie alt waren Sie?"

„Zwölf. Vater sagte natürlich, er würde warten müssen. Das tat er auch."

„Sie hatten keine Wahl?"

„Keine. Aber es machte mir nichts aus. Ich wusste, dass es eine gute Partie war. Er ist ein Earl."

Er war außerdem eine Schlange. Diese hübsche Frau hätte jeden Mann haben können, aber sie erlaubte ihrem Vater, sie an so ein widerliches Biest wie Gillingham zu verheiraten. Ich würde den Adel nie verstehen. Zudem wirkte sie auch noch stolz auf ihn oder wenigstens auf seinen Titel.

„Sie haben vermutlich schon erraten, dass ich Sie aus einem bestimmten Grund hergebeten habe", sagte ich.

„Hat es etwas mit meinem Gestaltwandeln zu tun?", flüsterte sie und warf einen Blick auf die geschlossene Tür.

Ich nickte. „Wir haben eine Situation, in der ein Kerl einen anderen nachgeahmt hat. Er sah exakt so aus wie der andere Mann, doch er war es nicht. Er ist auch kein Verwandter. Lincoln glaubt nicht an Zufälle. Er vermutet, der Betrüger könnte seine Gestalt verändert haben, ähnlich wie Sie es können, nur noch viel mehr."

„Sie meinen, er hat sein Aussehen in das des anderen verwandelt?"

„Ja."

„Das ist erstaunlich—und so unheimlich. Die Möglichkeiten sind nicht abzuschätzen. So eine Person könnte sich in jeden verwandelt. Den Premierminister oder sogar die Königin! Das Land wäre nicht mehr sicher."

Es warf die Frage auf, warum der Kerl sich nicht in die Gestalt des Premierministers verwandelt hatte. Der hatte mehr Macht als der tote Prinzgemahl. Das ergab keinen Sinn. „Tatsächlich betrifft es die königliche Familie."

„Du meine Güte." Sie presste eine Hand an ihre Brust. „Wie furchtbar."

„Wissen Sie etwas, das uns helfen könnte?"

Sie zuckte mit einer Schulter. „Was zum Beispiel?"

„Haben Sie sich je in etwas anderes verwandelt als in Ihre …
Tiergestalt?"

„Nein. Ich wünschte, das könnte ich. Es klingt wesentlich
spaßiger, sich in einen anderen Menschen zu verwandeln. In
einen Mann, zum Beispiel. Würden Sie nicht gern mal einen Tag
in den Schuhen eines Mannes laufen, um zu sehen, wie anders
Sie behandelt werden?" Ihre Augen leuchteten angesichts der
Möglichkeiten. Ich vermutete, diese Frau hatte einen ziemlich
verruchten Zug an sich.

Ihre Begeisterung verstand ich durchaus, da ich in den
Schuhen eines Jungen gelaufen war. Diese fünf Jahre als Drei-
zehnjähriger in den Slums hatte mir die Augen in vielerlei
Hinsicht geöffnet, wie verschieden Männer und Frauen behandelt wurden. Manches war bedeutend, wie die Freiheit, mit der
ich in eine Kneipe gehen konnte, ohne dass mein Hinterteil
begrapscht wurde. Anderes war weniger offensichtlich, wie die
freundschaftlichen Witze der anderen Bandenmitglieder, die sie
Charlie, dem Jungen, erzählten. Nichts davon gab ich Lady
Gillingham preis. Falls ihr Mann sie über meinen Hintergrund
aufgeklärt hatte, ließ sie es sich nicht anmerken. Ich hatte allerdings den Verdacht, dass sie sehr wenig miteinander teilten,
nicht nur im Ehebett.

„Kennen Sie noch jemanden, der so ist wie Sie?", fragte ich.

„Niemanden. Ich bin ziemlich allein." Sie senkte den Blick
auf ihre Tasse, doch nicht, bevor ich die Tränen in ihren
Augen sah.

Ich berührte ihren Arm. „Sie sind nicht allein. Ich bin hier,
falls Sie jemanden zum Reden brauchen. Ich verstehe, wie es ist,
anders zu sein und das Gefühl zu haben, dass niemand es auch
nur ansatzweise begreifen kann."

„Danke, Charlie." Sie versuchte sich an einem Lächeln. „Sie
sind sehr lieb. Ich wünschte, ich könnte Ihnen helfen."

„Sind Sie sicher, dass Sie es nicht können? Ist in letzter Zeit
etwas Ungewöhnliches passiert? Irgendetwas, das mit Gestaltwandeln in Verbindung stehen könnte? Oder überhaupt etwas
Seltsames, selbst wenn Sie glauben, es hat keine Bedeutung?"

Sie knabberte an ihrer Unterlippe und tippte mit dem Finger
gegen die Tasse, die sie nicht am Henkel, sondern ganz in der

Hand hielt. Das Porzellan wirkte zerbrechlich in ihren großen Händen. „Es gibt da vielleicht etwas, aber es ist nichts, was ich gesehen hätte. Eher ein Vorschlag, wie Sie an die Informationen kommen, die Sie benötigen."

„Fahren Sie fort."

Sie holte Luft, aber Doyles Rufen unterbrach sie. „My Lord! Sir, Sie können da nicht reingehen!"

Die Tür flog auf und Lord Gillingham platzte herein. Seine Lippen entblößten seine Zähne und er zeigte mit seinem Spazierstock auf seine Frau. „Steh auf, Harriet. Du gehst."

„Gilly!" Die Tasse klapperte auf der Untertasse. „Ich—ich trinke doch nur Tee mit Charlie."

„Du solltest hier nicht herkommen", knurrte er. „Du solltest niemals hierherkommen. Verstanden?"

Sie stieß ein nervöses kleines Lachen aus und entschuldigte sich bei mir. „Ich weiß nicht, was in meinen Mann gefahren ist. Normalerweise ist er nicht so."

Auf *mich* wirkte er immer wie ein dominanter Scheißkerl. „Entschuldigung", sagte ich und stand auf. „Ihre Frau und ich waren mitten in einem persönlichen Gespräch. Würden Sie bitte draußen warten—"

„Sprich mich nicht an, *Hexe*." Er stolzierte durch den Raum und einen Moment lang dachte ich, er würde mit seinem Stock auf mich einprügeln, so wie bei unserer ersten Begegnung.

Das tat er jedoch nicht. Er packte den Arm seiner Frau und zog sie auf die Füße. Sie ließ die Tasse fallen, deren Inhalt sich auf den Boden ergoss.

Sie schnappte nach Luft und wurde rot. „Oh, Charlie, das tut mir leid."

„Ist schon in Ordnung", sagte ich, während ihr Mann sie wegzerrte. „Wir haben unser Gespräch noch nicht beendet", fuhr ich Gillingham an.

Er ignorierte mich und marschierte mit seiner Frau im Schlepptau weiter, die versuchte, sich aus seinem Griff zu befreien. „Gilly, du tust mir weh."

„Gut. Anscheinend brauchst du Schmerzen, damit du dich erinnerst, wer dein Mann ist."

„Das ist albern."

„Ist es das?", fuhr er sie an. Sein Gesicht war bleich geworden, die Lippen blutleer. Er schüttelte sie. Sie wich zurück und hob ihren anderen Arm, um sich zu schützen. „Ist es das? Weil ich dir gesagt habe, dass du niemals herkommen sollst."

„Aber Charlie ist sehr nett."

„Gib keine Widerworte! Hast du keinen Anstand?" Er hob die Hand, um sie zu schlagen. Ich rannte auf sie zu, wusste aber, dass ich nicht rechtzeitig da sein würde. Doyle reagierte ebenfalls, aber auch er war zu weit weg.

Gillingham schlug seine Frau jedoch nicht. Sie fing seinen Arm ab und hob ihn hoch, sodass seine Füße in der Luft baumelten. Er riss die Augen auf. Sein Kinn wurde schlaff. Dann warf seine Frau ihn so fest nach hinten, dass er gegen den Türrahmen knallte. Das ganze Zimmer erbebte unter dem Aufprall.

Er fiel bewusstlos zu Boden.

KAPITEL 5

*H*arriet rutschte neben ihrem Mann auf den Boden. „Gilly! Gilly!"

„Doyle, rufen Sie einen Arzt", sagte ich. Der Butler war kaum davongeeilt, als Lord Gillingham stöhnte.

„Gilly? Kannst du mich hören?"

Er öffnete die Augen lediglich einen Spalt, dann weiteten sie sich und traten beinahe hervor. „Weg von mir!" Er versuchte, rückwärts zu kriechen, doch die Wand war im Weg. „Bleib weg!"

„Gilly? Ich bin es nur. Harriet, deine Frau."

„Du bist *nicht* meine Frau. Du bist der Teufel! Eine Hexe!"

„Sie kann nicht beides sein", schnappte ich mehr aus Erleichterung, dass er nicht tot war, als aus dem Bedürfnis heraus, sie zu verteidigen. „Genau genommen ist sie keins von beidem."

Er blinzelte mich dümmlich an. Vielleicht hatte ihm der Schlag gegen den Kopf doch geschadet. „Harriet, steig in die Kutsche ein." Er knallte seinen Gehstock auf den Boden und kämpfte sich auf die Füße. Seine Frau wollte ihm helfen, doch er zischte sie an, sodass sie zurückblieb und an ihren Fingernägeln kaute.

„Der Butler ruft einen Arzt", sagte ich.

„Ich werde meinen eigenen verfluchten Arzt rufen. Du wirst mir nichts von deinem Hexenwerk aufzwingen."

„Wenn ich eine Hexe wäre, hätte ich Sie schon längst in einen Wurm verwandelt und an die Vögel verfüttert."

Harriet schlug beide Hände vor dem Mund und schaute nervös zu ihrem Mann. Er zerrte an seinen Manschetten und streckte den Nacken aus seinem Kragen. „Geh, Harriet!"

„Sie scheinen wieder ganz der Alte zu sein", sagte ich. „Leider."

Die feinen Falten um Gillinghams Mund vertieften sich. Wenn ich noch Charlie, das Gossenkind gewesen wäre, hätte er mir noch eine Tracht Prügel mit seinem Stock verpasst. Aber er fürchtete Lincolns Wut mehr, als er seinen Stolz wertschätzte, also war ich sicher. Abgesehen davon konnte ich dank meines Trainings seine Hiebe jetzt abwehren.

Ich half Harriet in ihren Mantel und flüsterte ihr ins Ohr: „Sie wollten mir etwas sagen. Was war das?"

Sie schüttelte kaum merklich den Kopf. „Ich kann nicht."

„Was tuschelt ihr beide da?", brüllte Gillingham.

„Nichts!", erwiderte sie mit schriller Stimme.

„Ihre Frau hat mir mit Ministeriumsangelegenheiten geholfen", sagte ich. Es war an der Zeit, ihm klarzumachen, dass sie mehr war als hübsche Dekoration.

Er prustete einige Worte heraus, die jedoch keinen Sinn ergaben. „Nicht, Charlie. Er mag es nicht, über meine andere Gestalt zu sprechen", flehte Harriet mich an.

„Dann wird es Zeit, dass er sich daran gewöhnt. Ihre Frau hat einzigartige Einblicke", sagte ich zu ihm. „Sie könnten uns Hinweise über eine Ministeriumsangelegenheit liefern, die sich aus Leisls Konfrontation mit dem Prinzen von Wales beim Maskenball ergeben hat."

Er erstarrte. „Ihr habt Nachforschungen über die Behauptungen der Seherin angestellt?"

„Natürlich. Es wäre fahrlässig von uns, das nicht zu tun. Wir wurden in den Palast gebeten—"

„Den Palast! Warum wurde ich nicht informiert?"

„Ich informiere Sie jetzt."

„Viel zu spät. Das Komitee muss über diese Dinge informiert werden, sobald sie auftreten."

„Ich werde Ihren Vorschlag an Lincoln weiterleiten. Er ist schließlich der Leiter des Ministeriums."

Er nahm sein Stottern wieder auf.

„Das Treffen nahm eine Wende zum Übernatürlichen und Wandeln der Gestalt, um genau zu sein", fuhr ich fort. „Wir dachten, Ihre Frau könnte uns in dieser Sache behilflich sein, angesichts …"

„Kann sie nicht. Sie weiß nichts."

„Das würde ich lieber von ihren Lippen hören."

„Ich bin ihr Ehemann! Sie tut, was ich sage."

„Aber sie ist die Stärkere. Vielleicht sind *Sie* es, der *ihr* gehorchen sollte."

Angst flackerte kurz in seinen Augen auf. Seine Wangen färbten sich jedoch rosa und er wandte sich ab. Es musste für einen Mann, der es so gewohnt war, in seinem eigenen Haus zu bestimmen, merkwürdig sein, plötzlich zu erkennen, dass er schwächer war als seine Frau. Er behielt zwar die rechtliche und finanzielle Macht, aber sie saß jetzt am längeren Hebel. Ich wollte, dass er es wusste. Ich wollte auch, dass sie es wusste.

Sie starrte mich nur an, die sanften Augen weit aufgerissen. Sie hatte vermutlich noch nie jemanden so mit ihrem Mann reden hören, wie ich es tat, schon gar keine Frau.

„Wer weiß noch über sie Bescheid?", fragte Gillingham.

„Lincoln, ich selbst, Gus und Seth."

„Seth auch?", stöhnte Harriet.

„Lord Marchbank und Lady Harcourt wissen es nicht", versicherte ich ihr. Ich hielt es für besser, Alice nicht zu erwähnen. „Keiner von uns wird tratschen. Ihr Geheimnis ist sicher, aber wir mussten Seth und Gus jetzt einweihen, da die Krone in Gefahr ist."

„Was für eine Gefahr ist das genau?", verlangte Gillingham zu wissen.

„Es ist noch zu früh, um das zu beurteilen. Wir müssen weitere Nachforschungen anstellen, ehe—"

„Bah! Du weißt nichts. Ich werde Fitzroy fragen."

„Gut."

„Ein Treffen wird heute Nachmittag für drei Uhr anberaumt. Seid vorbereitet."

„Ich kann nicht garantieren, dass Lincoln da sein wird."

„Das sollte er besser." Er drehte sich um und ging davon. „Harriet! Komm!"

Sie zuckte entschuldigend mit den Schultern und eilte ihm nach.

„Aber was wollten Sie mir sagen?", rief ich ihr hinterher.

Sie wehrte meine Frage mit einem Winken ab und rannte die Eingangstreppe hinunter zur wartenden Kutsche.

Ich seufzte und schloss die Tür hinter ihnen. Eigentlich hielt ich mich für eine gewaltlose Person, aber wenn ein Mann eine Abreibung verdient hatte, dann war es Gillingham.

Die darauffolgende Zeit verbrachte ich damit, die Haushälterin zu interviewen, die Lady Vickers ausgesucht hatte, ehe ich dem Koch in der neu ausgestatteten Küche zur Hand ging, bis die anderen rechtzeitig zu einem späten Mittagessen zurückkehrten.

Ich brauchte sie nicht zu fragen, wie der Morgen gelaufen war. Die Frustration stand Seth und Gus deutlich ins Gesicht geschrieben. Lincolns war so emotionslos wie immer.

„Wir sind an jeder Ecke in eine Sackgasse gelaufen." Seth setzte sich auf den Stuhl in der Ecke der Küche und streckte seine langen Beine aus. „Niemand wollte unsere Fragen beantworten, nicht einmal gegen Bezahlung."

„Das allein ist schon bezeichnend", sagte ich. „Vielleicht halten sie den Mund, weil sie vor diesem Kerl Angst haben."

„Oder sie wissen nichts", sagte Lincoln, der in den Topf auf dem Herd schaute.

„Mit wem habt ihr gesprochen?"

„Mit jedem, der uns begegnet ist", sagte Gus und holte Schüsseln aus dem Schrank. „Blumenverkäufer, Vagabunden, alte Frauen, die zu langsam waren, um vor uns wegzurennen." Er stellte die Schüsseln auf den Tisch. „Die sind allesamt misstrauisch."

„Die dachten wahrscheinlich, ihr wärt von der Polizei."

„In den Klamotten?" Seth zupfte an seiner dicken, braunen Wollhose. Seinen Mantel, die Jacke und Kappe hatte er bei seiner Ankunft in der Garderobe gelassen. Um nicht aufzufallen, hatten sich die drei in Kleidung auf den Weg gemacht, die eher zu

Arbeitern passte als zu Gentlemen. Anscheinend hatte das nicht genügt.

„Es ist merkwürdig, dass ihr nicht eine brauchbare Information bekommen habt", sagte ich zu Lincoln. „Verhöre waren doch immer eine deiner Stärken."

„Fitzroy hätte sie härter rannehmen sollen", sagte Seth. „Er ist weich gew—" Er unterbrach sich, als Lincolns Blick ihn traf.

Lincoln tauchte einen Holzlöffel in den Topf und probierte die Suppe. Seth oder Gus wären vom Koch gerügt worden, doch diesmal zuckte er nicht einmal. „Meine Verhörmethoden werden zurzeit ziemlich eingeschränkt, wie ich finde", sagte Lincoln.

Weil er viel weicher geworden *war*, höchstwahrscheinlich durch meinen Einfluss.

„Wir versuchen es morgen noch mal", sagte er.

„In einem anderen Stadtteil?", fragte ich. „Mit einem anderen Ansatz?"

„Vielleicht."

„Warum komme ich nicht mit euch? Auf die Art—"

„Nein!" Seth durchschnitt mit seiner Hand die Luft. „Auf gar keinen Fall. Whitechapel ist nichts für Ladys."

Ich stemmte meine Faust auf die Hüfte. „Hast du vergessen, dass ich dort mal gelebt habe?"

„Hast du vergessen, dass du kein halb verhungerter Bursche mehr bist, sondern eine ..." Er formte eine kurvige Frau mit seinen Händen. „Eine hübsche, gebildete Lady aus gutem Hause?" Er stand auf und schnappte sich eine Schüssel. „Kein vernünftiger Gentleman würde eine Dame, an der ihm etwas liegt, erlauben, durch die Slums im East End zu schlendern. Stimmt's, Fitzroy?" Er hielt dem Koch die Schüssel hin und sah Lincoln fragend an.

Lincoln pflückte ebenfalls eine Schüssel vom Tisch. „Falls du morgen nicht zu beschäftigt bist, Charlie, wäre ich für deine Hilfe dankbar."

Seth schüttelte den Kopf und murmelte etwas zur Decke hin, das französisch klang.

„Die kommt klar", sagte Gus und stellte sich ebenfalls für Suppe an. „Wir sind doch da, um auf sie aufzupassen."

„*Ich* werde da sein", sagte Lincoln.

„Was sollen wir tun, während ihr beide fröhlich einem Gestaltwandler durch Whitehall folgt, der vielleicht existiert, vielleicht aber auch nicht?", fragte Seth.

„Du könntest deine Mutter und Alice ausführen", stichelte ich. „Ich bin sicher, die beiden würden gern Zeit mit dir verbringen. Versuche jedoch, Alice nicht ganz so sehr anzuhimmeln. Du weißt, wie sehr Lady V das ärgert."

Er zog die Nase kraus. „Hör auf, so selbstgefällig zu sein, Charlie. Du hast nur gewonnen, weil er dir nichts abschlagen kann, nicht weil es eine gute Idee ist."

Der Koch schnaubte, während er Suppe in meine Schüssel füllte. „Seth bettelt ja geradezu darum", flüsterte er.

„Die Ställe müssen ausgemistet werden", sagte Lincoln zu Seth. „Da ist deine Aufgabe für morgen. Gus kann sich den Tag freinehmen."

Gus strahlte. „Danke, Sir."

Seth öffnete den Mund, um zu protestieren, musste es sich dann aber anders überlegt haben. Er warf mir lediglich einen finsteren Blick zu und stürzte sich auf seine Suppe.

„Apropos morgen", sagte ich, während ich mich neben Lincoln setzte. „Unsere neue Haushälterin fängt morgen an. Ihr Name ist Mrs Cotchin und sie hat exzellente Referenzen aus einem Haushalt, den Lady Vickers kennt. Sie war dort leitende Magd, und da die Haushälterin noch weit vom Ruhestand entfernt ist, hat sie beschlossen, dort zu kündigen, um ihre Position zu verbessern. Ich denke, sie wird gut zu uns passen. Doyle hat sie kennengelernt, nicht wahr, Doyle?"

Der Butler war leise eingetreten und bediente sich an der Suppe. Er hatte sich daran gewöhnt, hin und wieder mit uns zu essen, und hielt sich nicht mehr zurück, wenn Lincoln oder ich den Dienstbotenbereich betraten.

„Das habe ich", sagte er. „Sie ist eine erfahrene Frau von gutem Charakter."

„Er meint, dass sie nett ist", fügte ich hinzu.

„Aber wird sie sich einfügen?", fragte Seth. „Es ist nicht leicht, sich an diesen Haushalt zu gewöhnen. Und was erzählen wir ihr von den seltsamen Vorkommnissen hier?"

„Wir erzählen ihr gar nichts", sagte Lincoln. „Dieser Teil muss zunächst ein Geheimnis bleiben. Verstanden?"

Wir nickten alle.

Der Koch schob die Unterlippe vor. „Dann sehe ich wohl nicht mehr viel von euch, was?"

„Mich wirste sehen", sagte Gus.

„Mich nicht", sagte Seth. „Unten wird nur noch für Bedienstete sein."

„Du bist'n Esel", sagte Gus. „Und kein Stück besser als ich, der Koch oder Doyle. Das sollte dir das letzte Jahr gezeigt haben."

„Die Dinge sind anders, da meine Mutter und Alice jetzt hier sind. Die Einladungen zu sozialen Verpflichtungen kommen rein geschwemmt. Es ist an der Zeit, dass ich meinen rechtmäßigen Platz in der Gesellschaft einnehme."

„Möchtest du meine Dienste verlassen?", fragte Lincoln.

„Was? Nein! Ich muss arbeiten. Ich meinte nur, dass ich meine Arbeit und meine neu gewonnene Beliebtheit unter einen Hut bringen muss."

„Ich dachte, du hasst Schleimer und Tratschmäuler", sagte ich.

„Das tue ich im Großen und Ganzen."

„Versuchst du, deine Mutter zu beschwichtigen?"

„Gott, nein. Ich helfe ihr lediglich, wo sie sich doch jetzt um Alice kümmern muss. Und um dich natürlich, Charlie. Meine Mutter möchte euch beide ausführen und vor ihren Freunden mit euch angeben. Es ist nur richtig, dass ich mitkomme und ein Auge auf euch habe."

Gus schnaubte. „Du meinst sicherstellen, dass kein Gentleman Alice ins Auge springt."

„Sei doch nicht albern." Seth strahlte und schob die Brust raus. „Kein anderer Gentleman könnte sie auch nur im Entferntesten interessieren, wenn sie mich jeden Tag sieht. Sie geht vielleicht aus, aber sie kehrt immer zu mir zurück."

„Knallkopf", sagten Gus und der Koch gleichzeitig.

Diesmal teilte ich ihre Meinung nicht. Trotz seiner Großspurigkeit lag ein Hauch von Verletzlichkeit in Seths Tonfall. Er mochte Alice wirklich und wollte einen guten Eindruck hinterlassen. Dieser Mann, der Herzen eroberte, wo er ging und stand, tat sich schwer, das Herz der Frau zu erobern, die er ernsthaft bewunderte.

„Was ist mit Lady Gillingham passiert?", fragte Lincoln mich.

Doyle und ich warfen uns einen Blick zu. Er war der einzige Zeuge der Geschehnisse im Salon. „Sie war gerade drauf und dran, mir etwas zu erzählen, das für unsere Ermittlungen wichtig hätte sein können, da platzte ihr Mann herein."

Lincolns Pupillen zogen sich zu Nadelspitzen zusammen. Sein Löffel ruhte in der Schüssel. „Und?"

„Und sie hat ihn durch den Raum geworfen."

Gus und Seth legten ihre Löffel ab. „Alter Schwede", sagte Gus. „Ist er tot?"

„Nein." Der Koch setzte sich wieder und rieb sich den Bauch. „Hoffentlich beim nächsten Mal."

„Er kam her, um sie nach Hause zurückzubeordern", sagte ich. „Es gefiel ihm nicht, dass sie mit mir sprach. Als er sie zwingen wollte, hat sie zugepackt. Sie ist bemerkenswert stark."

„Ihre Sinne sind auch sehr scharf", sagte Lincoln. „Wie die eines Tieres."

„Sie hat ihn hochgehoben und ihn gegen die Wand geworfen, als ob er nicht mehr wiegt als eine Katze. Ich glaube, das hat sie selbst erschreckt. Er kam zu sich und war immer noch wütend auf sie. Er wollte wissen, warum sie hier war, also habe ich ihm von unserem Treffen im Palast erzählt und dass wir ihre Hilfe brauchen. Details habe ich ihm allerdings nicht genannt. Er hat ihr trotzdem nicht gestattet, mit mir zu reden. Sie ist gefahren, ohne mir zu sagen, was sie sagen wollte." Ich sah Lincoln an. „Hätte ich es ihm verschweigen sollen?"

„Ich hätte ihn und die anderen ohnehin unterrichtet", sagte er. „Ich werde das Komitee einberufen."

Ich schaute auf die Uhr. „Gillingham hat das schon getan. Sie werden in dreißig Minuten hier sein."

„Kuchen und Biskuit-Zungen werden serviert", sagte der Koch und erhob sich. „Ich räume jetzt auf und bereite den Tee vor."

„Sollen wir dabei sein?", fragte Gus.

Lincoln nickte. „Ihr werdet ab sofort an den Sitzungen des

Komitees teilnehmen. Das erspart es mir, hinterher alles zu wiederholen."

„Es wird ihnen nicht passen."

Lincoln hob eine Schulter und stand auf.

„Stört dich das?", fragte ich Gus.

Er grinste und entblößte zwei Reihen kaputter und fehlender Zähne. „Nö. Ich klär nur, ob's jemand anderen stört."

„Charlie," sagte Lincoln und hielt mir die Hand hin. Ich legte meine Hand hinein und wir gingen zusammen aus der Küche. „Gillingham wird noch immer wütend auf dich sein", sagte er.

„Ich weiß."

Er rieb mit seinem Daumen über meinen, sanft und beruhigend. „Möchtest du, dass ich eingreife, wenn er dich beschimpft?"

„Nur, wenn es aussieht, als würde er die Oberhand gewinnen. Vielleicht wendest du einfach einen deiner tödlichen Blicke an."

„Tödliche Blicke?"

„Die, bei denen Gillingham und die meisten anderen in ihren Stiefeln zittern."

Er zog mich in die dunkle Ecke unter der Haupttreppe und presste mich an sich. Mein Herz hämmerte so heftig, dass er es spüren musste. „Du hast nie in deinen Stiefeln gezittert."

„Das habe ich ganz gewiss. Ich habe es dich nur nie sehen lassen."

Er drückte seine Lippen gegen meine Stirn und seufzte. Ich legte die Arme um ihn und lehnte meine Wange an seine Brust. Sein Herz schlug laut, aber gleichmäßig.

„Habe ich dich je so angeschaut, als ich dich zur Schule geschickt habe?", fragte er.

„Nein. Da hast du mich fast gar nicht angesehen." Ich hielt ihn fester, denn ich wollte nicht, dass er dachte, ich wäre noch sauer auf ihn, weil er mich aus Lichfield weggeschickt hatte. Seine tiefe Reue hatte meine Wut bei unserem Wiedersehen abgeschwächt. Ihn nach der Küchenexplosion so verletzlich zu sehen, hatte sie ganz aufgelöst. „Ich habe aufgehört, Angst zu haben, kurz nachdem ich dich kennengelernt habe und mir klar wurde, dass du nur aus Notwehr tötest."

„Inzwischen."

„Das sagen wir Gillingham aber nicht." Ich machte mich von ihm los und strich über seine Wange. Sie war rau, er hatte sich vor dem Besuch in Whitechapel nicht rasiert.

„Für ihn kann ich immer eine Ausnahme machen."

Ich lachte leise über seinen Witz. Wenigstens hielt ich es für einen Witz. „Du solltest dich besser für die Besprechung umziehen."

* * *

LINCOLNS ERSTE BESPRECHUNG als Mitglied des Komitees begann damit, die anderen daran zu erinnern, dass er General Eastebrookes Erbe war und daher nicht nur sein Haus und seine Reichtümer erbte, sondern auch seine Position im Komitee.

„Ja, ja", sagte Gillingham, was er mit einem Schlag seines Spazierstocks auf dem Boden betonte. „Wissen wir alle."

„Der Tod des Generals ist eine Erinnerung an jeden hier, einen Nachfolger festzulegen, der seinen Platz einnehmen wird", sagte Lincoln. „Vorzugsweise jemand, der von der Existenz des Ministeriums weiß, wenn er auch nicht alle Details kennt. Charlie ist meine."

„Und wenn Sie vor Ihnen stirbt?", fragte Lord Marchbank. Wenn es jemand anderes gewesen wäre, hätte ich es grässlich gefunden, einen Mann so etwas über seine Zukünftige zu fragen, nicht jedoch bei dem pragmatischen Earl.

„Seth", sagte Lincoln.

Seth richtete sich auf. „Wirklich? Äh, danke, schätze ich."

„Mein Sohn Edward ist mein Erbe", sagte Marchbank. „Das wissen Sie bereits und ihm ist das Ministerium bekannt. Gilly? Julia? Ihr habt beide keine Kinder. Wen setzt ihr ein?"

„Das geht dich nichts an", sagte Gilly verschnupft.

„Das tut es sehr wohl. Wir müssen den Erben eventuell aufsuchen, wenn du tot bist, und ihn über uns aufklären."

„Meine Frau erbt alles", murmelte er mit gesenktem Kopf. „Sie weiß vom Ministerium."

„Andrew ist mein Erbe", sagte Lady Harcourt leise. Heute trug sie tiefstes Schwarz, obwohl sie in den vergangenen

83

Wochen auch hellere Trauerkleidung getragen hatte. Der üppige Schimmer des Kleides betonte den Glanz ihrer Haare und die Blässe ihrer Haut. Sie war eine Frau, die sich ihrer Schönheit bewusst war und sie mit Kleidung und Schmuck hervorzuheben wusste. Schwarz stand ihr auf jeden Fall gut. Trotzdem überraschte mich der plötzliche Wandel. Trauerte sie um den General? Oder um den Tod ihres Rufs und ihrer Beliebtheit?

„Buchanan?" Gillingham lehnte die Tasse Tee ab, die ich ihm reichen wollte. „Warum nicht sein Bruder?"

Andrew Buchanan war der jüngere Sohn von Lady Harcourts verstorbenem Mann. Donald Buchanan, der derzeitige Lord Harcourt, war der ältere und lebte mit seiner Frau auf dem Familiensitz in Oxfordshire. Beide wussten vom Ministerium, aber als Ältester hätte Donald die Position im Komitee von seinem Vater erben sollen. Der alte Lord Harcourt hatte allerdings seine Frau dafür auserkoren.

„Andrew hat Interesse", sagte sie. „Donald nicht. Abgesehen davon kommt Donald selten nach London."

„Dann ist das geklärt." Gillingham neigte sein Kinn zur Teekanne. „Haben Sie was Stärkeres, Fitzroy?"

Seth schenkte ihm am Sideboard einen Brandy ein. Wir saßen im Salon, nicht in der Bibliothek. Da sowohl Seth als auch Gus mit dabei waren, passte der größere Raum besser. Lady Vickers und Alice waren noch nicht von ihrem Einkaufstrip zurückgekehrt und Doyle war angewiesen, uns nicht zu stören, also war Geheimhaltung kein Problem.

Gillingham nahm das Brandyglas entgegen. „So", sagte der Earl. „Ich habe dieses Treffen anberaumt, da ich darauf aufmerksam wurde, dass die Ereignisse beim Maskenball Folgen hatten. Charlotte und Fitzroy wurden in den Palast gerufen."

„In den Palast?" Marchbanks buschige Augenbrauen zogen sich zusammen. „Warum wurden wir nicht informiert?"

„Wen habt ihr dort getroffen?", fragte Lady Harcourt, deren Gesichtszüge plötzlich zum Leben erwachten. „Den Prinzen von Wales?"

Lincoln nickte. „Ich wollte ein Treffen einberufen, aber Gillingham ist mir zuvorgekommen."

„Wie hast du das vor uns erfahren, Gilly?", fragte Marchbank.

Gillingham schwenkte seinen Brandy im Glas. „Reiner Zufall."

„Es entsprang der Aussage Leisls, sie spüre, dass der Geist des Prinzgemahls seine Familie in Gefahr bringen würde", sagte Lincoln. „In der Ballnacht wies ich den Prinzen von Wales darauf hin, dass wir ihm in Geisterangelegenheiten helfen könnten, also nahm er mich beim Wort und rief uns zu sich." Er erzählte von dem Treffen und dass wir mit dem Geist selbst gesprochen hatten.

„In Anwesenheit der Königin?", fragte Lady Harcourt. „Wie ist das gelaufen?"

„Das war peinlich", sagte ich. „Aber wir haben Antworten bekommen. Er spukt nicht in seiner Familie und hegt auch keinen Wunsch, ihnen zu schaden. Das war jedoch nicht der interessanteste Teil des Treffens."

Lincoln berichtete von dem Betrüger und seiner Theorie, dass es eher ein Gestaltwandler gewesen sein könnte als ein Doppelgänger. „Ich suche Rat bei einem anderen Gestaltwandler, der uns durch die Archive bekannt ist", sagte er, womit er es vermied, Harriet namentlich zu erwähnen.

„Einen anderen Wandler?", fragte Lady Harcourt. „Du meinst, wir wissen bereits von einem? Könnte er der Schwindler sein?"

„Ist sie nicht. Sie kann sich nur in Tiergestalt verwandeln, nicht in einen Menschen."

„Sie?" Marchbank wiederholte es gleichzeitig mit Lady Harcourt, die sagte: „Das behauptet sie. Frauen sagen nicht immer die Wahrheit, Lincoln."

„Männer auch nicht", erwiderte er.

Sie lächelte ihn verkniffen über ihre Teetasse an.

„Und was hat Ihre Wandlerin von sich gegeben?", fragte Marchbank. „Wusste sie von jemandem, der zu dem fähig ist, was Sie suggerieren?"

„Nein", sagte ich. „Aber sie könnte etwas Wichtiges wissen. Leider wurden wir unterbrochen, ehe sie mir etwas Nützliches mitteilen konnte."

„Man kann sich nicht auf ein albernes Weibsstück verlassen, das höchstwahrscheinlich gar nichts weiß", sagte Gillingham, der mit seinem leeren Glas in Richtung Gus wackelte. „Sie müssen Ihre Nachforschungen ausweiten."

Gus stand pflichtbewusst auf und schenkte ihm noch einen Brandy ein. „Das tun wir."

Gillingham schaute nicht einmal in seine Richtung.

„Der Lakai des Palastes folgte dem Schwindler bis nach Whitechapel", fuhr Lincoln fort. „Wir ermitteln derzeit dort."

„Wie?"

„Sie brauchen meine Methoden nicht zu kennen." Lincolns eiskalte Stimme passte zu seinen Augen. „Alles, was Sie wissen müssen, ist, dass sie funktionieren."

Gillingham stürzte seinen Brandy herunter.

„Den Palast zu involvieren ist ein mutiger Schritt des Übeltäters und extrem beunruhigend." Marchbank strich sich über die weiße Narbe, die sich durch seinen Bart zog. „Es bedeutet, dass er keinen Respekt vor Autoritäten hat, gepaart mit einer dreisten Natur. Eine gefährliche Kombination, würde ich sagen."

„Es könnte auch bedeuten, dass er bereits eine verblüffende Ähnlichkeit mit Prinz Albert besaß", sagte ich.

Alle sahen mich an. „Weiter", sagte Lincoln.

„Hat der Schwindler sich den Prinzgemahl ausgesucht, weil er ihm ohnehin schon recht ähnlich sah, sodass die Wandlung nicht allzu schwierig wird? Oder bringt es ihm einen bestimmten Vorteil, sich als Prinz auszugeben? Wenn es Ersteres ist, sind seine Motive schwer zu ergründen. Aber wenn es Letzteres ist, wird es einfacher, weil es sehr spezifisch ist. Er hat den toten Prinzen aus einem bestimmten Grund ausgewählt."

Marchbank nickte. „Hervorragendes Argument, Charlie."

„Nicht wirklich", sagte Gillingham gelangweilt. „Das bringt uns kein Stück näher an die Identität des Schwindlers."

„Es ist etwas, das bedacht werden sollte", schnappte Seth.

„Wer hat dich gefragt? Sei so lieb und füll mein Glas auf."

Seth ignorierte ihn. Gillingham wackelte wieder mit dem leeren Glas und Gus wollte schon aufstehen, aber Lincoln hielt ihn zurück.

„Die Besprechung ist beendet", sagte Lincoln. „Ich habe Ihnen alles mitgeteilt, was Sie wissen müssen."

„Müssen?", fragte Marchbank. Er erhob sich trotzdem, wie auch Lady Harcourt. Lord Gillingham jedoch nicht.

„Ich werde Sie über die Entwicklungen auf dem Laufenden halten", sagte Lincoln.

„Werden Sie das?" Gillingham schniefte. „Denn mir scheint, Sie haben die logischste Verdächtige nicht infrage gestellt. Ihre Mutter."

Es fühlte sich an, als wäre die Luft aus dem Raum gesaugt worden. Jeder konzentrierte sich auf Lincoln. Sein Gesicht blieb ausdruckslos. „Leisl ist keine Verdächtige."

„Warum nicht? Sie wusste von dem Schwindler. Vielleicht wusste sie von ihm, weil sie etwas mit dem Bösewicht zu tun hat."

Manchmal fragte ich mich, ob Gillingham sich den Tod herbeisehnte. Überraschenderweise wiederholte Lincoln lediglich: „Sie ist keine Verdächtige."

„Warum sollte sie den Prinzen von Wales warnen, wenn sie an dem Plan beteiligt ist?", fragte ich. „Ihre Theorie ist absurd."

„Sie könnte Dinge bereut haben." Gillingham zuckte mit den Schultern. „Sie ist eine Zigeunerin. Die denken anders als wir. Nichts für ungut, Fitzroy, aber es ist ja nicht so, als würde Ihnen die Frau etwas bedeuten, die Sie abgegeben hat, oder?"

Wenn Lincoln ihn nicht bald zum Schweigen brachte, würde ich es vielleicht tun. Es war sehr verlockend.

„Wenn sie involviert wäre", sagte Seth, „was ich bezweifle, warum sollte sie die königliche Familie auswählen, insbesondere den Prinzen von Wales? Was hätte sie davon?"

„Rache für vergangenes Unrecht", sagte Gillingham, ehe ich ihn stoppen konnte.

Seth und Gus runzelten beide die Stirn. Da sie die einzigen waren, die nichts von der Beziehung zwischen dem Prinzen und Leisl wussten, ergab Gillinghams Antwort für sie keinen Sinn.

„Welches Unrecht?", fragte Seth.

„Das ist für diese Ermittlung unwichtig", sagte ich schnell.

„Charlie hat recht", sagte Lincoln. „Es ist irrelevant. Aber Gillingham möchte alle daran erinnern, dass Leisl und der Prinz vor etwa dreißig Jahren eine Liaison hatten. Das Resultat war ich."

Seth und Gus starrten ihn vollkommen sprachlos an. Dann brach Seth in Gelächter aus. „Ist das ein Scherz?"

„Ich scherze nicht."

Seths Gelächter erstarb. „Richtig. Äh, Charlie, wusstest du davon?"

Ich nickte.

„Meine Güte", murmelte Gus. „Macht Sie das zu 'nem Prinzen? Stehen Sie einen Rang über allen anderen hier?"

Gillingham schnaubte. „Einfaltspinsel. Unehelichkeit hat keinen Rang. Dazu müsste er offiziell anerkannt werden und einen Titel erhalten. Heutzutage geschieht so etwas nicht mehr."

„Sonst is hier keiner, der sagen kann, sein Pa ist'n Prinz."

Darauf wusste Gillingham nichts zu sagen und Gus lehnte sich mit einem zufriedenen Grinsen zurück.

„Sind Sie ganz sicher, dass wir Rache ausschließen können?", fragte Marchbank. „Es ist eine einfache, aber effektive Taktik— man erschreckt ihn mit einer seltsamen Vision über seinen toten Vater und stellt ihn im öffentlichen Rahmen bloß."

Als Lincoln nicht antwortete, sagte ich: „Ich habe sie zwar gerade erst kennengelernt, aber sie wirkte sehr vernünftig und überhaupt nicht auf Rache aus. Abgesehen davon, warum jetzt nach dreißig Jahren?"

„Fragen Sie sie. Wir erwarten es von Ihnen, Fitzroy, ungeachtet Ihrer persönlichen Gefühle in der Angelegenheit."

„Ich habe keine persönlichen Gefühle in der Angelegenheit", sagte Lincoln. „Wenn ich mich entschließe, sie zu befragen, dann weil ich es für relevant halte, nicht weil Sie oder sonst jemand es tut. Ist das klar?"

Marchbank hob ergeben die Hände. „Wenn Sie es sagen."

„Wir sollten abstimmen", sagte Gillingham.

„Nein." Lincoln zog an der Klingel, um Doyle zu rufen, und öffnete die Tür. „Doyle wird Sie hinausbegleiten."

Sie verließen einer nach dem anderen den Salon und gingen die Treppe hinunter. Lincoln blieb an der Tür stehen. Er folgte ihnen nicht. Ich schob meine Hand in seine Armbeuge.

„Lady Harcourt wirkte heute bedrückt", flüsterte ich.

Er neigte seinen Kopf zu mir und grinste. „Du führst doch was im Schilde. Was ist es?"

„Bin ich so leicht zu durchschauen? Nein, beantworte das nicht. Ja, du hast recht, ich führe etwas im Schilde. Ich möchte, dass du sie fragst, was los ist."

„Warum?"

„Weil sie traurig aussieht und mit dir reden wird, aber nicht mit mir."

„Das beantwortet meine Frage nicht."

Ich sah ihn mit hochgezogenen Augenbrauen an. „Weil ich neugierig bin. So. Jetzt zufrieden?"

Sein Grinsen war regelrecht durchtrieben. „Dann wäre Seth eine bessere Wahl als ich."

„Nein, wäre er nicht." Weil sie in Lincoln verliebt war, nicht in Seth. Sie respektierte Lincoln auch mehr und hatte sich in der Vergangenheit an ihn gewendet, wenn sie Hilfe brauchte. Ich nahm an, dass sie sich ihm öffnen würde. „Los, frag sie."

„Wirst du nicht eifersüchtig, wenn sie mit mir flirtet?"

„Natürlich nicht. Dafür bin ich nicht der Typ."

„Schade." Er ging mit langen Schritten davon.

Ich lächelte seinem breiten Rücken hinterher, während er die Treppen hinunterging. Auf Lady Harcourt würde ich nicht eifersüchtig sein, wenn sie mit ihm flirtete. Das wusste ich genau. Wenn *er* mit *ihr* flirten würde, das würde mich eifersüchtig machen.

Ich wartete mit Gus und Seth im Salon, ein Glas Sherry in der Hand. Seth reichte Lincoln einen Brandy, als er einige Minuten später wieder eintrat. „Und?", fragte ich. „Was hat sie gesagt?"

„Nicht viel", sagte er und stellte sich neben den Kamin. „Ich nehme an, ihre Bedrücktheit resultiert aus einer Kombination von ihrer Wohngemeinschaft mit Buchanan und der Art, wie ihre Freunde sie behandeln, seit sie herausgefunden haben, dass sie eine Tänzerin war."

„Mit Buchanan zu leben wäre schon genug, um jeden zur Verzweiflung zu treiben", sagte Seth.

„Oder zum Saufen", fügte Gus hinzu und hob sein Glas.

„Wenigstens hatte sie eine Einladung zu dem Ball", sagte ich. „Sie wird nicht von allen ihren Freunden gemieden."

Seth schüttelte den Kopf. „Lady Hothfield hat mir gesagt, sie hätte Julia nur auf Wunsch eines Freundes des Prinzen eingeladen, ein Sir Ignatius Swinburn."

„Mir ist nicht klar, wieso das ein Problem ist."

„Swinburn ist ein fetter, alter Sack mit stinkendem Atem und widerwärtigen Manieren. Er behandelt Frauen wie Huren und lässt sie fallen, wenn er ihrer überdrüssig wird. Und er wird ihrer schnell überdrüssig. Die meisten gut situierten Ladys machen einen Bogen um ihn, aber manche Witwen sind verzweifelt genug, sich anzubiedern in der Hoffnung, ihre Wege könnten die des Prinzen kreuzen. Das passiert nie. Der Prinz hat bereits seine Favoriten und interessiert sich nicht für die abgelegten Liebschaften seiner Freunde."

„Wo hast du das denn alles aufgeschnappt?", fragte Gus.

„Es ist verblüffend, was Frauen dir alles erzählen, wenn sie meinen, sie wären in dich verliebt." Er schaute zu mir. „Sag Alice nicht, dass ich das gesagt habe."

Gus schüttelte den Kopf. „Ihr feinen Schnösel seid komisch. Bin froh, dass ich nich in eure Schicht geboren wurde."

„Meine Schicht ist darüber auch froh."

„Also können wir daraus schließen, dass Lady Harcourt verzweifelt genug ist, sich an Swinburn heranzumachen", sagte ich. „Deswegen hat er ausdrücklich um ihre Anwesenheit gebeten."

„Ich glaube schon."

„Und vielleicht ist er ihrer bereits überdrüssig."

Seth hob eine Schulter. „Oder er hat sie beim Ball nicht beachtet, obwohl er um ihre Anwesenheit gebeten hatte. Der Kerl ist ein Arsch. Es ist möglich, dass er sie sehen wollte, um mit ihr zu spielen; ihr sozusagen die Möhre vor der Nase baumeln lassen, nur um sie wegzuziehen. Das würde ich ihm zutrauen."

„Er klingt absolut widerlich."

„Ist er."

„Mir tut Lady Harcourt leid."

„Nicht", sagten alle drei Männer.

Lincoln trank seinen Brandy aus und stellte das Glas auf das Sideboard. „Ich muss heute Abend die Papiere des Generals durchgehen. Schickt mir etwas zu essen rauf und ich esse bei der Arbeit."

Ich wäre ihm fast gefolgt, blieb dann aber stehen, während ich mit mir rang.

„Charlie?", fragte Gus. „Denkste immer noch an Lady H?"

„Nein, an Leisl."

Beide schauten zur Tür, durch die Lincoln gerade verschwunden war. „Redest du mit ihm über sie?", fragte Gus.

„Ja. Jemand sollte es tun, aber traut sich einer von euch?"

„Himmel, nee."

Seth nickte in Richtung meines Sherrys. „Trink aus. Du wirst es brauchen."

KAPITEL 6

Lincoln öffnete seine Tür, noch ehe ich klopfte. Er lehnte sich an den Türrahmen, die Arme verschränkt, ein kleines Lächeln auf den Lippen. So sah er teuflisch gut aus mit seinen offenen Haaren, die Jacke abgelegt und die Krawatte gelöst. Ich hatte den Verdacht, dass er es wusste.

„Es ist beunruhigend, dass du weißt, wann ich klopfen will", sagte ich und griff nach seiner Krawatte, als wolle ich sie richten. Dabei wollte ich ihn nur berühren.

„Und weiß, was du mich fragen willst?", sagte er.

„Tust du das?" Es war ein gutes Zeichen, dass er noch immer lächelte. Vielleicht hatte er beschlossen, doch über Leisl reden zu müssen.

„Entweder möchtest du, dass ich Julia dränge, Genaueres preiszugeben, oder du willst mich vernaschen." Sein Lächeln wurde geringfügig breiter. „Ich weiß, was ich bevorzugen würde, aber ich vermute, es ist das andere."

„Tatsächlich liegst du falsch." Ich presste meine Hände gegen seine Brust und genoss die Härte seines Körpers, die angespannten Muskeln und die leichte Erhöhung seiner Pulsfrequenz. „Aber es sind beides hervorragende Vorschläge und ein guter Indikator für deine Gedankengänge."

Sein Blick wanderte an mir vorbei den Flur entlang. Er zog

meine Hände weg. „Doyle oder Bella können jeden Moment vorbeikommen."

„Um genau zu sein, bin ich weder hier, um dich zu vernaschen, noch um über Lady Harcourt zu sprechen", sagte ich. „Ich möchte über Leisl reden und darüber, warum du sie nicht besuchen willst."

Überraschung ließ kurz seine Augen aufblitzen, ehe sie sich wieder verschleierten. „Du verschwendest deine Zeit."

„Verwirf den Gedanken nicht sofort."

„Das habe ich nicht." Er trat zur Seite und gestattete mir einzutreten. Dann schloss er die Tür hinter mir. „Ich habe darüber nachgedacht und ihn dann verworfen. Charlie, es ist sinnlos, sie aufzusuchen. Sie hat uns beim Ball alles über ihre Vision gesagt. Ich glaube ihr, dass sie keine weiteren Informationen für uns hat."

„Ich will nicht, dass du die Vision mit ihr besprichst. Ich will nur, dass du mit ihr redest wie ein Sohn mit seiner Mutter."

Er senkte den Kopf. „Charlie, ich habe ihr nichts zu sagen und bezweifle, dass sie mir etwas zu sagen hat. Wenn das der Fall wäre, wäre sie auf mich zugekommen."

„Vielleicht wusste sie nicht, wie sie dich ausfindig machen sollte." Ich packte seine Arme oberhalb der Ellenbogen und rieb sie. Es beruhigte mich, half aber nicht, die Furche auf seiner Stirn zu beseitigen. „Vielleicht weiß sie auch nicht, wie sie anfangen soll."

„Das weiß ich auch nicht."

„Lincoln, erinnerst du dich daran, als ich meine Mutter getroffen habe? Ihren Geist, meine ich. Es lief besser, als ich erwartet hatte. Ihr zu begegnen und zu wissen, dass sie sich um mich sorgte, war wundervoll. Die Erfahrung hat einen Schmerz in mir gelindert. Vielleicht hilft dir das Gespräch mit deiner Mutter in ähnlicher Weise."

„Ich brauche keine Hilfe und ich brauche auch keine Mutter." Die Anspannung in seiner Stimme warnte mich, dass er gleich überkochte.

Ich machte trotzdem weiter. „Vielleicht braucht *sie dich*."

„Dann kann sie herkommen und mich besuchen."

„Ich lade sie zum Tee ein."

Er legte den Kopf schräg und hob die Augenbrauen.

„Daraus schließe ich, dass du sauer wirst, wenn ich das tue", sagte ich.

„Ich weiß, dass dir der Gedanke zusagt, wie wir alle nett beisammensitzen und Tee trinken." Er strich mir die Haare aus der Stirn, wobei sein Blick der Bewegung seiner Hand folgte. „Ich weiß, dass du deine eigene Mutter vermisst, sowohl die echte als auch die adoptierte, und ich weiß, dass du glaubst, dies wäre eine Möglichkeit, ein Familienmitglied zu gewinnen. Aber du musst dich von dem Gedanken verabschieden. Ich will nicht, dass Leisl herkommt und enttäuscht ist, weil ich ihr kein vernünftiger Sohn sein kann. Verstehst du?"

Mein Hals fühlte sich eng an und ich spürte Tränen in meine Augen steigen. „Warum kannst du kein vernünftiger Sohn sein?"

„Dazu bin ich nicht fähig. Es liegt mir nicht."

Ich umfasste sein Gesicht mit den Händen. „Du hast dich auch vor wenigen Monaten für unfähig gehalten zu lieben, und jetzt sieh dich an."

„Da ist nur genug für eine." Er küsste meine Nasenspitze und schnitt meinen Protest ab. „Jetzt geh, bevor ich etwas sage, was ich später bereue."

„Diese Diskussion ist noch nicht zu Ende."

„Doch, Charlie, das ist sie." Er ging weg und öffnete die Tür. Bevor er mir den Weg freigab, schaute er in beiden Richtungen den Flur entlang. „Halte dich morgen früh bereit. Zieh deine alten Jungensachen an." Er schloss die Tür, ehe ich widersprechen konnte.

Ich blieb stehen und wartete darauf, dass er sie wieder öffnete. Er musste wissen, dass ich noch dort stand.

Das tat er aber nicht. Einen Moment später ging ich in mein Zimmer, um die Hose, das Hemd und die Jacke zu holen, die ich in den Slums getragen hatte. Das würde ein interessanter Tag werden; einer, auf den ich mich nicht freute. Ich dachte, ich würde meine alten Schlupflöcher und die Banden, mit denen ich mich angefreundet hatte, nie wiedersehen. Mein Leben fühlte sich inzwischen so ganz anders an. Mich wieder in die Slums zu begeben würde Erinnerungen wachrufen, die erst kürzlich aufgehört hatten, durch meine Träume zu spuken. Erinnerungen, die ich für immer hinter mir lassen wollte.

* * *

Lincoln und ich gingen nicht nach Whitechapel, sondern in das Drecksloch von Clerkenwell. London beherbergte Dutzende von Slum-Gegenden, die mittlere und obere Gesellschaftsschichten nicht zu betreten wagten. Auf der Slum-Richterskala rangierte Clerkenwell im schlechten Bereich, während Whitechapel, wo sich die Ripper-Morde ereignet hatten, im schlimmsten Bereich angesiedelt war. Das Tageslicht half wenig in den dunklen, feuchten Gassen und Höfen. Im Gegenteil, es offenbarte eher den Schmutz, den die Dunkelheit verbarg. Die Mietshäuser stöhnten wie alte Männer in der steifen Brise. Zerbrochene Fensterscheiben, abblätternde Farbe und schmierige Fassaden konnte man leicht reparieren, aber die verrottenden Balken und gefährliche Neigung der Häuser deuteten auf tiefgreifendere Probleme hin. Hier brachte nur ein Abriss Verbesserung.

Wir sprachen nicht, während ich Lincoln durch so enge Gassen führte, dass ich die schlüpfrigen Ziegel zu beiden Seiten mit den Fingerspitzen berühren konnte, wenn ich die Arme ausstreckte. Ich blieb vor einem zerfallenen alten Haus stehen, das aussah, als hätte ein Kind es aus Bauklötzen gebaut. Es fühlte sich verlassen an, aber Lebenszeichen waren für die erkennbar, die wussten, wonach sie suchen mussten—Fußabdrücke, die auf Kniehöhe zu den Brettern führten, und kleine Spuren an der Wand, wo die Bretter dagegen schabten.

Ich zögerte, unsicher, ob ich klopfen sollte. Ein Klopfen würde eventuell nicht beantwortet, also schob ich einfach die Bretter zur Seite und hockte mich in die kleine Öffnung.

Eine Hand auf meiner Schulter stoppte mich. Ich schaute zu Lincoln hoch. Im gleichen Moment ertönten innen ein Pfiff und das Schlagen einer Tür.

„Ich kann da nicht rein", sagte Lincoln leise. Er war zu groß, seine Schultern zu breit.

„Du kannst der Wachposten sein."

Lincoln war nie der Wachposten. Die Aufgabe fiel immer Gus

oder Seth zu. Er musste den Vorschlag verabscheuen, aber er reichte mir schlicht den Sack, den er bei sich trug. „Sei vorsichtig."

Ich nickte und kroch durch die Öffnung. Den Sack zerrte ich hinter mir her. Die Lücke war enger, als ich sie in Erinnerung hatte. Ein bequemes Bett und regelmäßige Mahlzeiten hatten mich zunehmen lassen. Vielleicht war ich noch immer klein und schlank, aber nicht mehr nur Haut und Knochen.

Meine Augen brauchten einen Moment, um sich an das schummrige Licht zu gewöhnen, das durch das dreckige Fenster fiel, aber meine anderen Sinne sagten mir, dass der Raum leer war. Der Wachposten an der Falltür hatte mit einem Pfiff gewarnt und sich dann unten im Keller verkrochen. Das war das übliche Prozedere, wenn ein Fremder durch die vordere Eingangsklappe kam.

Ich war jedoch kein Fremder. Hockend öffnete ich die Falltür einen Spalt breit. „Alles in Ordnung", rief ich nach unten. „Ich bin's. Charlie. Ich bin zurück."

Geflüster drang nach oben. Ich stellte mir vor, wie Neuankömmlinge fragten, wer Charlie war. Wie die älteren Mitglieder ihnen von mir erzählten. Falls noch ältere Mitglieder meiner letzten Bande hier waren. Es war möglich, dass alle weitergezogen waren—oder gestorben. Der Winter war niemals freundlich zu Straßenkindern, selbst zu denen, die ein Dach über dem Kopf hatten. Mir schauderte, als ich merkte, wie kalt das Haus war. Nicht nur kalt, sondern auch feucht. Die Art von feucht, die Blut in Eis verwandelte und Zehen taub machte.

„Ich habe Decken, Kleidung und Essen dabei", sagte ich durch die Öffnung. „Es gibt auch Geld, wenn ihr bereit seid, mir zu helfen."

Das Flüstern wurde lauter und drängender, brach dann plötzlich ab. Ich hockte mich etwas entfernt von der Falltür hin, die sich öffnete und ein Paar wachsamer Augen offenbarte. Sie sprangen zu mir, dann durch den Raum.

„Ich bin allein", sagte ich. „Stringer, bist du das?"

Die Falltür hob sich weiter. „Charlie? Bist du's wirklich?"

Ich nickte und beäugte das Gesicht, das mir einerseits bekannt vorkam, andererseits nicht. „Finley?"

Er grinste und zeigte einen Satz Zähne, von denen einige fehlten. Die meisten waren jedoch noch weiß. „Du *bist* es!" Der Junge hatte sich in den Monaten verändert, seit ich weg war. Sein Gesicht hatte Kanten, wo zuvor noch die weichen Linien der Kindheit gewesen waren. Seine Haare waren länger, wie meine auch.

„Ist Stringer nicht mehr hier?", fragte ich.

Er schüttelte den Kopf. „Du bist zurückgekommen."

„Das bin ich. Bist du jetzt der Anführer?"

Noch ein Kopfschütteln. „Mink ist es. Hey!", rief er nach unten. „Es ist wirklich Charlie." Er öffnete die Falltür ganz und lud mich nach unten ein.

Ich zögerte, doch dann folgte ich ihm durch die Tür und die Leiter hinunter. Wenn ich wollte, dass sie mir vertrauten, musste ich ihnen zeigen, dass ich ihnen vertraute.

Der Keller war genau so, wie ich ihn in Erinnerung hatte, mit der klumpigen Matratze in der Ecke, auf der an einem Ende ein Haufen Decken lag. Sie waren wahrscheinlich voller Läuse und dreckig, aber die Dunkelheit verbarg den gröbsten Schmutz. Das einzige Licht kam von der Glut im Kamin. Die Flammen waren erloschen, die Kohle fast vollständig verbrannt, auch wenn noch etwas Rauch und Wärme blieb. Der Deckenhaufen hustete harsch und bellend, ehe er wieder still wurde.

„Geh wieder da rauf, Finley", befahl eine pfeifende Stimme aus den Schatten. „Stell sicher, dass ihm keiner hierher gefolgt ist."

„Draußen in der Gasse steht ein Mann", sagte ich. „Er ist mein Freund. Er wird niemandem etwas tun, er ist nur mein Wachposten."

„Warum brauchst du einen Wachposten?" Der Besitzer der pfeifenden Stimmbruch-Stimme trat aus den Schatten. Es war Mink, das stillste Mitglied der früheren Bande und das ernsteste. Er konnte auch lesen, anders als die anderen, und ich vermutete, dass er hochintelligent war, auch wenn er so verschlossen gewesen war, dass man schwer sagen konnte, wie intelligent.

„Er hat Angst, dass ich hier unten wegen euch in Gefahr bin", sagte ich, während Finley durch die Falltür verschwand.

Mink schaute mich durch lange, fettige Haarsträhnen an und

einen Moment lang fragte ich mich, ob er wie ich war, ein Mädchen, das sich als Junge ausgab. Aber dann erinnerte ich mich, dass ich ihn einmal hatte pinkeln sehen. Er war definitiv männlich. „Warum sollten wir eine Gefahr für dich sein?", fragte er.

Ich zählte drei andere im Keller inklusive der Person unter den Decken. Mit Finley und Mink waren es fünf. Ihre Zahl war stark zusammengeschrumpft, es sei denn, die anderen waren unterwegs auf Nahrungssuche oder zum Stehlen. Mit meinem Training konnte ich sie vermutlich abwehren, wenn ich musste, insbesondere mit dem Messer, das an meinen Knöchel gebunden war. Ein weiteres steckte in meinem Ärmel.

„Seid ihr nicht", sagte ich. „Aber er sorgt sich um mich."

Minks Blick wanderte an mir herunter und langsam zurück zu meinen Augen. „Also hast du dir einen Ehemann gesucht."

Der andere Junge schnappte nach Luft und der auf der Matratze schob die Decken zurück, um mich anzusehen.

„Ich bin nicht verheiratet", sagte ich.

„Aber du bist eine Frau."

„Das bin ich. Wie lange weißt du das schon?"

Der Kerl auf dem Bett fluchte leise. Der andere Junge, Tick, wenn ich mich recht erinnerte, starrte auf meine Brust, als hätte er noch nie eine Frau gesehen.

„Zuerst nicht", gab Mink zu, „aber der Gedanke drängte sich immer mehr auf, je länger ich dich kannte. Du hast nie vor uns gepisst oder dich umgezogen und du warst gern sauber. Meiner Erfahrung nach wollen nur Mädchen sauber sein."

„Ich wusste schon immer, dass du der Schlaue bist." Ich reichte ihm den Sack und sah zu, wie er ihn öffnete.

Tick griff hinein und zog einen Brotlaib heraus, am Tag zuvor gebacken. Er riss ein Ende ab und kniete sich auf die Matratze. Eine knochige Hand erschien zwischen den Decken und versteckte das Brot schnell.

Mink zog eine Decke aus dem Sack und roch überraschenderweise daran. Er atmete tief ein, schloss die Augen und vergrub sein Gesicht in der Wolle. Ich wusste, dass es mit Lavendelduft gewaschen worden war, konnte ihn aber, wo ich stand, nicht wahrnehmen. Der Gestank von Urin und Unrat war zu stark.

„Wie viele seid ihr jetzt?", fragte ich leise.

Er senkte die Decke, ließ sie aber nicht los. „Nur wir fünf."

„Da ist mehr als genug Essen, sodass ihr fünf wenigstens ein paar Tage gut satt werdet." Ich nickte in Richtung des Sacks. „Da sind auch Klamotten drin."

Er zog ein Hemd heraus und roch daran. „Du mochtest immer saubere Hemden."

„Und Hosen."

„Kleider?"

„Ich hatte fast vergessen, wie es sich anfühlte, ein Kleid zu tragen", sagte ich. „Da musste ich mich erst wieder dran gewöhnen. Zum Klettern oder Rennen taugen sie nicht." Oder zum Kämpfen.

Minks Gesicht wurde weicher und ich dachte, er würde lächeln, doch er tat es nicht. Ich hatte ihn noch nie lächeln sehen. Wenn die anderen über einen kindischen Witz grölten, hoben sich seine Lippen kaum. Tiefe Traurigkeit lag um ihn, die er nicht abschütteln konnte. Meiner Erfahrung nach hing ein solches Leid nur denen nach, die einst Liebe und Sicherheit gekannt und verloren hatten. Burschen wie Stringer konnten lachen und sich amüsieren, weil sie nie etwas Besseres gekannt hatten als das Leben in ihrer Kellerhöhle. Sie waren in den Slums geboren und würden in den Slums sterben. Ich vermutete, dass Mink nicht in diese Schicht geboren worden war und sich irgendwann in ihren Fängen wiedergefunden hatte.

„Du hast Geld erwähnt", sagte er. Wenn ich genau hinhörte, konnte ich den Mittelschicht-Ton seiner Stimme ausmachen. Er hatte es nicht gelernt, ihn ganz zu verbergen. „Wie kommen wir da ran?"

„Mein Freund und ich brauchen Augen und Ohren im East End."

Er schob den Sack von sich. „Nein. Wir sind keine Petzen. Wir riskieren unser Leben nicht für deinen feinen Mann."

„Er ist nicht mein feiner Mann."

„Ist er ein Schwein?"

„Nein. Er arbeitet für eine Geheimorganisation, die versucht, die Welt vor ..." Ich seufzte. Man konnte wirklich nicht beschreiben, was Lincoln und das Ministerium taten, ohne

Übernatürliche zu erwähnen, und das hatte er mir strikt verboten. „Was auch immer. Er ist eine Art Spion, aber sein Netzwerk ist in diesem Bereich der Stadt etwas löchrig." Auch wenn Lincoln Wirte, Polizeibeamte, Geschäftsbesitzer und Prostituierte in seinem Netzwerk hatte, gab es niemanden auf dem untersten Level. Tiefer als diese Kinderbanden konnte man nicht sinken.

„Wir können dir nicht helfen", sagte Mink und verschränkte die Arme vor seiner schmalen Brust. „Nimm deine Sachen und geh." Er signalisierte Tick, die Decke zurückzugeben. Tick hielt sie fester und beobachtete seinen Anführer durch halb geschlossene Augen.

„Sei doch nicht dumm, Mink", sagte ich. „Ihr braucht, was in dem Sack ist und ihr braucht auch regelmäßig Geld. Mein Freund kann es euch bieten. Sieh mich an." Ich zeigte ihm meine Arme. „Ich bin gesund und glücklich."

„Du hast dich auf jeden Fall verändert, nicht nur deine ..." Er wedelte in Richtung meiner Brust, sah mir aber nicht in die Augen.

„Möpse", sagte Tick grinsend.

„Du warst total dürr", fuhr Mink fort. „Und still. Ich dachte, du wärst still, damit dich niemand beachtet."

Das war genau der Grund gewesen. Es hatte auch gut funktioniert, bis ich den Geist in der Arrestzelle beschworen hatte und nach Lichfield gebracht wurde. Danach war es sinnlos, unbedeutend zu bleiben. „Wenn dich niemand bemerkt, tut dir auch niemand was", sagte ich. Ich beobachtete ihn, den Jungen, der auch still gewesen und jetzt der Anführer war, wenn auch einer reduzierten Bande.

„Ich habe mich gefragt, wie du hierher geraten bist", sagte er. „Du konntest lesen und schreiben, also wusste ich, dass du nicht von hier bist."

„Da bin ich nicht die Einzige." Wie viel wollte er vor den anderen preisgeben? Wie viel wussten sie bereits, oder hatten es erraten? „Was ist mit Stringer passiert?"

Er blinzelte bei dem Themenwechsel. „Er ist gestorben."

„Woran?"

„Meuterei", sagte Tick. „Er hat versucht, Weasel hier an ein

Freudenhaus zu verkaufen." Er klopfte auf die Decken und die Person—Weasel—keuchte.

„Weasel ist ein Mädchen?"

„Nicht die Art Freudenhaus", sagte Mink. „Die Art, die Jungs nimmt."

„Weasel hat ein hübsches Gesicht", sagte Tick mit einem Schulterzucken. „Wenn er nicht so krank ist wie jetzt. Hübsch wie'n Mädel, isser aber nich. Ich hab seinen Pimmel stehen sehen."

„Also hat sich der Rest der Bande gegen Stringer erhoben?" Gott sei Dank war ich nicht dabei gewesen, auch wenn ich wünschte, ich hätte helfen können. Einen größeren, stärkeren Burschen wie Stringer rauszuwerfen, musste einigen Mut gekostet haben.

„Jou", sagte Tick. „Aber Mink hats alles ausgeknobelt. Er hat uns angeführt, weil er schlau is."

„Was habt ihr mit der Leiche gemacht?"

„An den Auferstehungsmann verkauft."

„Halt die Klappe", zischte Mink. „Sie verpfeift uns an die Bullen."

„Euer Geheimnis ist bei mir sicher", beruhigte ich ihn.

„Auferstehungsmann war froh, dass er keine Leiche auf'm Friedhof ausbuddeln musste", fuhr Tick fort.

„Das war mutig von dir, Mink. Mutig und nobel. Du hast ein gutes Herz." Wenn man den Mord an Stringer unbeachtet ließ. „Du bist genau die Person, die wir brauchen." Als er nicht antwortete, ergänzte ich: „Mein Freund ist auch ein guter Mann, auch mutig und nobel." Vielleicht war nobel nicht das richtige Wort, aber Mink brauchte das nicht zu wissen. „Wir verlangen nichts Schlimmes von euch."

Mink presste die Lippen zusammen. Er warf einen Blick zu den beiden Gestalten auf der Matratze. „Ich kann es nicht riskieren. Ich kann ihre Leben nicht riskieren."

„Das tust du allein schon dadurch, dass du mein Angebot ablehnst. Ohne unsere Hilfe werdet ihr alle den Winter nicht überleben." Mein Blick blieb an dem Körper hängen, der unter den Decken vergraben war, als ein weiterer Hustenanfall ihn schüttelte. Ich erinnerte mich, dass ich einmal krank gewesen war, aber niemand hatte sich um mich gekümmert. Ich hatte eine Woche in meinem eigenen Unrat gelegen, bis es mir wieder gut genug ging, um aufzustehen. Diese Bande hatte ich verlassen, sobald meine Beine kräftig genug waren, um mich fortzutragen.

„Komm schon, Mink", sagte Tick. „Stringer hätt's gemacht, fürs Geld und die Sachen."

„Ich bin nicht Stringer!", schnappte Mink.

„Vielleicht liegt's daran, dass wir hungriger sind als je", gab Tick zurück. „Vielleicht redet Fleece deswegen davon, dieses Haus zu übernehmen und seine Bande hier aufzuziehen."

„Fleece?", hakte ich nach. Ich erinnerte mich an ihn. Ein widerwärtiger, brutaler Junge von etwa sechzehn, der die Straßen im Osten im Griff hatte. Seine Bande hatte mich oft gejagt, wenn ich ihrem Gebiet zu nahe gekommen war, aber sie hatten mich nie erwischt. Daher hatte ich meinen Namen flinker Charlie.

„Er hat schon mal versucht, uns das Haus wegzunehmen", erzählte Tick mir, „aber wir haben ihn abgewehrt. Haben ihm ins Bein gestochen, genau richtig für so ein Schwein, aber er sagt, er kommt bald wieder und bringt uns um, wenn wir nicht abhauen."

„Dann geht doch", sagte ich übereilt.

„Und wohin?"

„Ich kenne einen Ort." In dem Moment, in dem ich es sagte, wusste ich, dass es unmöglich war. Gus' Großtante nahm Mädchen auf, die Unterschlupf brauchten, aber ihr Haus war bereits voll und diese Jungen waren, nun, Jungen.

„Wenn du helfen konntest, warum bist du nicht schon früher zurückgekommen?", fragte Mink. Seine Oberlippe verzog sich. „Warum warten?"

Das war eine gute Frage und die Antwort machte mich nicht gerade stolz auf mich. „Weil ich nicht daran erinnert werden wollte, was aus mir wurde, nachdem mein Vater mich aus dem Haus geworfen hat."

Ticks Kinnlade klappte herunter. „Du hast 'nen Vater?"

„Er ist jetzt tot, aber ja, ich hatte einen."

„Warum hat er dich rausgeworfen?"

„Das ist eine lange Geschichte für ein andermal, Tick."

Er zog die Beine an und umklammerte sie fest. „Ich kann mich an meinen Vater nicht erinnern."

Ich schaute zu Mink. Sein höhnischer Ausdruck war verschwunden und er wirkte unsicher. „Nimm mein Angebot an", drängte ich. „Es geht nur um das Sammeln von Informationen und Berichte über das, was du hörst. Du wärst überrascht, was du schon alles weißt, das uns nützen könnte. Wir müssen einen echt üblen Kerl finden, jemand, der der Königin und ihrer Familie schaden könnte."

„Alter Schwede", murmelte Tick. „Komm schon, Mink, wir müssen Charlie helfen, wenn es der Königin das Leben rettet. Es ist nicht britisch abzulehnen."

„Jetzt bin ich in der Lage, euch zu helfen, Mink, und ich *werde* euch helfen." Ich schob den Sack mit dem Fuß zu ihm zurück. „Ich komme morgen wieder, dann kannst du mir deine Antwort geben."

„Warte", sagte er. „Warst du das, die vor ein paar Wochen den Mantel dagelassen hat?" Er nahm eine der Decken von der Matratze. Nein, es war keine Decke. Da waren Ärmel und Knöpfe. Es war ein vertrauter schwarzer Wollmantel, den ich Lincoln seit meiner Rückkehr aus dem Norden nicht mehr hatte tragen sehen. Er musste ihn in meiner Abwesenheit hiergelassen haben. „Ich nicht", sagte ich. „Mein Freund draußen."

Ich kletterte die Leiter hoch und öffnete die Falltür. Finley war nicht dort. Ich biss mir auf die Innenseite meiner Lippe und schob die Bretter zur Seite, die zur Straße führten. Hoffentlich fand ich den Jungen nicht in Lincolns Gewalt. Er schätzte es nicht, wenn man ihm nachspionierte und Finley war frech und neugierig.

Erleichtert atmete ich aus, als ich Lincoln gegenüber an der Wand lehnen sah, die Füße gekreuzt, als hätte er keine Sorgen auf der Welt. Nur sein scharfer Blick verriet seine Wachsamkeit. Finley stand in exakt der gleichen Haltung neben ihm, den Blick weder auf mich oder die Straße gerichtet, sondern auf Lincoln. Er ahmte sogar Lincolns gerunzelte Stirn und das leichte Nicken nach, mit dem er mich begrüßte, als er mich sah. Ich verkniff mir ein Lächeln.

„Wie ich sehe, hast du Freundschaft geschlossen", sagte ich.

„Der wollte nicht gehen." Lincoln drückte sich von der Wand ab. Finley auch. Lincoln trat auf mich zu, wie Finley auch. Lincoln blieb stehen und richtete seinen harten Blick auf den Jungen, der ihn zu imitieren versuchte, aber ihm fehlte Intensität.

„Mink hat Essen für dich", sagte ich zu ihm. „Und warme Kleidung. Morgen gibt es auch Geld, wenn du ihn dazu bringst, uns zu helfen."

Finleys Augen weiteten sich bei jedem Wort. Die Erwähnung von Geld ließ ihn über die Gasse sprinten und die Bretter zur Seite schieben. Er schlüpfte hindurch wie eine Ratte in ihr Loch.

Lincoln und ich gingen Seite an Seite aus der Gasse.

„Irgendwelche Probleme?", fragte ich.

„Nur der Junge."

„Der ist kein Problem, nur frech."

Ein paar Schritte liefen wir schweigend und ich dachte, die Sache wäre gegessen, bis er sagte: „Hat er sich über mich lustig gemacht?"

„Ich glaube, er hat versucht, so zu sein wie du."

„Warum?"

„Weil du groß und stark bist und eine dominierende Art an dir hast. Welcher Junge würde das nicht nachahmen wollen? Insbesondere einer in einer so hoffnungslosen Situation wie er." Ich schaute zu dem schmalen Streifen Himmel hinauf, der zwischen den Dächern sichtbar war. Hier wirkte er so viel grauer, niedriger und schwerer, obwohl es der gleiche Himmel war wie in Lichfield.

Lincoln schob seine Hand unter meine Haare auf meinen Nacken. „War es ein Fehler, herzukommen?"

„Nein, gar nicht. Ich dachte, es würde grässlich, aber das war es nicht. Ich bin froh, dass ich hergekommen bin."

Er nahm seine Hand weg, strich aber noch mit seinen Fingern an meinen entlang. „Haben sie dem Plan zugestimmt?"

„Noch nicht, aber ich denke, das werden sie. Der alte Anführer hätte es getan, aber der ist tot. Ich bin ohnehin nicht sicher, wie vertrauenswürdig er gewesen wäre. Er hätte uns hintergangen, sobald eine Münze vor seiner Nase aufgeblitzt wäre. Mink wird verlässlicher und loyal sein, wenn wir ihn an Bord holen können."

Wir traten aus der Gasse und liefen durch die Straßen. Niemand belästigte uns oder versuchte, uns zu bestehlen. Wir sahen wie zwei gewöhnliche Männer aus—oder ein Mann und ein Bursche—die nichts Stehlenswertes hatten. Kein Adeliger trug Kleidung wie wir oder seine Haare so lang.

Gus wartete vor dem Kings Cross Bahnhof, wo wir in der Menge untergingen und eine Kutsche nicht ungewöhnlich war. Lincoln legte mir eine Decke über die Beine. Ich zog sie an meine Nase und atmete den Duft ein, wie Mink es getan hatte. Sie roch nicht nur nach Lavendel, sondern irgendwie nach Lichfield selbst.

„Die Erinnerungen schmerzen dich", sagte Lincoln sanft.

Ich blinzelte. Bis zu diesem Moment war mir gar nicht aufgefallen, dass meine Augen feucht waren. „Das ist es nicht. Ich wünschte nur, ich könnte mehr für Mink und die anderen tun. Sie haben niemanden und sie sind doch nur Kinder. Ich bezweifle, dass Mink älter ist als vierzehn und er ist der Älteste. Und Weasel ist krank."

„Ich schicke einen Arzt."

„Sie werden ihn nicht einlassen, selbst wenn er durch die Öffnung passen würde."

Er lehnte sich zurück und sagte den Rest der Fahrt nach Hause nichts mehr.

In Lichfield war die neue Haushälterin Mrs Cotchin damit beschäftigt, die Dinge in Ordnung zu bringen. Sie sah mich, ehe ich Gelegenheit hatte, meine Jungensachen auszuziehen, und zog die Augenbrauen hoch, gab aber glücklicherweise keinen Kommentar ab.

„Ich glaube, ich werde sie mögen", sagte ich zu Seth, als ich auf dem Treppenabsatz an ihm vorbeikam.

„Alice?" Er schaute suchend über die Schulter.

„Nein, Mrs Cotchin. Warum glaubst du, ich hätte von Alice gesprochen? Und warum schaust du so sehnsüchtig zu ihrem Zimmer?"

„Kein besonderer Grund." Er versuchte, an mir vorbeizugehen, aber ich stellte mich ihm in den Weg.

„Seth, wenn du sie kompromittiert hast, dann reiße ich dir

höchstpersönlich die Gedärme raus und verfüttere sie an die Pferde."

„Pferde fressen keine menschlichen Gedärme." Er nickte an mir vorbei nach unten. Ich drehte mich um und sah Alice unten entlanggehen, ein Buch in der Hand, das ihre Aufmerksamkeit fesselte. „Sie war nicht in ihrem Zimmer."

„Nein. Du aber, nicht wahr?"

Seine Wangen leuchteten feuerrot. „Ich musste etwas zurückbringen. Nadel und Faden."

„Dann bring es ihr nach unten. Es gibt keinen Grund, in ihr Zimmer zu schleichen."

„Das war zu weit." Er leugnete das Schleichen nicht. „Du magst Mrs Cotchin vielleicht schon, Doyle aber eher nicht, glaube ich."

„Wechsel nicht das Thema." Ich schaute runter in die Eingangshalle, wo Doyle jetzt über die Fliesen zur Haustür ging, an die es geklopft hatte. „Warum mag er Mrs Cotchin nicht? Er kennt sie doch kaum."

„Berufliche Eifersucht." Er zuckte mit den Schultern. „Entweder das, oder er braucht eine Frau, wenn du weißt, was ich meine."

„Was du meinst, ist kristallklar, insbesondere wenn du dieses kleine Zwinkern hinzufügst. Ist das alles, woran du denken kannst?"

„Nein", sagte er, wobei er abgelenkt klang. „Ich habe auch noch ein oder zwei Gedanken für unseren unbezähmbaren Anführer übrig." Er deute auf die Haustür, die jetzt offenstand. Eine Gestalt in einem langen schwarzen Mantel stand dort, die Kapuze hochgezogen. „Zum Beispiel frage ich mich, was er zu seiner Mutter sagen wird, da sie ihn jetzt besuchen kommt."

Leisl nahm ihre Kapuze ab und richtete ihren Blick direkt auf mich. Ich fühlte mich, als würde ich aufgespießt.

„Wenn Sie warten möchten", tönte Doyle, „werde ich Mr Fitzroy holen."

„Nein." Leisl hob einen krummen Finger und zeigte auf mich. „Ich komme zu ihr."

KAPITEL 7

 incoln hatte Leisls Augen. Ich hatte die tiefe Schwärze schon in der Ballnacht bemerkt, aber jetzt, bei Tageslicht, erkannte ich auch die Intelligenz, die mir aus ihren Tiefen entgegensprang.

„Kommen Sie mit mir", sagte ich und führte sie in das informelle Empfangszimmer im Erdgeschoss. „Doyle, bringen Sie bitte ein paar Erfrischungen."

Leisl schaute sich kurz im Raum um, ehe sie sich auf das Sofa setzte. Sie stopfte ihren Rock eng an ihre Beine, als hätte sie Angst, zu viel Platz einzunehmen. Dann faltete sie ihre Hände im Schoß und saß mit eng zusammengestellten Füßen da. Die steife Haltung war durch und durch englisch.

Ich hatte bereits vor einigen Monaten eine Zigeunerseherin getroffen, als Lincoln und ich das Lager der Roma im Mitcham Common besucht hatten. Sie war eine sehr lebhafte Erscheinung gewesen, während Leisl zurückhaltender war.

„Ich bin froh, dass Sie gekommen sind", sagte ich, um ein Gespräch anzufangen, da sie es nicht tat. Sie schaute sich weiter im Raum um, wobei ihr Blick auf jeder Vase und jedem Objekt ruhte, bevor er zum nächsten sprang. Wenn sie hoffte, aus der Einrichtung des Zimmers Rückschlüsse auf Lincolns Wesen zu ziehen, würde sie nicht viel erfahren. Doyle und ich hatten es ohne Lincolns Hilfe eingerichtet.

„Du bist seine Frau", sagte sie schließlich.

„Lincolns? Wir sind nicht verheiratet."

„Ihr werdet es sein." Sie sagte es so selbstverständlich, dass ich einen Moment brauchte, um etwas zu erwidern.

„Sagt das die Seherin oder die Mutter?"

Ihre Knöchel wurden weiß. „Ich war ihm kein Mutter."

„Nein, aber ich würde wetten, dass die Verbindung zwischen euch noch besteht."

„Denkst du? Warum?"

„Meine Mutter hat mich auch kurz nach meiner Geburt weggegeben. Ich habe ihren Geist beschworen, nachdem ich ihren Namen erfahren hatte und …. es gab eine Verbindung zwischen uns. Sie hatte mich nicht vergessen."

Leisl beugte sich leicht vor, während ich meine Geschichte erzählte. „Dein Mutter … hat sie dich freiwillig weggegeben, oder hat jemand weggenommen?"

„Sie hat mich zu meiner eigenen Sicherheit weggegeben, und um mir eine glückliche Zukunft zu bescheren." Ich erwähnte nicht, dass die Dinge nicht ganz so gut gelaufen waren, wie meine leibliche Mutter es erhofft hatte. Dieser Teil der Geschichte konnte auf eine andere Gelegenheit warten.

„Mich hat gezwungen, mein Sohn aufzugeben", sagte Leisl.

Mein Atem stockte. Mit einer solchen Freimütigkeit hatte ich so früh im Gespräch nicht gerechnet. Tausend Fragen schwirrten mir durch den Kopf, aber ich bekam keine davon heraus, bevor sie weitersprach.

„Sie haben ihn an Tag von Geburt geholt und ich ihn nie wiedergesehen."

„Mein Gott", murmelte ich. Das musste der schlimmste Albtraum einer jeden Mutter sein. „Haben sie Ihnen gesagt, warum?"

„Nein, aber ich weiß, warum. Ich sehe in mein Visionen. Ich wusste, sie kommen ihn holen."

Dann war es wenigstens keine Überraschung, aber trotzdem. „Sie müssen sehr aufgebracht gewesen sein."

„Ja und nein." Ihr kantiges Gesicht entspannte sich kurz, ehe es wieder fest wurde. Anders als bei Lincoln konnte man ihr Gesicht leicht lesen und ihre Gedanken an ihrer Mimik erkennen. „Es war Beste für ihn. Ich habe sein Schicksal gesehen und weiß, ich kann ihn nicht behalten. Er ist besonders. Königlich Blut fließt zusammen mit Romablut in sein Adern, aber er ist nicht königlich, nicht Roma. Er gehörte mir nicht." Ihr Blick bohrte sich in mich hinein. „Und er gehört dir auch nicht, Charlie."

In mir sträubte sich alles. „Das weiß ich. Menschen gehören anderen Menschen nicht." Ich klang defensiv, wusste aber nicht, warum. Natürlich gehörte Lincoln mir nicht. Er gehörte niemandem, so wie ich ihm nicht gehörte. Wir waren beide freie Individuen. Und dennoch … „Ist das der Grund für Ihren Besuch? Um mir zu sagen, dass ich ihn nicht haben kann?"

Doyle trat mit einem Tablett ein und stellte es auf den Tisch. Ich schenkte aus, während er ging, und reichte Leisl eine Tasse.

„Du verstehst nicht", sagte sie. „Du wirst ihn haben, wie ein Frau ihren Mann hat."

Mein Gesicht wurde heiß und ich konzentrierte mich darauf, mir meinen Tee einzugießen. Als ich aufschaute, lächelte Leisl mich mit einem fiesen Blitzen in den Augen an.

„Du kriegst sein Herz", fuhr sie fort, „aber nicht sein Seele."

„Das erwarte ich auch nicht. Die Seelen gehören uns allein. So viel habe ich aus meinen Gesprächen mit den Toten gelernt."

Sie nickte bestimmt. „Gut. Ich sehe, du bist nicht albernes englisches Mädchen."

„Dachten Sie, das wäre ich?"

Sie hob eine Schulter und murmelte etwas, das wie „Eh" klang.

„Jetzt weiß ich, warum Sie gekommen sind. Um zu sehen, ob ich eine passende Frau für Ihren Sohn bin." Ich lachte leise und fragte mich, was Lincoln sagen würde, wenn er wüsste, dass seine Mutter sich genauso um die Wahl seiner Ehefrau sorgte, wie Lady Vickers es bei Seth tat.

„Ein wenig", sagte sie lächelnd. „Aber auch, weil du ihm sagen sollst, dass ich nicht verraten wollte, aber wusste, es muss sein. Sag ihm, der General wollte nicht sagen, wohin er nimmt, damit ich nicht besuche."

„General Eastbrooke?"

Sie zuckte mit den Schultern. „Wusste sein Name nicht, nur dass er General. Hat er—Lincoln—bei General gelebt?"

Ich nickte.

„War er guter Vater für ihn?"

Zur Hölle. Wie sagte man einer Mutter, dass der Sohn, den sie aufgegeben hatte, eine furchtbare Kindheit hatte? „Der General war oft unterwegs, aber Lincoln ist trotz seiner Einsamkeit zu einem guten Mann herangewachsen."

„Du wählst Worte vorsichtig", bemerkte sie.

„Sie sind sehr aufmerksam." Ich stellte meine Teetasse ab. „Leisl, Sie sollten Lincoln diese Dinge sagen, nicht ich. Ich hole ihn."

„Er wird nicht zuhören."

„Das wird er, wenn wir ihn zwingen, hier zu sitzen."

Sie lächelte traurig. „Er wird hören, aber nicht zuhören. Nicht damit." Sie klopfte sich über dem Herzen auf die Brust. „Nicht mir. Dir, vielleicht."

„Vielleicht."

Sie stellte ihre Teetasse weg. „Danke, Charlie. Du bist gutes Mädchen. Du wirst gute Ehefrau."

„Warten Sie, Sie können noch nicht gehen. Ich weiß noch gar nichts über Sie." Ich reichte ihr die Tasse zurück und nahm meine eigene. „Wo leben Sie?"

„In ein Cottage in Enfield."

„Nicht in einem Zigeunerlager in einem der Commons?"

„Nein. Das Leben ist hart und General gab mir Geld. Ich habe es gut."

Sie wurde *bezahlt*, um ihren Sohn aufzugeben! Wie konnte ein finanzieller Ausgleich je genug sein? Ich wusste nicht, was ich von diesem Arrangement halten sollte. Einerseits konnte Geld nicht ersetzen, was sie verloren hatte, andererseits war ich froh, dass sie ein Zuhause hatte und nicht durch die Straßen streifen musste, um Lumpen oder Blumen zu verkaufen, wie andere Roma.

„Der General ist kürzlich verstorben", sagte ich. „Ich werde sicherstellen, dass Lincoln die Zahlungen an Sie fortsetzt. Was ist mit Ihrer Familie? Haben Sie einen Mann? Andere Kinder?"

„Ich geheiratet, aber er vor acht Jahren gestorben. Wir hatten zwei Kinder, ein Junge, ein Mädchen."

„Lincoln hat einen Bruder und eine Schwester!" Ich presste meine Hand auf mein rasendes Herz. Was musste passieren, damit er sie treffen konnte?

„Sie nichts wissen von ihm und ich wünsche nicht, dass sie wissen."

„Oh."

„Meine Vergangenheit mit Prinz … es schmerzt." Sie klopfte sich wieder auf die Brust und wirkte traurig.

Schmerzte es, weil er sich ihr aufgedrängt hatte oder weil sie ihn noch liebte? „Wie sind Sie ihm begegnet?", fragte ich sanft.

„Bei ein Jahrmarkt." Sie lächelte versonnen. „Er war so jung, so schön, so charmant. Ich sag ihm die Zukunft."

„Können Sie willentlich jemandem die Zukunft vorhersagen? Lesen Sie aus der Hand?"

„Nein. Ich muss Vision haben." Sie hielt einen knorrigen Finger hoch. „Traue keine Zigeuner bei Jahrmarkt, Charlie. Sie können nicht aus Hand oder Teeblätter lesen. Verstanden?"

„Danke für die Warnung. Also hatten Sie eine Vision über den Prinzen?"

Sie nickte und lächelte wieder. „Ich wusste, wir würden zusammen sein, sobald er in mein Zelt kam. Ich unser Kind gesehen, als ich ihn berührt habe. Wusste, unser Baby wird wichtiger Mann, aber auch belasteter Mann."

„Haben Sie dem Prinzen etwas davon gesagt?"

„Nein. Er glaubt, ich verrückt oder will Geld." Ihr Lächeln wurde traurig. „Ich ihm gesagt, was er hören wollte—dass er eines Tages König wird, dass er gute König wird und Kinder hat und viele Geliebte."

„Wie hat er das aufgenommen?"

„Er gelacht und gesagt, ich lese nicht Zukunft, ich lese Gegenwart. Ich auch gelacht. Das war genug."

„Genug?"

„Um sein Aufmerksamkeit zu bekommen. Ich war damals schön, Charlie. Männer mochten mich."

„Das bezweifle ich nicht. Sie sind immer noch wunderschön."

„Pah. Ich alt und verschrumpelt."

„Sie haben die Knochen einer schönen Frau, Leisl, und die Haltung. Die Linien in ihrem Gesicht erzählen von einem guten, erfüllten Leben. Wünschen Sie sie nicht weg."

„So weise und freundlich für jemand so jung." Plötzlich holte sie scharf Luft und stellte ihre Tasse mit einem Knall auf die Untertasse. „Ich muss gehen." Sie stand auf und war auf dem Weg zur Tür, ehe ich mich erheben konnte. Für ihr Alter war sie flott.

Lincoln stand im Türrahmen und versperrte ihr den Weg. Sein Gesicht war ausdruckslos, wie immer, wenn niemand sehen sollte, was sich hinter der Fassade abspielte. Aber er vergaß, dass ich ihn jetzt gut kannte und er mir nicht mehr weismachen konnte, dass es ihm nichts ausmachte.

„Leisl", sagte er mit einem leichten Nicken.

Sie warf mir einen Blick zu. Ein Hilferuf? Sollte ich das Gespräch führen? Ich zögerte, denn ich wollte ihr nicht helfen— oder ihm. Ich wollte, dass sie miteinander redeten, ohne dass ich dazwischenfunkte.

„Ich gehe", sagte sie.

Er trat zur Seite. „Einen guten Tag."

„Guten Tag." Sie eilte zur Tür, den Kopf gesenkt. Doyle half ihr in ihren Mantel.

„Warten Sie!" Ich marschierte an Lincoln vorbei, packte seine Hand und zog ihn hinter mir her. Seinen Widerwillen spürte ich bei jedem Schritt. „Sie können noch nicht gehen. Lincoln, sag etwas zu ihr."

Leisl schlug den Kragen ihres Mantels am Hals hoch. „Ich muss gehen."

„Doyle", sagte Lincoln, „Gus soll Leisl fahren, wohin auch immer sie möchte."

Doyle verbeugte sich und ging. Gut. Es würde einige Minuten dauern, bis die Kutsche bereit war. Dadurch hatten sie Zeit. Sie brauchten allerdings Starthilfe.

„Lincoln, Leisl hat mir vom Tag deiner Geburt erzählt", sagte ich. „Wie der General—"

„Jetzt ist weder die Zeit noch der Ort." Seine Stimme grummelte vor Ärger.

Ich holte tief Luft. Seinen Zorn zu riskieren war es wert. „Es gibt keine bessere Zeit oder einen besseren Ort."

Sein Blick wurde scharf. „Ich weiß, dass der General mich ihr weggenommen hat. Er hat es mir gesagt." An Leisl gewandt sagte er: „Der Unterhalt des Generals wird weiter ausgezahlt, mit einer Erhöhung."

„Die musst du nicht geben", sagte Leisl, den Blick gesenkt. „Es ist genug."

„Die Preise sind über die Jahre gestiegen. Es ist nur gerecht, wenn dein Unterhalt es auch tut. Falls mein Tod vor deinem eintritt, werden die Zahlungen fortgesetzt."

„Danke."

Ich schaute von einem zum anderen. Wie konnten Mutter und Sohn nach so langer Trennung über Geld sprechen? Warum stellten sie sich keine wichtigen Fragen? Ich erwartete keine Umarmung, aber diese Formalität fühlte sich falsch an.

„Lincoln." Ich presste meine Hände auf meine Hüften. „Wusstest du, dass du einen Halbbruder und eine Halbschwester hast?"

Seine Nasenflügel bebten. „Die habe ich auch väterlicherseits. Sie wissen nicht, dass ich existiere, und ich habe keinerlei Interesse daran, sie kennenzulernen. Wenn du mich jetzt entschuldigst, ich habe zu tun."

Er drehte sich um und stolzierte davon. Ich wollte ihm nachlaufen, aber Leisl fasste meinen Arm.

„Lass ihn", sagte sie leise. „Eines Tages, vielleicht, wir können reden. Nicht heute."

Sie vergab ihm seine Unhöflichkeit viel eher als ich. „Wenn Sie es so wollen."

„Danke, Charlie. Du bist ihm gute Freundin, sehe ich." Sie nahm meine beiden Hände in ihre. Trotz der Kälte trug sie keine Handschuhe. „Du liebst ihn und er liebt dich."

Ich biss mir innen auf die Lippe für den Fall, dass sie bebte, und nickte.

Sie tätschelte meine Hände und schaute zu dem Kronleuchter auf, der über unseren Köpfen hing. „Dann muss es schwer sein, hier zu leben und nicht verheiratet sein, eh?" Sie kicherte. „Sehr schwer."

„Wir, ähm, wir warten darauf, dass ich meinen Herzenswunsch in der Sache erkenne. Unsere gemeinsame Vergangenheit war voller Hochs und Tiefs."

„Aahhh. Du willst ihn strafen für Falsche?"

„Nein!" Nicht wirklich. Vielleicht. Ich versuchte zu lächeln, aber es fühlte sich erzwungen an.

Sie tätschelte erneut meine Hand und machte ein Geräusch in ihrem Hals, von dem ich dachte, dass es etwas bedeuten könnte, jedoch nicht was. Sie ließ mich los und setzte ihre Kapuze auf. Draußen rumpelten Wagenräder auf dem Kies.

„Auf Wiedersehen, Charlie."

„Warten Sie, Leisl! Werden wir uns bald wiedersehen?"

„Wenn du willst."

„Sie können nicht sehen, ob es so ist? In einer Vision?"

Sie lachte. „Nein. Ich kann Vision nicht aussuchen. Sie kommen, wenn sie wollen, nicht wenn ich will."

„Wie unpraktisch. Nun, Sie sollen wissen, dass ich es mir wünsche. In der Zwischenzeit bearbeite ich Lincoln."

„Viel Glück." Sie tippte an ihre Schläfe. „Er ist stur. Roma Männer haben harte Schädel. Es braucht starke Frau für gut zusammenpassen. Du bist starke Frau, Charlie. Nie vergessen."

Ich wartete, bis Doyle die Kutschentür hinter ihr geschlossen hatte, ehe ich die Treppen hinauflief und an Lincolns Tür klopfte. Ich hielt die Luft an, denn ich war mir nicht sicher, ob er mich überhaupt empfangen würde.

Er öffnete die Tür, verschränkte die Arme und schaute finster. „Nein."

„Du weißt doch noch gar nicht, was ich sagen will."

„Du willst, dass ich sie besuche. Die Antwort ist nein."

„Du liegst falsch." Ich schubste ihn, nicht fest, aber er trat trotzdem zurück und gewährte mir Eintritt. Ich trat die Tür zu und schaute ihn ebenfalls finster an. *Sei stark*, hatte Leisl gesagt, also würde ich mein Bestes geben. „Ich bin nicht gekommen, um dich um irgendetwas zu *bitten*, sondern um dir zu sagen, wie unhöflich du zu ihr warst."

Er drehte sich um und ging zu seinem Schreibtisch.

„Lincoln! Dreh mir nicht den Rücken zu. Ungeachtet der

Tatsache, dass sie deine Mutter ist, war sie heute dein Gast und du hast sie ignoriert."

Er setzte sich an seinen Schreibtisch, den Rücken noch immer zu mir gewandt. „Ich habe mit ihr gesprochen."

„Das ist wohl kaum das Gleiche wie eine Konversation."

„Du weißt, dass ich nicht sehr gut in Small Talk bin. Das hast du selbst gesagt. Abgesehen davon seid ihr beide wunderbar ohne mich zurechtgekommen. Besser, würde ich vermuten."

„Darum geht es nicht. Es geht darum, dass sie gekommen ist, um ihren Sohn zu sehen."

„Ich bin nicht ihr Sohn!"

„Lincoln—"

„Lass es, Charlie." Er drehte sich halb um und starrte mich wütend über seine Schulter an. „Ich will mich nicht mit dir streiten, also bedränge mich nicht mit diesem Thema."

Ich ballte meine Hände zu Fäusten und zwang meine Nerven zur Ruhe. „Ich verstehe dich nicht. Wenn ich die Chance hätte, meine Mutter zu treffen, meine echte leibhaftige Mutter, wäre ich so glücklich und begeistert."

Er wandte sich wieder ab. „Nicht alles, was ich tue oder sage, muss dir einleuchten."

„Dann erkläre es mir. Hilf mir zu verstehen, wie du dich fühlst."

„Ich fühle nichts in Bezug auf Leisl. Das habe ich dir gesagt."

„Ich glaube dir nicht."

Sein Körper hob und senkte sich mit einem stummen Seufzen. „Geh, ehe ich etwas sage, was ich bereue."

Ärger und Frustration flammte in meinem Magen auf, aber ich löschte sie. Heute würde ich diese Schlacht nicht gewinnen und ganz sicher nicht so. Ich stellte mich hinter ihn und legte ihm die Arme um die Schultern. Der Verlobungsring, den ich ihm zurückgegeben hatte, lag in seinem Kästchen und wartete darauf, dass ich ihn wieder an den Finger steckte. Ich hatte ihm versprochen, dass ich ihn anziehen würde, sobald ich mich entschlossen hatte, ihn zu heiraten. Er musste ihn jeden Tag sehen, eine Erinnerung an den Fehler, den er begangen hatte, als er mich fortgeschickt hatte.

Ich küsste ihn auf den Kopf. Dafür, dass ich ihn gedrängt

hatte, mit Leisl zu sprechen, wollte ich mich nicht entschuldigen, aber er sollte wissen, dass ich wegen seiner Weigerung keinen Groll gegen ihn hegte.

Sein Körper entspannte sich und er legte den Kopf gegen meine Brust. „Ich will nicht mit dir streiten", murmelte er.

Wie konnte ich bei so einem Flehen wütend bleiben? „Das werden wir nicht."

„Versprich mir, dass du das Thema nicht wieder aufwirfst."

„Das kann ich nicht versprechen."

Er zog mich an seine Seite und setzte mich auf seinen Schoß. „Versprich es, Charlie", sagte er mit eindringlichem Blick.

„Ich kann es nicht."

Er schaute mich genau an. „Was kann ich tun oder sagen, damit du es versprichst?"

Ich lehnte mich zurück und runzelte die Stirn. „Du meinst, du willst mich bestechen?"

„So hätte ich es nicht ausgedrückt, aber ja."

Also gut. Wenn er hinterhältige Methoden anwenden wollte, würde ich das auch tun. Ich knabberte an meiner Unterlippe und öffnete den zweitobersten Knopf seines Hemdes, da der oberste bereits offen war.

„Es gibt da tatsächlich etwas, was ich will", sagte ich in einem, wie ich hoffte, verführerischen Ton. „Etwas, das du mir geben kannst, um mir mein Versprechen zu entlocken." Ich öffnete einen weiteren Knopf und küsste Lincoln sacht auf die Lippen.

Er brach den Kuss ab. „Was tust du?"

„Ich lasse mich bestechen."

Ich fuhr mit den Fingern in sein Hemd und strich über die harten Muskeln seiner Brust. Sein Herzschlag beschleunigte sich unter meiner Hand, so wie mein eigener. Ich beugte mich dichter an ihn heran und küsste seinen Hals.

Er pflückte mich von seinem Schoß und stand plötzlich auf. Der Stuhl kippte hinten über und knallte auf den Boden. „Das ist unfair", knurrte Lincoln, seine Stimme rau. „Du weißt, dass ich das nicht tun werde."

„Und du hast immer fair gespielt?"

Seine Finger kratzten durch seine offenen Haare. „Du gewinnst, Charlie."

„Es geht nicht ums Gewinnen. Es geht darum, dass ich kein Versprechen abgebe, das ich nicht halten kann." Ich wollte einen seiner Knöpfe wieder schließen, aber er trat zur Seite und knöpfte ihn selbst zu. Den zweiten ebenfalls.

„Du musst gehen, bevor ich beschließe, dass ich nicht warten kann."

Ich küsste meine Fingerspitzen und berührte damit seine Wange. „Ich überlasse dich deiner Arbeit."

Er brummte und brachte mich zur Tür, die er zwischen uns schloss. Ich sah, wie er sich wieder durch die Haare fuhr, ehe sie ganz zu war.

* * *

WIR BESUCHTEN Lady Gillingham am späten Nachmittag. Lincoln hatte darauf bestanden, mich zu begleiten für den Fall, dass Lord Gillingham Ärger machte. Lincoln saß neben mir in der sanft schwankenden Kutsche, wobei unsere Schultern aneinanderstießen. Auf den anderen Sitz hatte er einen Sack gelegt.

„Wir können uns nicht gewaltsam Zutritt verschaffen, um mit ihr zu sprechen", sagte ich. „Es ist sein Haus und sie muss ihm gehorchen. Wenn er uns verbietet, mit ihr zu reden, dann müssen wir uns an seine Regeln halten." Ich schüttelte den Kopf. „Männer wie er sind wie Tiere. Ich wünschte, das Gesetz würde nicht verlangen, dass Frauen ihren Männern gehorchen müssen, wenn sie Mistkerle sind."

Als Lincoln nichts erwiderte, warf ich ihm einen Blick zu, nur um festzustellen, dass er mich intensiv beobachtete. „Ich würde dir niemals verbieten, etwas zu tun oder zu sagen, oder jemanden zu treffen."

„Ich weiß." Ich nahm seine Hand und drückte sie.

„Dann …?" Er schüttelte den Kopf und schaute aus dem Fenster.

„Warum habe ich den Ring noch nicht genommen?"

„Du bist nicht so weit", sagte er. „Ich verstehe."

Tat er das wirklich? Manchmal war ich mir selbst nicht sicher, warum ich den Ring noch nicht angezogen hatte. Ich liebte Lincoln und wusste, dass er mich liebte. Ich wollte ihn heiraten. Aber ich wollte nichts überstürzen. Egal wie oft er sagte, dass sich zwischen uns nichts ändern würde, wusste ich, dass es geschehen würde. Rechtlich gesehen wurde ich zu seinem Besitz. Ich war jetzt so lange frei und unabhängig gewesen, dass mir der Schritt in die Ehe gewaltig vorkam.

Und doch hatte er mir bereits ein Haus überschrieben und in den Urkunden vermerkt, dass es mir kein Ehemann wegnehmen konnte. Waren diese Urkunden bindend? Ich kam mir dumm vor, weil ich es nicht wusste. Die Besitzurkunde war so kompliziert, sie hätte genauso gut in Latein geschrieben sein können. Ich war auch noch nie in einer Bank gewesen, ganz zu schweigen von einem Konto bei einer. Eine Frau musste ihrem zukünftigen Mann absolut vertrauen, dass ihm ihre besten Interessen am Herzen lagen, ehe sie seinen Ring an den Finger steckte.

„Es wird dunkel", sagte er.

„Ja. Und?"

„Falls Gillingham uns verbietet, seine Frau zu sprechen, warten wir, bis es ganz dunkel ist und klettern durch ihr Fenster."

Ich starrte ihn an. „Du meinst das ernst, nicht wahr?"

„So bin ich das letzte Mal reingekommen."

„Und du erwartest das auch von mir?"

„Du kannst das. Ich habe gesehen, wie du Wände und Bäume raufgeklettert bist, egal was du anhattest."

„Ja, aber ich wette, ihre Räumlichkeiten sind nicht in der ersten Etage und wahrscheinlich auch nicht in der zweiten, und ein Haus ist kein Baum."

„Es gibt Trittflächen auf den Fensterrahmen und Abflüssen. Du solltest sie mit den Beinen erreichen können. Ich habe für alle Fälle Seile mitgebracht, um dich an mir zu sichern. Wenn du abrutschst, fällst du nicht weit. Aber ich glaube nicht, dass du abrutschst."

„Du meinst es ernst." Ich lachte, trotz meiner Besorgnis. „Mein Kleid wird mir aber im Weg sein."

Er reichte mir den Sack. „Deine Jungensachen sind hier drin."

Ich zog die Hose und das Hemd heraus. „Du bist wahnsinnig."

Er grinste plötzlich. Mein Magen vollführte einen kleinen Salto vor Freude. „Ich weiß, dass du gern kletterst."

Die Aussicht, wieder zu klettern, begeisterte mich tatsächlich. Ich war gern draußen, weit oben, wo niemand hinsah und die Aussicht einem den Atem raubte. „Das ist eine merkwürdige Art, sich näherzukommen", sagte ich. „Die meisten Männer machen mit Blumen und Theaterkarten den Hof. Du bringst Seile und Hosen."

„Ich bin nicht wie die meisten Männer."

Wir fragten den Butler, ob Lady Gillingham zu Hause war, und bekamen erst schuldbewusstes Schweigen zur Antwort, dann ein holpriges: „Tja, ähm, sie ist derzeit unpässlich. Um nicht zu sagen, sie ist ausgegangen. Etwas frische Luft schnappen, Sir."

„Sie ist spazieren gegangen?", fragte ich ganz unschuldig.

„Ja. Hyde Park."

„Wunderbar. Vielleicht können wir uns dort zu ihr gesellen."

Seine Augen weiteten sich. „Nein!"

„Warum nicht?"

„Mir ist gerade eingefallen, sie ist doch nicht im Hyde Park." Der Butler kaute auf der Innenseite seiner Unterlippe, bis ich ihn mit einem Nicken drängte, fortzufahren. „Ihre Ladyschaft ist … irgendwo anders. Sie hat mir nicht gesagt, wohin sie wollte."

„Ist Lord Gillingham zugegen?", fragte Lincoln.

Warum wollte er mit dem grässlichen Kerl reden? Ich dachte, wir wollten ihm aus dem Weg gehen.

„Seine Lordschaft ist in seinem Arbeitszimmer, Sir", sagte der Butler erleichtert. „Möchten Sie, dass ich Sie ankündige?"

„Nein." Lincoln wandte sich ab und wartete, dass ich vor ihm die Treppe hinabging.

„Warum hast du nach Gillingham gefragt?", sagte ich, als er mir die Kutschentür öffnete. „Wolltest du nur wissen, ob er da ist?"

Er nickte. „Gus, fahre irgendwo herum, bis es dunkel ist und bring uns dann zurück, aber nicht hierher. Ein oder zwei Straßen weiter ist nah genug. Charlie und ich können von dort aus laufen."

„Eine halbe Stunde sollte reichen", sagte Gus mit einem Blick zum Himmel.

„Ich drehe mich um, während du dich umziehst", sagte Lincoln, als wir losfuhren.

„Du willst also doch in ihr Zimmer klettern?", fragte ich.

„Ja. Der Butler hat gelogen. Sie ist zu Hause."

„Ich weiß. Aber was ist, wenn sie heute Abend ausgeht?"

„Dann warten wir in ihrem Zimmer, bis sie zurückkommt."

„Aber eine Magd könnte uns in der Zwischenzeit sehen."

„Wenn du nicht mitkommen willst, mache ich es allein."

„Und sitze mit Gus in der kalten Kutsche und warte auf dich? Nein, danke. Ich komme mit."

Er grinste mich zufrieden an, denn er hatte von vornherein gewusst, dass ich ihm nicht gestatten würde, ohne mich zu gehen.

Während er sich abwandte, zog ich mich um. Im beengten Raum der Kutsche war es nicht die eleganteste Aktion, die ich je vollführt hatte, oder die schnellste, aber ich kam zurecht.

„Du kannst jetzt gucken", sagte ich und knöpfte mein Hemd zu. „Hilf mir in die Jacke."

Ich hob meine Haare an und er legte mir die Jacke um die Schultern. Seine Finger strichen über meine nackte Haut. Die Berührung war zufällig und unpersönlich, was zum Teil seinen Handschuhen geschuldet war. Innerlich seufzte sich, denn ich sehnte mich nach mehr.

Ich rutschte an ihn heran, bis mein Rücken an seiner Brust lehnte, nahm seinen Arm und legte ihn um meine Taille. Er verkrampfte sich und seine Finger schwebten über meiner Hüfte, ohne sie zu berühren.

Nach einer Weile spürte ich, wie sein Körper sich entspannte, als hätte er es aufgegeben, gegen die Nähe anzukämpfen. Er küsste meinen Scheitel.

„Willst du deine Haare hochgesteckt lassen?", fragte er.

„Ich glaube nicht. Ich könnte sie in meine Kleidung stecken." Ich begann, die Haarnadeln zu entfernen. „In der Dunkelheit wird man die Länge nicht sehen und hoffentlich auch meine weiblichen Kurven nicht."

Die Vibration seines Lachens durchfuhr mich. „Manchmal frage ich mich, wie du mich damals täuschen konntest. Ich hatte keine Ahnung. Ich muss blind gewesen sein."

„Ich war dünn wie eine Bohnenstange und hatte keine nennenswerten weiblichen Kurven. Du warst nicht blind, du hast einfach kein Mädchen erwartet, also hast du auch keins gesehen."

„Julia hatte den Verdacht."

Ich wusste, dass sie diejenige gewesen war, die ihn auf die Idee gebracht hatte, ich wäre eventuell kein Junge. Dafür hatte ich sie gehasst. Manchmal hasste ich sie immer noch, aber aus anderen Gründen und längst nicht mehr so intensiv wie anfangs. Vielleicht, weil sie keinen Einfluss auf Lincoln hatte oder weil sie mir zurzeit ein wenig leidtat.

„Was auch immer ihre Fehler sein mögen", sagte ich, „sie ist sehr raffiniert, wenn es darum geht, Menschen zu verstehen."

„Nicht alle Menschen. Sie hat irgendwen massiv unterschätzt." Er meinte die Person, die sich mit der Geschichte über Lady Hs Vergangenheit als Tänzerin an die Presse gewandt hatte.

Ich sammelte die Haarnadeln ein und warf sie in meine Handtasche. Lincoln zog seine Handschuhe aus und legte sie neben mir auf den Sitz.

„Was tust du?", fragte ich.

Als Antwort fuhr er mir sanft mit den Fingern durch die Haare. „Sie sind inzwischen so lang", murmelte er fasziniert. „Viel länger als meine."

„Du hast deine erst letzte Woche schneiden lassen."

„Vielleicht schneide ich sie ganz ab."

„Nein!"

Ich spürte sein Grinsen auf meinem Kopf. „Du brauchst etwas Zeit, um dich an den Gedanken zu gewöhnen."

„Sehr viel Zeit. Ich mag sie so, wie sie sind."

Er massierte meine Kopfhaut. Ich schloss die Augen und seufzte. Wir saßen lange so da, ohne zu reden. Ich hatte nicht das

Bedürfnis, die Stille zu füllen, und er anscheinend auch nicht. Als die Kutsche nach vorn ruckte, öffnete ich die Augen.

„Wir fahren", sagte ich und rückte widerwillig von ihm weg.

Seine halb geschlossenen Augen folgten meiner Bewegung über den Sitz. „Bist du bereit?"

„Natürlich. Ich freue mich drauf."

Wir hielten wieder an. Die Straße erkannte ich nicht, aber sie hatte Stadthäuser ähnlich denen in Mayfair und Belgravia. Lincoln stieg zuerst aus und klappte weder die Stufen herunter, noch half er mir. Ich sprang.

„Also los." Ich hüpfte davon und winkte ihm, mir zu folgen.

Er holte mich ein, den Sack über die Schulter geworfen. „Du brauchst erst ein paar Übungseinheiten", sagte er.

„Du möchtest, dass ich eine dieser Wände zur Übung hochklettere?", fragte ich und deutete auf das nächste Haus.

„Nicht ganz." Er führte mich eine Gasse entlang und dann in einen Hof, der von Ställen umgeben war. „Klettere die Wand da vorn hoch."

Ich sah die Wand an. Sie ragte hoch über meinen Kopf, aber die drei Kisten, die davor aufgestapelt lagen, sagten mir, dass wir nicht die ersten waren, die hinüberkletterten. Jetzt war es dunkel und wir waren allein im Hof, abgesehen von einem Pferd, das in einem der Ställe schnaubte. Ich rückte die Kisten zurecht und kraxelte hoch. Ich konnte den oberen Rand der Mauer so gerade eben mit den Fingern erreichen, wenn ich mich auf Zehenspitzen stellte. Mit den Schuhen fand ich Halt im Mauerwerk und zog mich hoch.

Es war wesentlich schwieriger als das letzte Mal, als ich über eine Mauer geklettert war. Zum einen war ich schwerer und zum anderen waren die Muskeln in meinen Fingern außer Übung. Ich brauchte drei Anläufe.

Lautlos sprang ich auf der anderen Seite hinunter. Lincoln landete kurz darauf neben mir. Er schaffte es beim ersten Anlauf.

„Gut", sagte er schlicht. „Ein brauchbarer Versuch."

„Brauchbar? Das war verdammt gut", sagte ich, wobei ich in meine Gossensprache verfiel.

„Es war *brauchbar*, Charlie. Du warst früher besser."

„Hm. Ich sehe, du bist so brutal ehrlich wie immer."

Er blieb plötzlich stehen. Die zischende Straßenlaterne warf gerade genug Licht ab, um seine gerunzelte Stirn zu erkennen. „Habe ich deine Gefühle verletzt?", fragte er. „Ich dachte, ich teile lediglich eine Beobachtung mit."

„Ich weiß, Lincoln, und nein, du hast meine Gefühle nicht verletzt. Aber falls du je die Beobachtung machst, dass ich fett geworden bin, dann solltest du lügen."

„Ich werde das im Hinterkopf behalten."

Ich verdrehte die Augen, was er aber in der Dunkelheit sicher nicht sehen konnte. „Eine bessere Antwort wäre gewesen: ‚Du wirst nie fett, Charlie. Du hast die Art von Figur, die niemals viel Speck ansetzt.'"

„Das behalte ich auch im Hinterkopf."

Ich lachte, denn ich war mir längst nicht mehr sicher, ob er es ernst meinte oder mich ärgerte. „Komm schon. Lass uns die Prinzessin in ihrem Turm besuchen."

Wir warteten gegenüber von Gillinghams Haus und beobachteten, wie Lord Gillingham in seiner Kutsche davonfuhr. Licht drang durch die Vorhänge in einem der Fenster im dritten Stock. Der Vorhang bewegte sich kurz und offenbarte Lady Gillingham, ehe er sich wieder schloss.

Wir warteten eine weitere Stunde im Schatten, bis der Verkehr nachließ. Im Winter war niemand zu Fuß unterwegs und auf der Straße wurde es ruhig. Lincoln knotete das Seil um unsere Hüften und wir schlichen lautlos zum Haus. Mit einem kurzen Blick prüfte er, dass wir nicht beobachtet wurden, und kletterte dann an der Regenrinne hinauf. Meine Augen hatten sich an die Dunkelheit gewöhnt, sodass ich sehen konnte, wo er seine Hände und Füße hinsetzte. Ich folgte ihm problemlos. Wir sprachen beide nicht und mein Körper verfiel in einen Rhythmus, als würde er sich erinnern, wie man sich eine vertikale Fläche hinaufbewegte. Es war aufregend und befriedigender, als ich es mir hätte vorstellen können. Ich hielt nur einmal an, als er nach mir schaute.

„Weiter", flüsterte ich.

Wir erreichten den dritten Stock schneller, als ich erwartet hatte. Lincoln klopfte gegen das Fenster, hinter dem wir Lady Gillingham—Harriet—vorhin gesehen hatten. Harriets Gesicht erschien. Sie lächelte Lincoln an, dann sah sie mich und schnappte nach Luft.

„Charlie! Als ich ein Klopfen an meinem Fenster hörte, vermutete ich, es würde Mr Fitzroy sein, aber doch nicht Sie. Meine Güte, kommen Sie rein, bevor Sie fallen."

„Sie wird nicht fallen", sagte Lincoln.

Ich lächelte, weil er mir so viel zutraute. Er half mir durch das offene Fenster und ließ nicht eher los, bis ich mit beiden Füßen fest auf dem Boden stand. Er knotete das Seil von mir los und wickelte es um seine Hüfte.

„Das habe ich genossen", sagte ich und klopfte den Staub von meinen Händen. Wir hatten keine Handschuhe getragen, um uns besser an den Rohren und Mauervorsprüngen festhalten zu können.

Harriets Schlafzimmer war sehr groß und pink. Vom rauchigen Rosa-Ton der Vorhänge bis zu dem kräftigen Kirschrot der Kissen auf dem Bett entsprach alles der mädchenhaften Natur der Bewohnerin. Im Zimmer war es allerdings kalt. Kein Feuer brannte im Kamin. Unser Atem bildete Wolken in der kalten Luft. Zum Glück war mir von der Anstrengung warm.

„Sie sind mutiger als ich", flüsterte Harriet mit einem Blick auf ihre Tür.

„Wir haben Ihren Mann wegfahren sehen", sagte Lincoln. „Sie sind sicher."

„Ja, aber die Diener ... sie spionieren für ihn."

„Spionieren?" Ich blinzelte. „Was für eine Art Ehemann spioniert denn seiner Frau nach?"

„Die Art, die mit einem hässlichen Biest verheiratet ist." Sie plumpste auf das Bett, ihr hübsches Gesicht ein Bild des Jammers.

Ich setzte mich neben sie und wollte ihre Hand als Zeichen der Unterstützung drücken, doch ich hielt inne. Sie stand weit über mir. So freundlich sie auch war, sie mochte es eventuell nicht, wenn ich sie anfasste. „Die Diener wissen nichts von Ihrem Gestaltwandeln, oder?"

Sie schüttelte den Kopf. „Gilly hat ihnen gesagt, dass es mir nicht gut geht und ich heute Abend in meinem Zimmer bleiben muss. Selbst wenn ich darum bitte, gehen zu dürfen, sollen sie es nicht gestatten."

„Er hält Sie hier gefangen?"

„Ich bin sicher, dass ich morgen früh wieder raus darf." Sie hob eine Schulter, ehe sie weiter herab sackte als vorher.

„Er ist das Biest", murmelte ich. „Nicht Sie."

Sie blinzelte mit tränengefüllten Augen. „Danke, Charlie."

„Wofür? Ich habe nichts getan. Und um ganz ehrlich zu sein, wir sind hier, weil wir etwas von Ihnen wollen, auch wenn wir früher gekommen wären, hätte ich gewusst, dass Sie hier gefangen gehalten werden. Dann hätten wir vielleicht auch etwas mitgebracht, um ihre Gefangenschaft weniger langweilig zu machen."

„Sherry?"

„Ich dachte eher an ein Kartenspiel."

Sie kicherte in ihre Hand. „Danke für die Aufmunterung. Aber bitte, schieben Sie nicht die ganze Schuld auf Gilly. Er tut nur, was er für richtig hält."

„Richtig?", platzte ich heraus. „Wenn er das hier als die angemessene Art ansieht, eine Frau zu behandeln, dann braucht er eine Brille, um seine Sicht zu verbessern. Es ist niemals richtig, seine Freiheit beschnitten zu bekommen."

„Gillingham wird morgen von mir hören", sagte Lincoln.

„Nein!" Harriet sprang auf, setzte sich jedoch abrupt wieder hin, als ob sie sich selbst mit ihrer Vehemenz überrascht hätte. „Bitte erwähnen Sie nicht, dass Sie hier waren. Das macht alles nur noch schlimmer."

Ich sah Lincoln an und schüttelte den Kopf. Seine zusammengekniffenen Lippen waren das einzige Anzeichen, dass er ihrem Wunsch entsprechend würde.

„Uns stehen bessere Zeiten bevor", sagte Harriet, ihre kindliche Stimme voller Hoffnung. „Wenn ich nur ein Kind bekommen könnte. Alles, was ich tun muss, ist ihn zu überzeugen ..." Ihre Hände krallten sich in ihren Rock und sie vermied es, uns anzusehen.

„Genau", sagte ich. „Gut. Der Grund unseres Besuches. Wir wollten wissen, was Sie mir erzählen wollten, bevor Ihr Mann uns unterbrochen hat. Sie sagten, Sie wüssten etwas, das uns helfen könnte, den Betrüger zu entlarven."

„Ja, natürlich." Sie zupfte an ihrem Rock. „Es ist nicht viel und ich hoffe, ich habe Sie nicht unter einem falschen Vorwand hergelockt. Vielleicht funktioniert es nicht, wissen Sie?"

„Funkioniert?", fragte Lincoln mit leicht gerunzelter Stirn.

„Ich weiß so wenig darüber, was ich bin, aber es gibt jemanden, der mehr weiß. Viel, viel mehr. Er hat vielleicht die Antworten, die Sie suchen."

Sie wusste von noch jemandem wie sie? Sie hatte das Gegenteil behauptet. Hatte sie gelogen und es gab doch noch ein Familienmitglied?

„Ich verstehe", sagte Lincoln schlicht. Er drehte sich zu mir um und ich erbleichte bei dem merkwürdigen Blick in seinen Augen. Einem besorgten Blick.

Was hatte ich mit all dem zu tun?

Und dann verstand ich. Harriet meinte ihren *Vater*. Er war der einzige Mensch, von dem sie je gewusst hatte, dass er ebenfalls seine Gestalt wandeln konnte wie sie. Aber er war tot.

Ich holte tief Luft, um mein plötzlich hämmerndes Herz zu beruhigen. „Was für ein Glück, dass ich mitgekommen bin."

„Tun Sie es?" Harriet knabberte an der Haut ihrer Oberlippe und schaute zwischen uns hin und her. „Werden Sie seinen Geist herbeirufen?"

„Es scheint eine gute Idee zu sein", sagte ich. „In der Tat ist es die einzige Idee, die wir zurzeit haben. Wie ist sein vollständiger Name?"

„Warte." Das Wort fiel von Lincolns Lippen wie ein Stein. „Er ist übernatürlich."

„Ein Gestaltwandler, mehr nicht", versicherte ich ihm.

Uns war einmal eine Hebamme untergekommen, die in der Lage gewesen war, kurzfristig mit einem Zauberspruch den frisch Verstorbenen Leben einzuhauchen. Ihre Magie hatte es ihr erlaubt, meine Befehle zu ignorieren, als ich ihren Geist in ihren Körper geschickt hatte. Wäre sie eine grausame, hasserfüllte Frau gewesen, hätte sie in den paar Stunden viel Unheil unter den Lebenden anrichten können. Diesen Vorfall wollten wir nicht wiederholen.

Lincoln hockte sich vor mich und legte mir eine Hand auf mein Knie. Er sagte nichts und brachte auch keine Argumente an. Aber sein Blick verriet mir, dass auch er sich an die Hebamme erinnerte.

Ich legte meine Hand auf seine und berührte den Bernsteinanhänger, den ich in mein Hemd gesteckt hatte. Er pulsierte. „Er ist ein Gestaltwandler", sagte ich erneut. „Kein Nekromant oder was auch immer Estelle Pearson war."

„Gütiger Himmel, nein", sagte Harriet. „Wie kommen Sie darauf?"

Lincoln schluckte, nickte nur einmal und stand auf. Er warf einen Blick zur Tür, dann zum Fenster—um zu entscheiden, welches er bewachen sollte. Er entschied sich für das Fenster.

Ich wandte mich an Harriet. „Wie hieß Ihr Vater?"

KAPITEL 8

Das Herz des Kobolds in meinem Bernsteinanhänger klopfte gleichmäßig, wenn auch schwach. Er hatte keine Angst vor dem Geist, der die Gestalt eines großen, kräftig gebauten Mannes mit einer pferdeartigen Nase und ungepflegten Koteletten formte. Ich hatte auch keine Angst, war aber unruhig. Bis ich wusste, dass der barfüßige Mann im Nachthemd harmlos war, würde mein Magen sich weiter umdrehen und ich würde den Anhänger nicht loslassen.

„Guten Abend, My Lord", begann ich.

Harriets Blick sprang durch den Raum. „Wo ist er?"

Ich nickte in Richtung der Gestalt, ein imposanter Mann, selbst im Tod. Der Nebel waberte, als könne der Geist seine Form nicht halten, dann festigte er sich.

„Harriet?", murmelte er. „Was tust du hier?" Dann lauter: „Was hat das zu bedeuten?"

„Sie sind tot", sagte ich schnell.

„Das weiß ich. Und sie? Ist … ist sie?"

„Nein, sie lebt. Wir alle drei leben, aber nur ich kann Sie sehen."

„Ich bin am Leben und bei bester Gesundheit, Daddy", sagte Harriet fröhlich. „Mach dir keine Sorgen um mich."

Lord Erskines wollige Augenbrauen zogen sich zusammen. Er studierte erst seine Tochter, dann Lincoln, der reglos am

Fenster stand. „Wer sind Sie? Und wer ist er?" Ich hob meine Hände, um seine Fragen zu stoppen, aber er ignorierte mich. „Was tun Sie im Schlafzimmer meiner Tochter? Und warum wurde meine Ruhe gestört? Wo ist Gillingham?"

Ich stellte mich und Lincoln vor und erklärte meine Nekromantie. „Es war der Vorschlag Ihrer Tochter, Sie zu rufen", sagte ich. „Wissen Sie, wir brauchen Ihre Hilfe. Wir müssen mehr darüber erfahren, wie Sie und Ihre Tochter in der Lage sind, die Gestalt zu verändern."

Der Geist waberte wieder und verschränkte die Hände hinter seinem Rücken. Er sah Harriet an, die steif auf ihrem Bett saß, einen erwartungsvollen Ausdruck im Gesicht. „Ich weiß nicht, wovon Sie sprechen", knurrte Erskine.

Er reagierte, wie ich es erwartet hatte, aber es ärgerte mich trotzdem, dass ich sein Vertrauen gewinnen musste, obwohl seine eigene Tochter uns glaubte. „Harriet hat uns alles gesagt, was sie weiß, aber es ist nicht genug. Wir müssen wissen, ob es noch andere wie Sie gibt und ob es möglich ist, sich in etwas anderes zu verwandeln als in eine … eine wolfsähnliche Kreatur."

Der Nebel schwebte davon und fuhr dann plötzlich durch den Raum, über die Möbel, zur Decke hinauf und hinunter auf den Boden.

„My Lord", sagte ich. „Bitte beruhigen Sie sich und ich werde Ihre Fragen beantworten. Zunächst einmal ist Lord Gillingham ausgegangen und hat Anweisung gegeben, dass seine Frau ihr Zimmer nicht verlassen darf."

Der Geist hielt plötzlich an, sein finsteres Gesicht direkt über meinem. „Er hat *was*?", brüllte er.

„Mach dir keine Sorgen um Gilly, Daddy", sagte Harriet. Sie konnte seinen Unmut weder hören noch sehen, aber sie musste erraten haben, dass meine Aussage ihn aufbrachte. „Ich komme mit meinem Mann zurecht." Sie warf mir einen bedeutungsvollen Blick zu und ich beschloss, das Thema ruhen zu lassen.

„Mr Fitzroy und ich sind Freunde Ihrer Tochter, My Lord. Wir wollen ihr nicht schaden. Wir schützen sogar Leute wie sie und mich. Leute mit übernatürlichen Fähigkeiten."

Seine Nasenflügel bebten. Aus der Nähe wirkten sie höhlenartig. „Dass Sie befreundet sind, bewegt mich nicht dazu, mit Ihnen über ihr Leiden zu sprechen."

Ich hatte nicht erwartet, dass ihr Vater, ein Mann, der selbst seine Gestalt verändern konnte, es als ein Leiden bezeichnen würde. Ich war froh, dass sie ihn nicht hören konnte. Sie hatte mit dem Ekel ihres Mannes bereits genug Enttäuschung zu verkraften.

„Bitte, Sir", flehte ich. „Wenn es etwas gibt, was uns helfen könnte, müssen Sie es uns sagen. Es gibt sonst niemanden."

„Sie sind vielleicht die Freundin meiner Tochter, aber ich kenne Sie nicht. Ich weiß allerdings, dass Harriet viel zu vertrauensselig ist. Sie ist beeinflussbar und neigt dazu, gut von Leuten zu denken, denen ihre besten Interessen nicht am Herzen liegen."

„Wir wollen ihr nicht schaden. Sie ist doch wie ich. Wir sind beide nicht normal."

„Und er?" Er ruckte mit seinem Kopf zu Lincoln. „Was ist sein Leiden?"

Ich stockte, wagte es aber nicht, zu Lincoln zu schauen. „Eine Unfähigkeit, Menschen zu verstehen."

Aus dem Augenwinkel sah ich, wie Lincoln sein Gewicht verlagerte.

„Daddy, du musst helfen." Harriet kam auf die Füße und streckte die Hände aus, als würde sie im Dunkeln etwas suchen. Ich nickte in seine Richtung und sie wandte sich zu dem Geist. „Die königliche Familie steckt in Schwierigkeiten."

Erskine legte den Kopf schräg. „Inwiefern?"

„Jemand hat sich als Prinzgemahl ausgegeben", sagte ich. Harriet kannte die Details nicht, nur dass die königliche Familie betroffen war.

„Aber der ist tot", sagten Harriet und Erskine gleichzeitig.

„Dann wissen Sie, warum wir nach Antworten suchen."

Harriet ließ sich auf das Bett fallen. „In der Tat."

Erskine lief im Zimmer auf und ab, wie ein Lebender es tun würde, nur dass seine Schritte keine Geräusche auf dem Teppich machten. Nachdem er dreimal auf und ab gegangen war, blieb er vor Lincoln stehen. „Warum Sie?", sagte er in Lincolns Gesicht.

Lincoln antwortete natürlich nicht. Er wusste noch nicht einmal, dass Erskine dort stand.

„Der Prinz von Wales hat uns mit den Nachforschungen beauftragt", sagte ich. „Wir gehören zu einer Geheimorganisation, die in solchen Angelegenheiten für England arbeitet. Angelegenheiten, die mit Vernunft oder Logik nicht erklärt werden können."

„Übernatürliche Angelegenheiten."

„Ja."

Er drehte sich halb um, um mich anzusehen. „Eine Regierungsorganisation?"

„Halb offiziell. Mr Fitzroy ist der Leiter. Lord Gillingham ist Mitglied des Komitees."

„Ist er? Warum ist er dann nicht hier und drängt mich zu helfen?"

„Weil er nicht möchte, dass seine Frau involviert wird, oder die Familie seiner Frau."

Er musste meine Andeutung verstanden haben, denn seine Nasenflügel bebten wieder. Seine nebelige Gestalt schoss auf mich zu, das Kinn in seiner ganzen noblen Herrlichkeit vorgereckt. „Wenn es für die Königin ist, dann bin ich verpflichtet, auf jede erdenkliche Art zu helfen."

„Danke." Ich ließ meine Kette los. „Er hat zugestimmt, uns zu helfen", informierte ich die anderen.

Harriet klatschte leise in die Hände. „Danke, Daddy. Es ist sehr wichtig."

Er setzte sich neben sie aufs Bett. „Sie wollten wissen, ob ich von anderen wie uns weiß?" Er legte seine Hand über ihre, aber sie rührte sich nicht. Ich konnte sehen, dass sie die großen Hände ihres Vaters geerbt hatte. Die Füße ebenfalls. „Es *gibt* andere, wie der Zufall es will."

„Wie viele?"

„Das weiß ich nicht. Ich weiß nur, dass sie existieren. Ich bin in der Annahme aufgewachsen, dass ich allein bin, wissen Sie? Dass es sonst niemanden wie mich gibt. Meine Eltern starben, als ich noch klein war, also hat mir niemand gesagt, was ich bin. Ich konnte meine Wechsel leicht kontrollieren, sodass niemand erfuhr, was ich tun konnte. Nicht einmal meine Frau. Bis ..." Er schaute Harriet traurig an. „Bis Harriet als Baby im Schlaf in ihre andere Form wechselte. Meine Frau wurde wahnsinnig von dem Schock. Sie schrie, wann immer die Amme ihr Harriet geben wollte. Ich musste sie gut bezahlen, damit sie über den Zustand meiner Tochter schwieg, und meine Frau wies ich in die Irrenanstalt ein."

Eine Irrenanstalt! Die arme Frau. Arme Harriet, auch wenn ich mir sicher war, dass sie das Schicksal ihrer Mutter nicht kannte. Sie hatte Lincoln gesagt, ihre Mutter sei verstorben.

„Harriet kennt die Wahrheit nicht", sagte er meinen Gedanken folgend. „Sie haben meine Erlaubnis, es ihr zu sagen, wenn Sie glauben, sie verkraftet es. Ansonsten behalten Sie es bitte für sich."

Ich nickte, wenn auch wie betäubt. „Fahren Sie fort."

Sein breiter Brustkorb hob und senkte sich, als würde er tief Luft holen, obwohl er keine Luft mehr benötigte. Es schien, als wäre Atmen eine Gewohnheit, die man nur schwer ablegte. „Ich dachte, Harriet und ich wären die einzigen auf der Welt, die sich verwandeln könnten, aber dann las ich einen Zeitungsartikel über einige Wölfe, die in London gesichtet wurden."

„Wölfe?"

„Wolfsähnlich, so wurden sie von Zeugen beschrieben. Sie liefen auf allen vieren, hatten Fell, eine Schnauze, Klauen und Zähne. Laut dem Artikel taten sie niemandem etwas, sondern liefen nur nachts durch die Straßen und heulten manchmal."

Er machte eine Pause und ich wiederholte, was er mir erzählt hatte, für Lincoln.

„Erschienen sie zu einer bestimmten Zeit?", fragte Lincoln, der damit zum ersten Mal etwas sagte, seit Lord Erskines Geist erschienen war.

„Einer der Zeugen sagte, nur bei Vollmond, aber die anderen gaben nichts Derartiges an", sagte Erskine.

Ich wiederholte es für Lincoln.

„Es ist nicht ungewöhnlich, dass Tiere nachts durch die Straßen der Stadt streifen", sagte Lincoln.

„Nein", sagte Erskine. „Was aber ungewöhnlich war, war ihr plötzliches Verschwinden. Wenn Zeugen sie verfolgt haben, begegneten sie nur Menschen. Nackten Menschen. Als sie gefragt wurden, ob sie von Wölfen attackiert worden wären, verneinten diese Menschen es und zeigten ihre unverletzten Gliedmaßen als Beweis. Ihren Mangel an Kleidung taten sie ab, als wäre es nichts."

„Verblüffend", sagte ich und erzählte Lincoln, was Erskine gesagt hatte. „Glauben Sie, diese Leute waren die Wölfe, die sich in ihre menschliche Form zurückverwandelt hatten?"

Erskine nickte.

„Wurden Namen genannt?"

„Nein, aber ich habe im Büro der Zeitung nachgefragt. Der Reporter gab mir die Adressen der Zeugen und ich habe sie aufgesucht. Sie taten es als albernen Scherz ab, als Sinnestäuschung und behaupteten, sie müssten sich geirrt haben. Sie sagten, die Zeitungen hätten aus den Vorfällen eine Sensation gemacht, dabei war es eigentlich nichts gewesen."

„Warum hätten sie es abtun sollen? Glaubten sie ihren eigenen Augen nicht?"

„Zum einen war es dunkel und die Laternen in diesem Teil der Stadt funktionieren oft nicht, insbesondere damals. Hauptsächlich lag es aber daran, dass die Leute, denen sie nach der Verfolgung der Wölfe begegnet waren, sie von ihrem Irrtum überzeugten. Die waren in der Gegend gut bekannt, wissen Sie? Die Zeugen glaubten ihnen vorbehaltlos."

Wieder gab ich die Geschichte an Lincoln weiter.

„Haben Sie weiter nachgeforscht?", fragte er.

Erskine bestätigte dies. „Ich versuchte, nicht weiter darüber nachzudenken, nachdem ich mit den Zeugen gesprochen hatte, aber ich konnte nicht aufhören. Je mehr ich darüber nachdachte, desto sicherer wurde ich, dass es Leute wie ich sein mussten, die ihre Gestalt verändern können. Der Gedanke fraß mich auf. Ich *musste* sie aufstöbern und es selbst herausfinden. Also kehrte ich in die Slums zurück und fragte die Zeugen nach den Namen der Leute, die sie in der Nacht getroffen hatten. Dann bin ich zu ihnen gegangen, doch mir begegnete an jeder Ecke nur Schweigen und drohende Blicke. Ich war mir nicht sicher, ob sie nicht mit mir reden wollten, weil ich von außen kam, oder weil sie ein Geheimnis zu wahren hatten. Ihr Schweigen frustrierte mich." Er breitete seine Hand über Harriets aus und ballte sie dann zur Faust. „Ich habe es nicht mehr ausgehalten, also habe ich einem von ihnen gesagt, dass ich auch ein Gestaltwandler und auf der Suche nach anderen wie mir bin."

Sich zu erkennen zu geben war ein Risiko gewesen. „Und was hat er gesagt?"

„Er hat mir den Namen eines Mannes gegeben, den Anführer ihrer Gruppe, vermutete ich. Ich besuchte ihn und wenigstens er hat mich nicht sofort weggeschickt."

Ich rutschte auf meinem Stuhl nach vorn, mein Blick gefangen von Erskine. „Fahren Sie fort."

„Er verlangte den Beweis, dass ich mich verwandeln konnte. Also tat ich es."

„Er wollte, dass Sie sich vor ihm verwandeln? Ohne erst einen Beweis, dass *er* es kann?"

Harriet machte ein kleines Geräusch in ihrem Hals, halb Schrecken, halb Überraschung. Sie musste die Antwort ihres Vaters erraten haben.

Erskine nickte. „Es war das Einzige, was ich tun konnte, damit er sich öffnete."

„Und er hat mit Ihnen geredet?"

„Sobald ich mich in meine menschliche Form zurückverwandelt hatte, wurde er ganz aufgeregt. Er war wild darauf, mehr über meine Wandlung zu erfahren und wir verglichen sogar unsere Notizen. Ich erfuhr, dass er sich auch in ein wolfsähnliches Tier verwandeln konnte, aber dass er lernte, sich auch in andere Kreaturen zu verwandeln."

„Wie konnte er das lernen?", fragte ich, nachdem ich seine Worte für Harriet und Lincoln wiederholt hatte.

„Von seinen Freunden. Einige konnten sich in andere Tiere verwandeln. Es war ein ganzes Rudel, wissen Sie? Ein Rudel Gestaltwandler, die alle voneinander lernten. Laut diesem Kerl gelang es jedoch keinem anderen, sich in etwas anderes als ihre Hauptform zu verwandeln. Er war als Einziger erfolgreich."

Meine Stimme klang schockiert, als ich Lincoln alles berichtete.

„Die Gruppe", sagte Lincoln, „wo lebt sie?"

„Whitechapel."

Der Lakai des Palastes hatte den Betrüger in Whitechapel

verschwinden sehen. Der Betrüger musste einer der Männer sein, über die Erskine gestolpert war, wenn nicht sogar der Anführer selbst. „Sein Name?", fragte ich.

„King", sagte Erskine, „aber ich bin nicht sicher, ob das sein echter Name ist. Er wirkte auf mich nicht wie jemand, der einem Fremden seinen Namen verrät, selbst jemandem wie mir. Wenn ich raten müsste, würde ich sagen, er und seine Freunde waren nicht unbedingt immer gesetzestreu, wie die meisten in White-chapel." Seine Nase zog sich kraus, als ob er die ungewaschenen Slum-Bewohner noch riechen könnte. „Auch wenn ich spürte, dass jede meiner Bewegungen von dem Moment an beobachtet wurde, als ich einen Fuß in dieses gottverlassene Loch setzte, kam ich nicht zu Schaden. Ich vermute, das habe ich ihm zu verdanken. Er wirkte auch nicht unzivilisiert auf mich. Er sprach sogar sehr gewandt und ich fühlte mich in seiner Gegenwart nicht bedroht."

„Wo haben Sie mit ihm gesprochen und wo können wir ihn finden?"

„Im Cat and Fiddle. Ob er dort noch trinkt, weiß ich nicht, aber jemand sollte ihn kennen. Er war beliebt."

„Wie lange ist das her?"

Er schaute zu Harriet. „Sie war noch recht jung, noch keine Frau. Vor etwa elf oder zwölf Jahren."

„Können Sie diesen Mr King beschreiben?"

„Schütteres, braunes Haar, damals Mitte zwanzig, Schnäuzer und Koteletten. Er war recht groß und kräftig gebaut, sehr breite Schultern. Auch große Hände und Füße, was im Rückblick eine unserer Eigenarten sein könnte, glaube ich."

„Was meinen Sie?"

Er schaute auf seine Hand, die noch immer die seiner Tochter bedeckte. Seine war außergewöhnlich breit, die Finger dick mit hervorstehenden Knöcheln. Für die Hände einer Frau waren ihre ebenfalls sehr groß. An ihnen war nichts Delikates, obwohl sie insgesamt keine große Frau war.

„Der erste Kerl, mit dem ich gesprochen habe, hatte auch große Hände wie Harriet und ich." Er streckte einen nackten Fuß vor. „Und auch große Füße. Arme Harriet. Sie musste sich immer Handschuhe und Schuhe anfertigen lassen. In den

Geschäften fand sie keine passenden vorgefertigten Damenschuhe."

Ich wiederholte, was ich über Mr King erfahren hatte. Dadurch hatte ich Zeit, alles zu verdauen und über weitere Fragen an Erskine nachzudenken. Mir fielen jedoch keine ein.

Lincoln wollte jedoch noch mehr über Erskines eigene Familie wissen. „Was ist mit Ihren Verwandten?", fragte er.

„Ich habe keine. Ich wusste nichts von meinen Eltern und wurde erst durch eine Gouvernante, dann von Tutoren großgezogen, die sich um mein Wohlergehen kümmerten. Der Anwalt der Familie handhabte meine Angelegenheiten, bis ich volljährig war. Wenn sie etwas über mein Gestaltwandeln wussten, sagten sie dazu nichts und ich fragte auch nie."

Ich gab es an Lincoln weiter.

„Daddy war sehr allein", sagte Harriet. „Das hat er mir immer gesagt. Wir hatten nur uns beide. Deswegen wollte er sicherstellen, dass ich einen älteren Mann heirate, der gut für mich sorgte, nachdem Daddy gestorben war. Jemand Solides aus gutem Hause."

Erskines Gestalt schimmerte. „Gerade noch rechtzeitig, wie sich herausstellte", sagte er. „Nicht, dass ich erwartet hätte, Gillingham würde sie hier so wegsperren. Sagen Sie mir, Miss Holloway, was ist der Hintergrund? Sollte ich mir Sorgen machen?"

Harriet blinzelte mich unschuldig an und wartete darauf, dass ich die Worte ihres Vaters wiederholte. Sie war so naiv und schien ihren Mann wirklich zu mögen. Oder ihn wenigstens genug zu mögen, um ein Kind von ihm zu wollen. Ich beschloss, die Details und meine Meinung über Gillingham unter Verschluss zu halten. Lord Erskine konnte in seiner derzeitigen Form nichts ausrichten, um seinen Schwiegersohn für Harriets Behandlung zu strafen. Es würde ihn nur frustrieren.

„Nein", sagte ich. „Mr Fitzroy und ich sehen, dass ihr Mann sie gut behandelt."

„Gut. Gut. Gibt es noch etwas?"

„Haben wir noch Fragen an seine Lordschaft?", fragte ich Lincoln.

„Haben Sie King nach diesem Tag noch einmal gesehen?", fragte er.

„Nein", sagte Erskine. „Nachdem ich ihn getroffen und sichergestellt hatte, dass es noch andere wie uns in dieser Welt gab, hatte ich kein Bedürfnis, ihn wiederzusehen. Zu wissen, dass wir nicht allein waren, war das Wichtigste. Ich wollte keine Freundschaft mit dem Kerl."

Ich gab seine Antwort an Lincoln weiter und fügte meine eigene Frage hinzu. „King hat sie nie aufgesucht?"

„Ich gab ihm weder meinen Titel noch meinen Wohnort. Das wäre dumm gewesen. Der Mann lebt im Slum. Er ähnelt mir vielleicht, weil wir beide unsere Gestalt ändern können, aber ansonsten haben wir nichts gemeinsam. Ich habe es nicht gewagt, ihm einen Hinweis darauf zu geben, wo er mich finden könnte."

„Man kann Slum-Bewohnern nicht trauen." Er schien meinen Sarkasmus nicht zu bemerken. „Danke für Ihre Hilfe, aber jetzt ist es an der Zeit zu gehen, My Lord."

„Er geht?", flüsterte Harriet, deren Unterlippe bebte. „Oh, Daddy, ich wünschte, ich könnte dich ein letztes Mal umarmen."

„Das wünschte ich auch." Er nickte mir zu, die Worte zu wiederholen. Ich tat es. „Auf wiedersehen, meine liebe Harriet. Sein ein gutes Mädchen und gehorche deinem Mann."

Ich konnte mich nicht überwinden, seine letzten Worte zu wiederholen, aber ich gab seine guten Wünsche weiter. Damit schienen sie beide zufrieden.

Dann schickte ich ihn zurück.

* * *

„Charlie!" Lady Vs kreischen ließ alle erschauern. Seth hielt sich die Ohren zu. Es war so schmerzhaft wie Fingernägel auf einer Tafel. Sie wusste auf jeden Fall, wie man jegliche Aufmerksamkeit im Raum auf sich zog. „Was haben Sie da an?"

Ich saß gemütlich im Sessel im Empfangszimmer, ein Glas Sherry in der Hand. Lincoln und ich waren gerade damit fertig, Gus, Seth und Alice von unserem Gespräch mit dem Geist von Lord Erskine zu berichten, hatten jedoch noch keine Gelegenheit gehabt, über die Bedeutung zu diskutieren oder einen Plan auszuarbeiten, ehe Lady V ankam.

Sie war zum Dinner gekleidet und trug ihr, wie ich jetzt wusste, einziges Abendkleid aus schwarzem Samt und Spitze mit einem großen Bausch. Es war einige Jahre aus der Mode, wirkte an ihrer großen Gestalt jedoch trotzdem erhaben. Bella hatte mal wieder versucht, sie zu frisieren, aber da Seth sie wegen ihres hübschen Gesichts und ihrer Kurven eingestellt hatte und nicht wegen ihrer Frisierfähigkeiten, schien das Arrangement bereits Gefahr zu laufen, wie ein Zelt bei Sturm in sich zusammen zu fallen.

„Heute bestand die Notwendigkeit, dass ich Jungensachen trage", sagte ich schlicht.

„Was um alles in der Welt haben Sie getan, das Jungensachen erforderte? Auf Bäume klettern?"

„Keine Bäume", sagte ich in mein Glas.

Gus grinste und Alice biss sich auf die Lippe, aber ihre Mundwinkel wanderten trotzdem nach oben. Lincoln blieb so ausdruckslos wie immer am Fenster stehen, ein Glas Brandy zwischen den Fingerspitzen.

„Lass Charlie in Ruhe, Mutter", schimpfte Seth. „Sie ist schließlich die Dame des Hauses und kann tun, was sie will."

„Noch nicht", spöttelte Lady V.

Ich prostete ihr mit meinem Glas zu. „Ganz genau."

Lincoln stellte sein Glas ab und legte beide Hände auf die Fensterbank hinter seinem Rücken. Ich schaute angestrengt weiter zu Lady V, obwohl mir seine plötzliche Aufmerksamkeit sehr bewusst war.

„Seth, einen kleinen Sherry bevor ich gehe, bitte." Lady V setzte sich neben Alice auf das Sofa. „Und selbst wenn Sie die Herrin von Lichfield wären, Charlie, müssen Sie jederzeit darauf vorbereitet sein, Besucher zu empfangen, was bedeutet, sich anständig zu kleiden. In Frauenkleidung", fügte sie hinzu, als ob ich sie missverstehen könnte.

„Wir haben selten Besucher", sagte ich. „Abgesehen von den Komiteemitgliedern, und auf deren Meinung gebe ich nichts."

Lady V schnalzte mit der Zunge. „Ich merke schon, dass wir kein vernünftiges Gespräch über das Thema führen werden."

Ich seufzte. „Ich verspreche, im Haus grundsätzlich Frauenkleider zu tragen, es sei denn, eine besondere Situation erfordert, dass ich mich umziehe. Genügt Ihnen das?"

Sie schenkte mir ein königliches Nicken. „Danke. Und jetzt *setzen* Sie sich bitte wenigstens wie eine Dame und nicht wie ein betrunkener Lehrling?"

Ich richtete mich auf und drückte die Knie aneinander, wobei ich mich wie Harriet fühlte, ein braves Mädchen, das tat, was andere von ihr verlangten, auch wenn es den Verlust ihrer Freiheit bedeutete. Ich an ihrer Stelle wäre aus dem Fenster geklettert und abgehauen. Aber ich war nicht wie sie, nicht einmal jetzt, wo ich bei respektablen Menschen in einem großen Anwesen lebte.

Ich schlug die Beine über und kippte meinen Sherry in einem Schluck herunter. Falls Lady V damit nicht einverstanden war, ließ sie es sich nicht anmerken.

„Jetzt erzählen Sie mir, was Sie getrieben haben, um ..." Sie schaute an mir rauf und runter, die Nase kraus. „... das da notwendig zu machen."

„Ich habe Lady Gillingham einen Besuch abgestattet, wenn Sie es unbedingt wissen müssen, und ihr Mann hat sie für eine Nacht in ihrem Zimmer eingesperrt, um sie dafür zu bestrafen, dass sie hergekommen ist—"

„Eingesperrt! Bestrafung!" Sie sah aus, als wolle sie zu Gillinghams Haus marschieren und ihm den Hals umdrehen. „Dieser Mann ist ein Monster. Das arme Mädchen muss furchtbar aufgebracht sein."

„Sie erduldet es mit größerer Fassung, als ich es getan hätte."

„Das liegt daran, dass Sie sind wie ich, Charlie. Ein solches Verhalten seitens unserer Ehemänner wäre niemals tolerierbar." Sie warf Lincoln einen scharfen Blick zu.

Er zog eine Augenbraue hoch und ich hatte das Gefühl, er forderte sie geradezu heraus, ihn zu beschuldigen. Dann sprang sein Blick zu mir und eine kleine Falte erschien auf seiner Stirn.

Doyle trat ein und kündigte die Kutsche von Lady Dalhouse an, Lady Vs Transportmittel für den Abend.

„Gute Nacht allerseits", sagte sie und erhob sich. „Wartet

nicht auf mich." Sie küsste Seth auf den Scheitel, was ihm ausgesprochen peinlich war.

Wir sahen ihr alle nach und dann erfüllte ein kollektives Seufzen den Raum. „Deine Mutter verursacht unweigerlich Wirbel, wo auch immer sie geht und steht", sagte ich zu Seth.

„Warum, glaubst du wohl, trinke ich so viel?" Er stand auf und füllte sein Glas nach, dann das von Gus. Der Koch und Lincoln lehnten ab. „Noch einen Sherry, die Damen?"

„Nein danke", sagte ich.

„Für mich auch nicht", sagte Alice. „Ich hatte genug für einen Abend."

Seth stellte die Karaffe ab. „Firlefanz."

Firlefanz? Seit wann hatte dieses Wort seinen Weg in Seths Vokabular gefunden?

„Was jetzt, Fitzroy?", fragte Gus. „Soll'n wir heute Abend zum Cat and Fiddle gehen?"

Lincoln nickte. „Wir drei machen uns bald auf den Weg."

„Zu einer Kneipe in Whitechapel!" Alice blinzelte Lincoln verwundert an. „Ist das klug?"

Lincolns Augen verengten sich minimal. „Ja."

„Die kommen klar", versicherte ich ihr, bevor sie protestierte. „Das haben sie schon oft getan. Lincoln war sogar schon im Cat and Fiddle und niemand hat ihn belästigt."

„Nicht, nachdem er'n paar Köppe zusammengeknallt hat an dem Abend", sagte Gus mit einem Schmunzeln. Als er bemerkte, dass niemand mitlachte, wurde er wieder ernst.

„Ihre Sorgen sind berechtigt", sagte Seth und ging zu Alice. Er hockte sich vor sie und tätschelte ihre Hand. „Whitechapel ist ein gefährlicher Ort, aber wir sind in der Kunst des Faustkampfs gut ausgebildet." Er tippte gegen sein Kinn. „Ich bin es gewohnt, beim Sammeln von Informationen ein paar Schläge einzustecken. Ein blauer Fleck hier oder da hat mich noch nie gestört und dem anderen Kerl geht es meist schlechter."

Der Koch verdrehte die Augen und Gus schüttelte den Kopf.

Alice runzelte adrett die Stirn, wenn auch etwas dramatisch. „Sie sind so mutig! Sich nur mit Fäusten bewaffnet in so ein Krähennest zu wagen, wenn die Raufbolde dort Messer und vielleicht sogar Pistolen besitzen. Sie sind ein Held, Seth. Ein echter Krieger."

Gus prustete vor Lachen und der Koch grinste. „Ich mag Sie immer mehr, Alice", sagte er.

Seth lachte ebenfalls. Er wirkte überhaupt nicht bekümmert, dass sie ihn veralbert hatte. „Ja, nun. Wir werden natürlich mit mehr bewaffnet sein als nur unseren Fäusten." Er zog sich zurück und pflückte sein Glas vom Tisch, wo er es abgestellt hatte. „Die Sache ist die", sagte er zu mir, „wie können wir sicher sein, dass Erskine keinen völligen … Firlefanz von sich gegeben hat?"

Schon wieder Firlefanz. Grundgütiger, wenn er sich in Gegenwart von Alice wie ein feiner Schnösel benahm und auch so redete, dann würden wir in Zukunft unsere Besprechungen ohne ihn abhalten müssen. „Ich glaube, dass er die Wahrheit gesagt hat", sagte ich.

„Er hatte keinen Grund zu lügen", fügte Lincoln hinzu. Er stellte sein Glas ab und ging durch den Raum. „Macht euch fertig. Wir fahren in dreißig Minuten."

Seth und Gus folgten ihm und der Koch stand ebenfalls auf.

„Warte kurz", sagte ich zu ihm. „Wie läuft es mit Mrs Cotchin? Kommt ihr zwei miteinander aus?"

Er kratzte seinen kahlen Kopf. „Sie ist zu beschäftigt, um mir in die Quere zu kommen. Ich habe ihr gleich gesagt, dass die Küche mein Reich ist und der Rest des Hauses ihrs. Bisher hat sie keine Probleme gemacht."

„Gut, das freut mich."

„Sie hat merkwürdig geguckt, als ich hier reingekommen bin, und wollte wohl was sagen, aber Doyle hat sie beiseitegenommen. Ich schätze, er sagt ihr, wie's hier bei uns so läuft."

„Ich hoffe, er erzählt ihr nicht zu viel. Noch nicht jedenfalls. Wir wollen nicht, dass sie vor Angst flüchtet und Gerüchte verbreitet."

„Die ist von der robusten Sorte, vermute ich, aber Doyle wird nichts verraten."

„Wie ist die neue Küche?"

„Noch nicht ganz fertig. Die Arbeiter kommen morgen noch mal. Wenn sie fertig ist, wirds großartig. Der neue Herd ist ein

Traum." Sein Gesicht leuchtete bei der Erwähnung des Herdes auf. Er war ein komplexer, interessanter Mann, aber seine Freuden waren simpel. Er liebte das Kochen.

Er ging und ließ Alice und mich allein. „Ich glaube, ich werde meine Jungensachen noch ein wenig anlassen", sagte ich und setzte mich wieder wie in Mann breitbeinig hin. „Es ist ziemlich befreiend, sich so in den Sessel zu lümmeln."

„Vielleicht probiere ich das eines Tages aus, wenn niemand in der Nähe ist."

„Oder du könntest es ausprobieren, wenn alle dabei sind, falls du sie schockieren möchtest."

„Ich ziehe es vor, Lady Vickers' Zensur zu entgehen, danke. Von ihr bekomme ich genug vernichtende Blicke, wenn sie mich zusammen mit Seth sieht."

„Apropos Seth, du solltest ihn nicht ärgern. Er verkraftet deine Sticheleien zwar gut, aber er bemüht sich sehr, dich zu beeindrucken."

„Ich wünschte, er würde das lassen", murmelte sie und schaute weg.

„Fakt ist, dass ich noch nie erlebt habe, dass er sich so sehr bemüht", fuhr ich fort. „Er ist es gewohnt, dass ihm Frauen zu Füßen liegen, egal was er sagt oder tut. Du bringst ihn völlig durcheinander."

Ihre Finger verknoteten sich in ihrem Schoß und sie begegnete meinem Blick noch immer nicht.

„Es ist in Ordnung, Alice. Wenn du keine Gefühle in *der* Art für ihn hegst, dann kann man da nichts machen. Er erholt sich schon, da bin ich sicher. Ich wette, sein Glaube an seine eigene Anziehungskraft ist in größerer Gefahr als sein Herz."

Sie sah erleichtert aus. „Das freut mich zu hören, weil … ich weiß ehrlich gesagt nicht, was ich von ihm halten soll. Ich bin nicht der Typ, gut aussehenden, charmanten Männern zu verfallen, nur weil sie gut aussehen und charmant sind."

„Ich glaube, wir wären nicht so gute Freundinnen, wenn es so wäre."

„Es muss mehr an einem Mann dran sein, um mein Interesse zu wecken, mehr Substanz", sagte sie.

„Seth hat Substanz. Man braucht nur etwas Zeit, um sie unter dem attraktiven Äußeren zu entdecken. Zum einen ist er furchtbar loyal und wild entschlossen, die vergangenen Sünden seines Vaters zu richten." Er hatte hart dafür gearbeitet, die Schulden seines Vaters zu begleichen, und dabei jede Arbeit angenommen, die er finden konnte. Manche dieser Arbeiten waren allerdings sehr dubios gewesen. „Ist es sein Mangel an Geld und Besitz?"

„Nein! Er ist hier doch gut angestellt und das reicht mir völlig."

„Dann Lady V? Ich weiß, sie hält es für keine gute Verbindung, aber sie wird sich schon damit abfinden, wenn sie dich besser kennenlernt."

Sie seufzte und sackte in den Sessel. Ihre Wirbelsäule entspannte sich das erste Mal, seit sie sich gesetzt hatte. „Das ist es ja gerade, Charlie. Ich kenne ihn kaum und er kennt mich kaum."

„Ich gebe zu, dass er wahrscheinlich von deiner Schönheit geblendet ist wie die meisten Männer, aber du hast wenigstens Substanz unter deinem hübschen Gesicht, und falls er das noch nicht weiß, wird er es bald wissen. Er weiß auf jeden Fall, dass ich nicht mit einem albernen Huhn befreundet wäre." Ich lachte, aber sie lächelte nur halbherzig. „Was ist es dann, Alice? Was bedrückt dich?"

„Er ist nicht er selbst in meiner Nähe, oder? Ich sehe es an deinen Reaktionen und an denen der anderen."

„Ich verstehe nicht."

Sie zögerte und wählte ihre Worte mit Bedacht. „Er wirkt sehr gestelzt, sagt oder tut nie etwas Albernes oder Provokantes. Er stimmt allen meinen Äußerungen zu, selbst wenn ich absichtlich etwas Absurdes sage."

„Du hast ihn getestet?"

Sie verzog das Gesicht. „Das ist grässlich von mir, ich weiß."

„Eigentlich dachte ich gerade, wie schlau du bist. Was seine Zustimmung angeht, da würde ich mitspielen. Ich wünschte, Lincoln würde sich meiner Meinung immer anschließen."

„Nein, tust du nicht."

Ich seufzte. Vielleicht hatte sie recht. Lincoln war sein eigener

Herr. Ein Schleimer wäre überhaupt nichts für mich und für Alice auch nicht.

„Sag mal, ist Seth normalerweise die Art Person, die Firlefanz sagt?", fragte sie."

Ich lächelte. „Nein. Er neigt dazu, deutlich stärkere Ausdrücke zu benutzen, auch wenn er sich in Anwesenheit seiner Mutter etwas zurückhält. Manchmal. Vor einer Frau würde er nie ein rüdes Wort sagen. Er behandelt mich wie seine Schwester, also zähle ich nicht."

„Vermutlich."

„Möchtest du, dass ich mit ihm rede?"

„Wenn du willst, aber ich will nicht, dass er glaubt, ich wäre auf *diese* Art an ihm interessiert."

„Ich werde versuchen, es so zu formulieren, dass er es versteht."

„Es ist ja nur, dass ich ihn noch nicht kenne. Nicht sein wahres Ich, ohne das ganze Getue. Woher soll ich also wissen, ob ich ihn auf *diese* Art mag?"

„Notiert." Grundgütiger, ich klang wie Lincoln. „Ich werde morgen mit ihm sprechen. Jetzt bin ich halb verhungert. Möchtest du etwas essen?"

„Gute Idee."

„Klingel nach Doyle, während ich mich umziehe. Ich möchte Mrs Cotchin nicht aus der Bahn werfen, falls sie mich so angezogen sieht."

„Du bist erstaunlich ruhig in Anbetracht der Tatsache, dass Lincoln und die anderen in der Nacht nach Whitechapel wollen."

„Die können auf sich aufpassen. Trotz der albernen Scherze sind sie ausgesprochen fähig."

„Ja, aber ..." Sie seufzte. „Tut mir leid. Ich stelle mir lediglich das Schlimmste vor."

„Versuch es zu lassen." Ich lächelte sie hölzern an, aber während ich in mein Zimmer ging, schlangen sich die eisigen Finger der Angst um meine Knochen.

Anstatt direkt in mein Zimmer zu gehen, blieb ich im Flur vor Lincolns stehen. Er kam fast sofort heraus, da er wahrscheinlich meine Anwesenheit gespürt hatte. Er hatte sich bereits umgezogen und trug eine raue Flanellhose und ein graues Hemd. Seine Füße waren nackt und er hielt ein gelbes Halstuch mit ausgefransten Enden in einer Hand. Die Haare waren noch zusammengebunden. Ich wusste von früheren Exkursionen ins East End, dass er sie öffnen und ein wenig verwuscheln würde.

Er reichte mir das Halstuch. „Würde es dir etwas ausmachen?"

Ich nahm den Stofffetzen und befestigte ihn um seinen Hals. Dann griff ich an seinen Hinterkopf und löste seine Haare. Sie fielen ihm in den Nacken, hatten allerdings nicht den gewünschten zerzausten Effekt, also fuhr ich mit den Fingern hinein und knetete und verwirbelte sie. Wir standen sehr nahe beieinander, viel näher, als es für ein unverheiratetes Paar schicklich war. Ich hob mein Gesicht, um ihn besser sehen zu können. Er beobachtete mich bereits. Hitze schwelte in seinen halb geschlossenen Augen. Er neigte sein Gesicht zu mir und mein Herz schlug einen kleinen Purzelbaum in Erwartung seines Kusses.

Dann zog er sich plötzlich zurück, packte meine Arme und schob mich von sich. „Ich muss mich fertigmachen", sagte er, seine Stimme ein tiefes Brummen.

Ich räusperte mich. „Dann sehen wir uns, wenn du zurückkommst."

„Es ist nicht nötig, aufzubleiben."

Ich sah ich durchdringend an. „Ich werde nicht schlafen können, bis ich weiß, dass du sicher zu Hause bist."

Er nickte. „Bis dann."

„Sei vorsichtig, Lincoln."

„Ich bemühe mich."

Das war wohl kaum eine beruhigende Antwort. Er gab nicht viel auf seine persönliche Sicherheit, also wusste ich, dass er mir nicht mehr versprechen konnte. Diese Tatsache konnte ich zwar akzeptieren, aber gefallen musste sie mir nicht. Ich würde kein Auge zu tun, bis ich ihn sicher und wohlbehalten wieder zu Hause sah, ebenso wie Gus und Seth.

* * *

Das Abendessen mit Alice wurde von Doyle unterbrochen.

„Sie haben einen Besucher, Miss", sagte er. „Mr Buchanan."

Ich stöhnte. „Um die Uhrzeit?" Es war spät für Besucher, aber nicht *zu* spät, insbesondere für einen Rumtreiber wie Buchanan. Meistens schlief er bis Mittag und verbrachte die Nächte mit Glücksspiel und Partys, wobei er vermutlich allgemein nervte.

„Wenn das Feuer im Empfangszimmer noch brennt, empfange ich ihn dort", sagte ich zu Doyle. „Servieren Sie bitte Drinks?"

„Natürlich. Möchten Sie, dass ich im Raum bleibe?"

„Das wäre mir sehr lieb."

„Darf ich dazukommen?", fragte Alice. „Ich möchte diesen Kerl kennenlernen."

„Du wirst dich danach sauberschrubben wollen", warnte ich sie.

„Jetzt will ich ihn auf jeden Fall kennenlernen, nur um zu sehen, was du damit meinst." Ihre Augen blitzten fröhlich.

Ich lachte und wir gingen Arm in Arm ins Empfangszimmer.

KAPITEL 9

„M r Buchanan", sagte ich geschmeidig. „Was für eine Überraschung."

Andrew Buchanan fuhr herum, verlor das Gleichgewicht und kippte beinahe um. Er hielt sich an der Rückenlehne eines Stuhls fest, bis er wieder sicher stand. *Igitt.* Der Mann war betrunken und es war noch nicht einmal halb zehn. Er zupfte an seinem Jackett und räusperte sich.

Doyle stand beim Sideboard und sah mich fragend an. Ich schüttelte leicht den Kopf. Anstatt einen Drink einzuschenken, ging er zurück zur Tür, wo er mit hinter dem Rücken verschränkten Händen stehen blieb.

„Es ist mir ein Vergnügen, Sie wiederzusehen, Miss Holloway." Buchanan begrüßte zwar mich, wandte jedoch seinen Blick nicht von Alice ab.

Ich stellte sie einander vor.

„Everheart", wiederholte er. „Ich kenne keine Everhearts."

„Jetzt schon", sagte Alice.

Er setzte ein charmantes Lächeln auf, das die meisten Frauen entwaffnet hätte. Zum Glück wusste ich, dass Alice nicht wie die meisten Frauen war. „Sie klingen nicht wie eine Londonerin", sagte er.

„Ich stamme aus Dorset."

„Tatsächlich? Dorset ist ein bezaubernder Landstrich."

„Oh? In welchem Teil waren Sie?"

„Äh ..." Seine Finger trommelten auf die Rückenlehne des Stuhls. „In dem Teil am Meer."

„Dem ganzen?"

„Ja", sagte er entschieden. „Dem ganzen." Er schwankte ein wenig, richtete sich aber schnell wieder auf.

„Vielleicht sollten Sie sich lieber setzen", sagte ich und deutete auf den Stuhl. „Sind Sie gekommen, um mit Mr Fitzroy zu sprechen?"

Buchanan setzte sich auf den Stuhl beim Feuer. „Ihr Butler sagte, er wäre nicht hier."

„Ist er nicht."

„So ein Glück, denn so bekomme ich Sie zwei charmante Ladys zu sehen." Jeder hätte annehmen können, er wollte nur mit Alice sprechen, denn mich schaute er nicht an.

Alice und ich setzten uns nebeneinander auf das Sofa. „Worüber wollten Sie mit Mr Fitzroy sprechen?", fragte ich, um die ganze Sache zu beschleunigen.

Er winkte ab. „Da komme ich gleich zu. Miss Everheart, erzählen Sie mir etwas von sich. Woher kennen Sie Miss Holloway?"

„Wir sind uns kürzlich begegnet", sagte sie. Alice wusste, dass das Pensionat für missratene Töchter, in dem wir uns kennengelernt hatten, nicht erwähnt werden durfte. Je weniger Menschen wussten, wo Lincoln mich hingeschickt hatte, desto besser. Eines Tages musste ich vielleicht dort Zuflucht suchen.

„Ja, aber wo?", beharrte er.

„Das geht Sie nichts an", sagte ich schroff. Alice war vielleicht zu höflich, um so direkt mit ihm zu sprechen, aber ich nicht.

Endlich sah er mich an. Seine Pupillen fokussierten nicht ganz, aber er sah mich deutlich genug durch seinen betrunkenen Nebel. Seine Oberlippe verzog sich zu einem hämischen Grinsen. „Jetzt geht das also wieder los, was?"

„Ich wünsche nicht, mit Ihnen zu streiten, Mr Buchanan."

„Dann lassen Sie es. Wenigstens vor Ihrer bezaubernden Freundin." Er warf ihr ein breites Lächeln zu.

Sie erwiderte es nicht, was er aber nicht zu bemerken schien. Sein Lächeln geriet nicht ins Wanken.

„Was wollen Sie?", fragte ich.

„Also, also, mal schön langsam. Wir wollen uns doch erst einmal näher kennenlernen, oder? Bisher haben wir kaum miteinander gesprochen, jedenfalls auf diese Art. Da Fitzroy und seine Clowns abwesend sind, ist es die perfekte Gelegenheit zu schauen, ob wir Freunde sein können."

„Wir werden keine Freunde."

Er schmollte. „Warum nicht?"

„Freunde kommen nicht betrunken zum Haus des anderen—"

„Da möchte ich widersprechen. Die allerbesten Freunde tauchen sternhagelvoll auf. Es ist ein Zeichen von … irgendwas. Hab's vergessen. Abgesehen davon bin ich nicht betrunken."

„Und warum schwanken Sie dann und lallen und flirten mit Alice?"

Er krallte seine Fingernägel in die Armlehnen. „Ich schwanke und lalle nicht. Was das Flirten angeht …" Er bleckte erneut seine Zähne in Richtung Alice. „Ich bin einfach nur freundlich. Wenn Sie den Unterschied nicht kennen, Miss Holloway, dann liegt es höchstwahrscheinlich daran, dass noch nie jemand mit Ihnen geflirtet hat."

Alice stockte der Atem. Sie starrte Buchanan an, ihr Gesichtsausdruck vollkommen schockiert. In ihrer Welt sprachen Männer nicht so grausam mit Damen. Die einzigen grässlichen Worte, die sie je in ihrem Leben gehört hatte, waren wahrscheinlich von Mrs Denks Lippen gekommen, unserer Schulleiterin, und vielleicht von ihren Eltern, als diese sie zur Schule geschickt hatten.

„Im Gegenteil", sagte ich leichthin, unbeeindruckt von Buchanans mangelnden Manieren. „Mr Fitzroy hat schon öfter mit mir geflirtet. Erst gestern hat er mir beispielsweise erlaubt, ihm in den Magen zu boxen. Das gestattet er nicht jedem."

Ihm klappte die Kinnlade herunter.

„Es war wirklich süß", fuhr ich fort. „Er hat natürlich die Muskeln angespannt und ich hatte das Gefühl, gegen eine Ziegelmauer zu schlagen, aber es war ein reizendes Angebot, finden Sie nicht?"

Er schüttelte vehement den Kopf. „Die Annäherungsversuche dieses Mannes sind ungewöhnlich. Kein Wunder, dass er noch nicht verheiratet ist."

„Trotzdem hat er außergewöhnliches Glück bei Frauen", fügte ich hinzu, auch wenn ich mir dafür die Zunge abbeißen wollte. Gleichzeitig wollte ich wissen, ob meine Spitze ihn traf. Lincoln und Lady Harcourt hatten ein Verhältnis gehabt, bevor er mich kennengelernt hatte, und Buchanan hatte Gefühle für Lady H. Es musste ihm gegen den Strich gehen, dass sie Lincoln noch immer nachtrauerte, jedoch keinerlei Interesse an ihrem Stiefsohn zu haben schien.

Ihre komplizierte Beziehung gab mir immer ein kaltes und leicht angeekeltes Gefühl. Nicht, weil sie miteinander intim gewesen waren, bevor Lady Harcourt Buchanans Vater geheiratet hatte, sondern weil sie einander anscheinend absichtlich verletzten. Ich war mir nicht sicher, ob sie noch das Bett teilten oder nur das Haus, und wollte es auch nicht wissen.

Die Muskeln in Buchanans Gesicht zuckten. Eine Ader an seinem Hals pulsierte über seinem Kragen. Ich dachte, er würde mich anschreien oder aus dem Sessel aufspringen und mich bedrohen, aber das tat er nicht. Er bellte ein Lachen heraus.

„Ich wünschte, ich würde sein Geheimnis kennen", sagte er schlicht. „Nun, da wir jetzt alle höflichen Fassaden heruntergerissen haben, lassen Sie mich auf den Grund meines Besuches kommen."

„Ich bitte darum."

„Tatsächlich bin ich froh, dass Sie hier sind und nicht Fitzroy."

„Warum?"

„Weil es einschüchternd ist, mit ihm zu sprechen, Miss Holloway. Ich glaube auch, dass er mein Anliegen ablehnen würde, noch ehe ich es ganz ausgesprochen hätte."

„Und Sie glauben, ich höre eher zu?"

„Oh, ich weiß, dass Sie das tun. Wollen Sie wissen, warum?"

„Klären Sie mich bitte auf."

Er beugte sich vor und stützte die Ellenbogen auf seine Knie. „Weil ich Ihnen leidtue."

Ich brach in schallendes Gelächter aus.

Er setzte sich schmollend zurück. Einen Augenblick später hatte er sich gefangen und versuchte sich an einem weiteren Lächeln. „Also gut, sagen wir, Sie sind fasziniert. Sie sind viel neugieriger als Fitzroy. Ihm wäre es egal, warum ich hier bin. Sie wollen es jedoch wissen."

Ich nickte. „Da haben Sie mich ertappt. Fahren Sie also fort. Was wollen Sie?"

„Ich werde allein mit Ihnen sprechen."

„Danke, Doyle, das ist alles."

Doyle verließ leise den Raum und schloss die Tür.

„Und die liebliche Miss Everheart ebenfalls." Buchanan taumelte auf die Füße und hielt ihr seine Hand entgegen.

Alice sah mich an.

„Sie bleibt", sagte ich zu Buchanan.

„Nicht, wenn Sie hören möchten, was ich zu sagen habe." Als ich mich weder bewegte noch Alice bat zu gehen, fügte er hinzu: „Ach, kommen Sie schon. Was soll ich Ihnen denn hier allein antun? Zum einen sind Sie ein flinkes kleines Ding und könnten mir wahrscheinlich entwischen in meinem derzeitigen Zustand. Zum anderen habe ich Angst vor Fitzroy. Und letztlich, sollte ich hier heute jemanden vernaschen, dann wäre es ihre Freundin." Er zwinkerte Alice zu.

Ein angewiderter Laut drang aus Alices Kehle. „Ich lasse dich nicht mit ihm allein", sagte sie zu mir.

„Ist schon in Ordnung", versicherte ich ihr. „Er meint das nicht ernst. Abgesehen davon weiß er, dass Lincoln ihn auf äußerst schmerzvolle Art umbringen würde, sollte mir etwas zustoßen. Entweder das, oder er kastriert ihn."

Buchanan zuckte zusammen. „Sie haben eine bezaubernde Art, sich auszudrücken."

„Bist du dir sicher?", fragte Alice mich.

Ich nickte. „Mir passiert nichts."

„Ich bin direkt vor der Tür. Ruf mich, wenn du mich brauchst."

„Du kannst mit Doyle und vermutlich dem Koch warten. Ich bin mir sicher, dass die beiden draußen vor der Tür herumlungern, höchstwahrscheinlich mit einem der Küchenmesser. Während du wartest, solltest du ihn bitten, dir zu zeigen, wie man sie wirft. Er ist ein hervorragender Messerwerfer, wie es der Zufall will. Extrem akkurat." Ich lächelte Buchanan an.

Er verzog das Gesicht. „Ausgesprochen amüsant, Miss Holloway."

Alice ging, jedoch nicht, ehe sie die Tür weit genug geöffnet hatte, sodass wir beide Doyle und den Koch sehen konnten, die in der Tat lungerten. Der Koch wischte demonstrativ ein riesiges Hackbeil an seiner Schürze ab.

„Sie haben äußerst bemerkenswerte Angestellte", sagte Buchanan und versorgte sich mit einem Brandy.

„Was wollen Sie?", schnappte ich.

Er plumpste in den Sessel. Der Brandy schwappte im Glas umher, jedoch nicht über den Rand. „Ich will Ihre Hilfe für Julia. Ich will, dass Sie sie einladen."

Ich legte den Kopf schräg. „Wozu einladen? Wir haben hier keine Dinner oder Partys und selbst wenn, dann nur, weil die Komiteemitglieder sich selbst eingeladen haben. Sie ist Teil des Komitees. Also wirklich, was wollen Sie sonst noch von uns?"

„Ich möchte ..." Er seufzte und stellte seinen Brandy unangetastet weg. Ohne etwas zum Festhalten wurden seine Hände rastlos. Er legte sie locker aneinander und zeigte auf mich. Es erinnerte mich an die betenden Gemeindemitglieder in der Kirche meines Adoptivvaters und an die Bettler in den Gassen, die Passanten um Essen anbettelten. „Ich möchte, dass Sie jetzt nett zu ihr sind. Ihr als Freundin zur Seite stehen."

„Sie verlangen zu viel."

„Bitte, Charlie", sagte er und nutzte erstmals meinen Vornamen, seit er angekommen war. „Geben Sie ihr das Gefühl, gewollt zu sein. Dass sie nicht allein ist auf der Welt." Ich hatte Buchanan noch nie so ernsthaft erlebt. Er war hier gewesen, als der General vor Weihnachten das reinste Chaos verursacht hatte, und war an diesem Abend tatsächlich eine Hilfe gewesen. Aber so hatte er sich nicht benommen. Ich hatte das Gefühl, den echten Buchanan zu sehen, den Mann, der er gewesen war, bevor Lady Harcourt ihm vor all den Jahren das Herz gebrochen hatte.

„Warum können Sie ihr nicht das Gefühl geben, etwas Besonderes zu sein?", fragte ich. „Sie sind schließlich Familie. Sie ist nicht allein. Sie hat Sie und Ihren Bruder."

Ein Schatten huschte über seine Augen und er sackte in den Sessel zurück. „Das ist nicht das Gleiche. Es gibt familiäre Pflichten und es gibt freiwillige Freundschaft."

„Ich würde wetten, *Ihre* Freundschaft ist freiwillig."

Sein Kinn wurde fest. „Sie will meine Freundschaft nicht annehmen", presste er hervor. „Sie verabscheut mich, trotz ..." Sein Kopf ruckte herum und er starrte ins Feuer. „Trotz allem, was wir einander sind. Ja, Charlie, *sind*. Es ist nicht vorbei."

Also das waren mehr Informationen, als ich erwartet hatte.

„Manchmal will sie es beenden, bis ich sie vom Gegenteil überzeuge." Er knabberte an seinem Daumennagel, während die Finger seiner anderen Hand auf die Sessellehne trommelten. „Ich weiß, dass Sie unser Verhältnis schäbig finden. Vielleicht ist es das auch. Vielleicht weiß keiner von uns beiden, wie man wirklich liebt und es ist unsere verdrehte Art, Zuneigung zu zeigen. Oder vielleicht sollten wir beide in die Irrenanstalt eingewiesen werden." Seine Finger stellten das Trommeln ein, aber er starrte weiterhin auf die Glut. „Die Sache ist die: Es genügt ihr nicht. Was wir haben ... sie will etwas anderes. Etwas Größeres. Jemanden Größeres." Sein Kopf fuhr wieder zu mir herum. „Verstehen Sie?"

Ich zuckte angesichts des leeren, getriebenen Blicks in seinen Augen zusammen. „Ich denke schon. Sie will einen Ehemann, aber nur, wenn er reich ist oder einen Titel hat, oder beides." Seth hatte schon ähnliches über Lady Harcourt gesagt. Er war ebenfalls mit ihr ins Bett gegangen, obwohl sie nie behauptet hatte, ihn zu lieben, wie sie Lincoln liebte.

„Für eine so junge Dame besitzen Sie eine präzise Menschenkenntnis." Er lallte nicht mehr, aber die vertraute gedehnte Sprechweise war zurück, als wäre es zu viel Mühe, den Mund zu öffnen. „Also, werden Sie ihr sozusagen wieder auf die Füße helfen?"

Ich bedachte meine Antwort sorgfältig. „Wie ich bereits sagte, wir veranstalten keine Dinner Partys."

„Aber Sie werden zu einigen eingeladen. Vielleicht erwähnen

Sie ihren Namen und sorgen dafür, dass auch sie eine Einladung bekommt."

„Sie scheint durchaus in der Lage zu sein, selbst für ihre Einladungen zu sorgen, trotz des Tratschs. Sie war beispielsweise beim Maskenball der Hothfields."

Sein Gesicht zuckte wieder, als ob die Muskeln ein Eigenleben führen würden. „Das war sie und hat sich dort zum Affen gemacht."

„Das muss passiert sein, nachdem wir gefahren waren. Was hat sie getan?"

„Sie hat alles auf den Prinzen gesetzt und verloren. Sie hat allerdings den Trostpreis gewonnen in Form eines seiner Freunde, ein eher schmieriges Mitglied des Parlaments mit Namen Swinburn." Er verzog das Gesicht. „Emporkömmling." Er spuckte das Wort förmlich aus. „Ein Spediteur, ausgerechnet."

Ich erinnerte mich, dass Seth ihn nach dem Silvesterball erwähnt hatte. „Er hat keinen Titel?"

„Er ist ein Niemand."

„Spielt das eine Rolle, wenn er reich ist? Er muss beim Prinzen einiges an Einfluss haben, wenn sie befreundet sind."

„Sie verstehen das nicht, Charlie. Swinburn ist noch nicht einmal ein Gentleman. Sein Großvater war Seemann. Sein Vater hat die Spedition gegründet, doch die hatte nur eine bescheidene Größe erreicht, bis er starb. Swinburn hat sie zu dem Imperium aufgebaut, die sie jetzt ist."

„Mein Gott, wie bestialisch von ihm!"

Er verdrehte die Augen. „Sie sind nicht amüsant, wissen Sie?"

„Also ist er ein Selfmademan. Ist das alles, was Sie gegen ihn haben?"

„Nein. Ich habe ... so ein Gefühl. Er trink, spielt und behandelt Frauen abscheulich, wirft sie weg, nachdem er seine Gelüste befriedigt hat." Er stürzte seinen Brandy in einem Zug runter. „Ich würde wetten, dass er keinerlei Moral hat, auch wenn er recht charmant sein kann, wenn man ihm gegenübersteht."

„Klingt sehr nach jemandem, den ich kenne."

Sein halbes Gesicht verzog sich zu einem schiefen Grinsen. „Vielleicht muss man selbst so sein, um es zu erkennen. Die

Sache ist die, Charlie, es ist in Ordnung, wenn jemand in meinem Alter so umherzieht, aber doch kein Kerl in seinem Alter. Er muss mindestens Mitte vierzig sein."

„Wenn Sie sich solche Sorgen machen, dass Lady Harcourt ihr Herz an ihn verlieren könnte, warum erzählen Sie ihr nicht von Ihren Bedenken? Ich bin sicher, sie weiß Ihre Sorge zu schätzen."

„Das bezweifle ich", murmelte er. „Sie wird mir vorwerfen, ich hätte versteckte Gründe."

„Haben Sie die nicht?"

Sein Blick glitt zur Seite. Er schob sich aus dem Sessel und wanderte zum Sideboard. Ich war allerdings schneller und erreichte es vor ihm. „Sie hatten genug zu trinken."

„Kommen Sie, Charlie", lallte er, ein bitteres Lächeln auf den Lippen. „Ich muss mein schlechtes Gewissen ersäufen, sonst ersäuft es mich."

Ich verengte meine Augen. Ein flaues Gefühl machte sich in meinem Magen breit. „Warum haben Sie ein schlechtes Gewissen?"

Er schniefte und starrte in sein leeres Glas. „Können Sie das nicht erraten?"

„Ja", flüsterte ich entsetzt. „Ich glaube, das kann ich."

Sein Blick hob sich zu meinem, voller Reue. Die ganze übliche Arroganz war verflogen.

„Sie haben die Zeitungen über ihre Vergangenheit informiert, nicht wahr?", sagte ich. „*Sie* waren es, der den Reportern gesagt hat, dass sie früher Tänzerin im Alhambra war."

Er hob eine Schulter und schubste mich dann beiseite. Ich verlor das Gleichgewicht, konnte mich aber am Sideboard abfangen. Ich ließ zu, dass er sich noch einen Brandy einschenkte, während ich sein Geständnis verdaute. Dieser Mann, der behauptete, Lady H zu lieben und sich anscheinend um sie sorgte, hatte sie auf die schlimmstmögliche Art verraten. Ihr Ruf war ihr ein und alles. Sie hatte ihre Vergangenheit so gründlich vergraben, wie sie nur konnte, nur damit der Mann sie wieder ausbuddelte und in die Welt posaunte, der ihr am nächsten stand. Sie hatte mir nie wirklich leidgetan—bis jetzt.

Ich sah zu, wie er den Brandy wieder in einem Zug herunter

kippte und das Glas auf das Sideboard knallte. Wie durch ein Wunder zerbrach es nicht.

„Na los", sagte er mit einer Gleichgültigkeit, die ich ihm keine Sekunde abkaufte. Es war ihm viel wichtiger, als er zugeben wollte. „Sagen Sie mir, was Sie von mir halten."

Ich schüttelte den Kopf. „Sie bereuen es. Das ist immerhin etwas."

Er blinzelte langsam und betrunken. „Ich wünschte, Sie wären nicht so gottverdammt *nobel*."

Mir ging auf, dass seine Bitte, Lady Harcourt einzuladen, nur ein Vorwand war, ein Mittel, das ihm sein Geständnis erlaubte. „Sind Sie hergekommen, um es sich von der Seele zu reden? Um irgendwie Ihre Schuld zu lindern?"

„Nichts kann meine Schuld lindern. Aber ich musste jemandem mein dreckiges kleines Geheimnis anvertrauen, oder ich wäre verrückt geworden."

„Warum mir?"

„Jeder Mann braucht einen Beichtvater und ich habe beschlossen, dass Sie meiner sind. Schauen Sie mich nicht so an, Charlie. Wen habe ich denn sonst? Abgesehen von Julia und Donald sind Sie die Einzige, die alle meine Verfehlungen kennt."

„Warum sagen Sie es dann nicht Ihrem Bruder?"

„Er ist ein selbstgerechter Sack, der mir Standpauken halten würde, bis ich ihm alle Zähne ausschlage. Sie sind nicht so übel. Tatsächlich mag ich Sie sogar."

Ich griff nach einem Glas und schenkte mir selbst einen Brandy ein. Er kicherte, während ich daran nippte. „Lassen Sie uns eins klarstellen, Mr Buchanan."

„Nennen Sie mich Andrew."

„Nein. Lassen Sie uns ein klarstellen—wir sind keine Freunde."

Er hob ergeben beide Hände. „Ich verabscheue Freundschaft. Da gibt es Erwartungen, die ich nicht bereit bin zu erfüllen."

„Ich bin niemand, dem Sie all Ihre widerlichen Geheimnisse anvertrauen können. Ich will sie nicht wissen. Dieses eine reicht mir völlig, danke."

„Oh. Schade." Er schmollte. „Mir geht es direkt besser, weil ich es Ihnen erzählt habe."

„Das sollte es nicht. Sie haben etwas Niederträchtiges getan."

„Ja, aber seien wir ehrlich, sie ist eine niederträchtige Person. Hebt sich das nicht gegenseitig auf?"

Der Mann war wirklich schrecklich. Wie hatte ich je annehmen können, er wäre vielleicht ein netter Mensch gewesen, bevor Lady Harcourt seine Unschuld zerstört hatte? Ich bezweifelte, dass er jemals unschuldig war. „Ich finde, Sie sollten jetzt gehen."

„Wenn Sie darauf bestehen. Aber Sie werden mein Anliegen in Erwägung ziehen, nicht wahr?"

Ich wurde blass. „Sie haben das ernst gemeint, dass ich sie zu Partys einladen soll, wo sie andere Gentlemen kennenlernt?"

„Natürlich."

„Aber warum wollen Sie das? Einfach nur, weil Sie sich schuldig fühlen?"

Er kniff die Augen zu und drückte gegen seinen Nasenrücken. Als er die Hand wegnahm und die Augen öffnete, sah er plötzlich viel älter aus als Anfang zwanzig. „Was ich will, ist Julia aus Swinburns Klauen zu befreien und sie in die eines Mannes zu platzieren, bei dem es weniger wahrscheinlich ist, dass er sie wegwirft. Sie will Heirat, aber Swinburn wird sie nicht heiraten. Wenn sie sich schon wieder vor den Ehekarren spannen lassen muss, dann will ich sie mit irgendeinem langweiligen, verstaubten alten Lord verbunden sehen, in den sie sich unmöglich verlieben kann. Swinburn hat Stolz, Charme, Einfluss und auch noch das Ohr des Prinzen. Er führt ein aufregendes Leben. Er ist die Art von Mann, in die Julia sich verlieben könnte. Das, Charlie, ist ein Albtraum, den ich gern abgewendet sehen würde."

Seine kleine Ansprache verblüffte mich. Wäre es jemand anders gewesen, wäre eine solch hingebungsvolle Liebe Stoff für Poesie gewesen, aber bei diesen beiden war es sogar für einen Groschenroman zu schäbig. „Ich … ich werde darüber nachdenken. Wir sind im Moment mit Ermittlungen beschäftigt und haben wenige Mitarbeiter. Dinnerpartys stehen nicht auf unserer Prioritätenliste."

„Das werden sie aber, wenn ich Lady Vickers richtig einschätze." Er wollte meine Wange küssen, aber ich wich ihm aus. Er lachte und klopfte mir stattdessen auf die Schulter. „Danke, Charlie. Sie werden niemandem ein Wort sagen, oder?"

„Ich habe keine Geheimnisse vor Lincoln."

„Er ist wohl kaum jemand, der tratscht." Er hob eine Schulter. „Ihm können Sie es erzählen, wenn Sie möchten, aber sonst niemandem."

„Sie haben mein Wort."

„Gut. Exzellent." Er beäugte sein leeres Glas. „Vielleicht noch einen, ehe ich gehe."

„Doyle!"

Die Tür schwang auf und Doyle eilte herein, gefolgt vom Koch und Alice.

Buchanan hielt beide Hände hoch. „Verdammt, Charlie, rufen Sie Ihre Hunde zurück. Ich wollte gerade gehen."

Der Koch und Doyle begleiteten ihn hinaus.

„Geht es dir gut?", fragte Alice und sah mir besorgt ins Gesicht.

Ich nickte und legte die Arme um mich. „Ich brauche ein Bad."

* * *

Ich wartete allein in der Bibliothek, die Füße untergeschlagen, während eine Decke und das Feuer die Kälte in Schach hielten. Alice und die Dienerschaft waren vor einer Stunde zu Bett gegangen. Ich versuchte zu lesen, aber meine Sorgen um Lincoln sowie die Gedanken an Buchanan und Lady Harcourt lenkten mich ab.

Sachte Schritte und Gemurmel ließ mich nach Mitternacht die Decke von mir werfen und aus dem Sessel springen. Ich traf Lincoln im Türrahmen. Hinter ihm gingen Seth und Gus die Treppe hinauf, die Schritte erschöpft.

Ich seufzte tief. „Du bist zurück", sagte ich schlicht.

Lincoln neigte den Kopf und schaute mir ins Gesicht. „Du siehst müde aus."

„Ich werde zu Bett gehen, sobald du mir erzählt hast, wie es gelaufen ist." Ich nahm seine Hand und führte ihn zum Kamin.

Eigentlich hätte er durchgefroren sein müssen, war er aber nicht. Er sah auch nicht müde aus. Gott sei Dank hatte er sich vollständig von den Folgen der Explosion erholt.

Er setzte sich, nachdem ich es getan hatte, in den Sessel mir gegen über, streckte die Beine aus und legte die Knöchel übereinander. „Es gibt wenig zu erzählen", sagte er. „Unsere Fragen wurden nur mit Schweigen beantwortet, trotz des angebotenen Geldes. Wir haben sogar versichert, dass wir nur mit ihm reden wollen, sonst nichts, aber wir bekamen keine Antworten."

„Dann ist es eine Sackgasse. Wo wir gerade von tot sprechen, vielleicht ist King tot. Es ist Jahre her, dass Lord Erskine mit ihm gesprochen hat."

Lincoln schüttelte den Kopf. „Wir haben mit alten Leuten geredet und niemand wollte ihn gekannt haben. Ich glaube, sie haben gelogen."

„Woher weißt du das?" Lincoln war nicht gerade gut darin, Leute zu verstehen, aber er wusste in der Regel, wenn ihn jemand anlog.

„Kleine Anzeichen. Zum einen fehlte der Blickkontakt, zum anderen wurden unsere Fragen sehr schnell abgetan. Seth und Gus haben von dem gleichen merkwürdigen Verhalten berichtet."

„Ihr habt euch aufgeteilt?"

Er nickte. „Wir sind separat ins Cat and Fiddle gegangen und auch wieder heraus. Unsere Fragen waren diskret. Sogar ich war diskret", fügte er mit einem trockenen Lächeln hinzu.

Ich lachte leise. „Also schützen sie alle diesen Mann King. Schon interessant, dass er zu solcher Loyalität inspiriert."

„Ich wünschte, ich würde sein Geheimnis kennen."

„Du inspirierst auch zu Loyalität, Lincoln."

„Jetzt vielleicht, aber ganz sicher nicht, bevor du herkamst. *Du* inspirierst ihre Loyalität, nicht ich. Wenigstens erwarte ich nicht mehr, dass ich aufwache und jemand mit einem Messer über mir steht."

Ich lachte erneut, obwohl ich wusste, dass er die Wahrheit sagte, zumindest annähernd. Die Männer hatten ihn nicht sonderlich gemocht, als ich nach Lichfield gekommen war. Und ich ganz gewiss nicht. Ich hatte sogar geplant, ihn im Schlaf zu töten, auch wenn ich jetzt wusste, dass ich diesen Plan nie hätte in die Tat umsetzen können. „Du wolltest niemanden so nah an dich heranlassen", sagte ich leichthin. „Also, was jetzt?"

„Jetzt gehen wir mit unseren Fragen aus dem Cat and Fiddle heraus. Vielleicht finden wir jemanden, der weniger loyal ist."

„Morgen gehen wir zu Minks Versteck zurück", sagte ich. „Hoffentlich erklärt er sich bereit, für uns zu spionieren." Ich gähnte und hielt mir die Hand vor den Mund.

„Bett", sagte er, stand auf und hielt mir die Hand hin.

Ich nahm sie und erhob mich. „Ich muss dir etwas sagen. Buchanan war heute Abend hier."

„Hat er Ärger gemacht?"

„Nicht mehr als üblich." Angesichts seines finsteren Gesichts fügte ich hinzu: „Er wollte mit mir über Lady Harcourt sprechen, um genau zu sein."

„Warum?"

Ich unterdrückte ein weiteres Gähnen und er zog mich zu Tür, wobei er die Lampe vom Tisch nahm.

„Erzähl es mir morgen", sagte er.

Er brachte mich nach oben zu meinem Zimmer. Ich lehnte mich an die geschlossene Tür, legte ihm die Hände auf die Schultern und zog ihn sanft an mich. Seine Hand umfasste meine Taille und er senkte die Lampe.

„Orangenblüten." Sein Flüstern kitzelte mein Ohr."

„Hmmm?"

„Du riechst nach Orangenblüten."

„Ich habe gebadet."

Seine Lippen strichen über die Haut an meinem Hals. Er atmete tief ein und trat dann plötzlich zurück. Ich packte seine Schultern fester und versuchte, ihn bei mir zu halten.

„Küss mich", murmelte ich.

Er zögerte. „Das sollten wir lassen."

„Ist mir egal."

Er warf einen Blick in den Flur und beugte sich zu mir. Sein Gesicht war meinem so nahe, dass seine Augen wie zwei schwarze Brunnen wirkten, während er mich ansah.

„Küss mich", wiederholte ich und legte die Arme um ihn.

Er küsste meine Wange. „Gute Nacht, Charlie."

Ich seufzte und zog in Erwägung, eine Szene zu machen, um meinen Willen zu bekommen. Aber das war etwas, was die alte Charlie getan hätte, nicht diese hier. Diese hier war geduldiger, reifer und wusste, dass sie hierbei ihren Willen nicht bekommen würde. „Gute Nacht, Lincoln."

* * *

„ICH KANN MICH EINFACH NICHT ENTSCHEIDEN", sagte ich zu Lincoln, als wir nach Clerkenwell fuhren. Er und ich saßen in der Kabine, während Seth und Gus auf dem Kutschbock saßen, sodass wir Buchanans Besuch unter vier Augen besprechen konnten. „Ist er ein egoistischer, skrupelloser Mistkerl oder versucht er wirklich, das Richtige für Lady H zu tun?"

„Versuch nicht, einen der beiden zu verstehen", sagte Lincoln. „Sie werden von Mächten getrieben, die ganz anders sind als die, die dich oder mich antreiben."

Er hatte mir ausdruckslos gelauscht, während ich ihm den Verlauf des Gesprächs mit Buchanan wiedergegeben hatte. Er wirkte noch nicht einmal überrascht, als ich ihm sagte, dass es Buchanan gewesen war, der die Zeitungen informiert hatte.

„Das wusstest du, nicht wahr?", fragte ich ihn jetzt.

„Er stand auf meiner Liste der Verdächtigen, aber nicht ganz oben."

„Hast du sie gewarnt? Wusste sie überhaupt, dass du eine Liste von Verdächtigen hast?"

„Nein. Ich habe nicht ermittelt, lediglich etwas angenommen. Ohne besonderen Grund", fügte er hinzu. „Das Lüften ihres kleinen Geheimnisses bedeutet mir nichts."

„Ich weiß." Mein Herz hob sich etwas bei seinem Zugeständnis, obwohl ich bereits wusste, dass zwischen den beiden nichts mehr war. „Sollen wir sie zu Dinnerpartys einladen, die wir zukünftig eventuell abhalten? Ich ahne, dass Lady V ein Dinner für ihre Freunde ausrichten möchte, mit passenden Gentlemen für Alice und Ladys für Seth auf der Gästeliste."

„Wenn du sie einladen möchtest, dann tu es."

„Möchte ich nicht. Nicht wirklich."

„Dann werden wir es lassen.

Er war nicht gerade hilfreich. „Ich werde mir Gedanken darüber machen, wenn wir uns entschließen, etwas auszurichten."

Wir hielten außerhalb von Clerkenwell an und gingen zu dem Loch in der Wand, das ins Versteck führte. Ich schob die Bretter zur Seite und schlängelte mich durch.

„Ich bin's", rief ich dem Wachhabenden zu. „Charlie."

Finley grinste mich an. Sein von Zahnlücken gespicktes Grinsen war in dem schwachen Licht gerade so erkennbar. „Willst du deine Antwort?", fragte er ohne Umschweife.

„Hast du eine für mich?"

„Kommt drauf an." Er hämmerte gegen die Falltür.

„Worauf?"

„Darauf, welche Antworten du Mink gibst."

Die Falltür ging auf und Minks schmieriger Kopf tauchte auf. Er sah mich durch den Vorhang seiner Haare an und stützte seine Ellenbogen auf den Boden. Bevor er ganz herauskletterte, betrachtete er mich eingehend.

Er schaute zum Ausgang. „Dein Mann wieder da draußen?"

Ich nickte.

„Er beschützt dich."

„Das tut er."

„Behandelt er dich gut? Oder ...?" Es war unmöglich zu sehen, ob er rot anlief, aber aus der Art, wie er den Kopf neigte und mir nicht in die Augen sehen wollte, nahm ich es an.

„Fickt er dich?", beendete Finley den Satz für ihn.

„Finley!" Mink klang beschämt.

„Ist er dein Zuhälter?", bot Finley mit einem Schulterzucken an.

„Verdammte Scheiße, du bist ein Idiot."

Ich lachte, um ihm zu zeigen, dass es mir nichts ausmachte. Ein paar rüde Ausdrücke schockierten mich nicht. „Lincoln behandelt mich gut. Er hat mich erst als Magd eingestellt, als ich zu ihm gekommen bin, und jetzt arbeite ich für ihn im Ministerium."

„Ministerium?", fragte Mink. „Für die arbeiten wir?"

„Also hast du angenommen?"

„Kommt drauf an. Was springt für uns dabei raus? Mach's konkret."

„Regelmäßiges Essen, warme Kleidung, Geld und Decken."

Mink kratzte sich am Hals. „Wir wollen auch Medizin, für wenn wir krank sind."

„Ja."

„Und Material, um die Hütte hier zu reparieren." Er schob seinen dicken Zeh, der aus seinem Stiefel guckte, gegen die Wand. Putz bröckelte herab wie Schneeflocken. „Die wird echt alt."

„Ihr könnt bei uns wohnen", platzte ich heraus, ohne darüber nachzudenken. Was würde Lincoln zu fünf zusätzlichen Mitbewohnern sagen, dazu auch noch Jugendliche? Wir hatten wenigstens Platz. Gus' Tante nicht.

Finleys Gesicht leuchtete auf. „Wirklich?"

Mink legte eine Hand auf Finleys Arm. „Kommt drauf an, wie dieses Arrangement klappt", sagte er. „Wenn du uns übers Ohr haust, zerstückeln wir dich. Klar?"

Ich nickte, obwohl ich nicht glaubte, dass Mink oder Finley in der Lage waren, irgendwen zu zerstückeln. Sie waren vielleicht verzweifelt und würden sich mit Gewalt schützen, wenn nötig, aber Stringer war der Typ für Racheakte gewesen, nicht diese zwei.

„Ihr könnt mir vertrauen", sagte ich. „Ihr kennt mich."

„Ja, aber können wir ihm vertrauen?" Mink ruckte mit dem Kopf in Richtung des Lochs in der Wand.

„Ja, könnt ihr. Mit der Zeit werdet ihr sehen, dass ich die Wahrheit sage. Haben wir eine Absprache?"

Finley und Mink warfen sich einen Blick zu. Sie wechselten keine Worte oder ein Nicken, mussten aber irgendwie kommuniziert haben, denn sie sahen mich beide wieder an.

„Haben wir", sagte Mink.

Finley spuckte in seine Handfläche und hielt sie mir hin.

Mink schob ihn beiseite. „Sie ist jetzt ein Mädchen, erinnerst du dich?"

Finley wischte seine Hand am Hemd ab. „Stimmt. Hab's vergessen." Sein Blick glitt zu meiner Brust.

„Kommt raus und lernt Lincoln Fitzroy kennen", sagte ich.

„Ist er der mit dem Geld?", fragte Mink.

Ich nickte und kroch zuerst hinaus. Finley folgte. Er blinzelte in der plötzlichen Helligkeit, obwohl es wieder mal ein trüber Tag war. Mink kam als nächster und zögerte, als er Lincoln gegenüber an der Wand lehnen sah.

Lincoln nickte ihm zur Begrüßung zu. Mink erwiderte das Nicken und sah mich an. Da Lincoln sich nicht rührte, führte ich die beiden zu ihm.

„Das ist Mr Fitzroy", sagte ich. „Lincoln, das ist Mink und Finley kennst du ja schon."

Finley verschränkte seine Arme wie Lincoln und schob die Brust heraus. Mink blieb in einiger Entfernung stehen und schätzte die Lage misstrauisch ab. Lincoln machte einen Schritt nach vorn und reichte ihm die Hand. Nach kurzem Zögern schüttelte Mink sie.

„Wir haben eine Aufgabe für euch", sagte Lincoln.

Mink schaute die Gasse rauf und runter, aber wir waren allein. Der Wind, kalt und regnerisch, hielt die Straßen ruhig. „Ist es was, bei dem wir Ärger mit den Bobbys bekommen?", fragte er.

„Nein. Informationen sammeln. Es gibt einen Mann im East End, der als King bekannt ist, höchstwahrscheinlich in Whitechapel. Er wird so Mitte dreißig sein mit Halbglatze und sehr großen Händen und Füßen."

Finley schnaubte vor Lachen. „Sie wollen, dass wir uns die Hände und Füße von jedem alten Mann angucken?"

„Mitte dreißig ist nicht alt."

„Das sagen Sie."

„Was können Sie uns noch über diesen King sagen?", fragte Mink.

„Seine Freunde sind extrem loyal ihm gegenüber", sagte Lincoln.

Mink wartete. Als Lincoln nicht fortfuhr, sagte er: „Das ist alles? Mehr können Sie uns nicht sagen?"

„Er trinkt im Cat and Fiddle, zumindest früher mal."

„Das ist nicht viel"

„Es ist alles, was wir haben", sagte ich.

Lincoln reichte Mink einen Beutel mit Geld. Die Münzen

klimperten melodisch, als Mink die Schnur aufzog. Finley grinste. „Mann, so viel Kohle hab ich noch nie gesehen."

Mink steckte das Geld ein und schaute erneut die Gasse entlang. „Dauert vielleicht ein paar Tage."

Lincoln nickte. „Seid diskret."

„Seid vorsichtig", fügte ich hinzu. „Falls irgendjemand misstrauisch zu werden scheint, hört auf zu fragen. Bringt euch nicht in Gefahr. Und verratet niemandem, für wen ihr arbeitet." Ich bereute plötzlich, dass ich ihnen Lincolns Namen genannt hatte, falls sie gezwungen wurden, ihn preiszugeben.

„Hätte nie gedacht, dass du dich an Regeln hältst, Charlie", sagte Finley mit einem Kichern.

„Ich habe mich geändert."

Er schaute wieder auf meine Brust. „Jou."

„Ich wohne in Lichfield Towers in Highgate, am Rande von Heath", sagte Lincoln. „Es ist ein großes Anwesen mit Eisentoren auf der Hampstead Lane. Kommt dorthin, wenn ihr etwas zu berichten habt."

Wir beobachteten, wie Finley und Mink in ihr Versteck zurückkehrten, und wandten uns dann zum Gehen. „Du hättest ihnen nicht sagen sollen, wo wir wohnen", sagte ich.

„Traust du ihnen nicht?"

Ich schaute über meine Schulter zurück. Das Brett hatte aufgehört zu schwingen und verbarg den Eingang völlig. „Ich weiß nicht."

* * *

Lincoln hatte einige Informanten, die er allein befragen wollte, also kehrten Seth, Gus und ich ohne ihn nach Hause zurück. Wir kamen gleichzeitig mit der Post an.

Alice begegnete mir auf dem Weg in die Bibliothek, ein Buch in der Hand. „Da ist ein Brief für dich gekommen", sagte ich und reichte ihn ihr.

Sie steckte das Buch unter ihren Arm und öffnete den Brief. Sie las ihn einmal durch, dann ein zweites Mal. Jegliche Farbe wich aus ihrem Gesicht. „Das glaube ich nicht", sagte sie und schüttelte wieder und wieder den Kopf. „Die haben Nerven!"

„Wer?"

„Meine Eltern." Sie sah mich an, die Augen voller Tränen. „Sie verlangen, dass ich sofort zur Schule zurückkehre. Wenn nicht, werden sie Mr Fitzroy wegen meiner Entführung verhaften lassen."

KAPITEL 10

„*D*as können sie nicht machen!" Ich nahm den Brief, den sie mir reichte. „Sie haben dich enterbt." Alices Eltern hatten sich geweigert, weiter ihre Schulgebühren zu zahlen und ihr befohlen, nicht nach Hause zurückzukehren. Sie hatte nirgendwo anders hingehen können als zu uns.

Sie drückte das Buch an ihre Brust und sah aus, als würde sie gleich in Tränen ausbrechen. „Ich will keinen Ärger stiften oder Mr Fitzroy in Schwierigkeiten bringen. Ihr wart alles so nett zu mir und habt genug Sorgen."

Ich schüttelte den Kopf, während ich las. Dort stand, dass sie ihre übereilte Entscheidung bereuten, Alice zu verstoßen. Sie waren zur Schule gereist, um sie zu Weihnachten nach Hause zu holen. Dort erfuhren sie, dass Alice nach dem Erhalt ihrer Nachricht hierher geflohen war, und nun fürchteten sie, Lichfield sei ein Sündenpfuhl und Lincoln ein Zuhälter. „Grundgütiger, das ist so ungeheuerlich, dass es schon fast lachhaft ist", sagte ich.

„Ich lache nicht, Charlie, und sie bestimmt auch nicht. Meine Eltern denken immer das Schlimmste von Fremden."

„Wenn sie so besorgt sind, warum kommen sie dann nicht her? Warum schreiben sie einen Brief?"

„Weil es ihnen im Grunde egal ist, was mit mir passiert. Sie wollen nur dabei *gesehen* werden, wie sie das Richtige tun." Als ich die Stirn runzelte, fügte sie hinzu: „Dass ich hier bin, wirkt, als wäre ich zügellos. Wenn einer ihrer Freunde das heraus-finden sollte, wäre er entsetzt. Meine Eltern kümmert die Meinung ihrer Bekannten mehr als mein Wohlergehen."

„In dem Fall ist die Drohung, Lincoln verhaften zu lassen, nicht mehr als das: eine Drohung. Es tatsächlich anzustoßen, würde ihrem Ruf mehr schaden, als sie wollen."

„Das fänden sie schrecklich", stimmte sie zu. Sie atmete unendlich erleichtert auf. „Hoffentlich hast du recht und es ist nur eine leere Drohung."

Doyle tauchte aus den Schatten im hinteren Bereich der Eingangshalle auf, wo es zur Küche und zum Dienstbotenbe-reich ging. „Ich bitte vielmals um Entschuldigung, Miss, ich habe Sie nicht nach Hause kommen hören", sagte er.

Ich gab Alice den Brief zurück und zog mir Mantel und Hut aus. Doyle nahm beides und ich ging mit Alice in die Bibliothek.

„Schreib eine höfliche Antwort", sagte ich. „Sag ihnen, dass du mich hier lediglich besuchst und natürlich nach Hause zurückkehren wirst, wenn sie es wünschen."

„Aber ich will nicht! Sie hassen mich."

„Ich bezweifle, dass sie dich hassen. Es ist wesentlich wahr-scheinlicher, dass sie Angst vor dir haben." Ich hakte mich bei ihr ein. „Angst vor deinen Träumen."

„Vermutlich", sagte sie schwermütig. „Aber vielleicht zwingen sie mich, wieder zur Schule zu gehen. Charlie, was ist, wenn sie darauf bestehen, dass ich *für immer* an die Schule zurückkehren muss?"

Davor hatte auch ich mich gefürchtet, als ich in die Schule in Yorkshire geschickt worden war. Manchmal wurden Schülerin-nen, die nach ihrem Abschluss nirgendwo hingehen konnten, von Mrs Denk als Lehrerinnen eingestellt. Diese Frauen verließen die Schule nie. Der Gedanke erfüllte mich mit Hoff-nungslosigkeit.

„Darum kümmern wir uns, wenn es so weit ist", sagte ich. „Jetzt sagst du ihnen erst einmal, dass Mrs Denk nicht wollte, dass du zurückkommst. Lincoln kann auch an deine Eltern schreiben und ihnen versichern, dass du hier willkommen und mir eine gute Gesellschafterin bist. Mir, seinem … Mündel."

„Nicht seiner Verlobten?", fragte sie.

Ich zog meinen Arm zurück. „Sein Brief benötigt einen feinfühligen und liebenswürdigen Ton. Vielleicht sollte ich einen Entwurf schreiben. Ich beende ihn mit einer Einladung, dich hier zu besuchen und sich unseren Haushalt selbst anzusehen." So. Damit sollten weitere Drohungen einer Verhaftung abgewehrt sein.

Alice wirkte allerdings nicht sehr überzeugt. „Ist immerhin etwas, schätze ich."

Den Rest des Morgens verbrachte ich damit, über Haushaltsangelegenheiten mit Mrs Cotchin zu sprechen, inklusive der Anstellung weiterer Diener. Lady V wohnte der Besprechung bei, mischte sich jedoch nicht ein, es sei denn, ich bat um ihre Meinung, was ich häufig tat. Ich musste noch viel lernen. Einen Haushalt von der Größe Lichfields zu führen, war keine Kleinigkeit. Mrs Cotchin und Doyle hatten bereits besprochen, wie viele zusätzliche Angestellte wir benötigten, und hatten sich auf zwei Mägde und einen Lakaien geeinigt. Zusätzliche Kräfte sollten im Falle von Bällen oder Dinnerpartys vorübergehend eingestellt werden. Mrs Cotchin hatte bereits Kandidaten im Kopf.

Falls es Mrs Cotchin merkwürdig vorkam, dass sie mit mir und nicht mit Lincoln oder Lady V verhandelte, ließ sie es sich nicht anmerken. Mir fiel erst auf, wie es auf sie wirken musste, nachdem sie weg war. Ich war nicht die führende Dame des Hauses, war weder mit Lincoln verlobt noch offiziell sein Mündel, aber alle behandelten mich, als hätte ich in seiner Abwesenheit das Sagen.

Mir stand der Sinn danach, mich in sein Zimmer zu schleichen und den Ring anzuprobieren, aber seine Rückkehr nach dem Mittagessen machte mir einen Strich durch die Rechnung. Ich bekam Gelegenheit, den Ring wiederzusehen, als er mich zu einer Besprechung in sein Arbeitszimmer rief.

Doyle brachte ihm ein Tablett mit kaltem Fleisch und Salaten, aber ich wurde durch das Schmuckkästchen vom Essen abgelenkt. Es war bewegt worden. Es befand sich nicht mehr am hinteren Ende des Schreibtisches, sondern vorn. Hatte er es bewegt? Oder Doyle? Er war der einzige Angestellte, der zum Bettmachen und Aufräumen morgens hier hereindurfte. Mrs Cotchin hatte sich Lincolns Vertrauen noch nicht verdient. Doch sicher wusste Doyle, dass nichts bewegt werden durfte oder dass, wenn er es tat, er die Dinge wieder genau dorthin zurückstellte, wo sie gewesen waren.

Ich beobachtete Lincoln, um zu sehen, ob ihm klar war, dass ich es bemerkt hatte, aber er konzentrierte sich auf sein Essen.

„Ich habe eine Spur", sagte er einen Moment später. „Es gibt tatsächlich einen Mann namens King in der Gegend, aber ich kann ihn nicht festnageln. Einer erzählt mir, er wohnt in der Pelham Street, ein anderer sagt, er ist in der Nähe von Swallow Gardens, und wieder ein anderer behauptet, es gäbe einen King in Lower Chapman. In Pelham habe ich einen Mann namens King gefunden, aber er ist nicht der Richtige."

„Falsches Alter?", fragte Seth.

„Falsche Hände. Sie waren kleiner als meine. Außerdem war er blond."

„Bist du auch nach Swallow Gardens und Lower Chapman gegangen?", fragte ich.

Er schüttelte den Kopf. „Ich will diese Gegenden beobachten, nicht weiter herumfragen. Viel zu auffällig. Beide Orte allein zu beobachten ist zu zeitaufwendig."

„Sie brauchen uns", sagte Gus, den Mund voller Schinken. „Sollen wir jetzt los?"

„Esst erst auf. Wir nehmen eine Droschke. Ihr beiden beobachtet Lower Chapman, jeder an einem Ende. Ich nehme mir Swallow Gardens allein vor. Es gibt nur einen Ausgang."

„Vielleicht ist er an keinem der beiden Orte", sagte ich.

„Möglich. Es gab auch einen Bericht, dass er gar nicht mehr in Whitechapel ist, sondern vor einigen Jahren aus der Gegend weggezogen ist. Meine Quelle wusste nicht, wohin."

Wir beendeten unsere Mahlzeit und die drei machten sich bereit, aufzubrechen, doch ich bat Lincoln, zu warten. „Eins noch, bevor du gehst", sagte ich und kehrte dem Schreibtisch und dem mysteriös verschobenen Schmuckkästchen den Rücken zu. „Es geht um Alice. Sie hat einen Brief von ihren Eltern bekommen, in dem sie ihre Rückkehr zur Schule verlangen. Sie haben Angst, dass sie deinem Charme erlegen ist und deine Geliebte wurde."

Seine Augenbrauen flogen förmlich seine Stirn hinauf. „Sie

haben eine lebhafte Fantasie für ein so bodenständiges Paar, wie Alice behauptet."

„Sie hat ihnen schon geschrieben und ihnen die Situation erklärt, aber ich denke, du solltest ihnen auch schreiben. Sei freundlich und zuvorkommend, versichere ihnen, dass sie nur hier ist, um mir Gesellschaft zu leisten. Dann lade sie ein, herzukommen."

„Noch mehr Besucher?"

„Alice glaubt nicht, dass sie kommen werden. Sie meint, sie machen das nur zum Schein und werden ihre Drohung nicht wahr machen."

„Ich schreibe ihnen heute Abend."

„Oder ich könnte eine Antwort für dich formulieren, da du so viel zu tun hast und ich nichts Besseres vorhabe. Du kannst sie später abschreiben oder ändern, wenn du willst."

„Dein Plan gefällt mir."

Er wollte gehen, doch ich ergriff seine Hand. „Seit vorsichtig heute. Es ist noch nicht so lange her, dass du mit Erschöpfung und einer Kopfverletzung im Bett lagst."

„Ich werde vorsichtiger sein als sonst." Er drückte mir einen warmen, sanften Kuss auf die Stirn.

„Wirst du?"

Er machte sich los. „Du sorgst dafür, dass ich vorsichtig sein möchte." Er ließ mich mit größerer Gewissheit denn je zurück, dass es Zeiten in seinem Leben gegeben hatte, in denen ihm seine eigene Sicherheit völlig egal gewesen war. Das hatte sich verändert.

Nachdem sie gegangen waren, setzte ich mich an mein Schreibpult und entwarf den Brief von Lincoln an Alices Eltern. Ich las ihn gerade noch einmal durch, als Doyle zwei Besucher ankündigte.

„Finley und Mink mit Namen", sagte er und zog die Nase kraus. „Sie warten draußen hinterm Haus."

Ich lud die Jungen in die Küche ein, wo wir uns auf eine Ecke beschränkten, weit weg von dem Maler und seinem Lehrling, die die letzten Ausbesserungen an der Wand vornahmen. Der Koch reichte jedem der Jungen eine Schüssel mit kräftiger Rinderbrühe mit Gemüse. Finley pustete und nippte dann direkt aus der Schüssel. Mink benutzte den Löffel. Trotz des Dampfes, der von der Suppe aufstieg, schafften sie beide ihre Portionen in unter einer Minute.

„Haben wir noch etwas?", fragte ich den Koch. „Etwas Kuchen vielleicht?"

„Kuchen!" Finleys Augen fielen ihm beinahe aus dem Kopf. „Können wir *Kuchen* haben?"

Der Koch schmunzelte. „Jou, wenn ihr Früchtekuchen mögt." Er machte sich auf den Weg in die Speisekammer, um die Reste des Weihnachtskuchens zu holen.

„Nur ein kleines Stück", sagte ich. „Wenn ihr zu viel auf einmal esst, wird euch schlecht." Damals, als ich nach Lichfield gekommen war, hatte ich zu viel zu schnell gegessen und alles in die Ecke des Turmzimmers erbrochen. Diese Tage schienen jetzt so weit weg, dabei waren lediglich sieben Monate vergangen. Es fühlte sich an wie ein halbes Leben.

Der Koch packte den Kuchen aus und schnitt zwei kleine Stücke ab, die er den Jungen auf Tellern reichte. Finley aß seinen in zwei Bissen, aber Mink knabberte vorsichtiger und weniger enthusiastisch daran.

„Mmmm", sagte Finley mit dem Mund voller Früchtekuchen. „Das ist das Beste, was ich je gegessen habe. Oder Mink? Hattest du schon mal so was Tolles?"

Mink antwortete nicht. Er schaute nur weg, aber nicht, ehe ich Tränen in seinen Augen sah. Ich wettete, er hatte schon einmal Weihnachtskuchen gegessen, und der Geschmack brachte Erinnerungen an glücklichere Zeiten mit sich, vielleicht Weihnachtsfeste, die er mit einer geliebten Familie verbracht hatte.

Doyle, Mrs Cotchin, der Koch und ich sahen zu, wie sie aßen und tranken. Finley war zuerst fertig und ging an den Herd, um sich aufzuwärmen. Als Mink aufgegessen hatte, nahm er seinen Teller und die Tasse.

„Wo ist die Spülküche?", fragte er.

„Ich nehme die", sagte Mrs Cotchin mit einem mütterlichen Lächeln.

„Kommt mit ins Empfangszimmer", sagte ich. „Da brennt Feuer."

„Wartet!" Doyle hastete vor mir hinaus. Er rannte zwar nicht, ging aber merkwürdig schnell in den Lagerraum und kam einen Moment später mit Laken wieder heraus. Er reichte jedem Jungen eins. „Setzt euch da drauf. Mrs Cotchin möchte nicht, dass euer Geruch in die Möbel zieht."

„Lassen Sie doch, Mr Doyle", schimpfte Mrs Cotchin. „So schlimm riechen sie nun auch nicht." Sie bat ihn allerdings nicht, die Laken wieder wegzubringen.

Sie hatte recht, die Jungen stanken nicht. Beide trugen die neuen Sachen, die ich ihnen bei meinem ersten Besuch in ihrem Versteck gegeben hatte. Trotzdem ging ein kräftiger Geruch von ihnen aus, doch der kam von ihren Körpern, nicht von der Kleidung.

Ich brachte Mink und Finley ins Empfangszimmer. Beide blieben im Türrahmen stehen und starrten verwundert auf die luxuriösen Möbel, die dicken Vorhänge, die teuren Vasen und anderen Schnickschnack. Als ich den Raum das erste Mal gesehen hatte, war ich ähnlich überwältigt gewesen.

Finley rührte sich zuerst. Er legte sein Laken auf den Boden vor dem Kamin, setzte sich im Schneidersitz darauf und streckte die Hände zur Hitze hin. Mink folgte, legte sein Tuch jedoch auf einen der Sessel. Er setzte sich und streckte Hände und Füße zum Kamin.

Ich schaufelte etwas Kohle aus der Schütte und warf sie ins Feuer.

„Du hast es gut getroffen, Charlie", sagte Finley leise. „Richtig gut. Bist du sicher, dass du nicht seine Dirne bist?"

Mink trat ihn.

„Ich bin ganz sicher", sagte ich mit einem Lachen.

„Wie ist das passiert?", fragte Finley. „Wie hattest du solches Glück? Das Letzte, woran ich mich erinnere, ist, dass dich'n paar große Kerle gejagt haben."

Obwohl er die Frage gestellt hatte, war es Mink, der mich genau beobachtete. Er war an meiner Antwort ebenso interessiert wie Finley. Vielleicht sogar noch mehr.

„Das ist eine lange Geschichte", sagte ich. „Die kurze Version ist, dass ich Informationen hatte, die Mr Fitzroy haben wollte. Er hat mich hergebracht, um sie aus mir raus zu bekommen. Sobald mir klar wurde, wie wichtig die Arbeit der

Organisation ist, habe ich zugestimmt, zu bleiben und zu helfen."

„Aber seine Männer haben dich vermöbelt", sagte Finley und richtete seine ganze Aufmerksamkeit auf mich.

„Nicht so schlimm, wie man meinen könnte." Ich hatte anfangs panische Angst vor Lincoln und seinen Männern gehabt, aber er hatte nie die Hand gegen mich erhoben oder es jemand anderem gestattet. Er hatte mich zwar in eine gefährliche Lage gebracht, um mich für seine Seite zu gewinnen, aber später hatte er zugegeben, dass das ein Fehler gewesen war, und ich hatte ihm vergeben. Es hatte wesentlich länger gedauert, bis Lincoln sich selbst vergeben hatte.

„Wette, die waren überrascht, als sie gemerkt haben, dass du'n Mädel bist."

„Überrascht ist stark untertrieben, Finley." Wir lachten beide. Mink beobachtete mich weiterhin, aber die Wachsamkeit war aus seinen Augen verschwunden. Er wirkte beeindruckt, umgeben von kostbaren Dingen und von mir, einer Frau, die ein Junge in seiner Bande gewesen war. Beeindruckt und ein wenig traurig.

„Also erzählt mal", sagte ich, „habt ihr schon etwas zu berichten?"

„Haben wir", sagte Mink und wurde ganz geschäftsmäßig. „Wir haben uns entschlossen, nicht nach dem Namen des Mannes zu fragen. Stattdessen haben wir die Leute gefragt, ob sie jemanden mit richtig großen Händen kennen."

„Richtig groß", wiederholte Finely. „Gi-gantisch."

„Das ist schlau", sagte ich. Es würde die beiden von Lincolns eigenen Nachforschungen abheben. Wenn zu viele Leute nach einem Kerl namens King fragten, würde das verdächtig wirken.

„Wir haben nur in anderen Banden gefragt", sagte Mink. „Waisen wie uns."

Auch ein weiser Schachzug. Mink war vorsichtig.

„Cross' Bande kannte jemanden mit großen Händen." Finley nahm die Geschichte auf. „Auch große Füße. Er hat vor etwa 'nem Jahr ihr Versteck ausgeschnüffelt."

„Ausgeschnüffelt?", fragte ich. „Wie meinst du das?"

Finley zuckte mit den Schultern. „Das hat Cross gesagt, ausgeschnüffelt. Er hat einen Laib frisch gebackenes Brot vom

Bäcker geklaut und es ins Versteck gebracht. Er sagt, kaum war er da, stand da der große Mann. Cross sagt, er hätte geschnüffelt, als ob er dem Geruch vom Brot gefolgt wäre."

„Er muss es irgendwie anders gefunden haben", warf Mink ein. „Er muss Cross dahin gefolgt sein."

„Cross sagt, hat er nich, und ich glaube ihm. Er hätte das Versteck auch nicht einfach finden können. Es ist schwierig zu finden, wie unseres. Man muss wissen, dass es da ist. Also muss er das Brot gerochen haben."

„Ich glaube dir", sagte ich. Wenn der Mann sich in ein Tier verwandelte, würde er einen hervorragenden Geruchssinn haben wie Harriet. „Also was ist dann passiert? Hat er versucht, das Brot zu stehlen?"

„Nö", sagte Finley. „Er wollte, dass sie für ihn arbeiten."

„Als was?"

„Als Boten, Spione, sowas halt. Er meinte, seine Bande bräuchte'n paar Kinder, die für sie arbeiten."

„Seine Bande?", wiederholte ich. Konnte er damit die Gruppe von wolfsähnlichen Gestaltwandlern meinen, über die die Zeitungen vor einigen Jahren berichtet hatten?"

„Cross hat sich geweigert", sagte Mink. „Als er den Mann gefragt hat, warum sie Kinder brauchen, hat der Mann gesagt, weil die Kleinen nicht bemerkt werden. Erst wenn sie älter und größer werden, werden sie geschnappt. Das hat Cross unruhig gemacht. Er ist sehr vorsichtig und passt auf seine Bande auf. Es klang, als wollte der Mann, dass sie gefährliche Sachen machen, oder etwas, was sie mit den Bullen in Schwierigkeiten bringt, also hat er abgelehnt."

„Und was hat der Mann dann gesagt?"

„Nichts", sagte Finley. „Er ist gegangen und hat nicht noch mal gefragt. Cross meint, er hat eine andere Gruppe von Kindern gefunden. Gibt ja genug in London und die meisten sind nicht so vorsichtig wie Cross."

Sehr wahr. Cross klang sehr wie Mink. Seinen Namen kannte ich nicht aus meiner Zeit auf der Straße. „Hat er euch das Aussehen des Mannes beschrieben?", fragte ich.

„Noch besser." Minks Lippen verzogen sich zu einem Lächeln, das erste, das ich je auf seinem Gesicht gesehen hatte.

Dadurch wirkte er jünger, wie das Kind, das er war, anstatt der Jugendliche, der er vorgab zu sein. „Er sagt, er sieht den Mann oft, aber er ist immer am gleichen Ort zur gleichen Zeit, jeden Tag, wie ein Uhrwerk."

Ich beugte mich in meinem Sessel vor. „Wo?"

„Metzger in Smithfield. Cross meint, sie haben eine Abmachung. Der Mann mit den großen Füßen geht jeden Abend zum Metzger, nachdem der Markt dicht macht und alle weg sind. Er kriegt jegliche Knochen, die nicht verkauft wurden und anfangen, schlecht zu werden."

„Wie spät abends?"

„Dämmerung."

Ich schaute aus dem Fenster. Geregnet hatte es nicht, aber es war noch immer bewölkt. Im Januar kam die Dämmerung früh und musste etwa in zwei Stunden eintreten."

„Lincoln sollte bis dahin zurück sein", sagte ich. „Möchte bis dahin jemand ein Bad?"

Finley schaute entsetzt. „Wozu sollten wir das machen?"

„Ich kann Kerosin besorgen gegen die Läuse", sagte ich, als Mink sich am Kopf kratzte. „Oder wir rasieren euch die Köpfe. Ja, das machen wir zuerst und dann könnt ihr baden. Mink?"

„Schätze schon", murmelte er.

Finley schniefte und wischte sich die Nase am Ärmel. „Ich nich. Ich mag meinen Dreck und meine Läuse."

„Tust du nicht", sagte ich mit absoluter Sicherheit. „Ich habe schon tausendmal gehört, wie du dich über die Läuse beschwert hast, als ich bei euch gelebt habe."

„Hab ich nicht!"

„Wohl", sagte Mink.

„Also los", sagte ich fröhlich. „Lasst uns rausgehen in den Hof." Ich stand auf, genau wie Mink, doch Finley blieb stur auf dem Teppich sitzen.

„Ich rühr mich nich vom Fleck", murmelte er.

Alice kam herein, blieb jedoch stehen, als sie die beiden Jungen sah. „Tut mir leid, ich wusste nicht, dass du Besuch hast." Sie lächelte die beiden an. „Sind das Freunde von dir, Charlie?"

Finley sprang auf und wischte sich die Hände an der Hose

ab. Er verbeugte sich, um seine glühenden Wangen zu verbergen. „Name ist Finley", sagte er. „Nett Sie kennenzulernen."

„Finley, Mink, das hier ist Miss Everheart", sagte ich.

„Everheart", wiederholte Finley. „Hübscher Name." Er grinste.

Sie lächelte zurück.

„Ich wollte die Jungs gerade nach draußen bringen, um ihnen die Haare zu schneiden. Läuse", fügte ich hinzu.

Sie verzog das Gesicht. „Soll ich Bella holen?"

„Danke."

Sie machte sich auf den Weg, während ich die Jungen zurück in die Diensträume führte. Finley folgte mir brav, seine Wangen noch immer leicht gerötet.

„Meinst du, danach ist noch Zeit zum Baden?", fragte er und schaute über seine Schulter zurück.

Ich lächelte. „Natürlich. Du darfst als Erster, wenn Mink nichts dagegen hat."

Der Koch stellte einen Stuhl in den Hof, während Mrs Cotchin warmes Wasser und saubere Handtücher holte und Doyle nach einer Schere und einem Rasiermesser suchte.

Alice kam zurück und schüttelte den Kopf. „Bella hat sich geweigert und Lady Vickers hat sie unterstützt", sagte sie. „Sie will nicht, dass Bella sich Läuse einfängt und dann an sie weitergibt." Sie holte tief Luft, wappnete sich und begann, die Ärmel hochzukrempeln.

„Ich mache das", sagte Doyle.

„Das ist nicht nötig, Doyle", erwiderte ich.

„Ich möchte nicht respektlos erscheinen", sagte er, während er seine Jacke ablegte. „Aber hat eine von Ihnen beiden je ein Rasiermesser benutzt?"

Alice und ich sahen uns an. „Vielleicht haben Sie recht", sagte ich. „Wir assistieren Ihnen."

Finley setzte sich und erlaubte Doyle ohne Widerworte, ihm erst die Haare mit der Schere zu kürzen und dann den Rest abzurasieren. Danach fuhr er mit den Händen über seinen kahlen Kopf. „Sehe ich jetzt aus wie er?" Er nickte zum Koch.

Der Koch rieb sich den Kopf.

„Du hast Augenbrauen und Wimpern", sagte Mink zu Finley.

Mrs Cotchin war weggegangen, um das Bad einzulassen. Jetzt kam sie zurück und verkündete, dass es bereit war. Sie brachte Finley nach oben, während Mink seine Haare geschnitten bekam. „Wenn wir nach Hause kommen, werfen wir alle Decken weg, die Matratzen, alles", sagte er.

„Ich werde schauen, was ich hier finde, um sie zu ersetzen", versicherte ich ihm. „Bist du dir sicher, dass ihr nicht die Nacht hier verbringen wollt? Wir können die anderen Jungs holen."

Er antwortete nicht sofort und ich hatte den Verdacht, dass es etwas war, was sie diskutiert hatten, nachdem wir heute Morgen gegangen waren, und dass die Entscheidung noch ausstand. „Heute nicht", sagte er nur. „Vielleicht später."

Also wollten sie abwarten, wie diese Abmachung sich entwickelte und ob wir vertrauenswürdig waren. Ich nahm es ihm nicht übel. An seiner Stelle würde ich mich auch schwertun, Menschen zu vertrauen, die so nett zu mir waren, selbst wenn einer davon ein ehemaliges Bandenmitglied war.

Nach seinem Haarschnitt ging Mink baden. Finley half Doyle, alle nicht benötigten Decken und einige Kissen einzusammeln, die wir finden konnten. Es stellte sich heraus, dass er ein recht gut aussehender Bursche war, trotz seiner krummen Zähne, jedoch nicht so gut aussehend wie Mink. Ohne das fettige, strähnige Haar, das sein Gesicht verbarg, und ohne den Dreck auf seiner Haut wirkte er älter. Ich schätzte ihn auf ungefähr fünfzehn, auch wenn es schwer zu sagen war bei so einem dünnen Kerl.

„Ihr macht euch beide gut, so sauber geschrubbt", sagte Alice, die die Jungen inspizierte, als würden sie eine Parade anführen. „Ich bin sehr beeindruckt."

„Die Decken sind in der Kutsche verstaut", verkündete Doyle. „Wann möchten Sie sie und die Jungs nach Hause liefern?"

„Noch nicht", sagte ich. „Die Jungen werden mit Lincoln gehen, wenn er zurückkommt." Ich schaute auf die Uhr. Es ging auf vier zu. Wenn er nicht bald nach Hause kam, wurde es dunkel und die Gelegenheit wäre verstrichen. „Vielleicht trinken wir Tee, während wir warten."

„Wir haben keine Zeit für Tee." Mink schaute aus dem

Fenster zum Himmel. „Wenn wir jetzt nicht gehen, verpassen wir ihn. Dann musst du bis morgen warten."

Ein weiterer Tag würde die Sache nur verzögern. Ich biss mir auf die Lippe und sah in den Himmel. Lincoln würde mich dafür hassen, wenn ich allein ging. Er würde sich Sorgen machen.

Aber Smithfield war nicht Whitechapel und der Kerl, der den Metzger traf, hatte weder Cross noch den anderen etwas getan.

„Doyle, ich muss zu einem Metzger in Smithfield. Die Jungen kommen mit mir. Werden Sie uns fahren?"

„Wird der Markt jetzt nicht geschlossen sein, Miss?"

„Wir wollen nicht einkaufen. Bitte spannen Sie die Kutsche an. Bitten Sie den Koch, Ihnen zu helfen, falls nötig."

„Warte mal", sagte Finley und wurde blass. „Wir *fahren* da hin?"

Ich nickte. „Alice—"

„Ich komme mit euch", sagte sie, ehe ich fragen konnte. „Du fährst nicht allein."

Ich lächelte. „Ich hatte gehofft, dass du das sagen würdest. Es wird ganz ungefährlich. Wir müssen nicht einmal aussteigen." Sie holte Mäntel, Hüte und Handschuhe und wir warteten darauf, dass Doyle mit der Kutsche vorfuhr.

Der Koch gab jedem der Jungen eine Wollmütze. „Die braucht ihr jetzt. Und klappt euren Kragen hoch. Ihr werdet den Wind jetzt deutlicher im Nacken spüren."

Die Jungen setzten die Mützen auf und klappten die Kragen hoch. „Danke, Mr Koch", sagte Mink und streckte die Hand aus.

Der Koch schüttelte sie.

Finley war zu sehr damit beschäftigt, die Pferde mit der Kutsche anzustarren, die um die Hausecke bogen, um Hände zu schütteln. Er schluckte hörbar.

„Hast du Angst vor Pferden?", fragte ich leise.

„Nein. Ich bin noch nie in keiner Kutsche gewesen."

„Dir passiert nichts." Ich streckte meine Hand aus, aber er schaltete nicht.

Mink hingegen schon. Er hielt mir seinen Ellenbogen hin und ich hakte mich ein. Er führte mich die Stufen hinunter zur Kutsche. Als ich mich umschaute, sah ich, dass Finley begriffen hatte und Alice seinen Arm anbot. Sie lächelte freundlich und nahm in. Seine verlegene Röte stieg bis unter die Mütze.

„Rufen Sie, wenn Sie so weit sind, Miss", sagte Doyle vom Kutschbock her.

„Einen Moment, ich habe eine Idee. Doyle, bitte bringen Sie uns erst zu Lord und Lady Gillinghams Haus in Mayfair. Ich möchte Lady Gillingham fragen, ob sie uns begleiten möchte."

„Warum?", fragte Alice, sobald wir uns gesetzt hatten. Die Decken für das Versteck der Jungen stapelten sich auf unseren Beinen.

„Weil sie Abenteuer braucht und Dinge tun muss, die ihr Mann ablehnt." Das war vielleicht eine dumme Idee. Höchstwahrscheinlich würde sie nicht mit uns kommen wollen, sondern lieber den Wünschen ihres Mannes Folge leisten. Oder sie war gar nicht zu Hause, oder er war da und dann würde sowieso nichts aus meinem Plan werden. Aber der Teufel in mir wollte es versuchen, wollte Harriet ermutigen, sich mit dieser kleinen Sache gegen ihren Mann zu behaupten.

Glücklicherweise war Harriet zu Hause, ihr Mann jedoch nicht. Es war ihr gestattet, Besucher zu empfangen und auszugehen. „Aber nicht mit Ihnen", fügte sie hinzu, als sie mich in der Eingangshalle begrüßte. „Gilly hat gesagt, sollten Sie herkommen, dürfen Sie nicht weiter rein als an die Haustür." Deswegen redete ich bei offener Tür auf der Schwelle mit ihr.

Ich beäugte den Butler. Er stand möglichst unauffällig an der Seite, aber wir wussten beide, dass er jedes Wort unseres Gesprächs an seinen Herrn weitergeben würde. Es würde nicht leicht werden, Harriet zu überzeugen. Ehrlich gesagt, wie sehr wollte ich mich bemühen? Sie war für unseren Plan nicht wichtig.

Trotzdem wollte ich sie dabei haben und ich hatte eine Idee, wie ich das bewerkstelligen konnte. „Die Sache ist die", sagte ich, „wir wollen uns wegen eines Handschuhmachers mit jemandem treffen, der Sonderanfertigungen für Damen mit großen Händen herstellt. Ich dachte, Sie würden uns vielleicht begleiten und sich die Handschuhe ansehen wollen."

Sie wirkte peinlich berührt und legte ihre Hände auf den Rücken. Dann schien es, als würden sich Wolken verziehen und sie verstand die echte Bedeutung meiner Worte. *Ja*, wollte ich ihr sagen. *Wir haben jemanden wie Sie gefunden.* „Sie möchten ihn kennenlernen, nicht wahr?", fragte ich. „Es gibt vielleicht keine andere Gelegenheit mehr."

„Ja", flüsterte sie, ihre Augen zwei riesige Seen. „Sehr sogar." Sie studierte ihre Hände und ballte sie dann zu Fäusten. „Ich möchte einen neuen Handschuhmacher kennenlernen." Sie wandte sich an den Butler. „Holen Sie bitte meinen Mantel, Owen. Ich gehe aus."

„Äh, … My Lady …" Der arme Butler wusste nicht, was er tun sollte. „Vielleicht sollten Sie warten, bis seine Lordschaft zurückkehrt."

„Nein. Ich gehe aus, mit oder ohne Mantel."

Er rührte sich nicht. Sein Gesicht wurde von Sekunde zu Sekunde blasser, seine Augen nervös, während er an mir vorbeischaute. Vielleicht betete er, dass sein Herr plötzlich auftauchte und einschritt.

Harriet schüttelte lediglich kurz den Kopf und schob mich zur Tür hinaus. Sie schloss sie selbst und nahm meinen Arm. „Ich brauche sowieso keinen Mantel." Ihre Sinne waren zwar scharf, aber Kälte verspürte sie nicht.

„Wird Ihr Butler Schwierigkeiten bekommen?", fragte ich.

„Vermutlich. Es ist mir egal. Ich mag ihn nicht."

Wir eilten zur Kutsche und stiegen ein. Mink klappte die Stufen hoch und setzte sich dann zu Finley und Doyle auf den Kutschbock. Harriet beäugte Alice misstrauisch, selbst nachdem ich sie vorgestellt hatte.

„Alice weiß über Sie Bescheid", sagte ich.

Harriet blinzelte Tränen zurück. „Sie haben es ihr gesagt?"

Alice lächelte warm. „Seien Sie nicht böse auf Charlie. Sie wusste, ich würde es verstehen. Sehen Sie, meine Albträume werden lebendig. Vor einigen Wochen hat mich eine ganze Armee verfolgt. Wäre Charlie nicht gewesen, würde ich noch immer glauben, dass ich verrückt bin. Ich wäre außerdem völlig allein auf der Welt."

Harriets Hände hatten sich in ihrem Rock vergraben, um sie zu verbergen, doch jetzt legte sie sie auf ihren Schoß und streckte sie zögerlich aus, um ihre volle Größe zu offenbaren. „Eine ganze Armee? Wie beängstigend."

Ich legte meine behandschuhte Hand über ihre nackte. „Wir alle haben uns jetzt gegenseitig. Wir sind nicht allein."

„Charlie, werden wir wirklich mit jemandem sprechen, der ist wie ich?", fragte Harriet. „Jemand, der seine Gestalt verändern kann?"

Ich nickte. „Die Jungen haben uns von ihm erzählt."

„Haben sie gesehen, wie er sich verwandelt?"

„Nein, aber laut Finley hat er gi-gantische Hände und Füße

„Wo ist Mr Fitzroy? Sollte er nicht dabei sein?"

„Er war nicht zu Hause, aber ich konnte diese Gelegenheit nicht verstreichen lassen. Ich bin sicher, der Mann ist harmlos. Abgesehen davon dachte ich, Sie hätten vielleicht ein paar Fragen an ihn. Ich vermutete, Sie würden jemanden wie Sie treffen wollen."

„Oh ja. Sehr sogar."

Die Sonne verschwand hinter den Häusern und die gedämpften Farben der Dämmerung senkten sich herab. Die Lampenanzünder drehten ihre Runden und bliesen in kalte Hände, ehe sie die langen Stangen zu den Laternen hoben. Wir hielten nicht vor dem Smithfield Markt an, sondern fuhren die lange Hauptstraße entlang, die den Markt in zwei Hälften teilte. Riesige Eisensäulen ragten auf und stützten die gerasterte Decke. Auf beiden Seiten gab es mehrere Metzgereien. Es war ruhig im Markt, der schon vor Stunden für die Öffentlichkeit geschlossen hatte. Einige Metzger waren noch dort und fegten bei Lampenschein den Dreck und das Stroh weg oder wischten Blut vom Boden und den Wänden. Riesige Haken schwangen leicht in der Brise. In der Nacht würden die Tierhälften aus der U-Bahn heraufgebracht und aufgehängt werden, um sie am nächsten Morgen zu verkaufen.

Als ich das letzte Mal in einer Metzgerei gewesen war, hatten Leichen an den Haken im Kühlraum gehangen, aufgehängt von einem verrückten Doktor, der von General Eastbrooke eingestellt worden war. Mir schauderte bei der Erinnerung und ich zog meinen Mantel enger um mich.

Unsere Kutsche wurde langsamer und hielt schließlich an. Ich wollte die Tür öffnen, doch Alice hielt mich zurück.

„Sollten wir uns nicht nur umsehen?", fragte sie.

„Ich kann ihn von hier aus nicht sehen", sagte ich. „Ist schon in Ordnung. Bleib hier, wenn du möchtest."

Sie hatte keine Gelegenheit zu antworten. Harriet öffnete die Tür und stieg aus, ohne auf die Stufen zu warten. Ich folgte ihr. Der Geruch von Blut und Fleisch schien aus den Wänden selbst zu kommen. Er war nicht sehr stark, würde aber vermutlich nie verschwinden. Etwas weiter vorn standen zwei Männer beisammen und redeten. Der Metzger, mit einer abgenutzten Lederschürze bekleidet, reichte einem größeren Mann mit gerundeten Schultern ein in Papier gewickeltes Päckchen. Der nickte dem Metzger höflich zu und nahm das Päckchen mit Händen entgegen, die wesentlich größer waren als die eines normalen Mannes.

„Entschuldigung", rief Harriet und eilte auf ihn zu, wobei ihr ordentlicher Bausch bei jedem flinken Schritt wippte. Dass ihr Rocksaum über den dreckigen Boden schleifte, störte sie nicht.

„Harriet, warten Sie!" Ich hob meine Röcke und hastete ihr hinterher. „Wir müssen vorsichtig sein."

Sie blieb nicht stehen. „Entschuldigen Sie, Sir, dürfen wir mit Ihnen sprechen?"

Der Mann warf einen Blick über seine Schulter, sah uns und unsere Kutsche und rannte los. Verdammt! Ich rannte ihm nach, aber er war zu schnell. Den würde ich nie einholen.

„Stopp!" Harriets klare Stimme hallte die Straße entlang. „Stopp, sage ich! Ich will mit Ihnen reden. Ich bin wie Sie! Sehen Sie meine Hände an!"

Der Mann verlangsamte sein Tempo. Er schaute sich noch einmal nach uns um und blieb dann stehen. Er kam nicht näher, aber Harriet ging zu ihm.

„Warten Sie, Harriet", sagte ich. „Wir müssen Vorsicht walten lassen."

„Ich glaube nicht, dass sie vorsichtig sein will", sagte Alice, die mich schwer atmend einholte. Doyle ließ die Pferde im Schritt vorwärts gehen.

„Bleiben Sie zurück", rief der Mann und schob das Päckchen

mit dem Fleisch in sein Hemd. „Kommen Sie nicht näher. Was wollen Sie?"

„Ich will mit Ihnen reden", sagte Harriet, ihre Stimme voller Verwunderung. Sie hielt ihre Hände hoch, um ihm deren Größe zu zeigen. „Ich möchte mit jemandem wie mir reden."

KAPITEL 11

Der borstige schwarze Schnurrbart und die buschigen Haare des Mannes verbargen viel von seinem Gesicht und verliehen ihm ein wildes Aussehen. Zusammen mit seinem muskulösen Körperbau und dem blitzschnell taxierenden Blick war es nicht schwer, ihn sich als wildes Tier vorzustellen. Er kam näher, vorsichtig, aber neugierig.

„Donnerwetter", murmelte er. „Aber Sie sind ..."

„Eine Frau?", bot Harriet an.

„Adelig. Hab noch nie 'nen Adeligen unter uns gesehen."

„Uns?" Ihre Stimme bebte vor kaum unterdrückter Aufregung.

„Jou."

„Wo leben Sie alle?"

„Hier und da." Der Mann kam nicht näher, als würde ihm plötzlich bewusst, dass er schon viel zu nah war. Er blieb wachsam. Sein Blick sprang von uns zur Kutsche und wieder zu Harriet. Er traute uns nicht, was ich ihm nicht verübeln konnte—ich hatte auch niemandem getraut, der letzten Sommer nach mir gesucht hatte. „Sie kriegen's nicht", sagte er. „Es gehört mir. Ich teile nicht."

„Was kriegen?", fragte Harriet.

Er verschränkte die Arme über der Wölbung an seiner Brust,

wo er das Päckchen versteckt hatte. Der Metzger war verschwunden.

Die Pferde bewegten sich, was das Geschirr zum Klirren brachte. Ich warf Doyle und den Jungs einen Blick zu, die stocksteif auf dem Kutschbock saßen. Finley packte seine Knie, die Knöchel weiß, und Mink sah aus, als würde er beim ersten Anzeichen von Ärger von der Kutsche springen. Das Licht der Kutschenlampen glänzte auf dem Metall der Pistole in Doyles Schoß.

„Wir wollen Ihr Fleisch nicht", sagte ich zu dem Mann. „Behalten Sie Ihr Essen."

Harriet schnüffelte. Ihre Nase zuckte wie die eines Hundes, der einer Ratte auf der Spur war. „Lamm?"

„Hammel", sagte er. „Ich habe für diese Knochen bezahlt. Sie gehören mir. Fragen Sie den Metzger."

„Meine Freundin spricht die Wahrheit", sagte Harriet. „Wir wollen Ihr Fleisch nicht. Wir wollen nur reden."

„Worüber?"

„Ich habe so viele Fragen." Sie senkte ihre Stimme, vielleicht damit Doyle und die Jungen nichts hören konnten. Wäre ich so weit weg gewesen wie der Mann, hätte ich sie nicht verstanden, aber er schien sie problemlos zu hören.

„Wie heißen Sie?", fragte ich, ehe Harriet ihre Fragen loswerden konnte.

„Gawler, Miss."

Also nicht King. „Mein Name ist Charlotte", sagte ich, „und das sind Alice und Harriet." Ich wollte weder unsere Nachnamen noch Titel nennen. Die konnten leicht verfolgt werden. Wenn ich eins in den letzten Jahren gelernt hatte, dann dass man bei der Identität Vorsicht walten lassen musste. „Harriet ist neugierig", sagte ich. „Sie kennt keine anderen Wandler, wissen Sie? Als wir daher von Ihnen hörten—"

„Wie haben Sie davon gehört?"

„Wir hatten gehört, dass vor Jahren Gestaltwandler in der Gegend wohnten, also fragten wir rum."

„Sie haben rumgefragt? Sind Sie irre?"

„Nach Händen", stellte ich klar. „Wir haben nach jemandem mit großen Händen gefragt, nicht nach Wandlern."

Meine Antwort beruhigte ihn sehr. Er nickte Harriet zu. „Mit mir sind wir sechs."

„Und Sie alle streifen durchs East End?", fragte ich. „In der Gruppe?"

„Nicht mehr", sagte Gawler. Seine Oberlippe zog sich zurück wie bei einem Hund, der die Zähne fletschte. „Unser Rudel brach auseinander."

„Warum?", fragte Harriet.

„Es gab einen Kampf. Ich und der Rudelführer." Er zog seine Arme enger um seine Brust, als wollte er sein Päckchen mit Hammelknochen schützen. „Ich war es leid, dass er uns immer sagte, was wir tun sollten. War es leid, dass er alle Entscheidungen traf, insbesondere, als er die falsche traf."

„Aber er hat gewonnen", sagte ich ernst.

Er schniefte und wischte sich die Nase an seinem Ärmel ab. „Er hat gewonnen."

„Ein Kampf?", flüsterte Harriet. „Das klingt gefährlich."

Er zog seine Jacke und das Hemd von der Schulter und offenbarte drei hässliche Narben. Ich brauchte nicht zu fragen. Es war klar, dass sie von einer Klaue stammten. Also hatten sie in ihrer Tiergestalt gekämpft.

Neben mir erstickte Alice einen Aufschrei.

Gawler verdeckte seine Narben. „Sie haben es besser in Ihrem feinen Adelshaus", sagte er zu Harriet. „Hier draußen ist es gefährlich, für normale Sterbliche und für unsere Sorte. Bleiben Sie hübsch sicher, wo Sie sind, und halten Sie sich von uns fern. Sind Sie mit einem Menschen verheiratet?"

Harriet nickte.

„Gut. Züchten Sie's raus, würde ich sagen. Eines Tages ist keiner mehr von uns übrig."

„Warum sollten Sie das wollen?", fragte ich.

Er tippte sich auf die vernarbte Schulter. „Wenn wir mehr werden, gibt es mehr Kämpfe. Wir Kerle können nichts dafür. Kämpfen ist unsere Natur, aber die Menschen werden uns fürchten, wenn sie's sehen. Sie werden uns wegsperren. Ich wurde eine Nacht wegen Trunkenheit weggesperrt und das hat mir gereicht. Steckt mich für immer in einen Käfig und ich werde sterben."

Ich verstand vollkommen. Eine Nacht in der Arrestzelle hatte mir ebenfalls gereicht. „Wo ist der Rest des Rudels jetzt?", fragte ich. „Beim Anführer?"

„Er ist raus nach Bloomsbury gezogen." Er spuckte auf den Boden, wo der Dreck und das Stroh es aufsaugten. „Die anderen sind noch im East End."

„Ich verstehe nicht. Wenn er der Anführer ist, warum sind sie dann nicht bei ihm?"

„Wir wohnen nicht zusammen, Miss. Wir sind Freunde, keine Gefährten. Nicht Mann und Frau. Sie besuchen ihn manchmal, oder er sie, und dann laufen sie nachts in ihrer anderen Form durch die Straßen."

„Und Sie?", fragte ich leise.

Seine Oberlippe hob sich wieder und zeigte normale menschliche Zähne. „Ich laufe allein."

„Ich werde mit Ihnen laufen." Harriet sprach schnell, als hätte sie Angst, ihre Meinung zu ändern, wenn sie erst nachdachte. „Ich werde zu Ihrem Rudel gehören."

„Harriet", warnte ich.

Gawler schüttelte den Kopf. „Bleiben Sie uns fern. Das ist kein Leben für Sie."

„Aber ich will laufen", sagte sie. „Ich bin nicht mehr gelaufen, seit ich ein kleines Mädchen war, aber ich sehne mich so sehr danach. Manchmal träume ich davon, über die Felder unseres Anwesens zu rennen, den Wind in den Haaren, die Erde unter meinen Füßen. Ich stelle es mir so befreiend vor."

Gawler brummte. „Laufen Sie doch durch Ihre Felder, wo es sicher ist und niemand Sie sehen kann." Er nickte in Richtung Doyle, der mit der Pistole auf dem Kutschbock saß. „Es ist gefährlich für unsere Art, besonders hier, wo es mehr Zeugen gibt. Bleiben Sie weg. Von *ihm*."

„Dem Anführer?", fragte ich.

Er nickte.

„Wie heißt er?"

„Er wird gern King genannt."

Alices Hand packte meinen Arm.

„Ich kenne ihn, seit ich dreizehn war", sagte Gawler. „Da kam er nach London. Keine Ahnung von wo. Wir haben alles zusammen gemacht—gespielt, gelacht, sogar die gleichen Mädchen geküsst. Mit King durch die Straßen zu streifen war befreiend, wie Sie sagen, Ma'am. Wir dachten, wir herrschen über das East End. Er *war* der König und ich der Prinz, schätze ich. Vielleicht hat er sich deswegen so genannt." Gawler klang, als würde er ihn vermissen, wie jeder Mann einen Freund vermisst, nachdem er weg ist. Ich fragte mich, ob er es bereute, mit ihm um die Führung gekämpft zu haben.

„Warum war er der Anführer?", fragte ich. „War er stärker als die anderen?"

„Jou, aber da war noch mehr dran. Ein Anführer muss gemocht werden. King wird auf jeden Fall gemocht." Er verzog höhnisch den Mund. „Manche glauben, er könnte alles tun, was er will, und manchmal verbeugen sie sich vor ihm, als wäre er wirklich der König."

„*Kann* er alles tun, was er will? Kann er alles *sein*, was er will?"

Sein Blick verschärfte sich. Er schluckte. Ich hatte meine Antwort—King war der Mann, den wir brauchten.

„Er kann sich in alle erdenklichen Gestalten verwandeln, nicht wahr?", hakte ich nach, als Gawler nicht antwortete.

Er wich zurück. „Das habe ich Ihnen nicht gesagt. Ich habe gar nichts gesagt."

„Wo können wir ihn finden?"

„Ich muss gehen."

„Nein!", riefen sowohl Harriet als auch ich.

„Bitte, Mr Gawler", sagte sie. „Ich habe so viele Fragen. Gibt es Frauen in Ihrem Rudel?"

„Ich habe Ihnen gesagt, dass es nicht mehr mein Rudel ist."

„Aber Sie sind noch befreundet."

Er hob eine Schulter.

„Ich möchte mit ihnen sprechen", sagte sie und ging auf ihn zu. Sie griff nach ihm, aber er wicht zurück und sie ließ ihre Hand sinken. „Bitte, wo kann ich sie finden?"

Er schaute zum Ausgang. „Es ist besser, wenn Sie nicht nach uns suchen. Wir wollen keine Aufmerksamkeit." Er neigte sein Kinn in meine Richtung. „Die meisten von uns wollen keinen Ärger."

„Und was ist mit Mr King?", fragte ich. „Flirtet er mit dem Ärger, indem er sich in die Gestalt von anderen verwandelt?"

Seine Nasenflügel blähten sich und er schnupperte. Nahm er meinen Duft auf und merkte ihn sich? „King geht mich nichts mehr an. Es ist mir egal, ob er sich in Schwierigkeiten bringt. Ich will nichts damit zu tun haben, hören Sie?"

„Was hat er getan?"

Er ging rückwärts, behielt seinen Blick aber auf Harriet gerichtet, die ihm Schritt für Schritt folgte. „Bitte", bettelte sie mit zitternder Stimme. „Bitte, ich will die anderen kennenlernen."

„Mr Gawler", schnappte ich. „Es ist wichtig. Die königliche Familie könnte in Gefahr sein."

Er blieb stehen. Starrte mich an. Sein Hals bewegte sich, aber er sprach nicht. Er konnte nur den Kopf schütteln, wieder und wieder. Dann drehte er sich um und sprintete davon.

„Warten Sie!", rief Harriet. Sie versuchte jedoch nicht, ihm nachzulaufen.

Ich nahm ihre Hand und sie ließ sich von mir zurück zur Kutsche führen. In der Kabine kämpfte sie mit den Tränen. „Ich kann nicht glauben, dass er einfach so weggerannt ist", flüsterte sie. „Was soll ich jetzt tun?"

„Nichts", sagte Alice. „Mr Gawler hat von Gefahren gesprochen und ich verstehe seine Argumente. Sie müssen sich selbst schützen und ihm fernbleiben."

Harriet drückte sich schmollend in eine Ecke, eine gewisse Leere in ihren Augen. Wir verließen den Markt und rollten die Straße entlang. So elend Harriet sich auch fühlte, ich konnte nicht unglücklich sein. Wir hatten jetzt einen Namen *und* einen Ort. Gawler hatte erwähnt, dass King in Bloomsbury wohnte. Lincoln hatte in der falschen Gegend gesucht, deswegen konnte er ihn nicht finden. Und von Gawlers Reaktion konnte ich ablesen, dass King der Mann war, den wir suchten.

Wir lieferten Finley und Mink zusammen mit den Decken in Clerkenwell ab. Beide wirkten im Licht der Kutschenlampen ziemlich blass. Sie konnten von dort, wo sie gesessen hatten, unmöglich unser Gespräch mit Gawler gehört haben, aber sie hatten Doyles Pistole und die Narben auf Gawlers Schulter gesehen. Sie mussten erraten haben, dass unser Treffen gefährlich hätte werden können.

„Kommt ihr zurecht?", fragte ich, während ich einen Arm voller Decken zu den Brettern trug, die den Eingang zu ihrem Versteck verbargen.

„Klar", sagte Finley. „War nichts zum Fürchten."

Mink hob die Bretter mit den Fuß an und warf die Decken hinein.

„Mink?", fragte ich, als er nach dem Stapel in meinen Armen griff. „Was ist mit dir?"

Er nahm die Decken, aber ich ließ nicht los. Seine Augen wurden schmal. „Sag Mr Fitzroy, dass wir nicht mehr für ihn spionieren."

„Was?", platzte Finley heraus. „Und verpassen mehr von dem hier?" Er zeigte auf die Decken. „Mink, wir können uns nicht leisten, nicht für sie zu spionieren."

„Du bist ein Idiot, Finley, wenn du glaubst, die scheren sich einen Dreck um uns. Lass dich von diesen Decken nicht in die Irre führen."

„Natürlich seid ihr uns wichtig", sagte ich. „Wir wollen nicht, dass euch was passiert. Ich verstehe, wenn die Begegnung heute Abend euch Angst gemacht hat."

„Wir haben keine Angst", sagte Finley und schob die Brust heraus.

Ich sah Mink in die Augen, bis er wegschaute. „Ich muss an die Kleinen denken", sagte er. „Muss sie beschützen."

„Dann kommt und wohnt bei uns. Wir haben Platz. Mr Fitzroy wird nichts dagegen haben."

„Und dann müssen wir noch mehr spionieren?"

„Nicht, wenn ihr es nicht wollt. Er wird nichts von euch verlangen, bei dem ihr Bedenken habt."

Mink schüttelte den Kopf. „Er wird fragen. Solche Typen wollen immer eine Gegenleistung."

„Wollen sie nicht", sagte ich ungehalten. Ich ließ die Decken los. „Du irrst dich in ihm, Mink, aber ich verstehe, dass du im Moment überwältigt und unsicher bist. Du weißt, wo du uns findest, wenn du deine Meinung änderst, oder wenn du einfach etwas brauchst. Es ist nicht mehr nötig, dass ihr hungert."

Er kniff die Lippen zusammen und ich konnte ihm ansehen, dass er die Vorteile darin sah, hin und wieder zu uns zu kommen. Wäre er allein gewesen, hätte sein Stolz es ihm wahrscheinlich nicht erlaubt, etwas ohne Gegenleistung anzunehmen, aber er schien sich ernsthaft um die anderen unter seiner Führung zu sorgen. Er würde nicht zulassen, dass sie hungerten, wenn es eine Alternative gab.

Ich legte ihm eine Hand auf die Schulter. „Sei vorsichtig."

Er nickte.

Finley seufzte. „Dann bis bald, flinker Charlie." Er berührte den Rand seiner Mütze und verschwand durch das Loch in der Wand.

Mink folgte ihm ohne einen Blick zurück.

Ich ging zur Kutsche und blieb einen Moment neben der Tür stehen, um Mink eine Chance zu geben, seine Meinung zu ändern, aber die Bretter bewegten sich nicht. Mit einem Seufzen stieg ich ein und Doyle fuhr los.

„Du siehst besorgt aus", sagte Alice leise. „Geht es den Jungen gut?"

„Mink ist erschüttert. Er fühlt sich für sie alle verantwortlich und macht sich Sorgen, dass es jetzt Ärger geben wird. Er glaubt, Lincoln wird mehr von ihnen verlangen und sie Gefahren aussetzen."

„Du hast ihn beruhigt, nicht wahr?"

„Ja, aber er glaubt mir nicht." Ich seufzte erneut. „Es ist eine große Bürde für so junge Schultern."

„Du hast sie früher auch einmal getragen."

„Keine Führung. Die Aufgabe habe ich nie übernommen. Ich wollte sie nicht." Mink wollte sie vermutlich auch nicht, aber nach Stringers Tod war sie ihm zugefallen. Ich wünschte, ich könnte etwas für ihn tun, für sie alle tun. Wenn Mink doch nur meine Hilfe annehmen würde.

Alice drückte meine Hand und ich sah sie an. Sie nickte leicht in Harriets Richtung, die uns gegenübersaß. Harriet starrte aus dem Fenster auf die tintenschwarzen Straßen von Clerkenwell. Sie war nicht sehr gut darin, ihre Gefühle zu verbergen und ihr Elend war ihr deutlich ins Gesicht geschrieben.

„Harriet?", fragte ich sacht. „Seien Sie nicht zu traurig."

„Wie kann ich das nicht sein?" Ihre Unterlippe bebte und sie zog die Nase hoch. „Das war die erste Gelegenheit, die ich je hatte, mit jemandem wie mir zu sprechen und er hatte kein Interesse daran."

Alice zog ein Taschentuch aus ihrer Handtasche und reichte es ihr. „Es tut mir leid, Harriet."

Harriet tupfte sich Augen und Nase ab. „Mir auch. Ich wollte eine weibliche Wandlerin um Rat fragen."

„Was für Rat?"

„Sie würden es nicht verstehen. Sie beide nicht. Ich meine ... *schaut* euch eure wunderschönen zarten Hände an!" Sie sah auf ihre dicken, klobigen Finger herab, die eine Ecke des Taschentuchs verdrehten. „Sie sind hässlich. Ich bin hässlich."

Ich setzte mich auf die andere Seite neben sie und legte meinen Arm um ihre Schultern. „Sie sind schön. Schauen Sie in den Spiegel. Jeder sagt das."

„Wer?"

„Seth zum Beispiel." Zu spät erkannte ich meinen Fehler. Ich hatte gehofft, Harriet aufmuntern zu können, da sie etwas für ihn übrig zu haben schien. Aber Seth würde seinen Namen nicht in Alices Gegenwart mit Harriet oder irgendeiner anderen Frau in Verbindung gebracht haben wollen.

Alice versteifte sich, aber ich konnte nicht sagen, ob es daran lag, dass meine Worte ihr etwas ausmachten, oder ob sie nur ihre Sitzposition änderte. „Sie sind die hübscheste, eleganteste Frau, die mir je begegnet ist", sagte sie zu Harriet. „Ihr Gesicht und Ihre Figur sind so feminin, ich glaube nicht, dass jemand Ihre Hände überhaupt beachtet."

„Oh." Harriet tupfte erneut ihre Augen ab und schenkte Alice ein wackeliges Lächeln. „Sie sind sehr nett."

Ich lächelte Alice an und formte das Wort „Danke" mit meinem Mund.

„Vielleicht war es Mr Gawler nicht klar, wie wichtig es mir ist, die anderen in seinem Rudel kennenzulernen", sagte Harriet. „Ich weiß, er wollte mich nur beschützen, aber wenn er wüsste, wie es ist, niemals einem anderen begegnet zu sein, hätte er mich sicher eingeladen."

„Das East End ist wirklich kein Ort für Ladys", sagte ich und tätschelte ihre Hand. „Vielleicht hätte ich Sie nicht mitnehmen sollen."

„Nein, Charlie, denken Sie das nicht!" Sie umfasste meine Hand, die fast völlig in ihrer verschwand. „Mir geht es so viel besser, weil ich Mr Gawler getroffen habe. Das tut es, ganz ehrlich. Mir ist es egal, dass er aus den Slums stammt. Er war gar nicht so gewalttätig und verkommen, wie ich erwartet hatte. Eigentlich war er sehr zivilisiert."

„Sie klingen, als hätten Sie einen Barbaren erwartet."

„Das wurde mir immer eingeredet über Männer, die im East End leben."

„Es sind nicht alles Kriminelle. Manche schon, aber die meisten sind arme Arbeiter, die versuchen, genug zu verdienen, um ihre Familien zu ernähren. Es ist ein schweres Los, das gebe ich zu, aber es bedeutet nicht, dass es schlechte Menschen sind."

„Das ist mir jetzt auch klar. Wenn er mich doch nur mit zu seinen Freunden genommen hätte, hätte es mir nichts ausgemacht, durch die Straßen zu laufen. Schauen Sie, mein Rocksaum ist dreckig, aber es stört mich kein bisschen."

Ich warf Alice gegenüber einen Blick zu und sie verkniff sich ein Lächeln. Harriet war manchmal so albern und unschuldig wie ein Kind. Gawler hatte mit seiner Weigerung genau das Richtige getan. Ich hatte gehofft, es würde ihr genügen, ihn getroffen zu haben, aber da hatte ich mich wohl verrechnet. Sie wollte mit einer Frau sprechen. Vielleicht konnten wir Gawler bitten, ein Treffen mit einer zu arrangieren, wenn das alles hier vorbei war. Das würde ich Harriet gegenüber aber erst erwähnen, wenn ich sicher war, dass es auch stattfand. Ich wollte sie nicht enttäuschen.

Wir lieferten Harriet zu Hause ab und ich war unendlich dankbar, dass Lord Gillingham noch unterwegs war. Ich wollte keine Auseinandersetzung mit ihm.

„Werden Sie Ihren Butler überreden können, den Mund zu halten?", fragte ich, als sie aus der Kutsche stieg.

„Unwahrscheinlich", sagte sie. „Ich erwarte eine Standpauke von Gilly über die Gefahren Ihrer Gesellschaft, wenn Owen es ihm sagt."

„Wird er darauf bestehen, Sie wieder in Ihrem Zimmer einzusperren?"

„Nicht wenn ich ihm sage, dass ich einfach hinausklettern werde, während alle Nachbarn zusehen. Das gibt einen Skandal. Ich habe gesehen, wie Sie und Mr Fitzroy es gemacht haben und bin mir sicher, dass ich es auch kann. Gilly hasst Skandale."

Ich küsste sie durch das Fenster auf die Wange. „Viel Glück."

Nach unserer Ankunft in Lichfield mussten wir nicht lange auf Lincoln, Seth und Gus warten. Wie ihr Nachmittag gelaufen war, brauchte ich nicht zu fragen. Die Frustration stand Seth und Gus ins Gesicht geschrieben. Lincolns war so unergründlich wie immer.

„Der Koch bereitet etwas fürs Abendessen vor", sagte ich. „Wir essen im Empfangszimmer vor dem Feuer. Alice und ich haben Neuigkeiten."

Sie waren auf dem Weg nach oben gewesen, um sich frisch zu machen, blieben bei meinen Worten jedoch stehen.

„Ihr wart aus", sagte Lincoln. Ich versuchte, seine Gedanken zu erraten, damit ich wusste, wie ich antworten sollte, konnte ihn aber nicht lesen. Ich vermutete, dass er etwas zurückhielt, wusste aber nicht was oder warum.

„Woher wissen Sie das?", fragte Alice.

„Eure Rocksäume sind schmutzig. Manches davon ist Blut."

„Blut!", riefen Gus und Seth gleichzeitig.

Gus kniete sich hin und untersuchte meinen Saum. „Zur Hölle, Charlie, was haste angestellt?"

Jetzt wusste ich, warum Lincoln sich zurückhielt. Er hatte das Blut bemerkt und darauf gewartet, dass ich das Thema anschnitt, anstatt mich direkt zu fragen oder Antworten von mir zu verlangen, wie er es früher getan hätte.

„Wir hätten einfach einen Spaziergang durch den Garten machen können", sagte ich.

„Deine trotzige Reaktion auf meine schlichte Aussage, dass ihr aus wart, deutet auf etwas anderes hin."

„Verdammt", murmelte ich. „Das nächste Mal antworte ich so gleichgültig wie du."

„Gibt es einen Grund, warum du zögerst, mir zu sagen, wo du warst und warum du Blut an deinem Kleid hast?"

„Ja", stimmte Seth zu, die Hände auf die Hüften gestemmt. „Wolltest du nicht sowieso mit uns darüber sprechen?"

„Schon, aber ich hatte gehofft, das Thema so anzugehen, dass ihr weder besorgt noch verärgert seid oder so reagiert, wie ihr es gerade tut." Ich deutete auf Lincoln.

„Was für eine Reaktion?", fragte er. „Ich dachte, ich wäre ausgesprochen ruhig in Anbetracht der Tatsache, dass da Blut an deinem Kleid ist." Er verschränkte defensiv die Arme.

„Uns ist nichts passiert."

„Das sehe ich."

„Kein Grund zur Sorge."

„Das beurteile ich selbst."

„Charlie!", rief Seth. „Sag's uns einfach!"

Gus packte meinen Ellenbogen und marschierte mit mir ins Empfangszimmer. Ich schaute über die Schulter zu Lincoln. Er zog lediglich eine Augenbraue hoch und folgte. Das lief überhaupt nicht so, wie ich es mir ausgedacht hatte. Ich hatte geplant, erst wiederzugeben, was wir von Gawler erfahren hatten, um dann die Geschichte von vorn zu erzählen in der Hoffnung, dass sie für den Durchbruch dankbar genug sein würden, um ihr herrisches Gehabe abzulegen.

„Hinsetzen", sagte Gus und brachte mich zu einem Sessel. Er wirkte wesentlich erschütterter als Lincoln. Vielleicht weil Gus nicht so gut darin war, seine Gedanken zu verbergen, worin Lincoln hingegen ein Meister war.

Seth und Alice spazierten ins Empfangszimmer wie ein Paar auf dem Weg zum Dinner, ihre Hand auf seinem Arm. Sie setzte sich ebenfalls. Alle Männer blieben stehen.

„Setzt euch", befahl ich ihnen. „Hört auf, so *männlich* zu sein."

Alle drei setzten sich.

„Das Blut ist kein menschliches Blut, sondern Tierblut", erklärte ich. „Wir waren im Markt in Smithfield."

Seth atmete aus. „Das ist alles? Warum sagst du denn nicht einfach, dass ihr einkaufen wart?"

„Smithfields macht mittags zu", sagte Gus. „Die waren nich einkaufen."

„Du hast recht", sagte ich. „Wir sind dorthin gegangen, um

einen Mann namens Gawler zu treffen. Er ist einer der Wandler, von denen Lord Erskine vor Jahren gelesen hat."

Gus und Seth feuerten eine Frage nach der anderen ab, während Lincoln dasaß und wartete. Er stützte seinen Arm auf die Sessellehne und strich mit der Seite seines Fingers über seine Lippe, während er mich unverwandt ansah. Er wirkte, als hätte er den ganzen Abend Zeit, sich alle meine Antworten anzuhören. Vermutlich hatte er das auch.

Alice und ich beantworteten alle Fragen, bis unsere Geschichte vollständig erzählt war. „Es tut mir leid, dass wir nicht auf euch gewartet haben", sagte ich, „aber wenn wir noch länger gewartet hätten, hätten wir ihn heute verpasst und morgen könnte es schon zu spät sein."

„Das sehe ich anders", grummelte Seth. „Es war gefährlich, einen Fremden zu treffen, noch dazu einen Gestaltwandler in einem Fleischmarkt."

„Jou", stimmte Gus zu.

„Charlie hat recht", sagte Lincoln zu meiner absoluten Verblüffung.

„Sind Sie irre geworden?" Seth schüttelte den Kopf. „Da hätte wer weiß was passieren können!"

„Sie sind erwachsene Frauen und frei zu tun, was ihnen gefällt. Beide sind vernünftig."

„Sie *sind* verrückt."

„Seth", warnte ich ihn. „Keine Frau bekommt gern gesagt, was sie kann oder nicht kann." Ich ruckte meinen Kopf in Alices Richtung, war aber nicht sicher, ob er verstand, was ich meinte. Zum Glück hielt er jedoch den Mund.

„Was Lady Gillingham angeht", sagte Lincoln, „bin ich mir nicht so sicher, ob es klug war, sie mitzunehmen."

„Ich auch nicht", sagte ich seufzend. „Im Rückblick hätte ich es vielleicht besser nicht tun sollen. Zum einen mache ich mir Sorgen, dass ich weiteren Ärger mit ihrem Mann verursacht habe, zum anderen wirkte sie nicht gerade glücklich, dass Gawler abgehauen ist."

„Sie wollte mehr", wusste Alice zu erzählen. „Sie wollte die anderen treffen. Nur ihm zu begegnen war ihr nicht genug."

„Das konntet ihr nicht wissen", sagte Lincoln. Er schenkte

mir ein kleines Lächeln und ich erwiderte es. Es schien fast unmöglich, aber wir hatten das Ende des Gesprächs erreicht, ohne dass einer von uns hinausstürmte oder die Stimme erhob. So ein Gespräch hätte in der Vergangenheit unsere Beziehung auf die Probe gestellt.

Nachdem die anderen sich zurückgezogen hatten, bemerkte ich etwas in der Art Lincoln gegenüber. „Früher wärst du sauer auf mich gewesen, wenn ich ohne dich losgezogen wäre", sagte ich und setzte mich auf die Armlehne seines Sessels.

Er legte eine Hand auf meine Hüfte und schaute zu mir hoch. „Und du hättest mir widersprochen, wenn ich gesagt hätte, dass es unklug war, Harriet mitzunehmen, obwohl du wusstest, dass ich recht habe."

„So stur war ich nie."

Er zog eine Augenbraue hoch.

„Also gut, war ich, aber du auch." Ich strich über seine offenen Haare und bewunderte die Art, wie seine Augenlider sich genüsslich schlossen. „Wir sind schon weit gekommen", fügte ich leise hinzu.

Er nahm meine Hand und drückte das Handgelenk an seine Lippen. Mein Blut pulsierte. „Wir sind beide reifer geworden", murmelte er.

„Du meine Güte, wenn du noch reifer wirst, bist du ein alter Mann."

Er legte den Kopf zurück, um mich wieder anzuschauen. Er lachte nicht. „Macht es dir etwas aus, dass ich so viel älter bin als du?"

„Zehn Jahre sind nicht so viel, Lincoln. Schau dir Lord und Lady Gillingham an. Zwischen ihnen müssen mindestens zwanzig Jahre liegen."

„Das ist nicht das Gleiche. *Sie* sind nicht wie wir."

„Stimmt." Ich umfasste sein Gesicht mit beiden Händen und strich mit den Daumen über die rauen Bartstoppeln an seinem Kinn. Unsere Blicke trafen sich. „Nein, Lincoln, es macht mir nichts aus und bevor du sagst, dass es eines Tages so sein könnte, lass mich dir versichern, dass es nicht der Fall sein wird. Niemals."

Er wurde ganz still. „Bedeutet das …“ Er schluckte. „Du hast dich entschieden?"

Ich nahm meine Hände weg. Er fing sie ein, überlegte es sich dann anders und ließ los.

„Charlie?", fragte er heiser.

„Ich brauche noch etwas Zeit." Eigentlich hatte ich ja sagen wollen, aber der Gedanke an Harriet, die auf Geheiß ihres Mannes in ihr Zimmer gesperrt worden war, ließ mich stocken. Nicht einmal die Angestellten wollten ihr helfen, denn er war ihr Herr und Meister und bezahlte ihren Lohn.

Nichts davon konnte ich Lincoln sagen. Er würde mir nur versichern, dass er mir so etwas niemals antun würde. Und ich glaubte ihm. Das tat ich wirklich—jetzt. Aber was, wenn er sich wieder änderte? Was, wenn er glaubte, das Richtige zu tun und mich zu beschützen? Vorhin hatte er sich vielleicht ruhig und versöhnlich gezeigt, während Seth und Gus sauer waren, aber ich konnte mir nicht sicher sein, dass er seinen eigenen Worten glaubte. Es war durchaus möglich, dass er nur sagte, was ich seiner Meinung nach hören wollte. Nach allem, was wir miteinander durchgemacht hatten, wusste Lincoln, dass die eine Sache, die ich am meisten hasste und fürchtete, abgesehen vom Verlust meines Zuhauses, der Verlust meiner Freiheit war.

„Jedenfalls", sagte ich, „ist es schön, so wie es jetzt ist, nicht wahr?" Falls er die Sehnsucht in meiner Stimme hörte, sagte er es nicht.

Er nickte nur. Dann beugte er sich vor, legte die Arme um mich und lehnte seine Wange an meine Brust. Ich wiegte seinen Kopf und küsste ihn. So blieben wir sitzen, bis er sich seufzend losmachte und verkündete, dass er ausgehen müsste.

„Um Kings Haus zu finden?", fragte ich.

„Es überrascht dich nicht?"

„Ich wusste, dass du heute noch losgehen würdest, seit ich Bloomsbury erwähnt habe und wie Gawler reagiert hat, als ich ihn fragte, ob King sich in andere Gestalten verwandeln kann."

„King ist der Mann, den wir suchen. Dessen bin ich mir jetzt sicher, dank dir."

„Aber du weißt nicht genau, wo er wohnt."

„Bloomsbury ist nicht so groß und ich habe dort Kontakte.

Wenn er jemals in einer Kneipe war, Tabak gekauft oder eine Hure besucht hat, werde ich ihn finden."

„Du wirst mit einer Hure reden?"

„Du hast keinen Grund zur Sorge." Er küsste meine Wange, während er aufstand. „Sie kann dir nicht das Wasser reichen. Du hast noch alle deine Zähne."

Ich griff nach seiner Hand, als er gehen wollte. „Sei vorsichtig, Lincoln."

Er küsste mich noch einmal, doch diesmal auf den Mund, bis meine Knochen sich in Pudding verwandelten und mein Herz aussetzte. „Gute Nacht, Charlie."

Ich wünschte ihm keine gute Nacht, denn ich hatte vor, wach zu sein, wenn er zurückkam.

Allerdings hatte mein Körper andere Vorstellungen. Ich musste im Empfangszimmer eingeschlafen sein, denn ich erwachte in einem dunklen, kalten Raum. Das Feuer war erloschen. Ein Geräusch schreckte mich auf und ich stand auf, um nach Lincoln zu suchen.

„Wo ist sie?", fragte eine dünne, kindliche Stimme, die ich nicht erkannte.

Mein Herz hämmerte einmal und stand dann still. Mein Mund wurde trocken. Es war zu dunkel, um den Eindringling zu sehen, aber die Stimme kam von der Tür her. Dort bewegten sich die Schatten.

Oh Gott! Was wollte er? Hatte Gawler jemanden geschickt, um uns anzugreifen? Konnte er mich auf dem Sofa sehen?

„Wo ist sie?", sagte er wieder, aggressiver diesmal und verzweifelter. „Uns läuft die Zeit davon. Sieh doch!" Die Gestalt platzte aus den Schatten hervor und wedelte mit einer Taschenuhr.

Es war aber nicht die Uhr, die meine Aufmerksamkeit erregte. Und es war auch kein Mann, der die Uhr hielt. Es war eine ... Kreatur mit einem weißen, haarigen Gesicht, langen Ohren und katzenartigen Schnurrhaaren. Nein, keine Katze; ein Kaninchen. Es war vollständig bekleidet und stürmte wie ein Mensch auf den Hinterbeinen auf mich zu.

Ich schrie lauter als ich jemals zuvor geschrien hatte.

KAPITEL 12

Das Kaninchen blieb stehen und zog seine langen Ohren nach unten. „Hör mit diesem grässlichen Krach auf!"

Ich sprang vom Sofa, schnappte mir den Schürhaken mit einer Hand und den Bernsteinanhänger meines Kobolds mit der anderen. „Komm nicht näher."

Das Kaninchen schaute wieder auf die Uhr und schnalzte mit der Zunge. „Wir vergeuden Zeit. Sie muss *jetzt* mit mir kommen."

Ich schwenkte den Schürhaken, blieb aber auf Abstand. Das Kaninchen schien mich nicht angreifen zu wollen, aber ich würde meine Wachsamkeit nicht sinken lassen. „Wer bist du? Und was willst du?"

„Charlie!", hörte ich Gus rufen, gefolgt von trampelnden Schritten auf der Treppe.

„Charlie?" Das war Seth.

„Hier drinnen!", rief ich. „Da ist ein Eindringling!"

Die Worte waren kaum aus meinem Mund, als Gus und Seth durch die Tür gepoltert kamen. Gus warf sich auf das Kaninchen. Sie krachten auf den Beistelltisch. Holz splitterte und eine Lampe fiel auseinander, als sie auf dem Boden aufschlug. Zum Glück rollte der Schirm davon, das Glas intakt.

Doyle kam mit einem Kerzenleuchter herein. Beim Anblick

des Kaninchens auf dem Boden blieb er abrupt stehen. „Du meine Güte!"

Ein untypisches, überraschtes Jaulen entfleuchte Gus, als Licht das Gesicht des Kaninchens traf, aber er stand nicht auf. Er saß auf der Brust des Tieres und hielt seine Arme am Boden fest. Allerdings lehnte er sich zurück und beäugte die großen Zähne misstrauisch.

„Verdammt", sagte Seth und betrachtete das Kaninchen. „Was zum Teufel ist *das*?"

Der Koch schaute über Seths Schulter. „Soll ich Eintopf draus machen, Charlie?"

Das Kaninchen wand sich, konnte sich gegen Gus jedoch nicht wehren. „Lass mich los! Wir haben keine Zeit dafür! Wir sind spät dran."

„Wofür?", fragte ich ziemlich dämlich.

„Für eine wichtige Verabredung mit einer wichtigen Person."

„Das erklärt die feinen Klamotten, die es anhat." Der Koch schaute an seinem Nachthemd herunter und zupfte es über seinen Hängebauch. Doyle und Gus trugen ebenfalls Nachthemden, während Seth oben ohne war. Seine Hose hing gerade so an seinen Hüften.

„Bist du einer von den Wandlern?", fragte Gus. „Einer von Gawlers Kumpeln?"

„Ich weiß nicht, von wem oder was du sprichst", sagte das Kaninchen in einem knackigen Oberschicht-Akzent. „Aber ich bin hier, um Alice zu ihrer Verabredung abzuholen. Wenn du nicht—"

„Alice!", schnappte Seth. „Was willst du von ihr?"

„Ich habe doch gesagt—"

„Oh!", rief ich. „Alice!" Sie war nicht hier. Mein Schrei hatte sie nicht geweckt, obwohl jeder andere davon wach geworden war. Mrs Cotchin und Bella standen mit Kerzen in den Händen im Türrahmen, aber Lady Vickers befahl ihnen, wieder ins Bett zu gehen.

Ich schob mich an ihr vorbei, doch sie bemerkte mich kaum. Sie starrte die Kreatur auf dem Boden an, die versuchte, sich unter Gus herauszuwinden. „Jetzt habe ich alles gesehen", murmelte sie.

„Doyle, Ihren Kerzenleuchter bitte", sagte ich.

Er reichte ihn mir und ich raste die Treppen hinauf, wobei ich zwei Stufen auf einmal nahm. Dann hämmerte ich gegen Alices Schlafzimmertür, doch sie antwortete nicht. Sie schlief tief und fest, insbesondere, wenn sie einen dieser merkwürdigen Träume hatte. Ich hoffte, wir würden das Kaninchen los sein, wenn ich sie weckte. Das letzte Mal, als einer ihrer Träume in der Schule lebendig geworden war, hatte sie sich im Traum geschrumpft und war auch im wirklichen Leben klein geworden. So war es unmöglich gewesen, sie zu finden und zu wecken.

Ich schob die Tür auf und achtete darauf, wohin ich trat, während ich zum Bett ging. Sie lag darin und schlief und hatte Gott sei Dank ihre normale Größe. „Alice", sagte ich. Als sie nicht aufwachte, schüttelte ich sie. „Alice! Wach auf!"

Sie wurde mit einem Ruck wach und setzte sich hin. „Charlie? Was ist los?" Sie stöhnte, bevor ich antworten konnte. „Oh nein. Es ist wieder passiert, oder?"

„Da war ein weißes Kaninchen im Empfangszimmer, das darauf bestand, dich mitzunehmen."

„Oder ich komme zu spät", sagte sie schwermütig.

Ich nickte. „Wofür wirst du zu spät kommen?"

„Ich habe keine Ahnung." Sie kletterte aus dem Bett und legte sich ein Tuch um die Schultern. „Es sollte jetzt weg sein. Oh Charlie, es tut mir so leid."

Ich umarmte sie. „Ist schon gut. Du kannst nichts dafür. Abgesehen davon war es harmlos." Anders als die Armee, die in der Schule versucht hatte, sie gefangen zu nehmen. Deren Waffen waren ausgesprochen echt gewesen.

Mehrere Schritte erklangen im Flur. Seth tauchte mit einer Lampe im Türrahmen auf, gefolgt von Gus. Dann kam der schwer atmende Koch dazu.

„Alice?" Seth reichte die Lampe an Gus weiter und nahm Alices Hand in seine. „Geht es Ihnen gut?"

„Ja, danke", sagte sie zu seiner nackten Brust. „Sie tun mir nichts."

Seth richtete sich auf. „Ihre Träume?"

Sie nickte. „Mir geschieht nie etwas. Nur die Menschen um mich herum sind in Gefahr."

„Das Kaninchen hat sich gut benommen", versicherte ich ihr. „Insbesondere, nachdem Gus sich daraufgesetzt hat."

Der Koch schmunzelte. „Wenn der fette Arsch auf einem sitzt, rührt sich keiner mehr."

Gus boxte ihn gegen die Schulter. „Hat mir 'n ganz ordentlichen Schrecken verpasst, als ich das Gesicht gesehen habe. Und noch 'n größeren, als es plötzlich wie durch Magie verschwand."

„Als ich aufgewacht bin", murmelte Alice. Sie zog ihr Tuch enger um sich. „Ich bin so froh, dass es allen gut geht. Wer hat es zuerst gesehen?"

„Ich", sagte ich. „Ich bin im Empfangszimmer eingeschlafen, wo ich auf Lincoln gewartet habe."

„Halb London hat dich schreien hören", sagte Gus. „Mir klingeln immer noch die Ohren."

„Du musst mir verzeihen", sagte ich trocken. „Es kommt nicht jede Nacht vor, dass ich aufwache und ein weißes Kaninchen in Weste und Hose gekleidet sehe, das nach meiner Freundin verlangt."

„Oh, Charlie." Alice nahm meine Hand. „Das muss furchtbar gewesen sein."

„Ich glaube, mein Herz schlägt jetzt wieder in seinem normalen Rhythmus, aber ich bezweifle, dass ich so schnell wieder einschlafe."

„Komm mit in die Küche", sagte der Koch. „Ich mache heiße Schokolade."

„Da sage ich nie nein. Kommst du, Alice?"

Sie nickte. „Ich habe fast zu viel Angst, wieder einzuschlafen."

Alle außer Seth gingen in die Küche. Er schaute nach, ob die Nerven seiner Mutter sich erholt hatten. Die Haltung seiner Schultern und sein Gang zeigten untrüglich, dass er wusste, wie Alice ihm hinterher starrte.

Bella, Doyle und Mrs Cotchin waren bereits in der Küche und schenkten sich heiße Schokolade ein. Eine Tasse war für Lady Vickers.

„War da wirklich ein Eindringling?", fragte Mrs Cotchin, die den Topf an den Koch weitergab. „Mr Doyle sagt, da war niemand, aber so, wie Sie geschrien haben, Miss Holloway, hätte ich schwören können, dass dort jemand gewesen sein muss."

„Sie konnten nichts sehen?", fragte ich.

Sie schüttelte den Kopf, wobei ihre Nachthaube zur Seite rutschte.

„Ich auch nicht", sagte Bella, die in jeder Hand eine Tasse hielt. Ihr Tuch war in ihre Ellenbeugen gewandert.

So ein Glück. „Ich habe im Empfangszimmer geruht, während ich auf Mr Fitzroy gewartet habe, und hatte einen bösen Traum", erzählte ich. „Ich muss im Schlaf geschrien und damit mich und alle anderen geweckt haben. Natürlich war niemand dort. Es tut mir leid. Ich hoffe, Sie finden wieder in den Schlaf.

Mrs Cotchin lächelte mich mitfühlend an. „Sie Ärmste. Machen Sie sich um uns keine Sorgen, Miss. Wir kommen schon zurecht. Versuchen Sie sich jetzt auszuruhen."

„Danke. Gute Nacht."

Sie und Bella gingen, aber Doyle blieb. Er gähnte.

„Es ist nicht nötig, dass Sie aufbleiben", sagte ich.

Er schaute zur Tür. „Der, äh, Eindringling ist weg?", flüsterte er.

„Er war ein Produkt von Alices Traum", erklärte ich.

Er blinzelte Alice langsam an. „Und wird sich dieser Traum wiederholen? Sollte ich neben der Tür schlafen?"

„Ich hoffe, das war das letzte Mal", sagte Alice. „Aber sicher bin ich mir nicht."

„Vielleicht, wenn wir darüber reden, warum das Kaninchen aufgetaucht ist", sagte ich zu ihr, „kommt es nicht wieder vor."

Sie nickte. „Danke Doyle. Es tut mir leid, dass Ihr Schlaf gestört wurde."

Er verbeugte sich. „Machen Sie sich keine Gedanken, Miss Everheart. Es ist mir ein Vergnügen, Ihnen zu Diensten zu stehen. Wenn sonst nichts mehr ist, wünsche ich Ihnen allen eine gute Nacht."

Wir sahen ihm nach und setzten uns dann an den Tisch, während der Koch noch mehr heiße Schokolade kochte. In der Küche war es warm, was gut war, denn ich war die Einzige, die vollständig bekleidet war. Seth hatte sich ein Hemd übergezogen, das er allerdings nicht ganz zugeknöpft hatte, während der Koch und Gus mit Wollsocken dasaßen, die ihnen zu den Knöcheln rutschten. Ihre Nachthemden wirkten alles andere als warm genug.

Ich bedeckte Alices Nacken mit ihrem Tuch. Sie lächelte und zog ihre langen Haare über die Schulter, damit sie nicht im Weg waren. „Danke, Charlie."

„Seth", sagte ich. „Geht es deiner Mutter gut?"

„Die ist weniger durcheinander als ich." Er tätschelte Alices Hand. „Sagen Sie uns, was Ihnen Sorge bereitet, Alice. Warum ist dieser Traum lebendig geworden?"

„Der Brief", sagte sie mit einem Seufzen. „Ich habe heute einen von meinen Eltern bekommen." Sie sah mich an und ich nickte ihr zu.

Daraufhin erzählte sie, was ihre Eltern geschrieben hatten und welche Gefühle es in ihr ausgelöst hatte—sowohl Frustration als auch Wut, die Auslöser, um ihre Träume zum Leben zu erwecken.

„Kein Wunder, dass Sie deswegen schlecht träumen", sagte Gus. „Hätte ich auch."

„Sie dürfen sich keine Sorgen machen", sagte Seth sanft. „Fitzroy ist viel zu mächtig, als dass ihm so eine Sache etwas anhaben könnte. Er und das Komitee werden dafür sorgen, dass nichts aus der Drohung wird."

„Ich weiß." Alice seufzte wieder. „Aber ich mache mir trotzdem Sorgen."

„Sie können Sie nicht so behandeln. Das ist ungeheuerlich."

„Sie können machen, was sie wollen. Das Gesetz ist auf ihrer Seite. Gott, ich fühle mich grässlich, weil ich meine Probleme hierhergebracht habe. Ich hätte niemals herkommen sollen."

Der Koch stellte mit einem grimmigen Lächeln eine Tasse Schokolade vor sie. „Vielleicht könnte Fitzroy ihnen einen Besuch abstatten."

„Ich würde nicht wollen, dass er den ganzen Weg auf sich nimmt, nur um mit ihnen zu reden. Außerdem bezweifle ich, dass es etwas nützen würde."

Ich schaute den Koch wütend an. Er hatte nicht gemeint, dass

Lincoln sie aufsuchen soll, um mit ihnen zu *reden*. Ich wollte nicht, dass Alice begriff, was er meinte.

Lincoln selbst kam hereingewandert, von Kopf bis Fuß nass vom Regen. Er blieb im Türrahmen stehen. „Ihr haltet eine Besprechung ohne mich ab."

„Ich würde es nicht als Besprechung bezeichnen", sagte ich. „Mehr eine Mitternachtsparty."

„Es ist schon weit nach Mitternacht und Partys sollten amüsant sein. Hier sieht niemand amüsiert aus."

Der Koch reichte ihm eine Tasse Schokolade. „Sie sehen aus, als könnten Sie die brauchen."

„Was ich *brauche*, ist eine Erklärung." Er stand mit dem Rücken zum Herd und sah mich bedeutungsvoll an.

„Alices Albtraum ist zum Leben erwacht", sagte ich.

Er hatte gerade trinken wollen, senkte die Tasse jedoch wieder. „Geht es allen gut?"

„Ja, alles in Ordnung. Der ganze Haushalt ist aufgewacht, als ich geschrien habe." Ich hob die Hand, als er zu mir trat. „Mir geht es gut, wie du siehst. Ich bin im Empfangszimmer eingeschlafen, nachdem du weg warst, und bin mit einem weißen Kaninchen im Zimmer aufgewacht. Es hat nach Alice gefragt und darauf bestanden, dass sie eine dringende Verabredung haben. Da waren keine Armeen, Wachen oder Waffen involviert."

„Wenn man den Schürhaken nicht mitzählt, mit dem du es bedroht hast", sagte Gus mit einem Zwinkern.

Lincoln sagte einen Moment lang nichts, worüber ich froh war. Ich schätzte, sein erster Gedanke war es, Alice zu rügen oder vielleicht wegzuschicken. Beides wäre weder für unsere Situation noch für Alices Seelenfrieden hilfreich.

„Wir haben ihr versichert, dass du dich um die Situation mit ihren Eltern kümmerst. Sie werden sie weder holen kommen noch dich wegen irgendetwas beschuldigen."

„Charlie hat recht", sagte er. „Wenn ein Brief nicht ausreicht, wird es ein persönlicher Besuch tun."

Der Koch wirkte erfreut. „Sag ich doch."

„Ihnen wird zu verstehen gegeben, dass Sie hier besser aufgehoben sind", fuhr Lincoln fort.

„Wie?", fragte sie.

Der Koch, Gus und Seth studierten eingehend ihre Tassen. Ich versuchte, mir etwas zu überlegen, was Alice beruhigen und nicht alarmieren würde. Sie wusste, dass es gefährlich war, Lincoln in die Quere zu kommen, aber nicht vermutlich nicht, wie gefährlich. Es war nicht so, dass er unschuldige Menschen umbrachte, aber sicher war es besser, ihr keine Angst zu machen.

Lincoln nahm Blickkontakt zu mir auf. Einer seiner Mundwinkel zog sich kurz nach oben. „Ich werde ihnen vom Ministerium erzählen und ihnen versichern, dass das Ministerium Menschen wie Sie schützt. Charlie kann dafür bürgen, und für mich. Nicht wahr, Charlie?"

„Oh, ja." Ich lächelte Alice an. „Das ist eine großartige Idee." Und unerwartet.

„Wenn Sie es sagen", sagte Alice.

„Haben Sie King gefunden?", fragte Gus Lincoln.

Lincolns Kleidung hatte angefangen zu dampfen. Er zog seine Jacke aus und hängte sie an einen Stuhl neben den Herd. „Er hat Zimmer in der Rugby Street."

„Das ist ein ziemlicher Aufstieg von Whitechapel."

„Wo hat er das Geld her?", fragte Gus.

„Eine gute Frage", sagte Lincoln. „Eine, die ich noch nicht beantworten kann."

„Hast du mit ihm gesprochen?", fragte ich.

Er schüttelte den Kopf.

Seth beugte sich vor und stützte die Ellenbogen auf den Tisch. „Sie brauchen mehr Beweise, ehe Sie ihn konfrontieren können."

„Ich habe heute Nacht alle Beweise bekommen, die ich brauche, aber ich will ihn nicht allein konfrontieren."

Seth und Gus sahen sich mit gerunzelter Stirn an.

„Wenn er auch nur annähernd ist wie Lady Gillingham, sind seine Sinne ausgesprochen scharf und werden ihm meine Anwesenheit verraten. Laut ihr ist er vermutlich auch wesentlich stärker und schneller als ich. Vergebt mir, dass ich mit zunehmendem Alter verweichliche, aber ich will euch beide dabei haben, wenn ich ihn konfrontiere."

„Um zu helfen", sagte Seth mit einem zustimmenden Nicken.

„Als Köder."

Gus spuckte seine Schokolade quer über den Tisch.

Lincoln verschränkte die Arme. „Das war ein Witz. Ja, ich will eure Hilfe."

Der Koch reichte Gus einen Lappen. „Warnen Sie mich das nächste Mal", sagte Gus, während er den Tisch abwischte. „Bin Ihre Witze nich gewohnt."

Ich verkniff mir ein Grinsen. Gus wirkte gar nicht erheitert und Seth überrascht, dass Lincoln sich überhaupt an einem Witz versucht hatte. Manchmal vergaß ich, dass sie ihn nicht so kannten wie ich.

„Wie hast du herausgefunden, dass er der Mann ist, den wir suchen, ohne mit ihm zu sprechen?", fragte ich. „Hast du gesehen, wie er sich in den Prinzgemahl verwandelt hat?"

„So etwas Definitives nicht, aber ich bin mir sicher, dass er der Richtige ist. Ich habe ihn von der Straße aus beobachtet. Er ging zwanzig Minuten vor eins weg, also bin ich in das Gebäude eingestiegen und habe seine Sachen durchgesehen."

Alice schnappte nach Luft. „Sie haben ihn ausgeraubt?"

„Ich bin nur eingebrochen. Ausrauben bedeutet, etwas mitzunehmen."

„Was hast du gefunden?", fragte ich, bevor sie über die Ethik seiner Vorgehensweise in Streit gerieten.

„Das Foto der Königin und des Prinzgemahls, das kürzlich aus dem Palast gestohlen wurde."

Seth nickte anerkennend, bemerkte dann Alices schockiertes Gesicht und sagte: „Es ist ganz in Ordnung, bei einem Dieb einzubrechen."

„Insbesondere, wenn der was von der Königin geklaut hat", fügte Gus hinzu und zwinkerte Seth zu.

„In Verbindung mit der Art, wie Gawler auf meine Frage nach Kings Fähigkeiten reagiert hat, würde ich sagen, du hast unseren Mann gefunden", sagte ich. „Wirst du ihn morgen früh konfrontieren?"

„Ja. Schlaft etwas", sagte er zu Gus und Seth. „Ich will ihn abfangen, bevor er ausgeht."

Wir tranken unsere Schokolade aus und ich bestand darauf, dem Koch beim Abwasch in der Spülküche zu helfen. Lincoln schickte den Koch allerdings weg und half mir stattdessen. Sobald die Schritte des Kochs verklungen waren, wurde es still im Haus, abgesehen von dem gelegentlichen Knarzen einer Diele.

Lincoln goss einen Eimer Wasser ins Becken. „Hast du dich von deinem Schrecken erholt?", fragte er.

„Das habe ich. Das Kaninchen war wirklich harmlos." Ich lächelte. „Es trug eine blaue Weste und Pluderhosen und hatte eine Taschenuhr so groß wie meine Hand. Es war sehr besorgt, zu spät zu kommen. Du hättest es sehen sollen, Lincoln. Eigentlich war es ziemlich lustig."

Er reichte mir eine Tasse, ließ sie aber nicht los. „Ich lache nicht."

„Das sehe ich."

Er gab die Tasse frei.

„Ich verstehe deinen Standpunkt", sagte ich.

„Ich habe keinen vertreten."

„Nein, aber du denkst es."

Er lachte auf. „Bist du dir sicher, dass du nicht zum Teil Seherin bist?"

Ich schaute ihn böse an. „Du machst dir Sorgen, weil Alice hier lebt."

„Ich habe jetzt viele Menschen in meiner Obhut", sagte er. „Ein Kaninchen ist eine Sache, aber eine Armee eine ganz andere."

„Ich weiß." Ich gab ihm die Tasse zum Abtrocknen zurück und er reichte mir eine weitere. „Aber wir können sie nirgends anders wohnen lassen. Wer sonst würde wissen, was zu tun ist? Mrs Denk ganz gewiss nicht und ihre Eltern klingen furchtbar. Ich kann mir nicht vorstellen, dass sie mit einem normalen Mädchen mit eigenem Willen klarkommen, geschweige denn mit einem wie Alice."

„Stimmt."

„Also bleibt sie?"

Er lehnte sich an die Bank und sah mich ruhig an. „Charlie, die Frage, ob sie bleibt oder geht, stellte sich nie. Mir jedenfalls nicht."

„Oh. Verstehe." Ich konzentrierte mich aufs Spülen und

schämte mich, dass ich ihn falsch eingeschätzt hatte. „Dann müssen wir unser Bestes tun, ihre Ängste zu zerstreuen, damit sie keine weiteren Albträume hat."

„Meinst du, das ist uns heute Abend gelungen?"

„Ich hoffe es. Sie sah ehrlich erleichtert aus, als du gesagt hast, du würdest die Dinge in die Hand nehmen und ihren Eltern einen Besuch abstatten. Ihr zu sagen, dass du das Ministerium erwähnen würdest, kam auf jeden Fall gut an."

„Ich dachte, das wäre eine nette Geste."

„Wirst du es ihnen sagen, falls es dazu kommt?"

Er hob eine Schulter. „Ich weiß es nicht. Ich muss über die Auswirkungen nachdenken."

Schweigend fuhren wir mit dem Spülen fort. Als ich fertig war, trocknete ich mir die Hände an dem Tuch ab, das er benutzte. Unsere Finger berührten sich. Unsere Blicke trafen sich. Ich verharrte halb in der Erwartung, er würde mich in die Arme nehmen und küssen. Er tat es nicht.

„Lincoln", murmelte ich.

„Ja?"

„Ich bin froh, dass du King nicht allein konfrontiert hast. Ich mag es nicht, wenn du dich absichtlich in Gefahr bringst."

Er zögerte etwas und sagte: „Dann werde ich vorsichtig sein." Hatte er erwartet, dass ich etwas anderes sage? Ihm vielleicht eine Antwort bezüglich des Verlobungsringes gab? „Geh ins Bett, Charlie. Du siehst müde aus."

Er bot mir seinen Arm an und ich erlaubte ihm, mich zu meinem Zimmer zu begleiten. Mit einem flüchtigen Kuss auf die Wange wünschte er mir eine gute Nacht und ging dann ohne zurückzuschauen weiter.

* * *

„Jemand kommt die Einfahrt herauf", sagte Alice, als sie ins Esszimmer kam, wo Gus, Seth, Lincoln und ich ein spätes Frühstück einnahmen. Die Männer wollten bald aufbrechen, um mit King zu reden, und ich wollte Lincoln gerade mitteilen, dass ich mitkommen sollte.

„Aber es ist noch nicht einmal acht", protestierte Seth mit einem Blick auf die Uhr.

Lincoln stand auf, ohne darauf zu warten, dass Doyle den Besucher ankündigte. Ich folgte ihm sowohl neugierig als auch besorgt. Niemand kam um diese Uhrzeit zu Besuch, es sei denn, es war sehr wichtig.

Lincoln öffnete die Haustür, als eine große Kutsche mit zwei prächtigen Pferden anhielt. Ich erkannte das Wappen einer Schlange, die sich um ein Schwert schlängelte, und stöhnte. Gillingham.

Meine schwache Hoffnung, dass es Harriet sein könnte und nicht ihr Mann, wurde zerschlagen, als er das Fenster öffnete. Er war allein.

„Du!" Gillingham zeigte mit dem Knauf seines Spazierstocks auf mich. „Was hast du getan?"

„Alles Mögliche", sagte ich und versuchte ruhig zu bleiben und auch so zu klingen. In Wahrheit drehte sich mir der Magen um. Der Butler musste ihn informiert haben, dass Harriet am Vortag mit mir ausgegangen war, und jetzt wollte Gillingham mich über glühende Kohlen schleifen, um dafür zu büßen.

Gillinghams Oberlippe zog sich von seinen Zähnen zurück. „Wo ist meine Frau?", presste er heraus.

„Was meinen Sie?", fragte ich. „Ist sie nicht zu Hause?"

„Du hast sie irgendwo hingebracht und ich will es wissen, *Hexe.*" Harriet, weg? *Oh Gott, nein.*

„Tu nicht so unschuldig. Wo ist sie?"

„Ich, ich weiß es nicht. Ich habe sie letzte Nacht nach unserem Ausflug nach Hause gebracht. Dort war sie, als wir gefahren sind. Fragen Sie Ihren Butler. Er hat uns gesehen."

„Sie ist wieder weggegangen. Hat sich irgendwie aus dem Haus geschlichen, obwohl sie Stubenarrest hatte. Kein Wort zu irgendjemandem, nicht einmal zu ihrer Magd. *Du* hast sie dazu ermutigt mit deinem unmoralischen Geschwätz, deiner *Boshaftig-keit.*" Jedes Wort wurde von einigen Tröpfchen Spucke begleitet. Er drohte mir mit seinem Spazierstock.

Lincoln packte den Messingknauf und zog ihn durch das Fenster. Gillingham wich ins Innere zurück. Ich hatte den

Verdacht, dass er in der Kutsche geblieben war, weil er Angst vor Lincoln hatte.

„Das Verschwinden Ihrer Frau hat nichts mit Charlie zu tun", sagte Lincoln.

„Hat es! Das muss es! Sie hat so etwas noch nie zuvor getan, hat nicht einmal daran gedacht, sich mir zu widersetzen, bis *sie* zu Besuch kam. Sie sollten lernen, Ihre Frau zu kontrollieren, Fitzroy, oder—"

Lincoln griff in die Kabine und packte Gillingham am Kragen. Er zerrte ihn über den Sitz und halb aus dem Fenster heraus. Gillinghams Gesicht hatte vor Wut rote Flecken gehabt, doch jetzt wich jegliche Farbe aus seinen Wangen. Seine Sommersprossen hoben sich stark von der extremen Blässe ab.

„Die Schuld liegt ganz allein bei Ihnen", knurrte Lincoln. „Hätten Sie Ihrer Frau nicht verboten zu gehen, hätte sie Ihnen gesagt, wohin sie wollte." Er ließ Gillingham mit einem Stoß los, der ihn zurückschleuderte.

Gillingham lächelte mit schmierig verzogenen Lippen. „Ich werde Sie in einem Jahr fragen, ob Sie immer noch so denken, wenn Charlotte absichtlich ungehorsam ist."

Ich legte eine Hand auf Lincolns Arm. Seine angespannten Muskeln lösten sich etwas, aber nicht vollständig. „Ich könnte mir vorstellen, dass sie ins East End gegangen ist", sagte ich. „Um einen Mann namens Gawler zu treffen, der so ist wie sie. Wir haben gestern mit ihm gesprochen und Ihre Frau hatte weitere Fragen an ihn, die sie jedoch nicht stellen konnte."

„Du hast sie zu einem Treffen mit einem anderen gebracht! Mein Gott, du bist dümmer, als ich—"

Lincoln packte erneut Gillinghams Kragen. Gillingham warf sich die Arme über den Kopf, um sich zu schützen, wobei sein Hut verrutschte. Als keine Schläge kamen, lugte er hervor, blinzelte und senkte die Arme. Lincoln gab ihn frei.

„Wenn Sie im East End nach einem Mann namens Gawler fragen, sollten Sie ihn finden", sagte ich.

Gillingham hörte auf, seine Krawatte und seinen Mantel zu richten. „Du erwartest von mir, dass ich nach ihr suche? Im East End? Im Leben nicht."

„Sie wollen da nicht hin, nicht einmal, um sie zu finden? So viel Angst haben Sie?"

„Natürlich habe ich keine Angst." Seine Nasenflügel blähten sich. „Ich kann lediglich nicht an einem solchen Ort gesehen werden. Was würden die Leute denken?"

„Dass Sie zutiefst um Ihre Frau besorgt sind, die Sie lieben und beschützen wollen."

Er zog die Nase hoch und hob seinen Hut vom Boden auf. „Das ist ganz gewiss nicht, was sie denken werden. Du bist wirklich eine—" Er schaute zu Lincoln und schniefte wieder. „*Sie* müssen sie holen, Fitzroy. Seien Sie diskret. Niemand Wichtiges darf davon erfahren. Verstanden?"

„Ich werde sie finden", sagte Lincoln. „Aber nur, weil ich mehr über ihre Art erfahren will, nicht weil ich glaube, dass sie in Gefahr ist. Heute Morgen bin ich beschäftigt. Ich werde später nach ihr suchen."

„Später! Nein, Sie müssen *jetzt* gehen!"

„Gehen Sie selbst, wenn Sie sich solche Sorgen machen."

Lincoln und ich gingen wieder rein und ließen Gillingham mit seinem Protest und den Drohungen allein.

„Du glaubst nicht, dass sie in Gefahr ist?", fragte ich ihn.

„Sie hat ihre tierischen Sinne, um sie zu schützen."

Da war ich nicht so zuversichtlich. Ich glaubte nicht, dass Gawler eine Bedrohung darstellte, aber das East End war voller skrupelloser, gefährlicher Typen, die eine so unschuldige Person wie Harriet leicht überrumpeln konnten.

„Ich kann nicht hierbleiben und nichts tun, Lincoln", sagte ich, als wir wieder im Haus waren. „Ich muss sie finden."

„Das hatte ich geahnt."

„Wir gehen jetzt? Bevor du King einen Besuch abstattest?"

Er nickte und erklärte Seth und Gus die Lage. Ich konnte nicht anders als mich schuldig fühlen, weil Harriet ohne ein Wort verschwunden war, aber dann rief ich mir in Erinnerung, was Lincoln zu Gillingham gesagt hatte. Hätte er sie nicht eingesperrt und die Dienerschaft gegen sie aufgebracht, hätte sie Lakaien mitgenommen.

Ein Hämmern an der Haustür ließ mich schier aus der Haut

fahren. Ich hatte gehört, wie Gillinghams Kutsche weggefahren war, also wusste ich, dass er es nicht sein konnte.

„Charlie!", kam der Schrei von draußen. „Charlie, mach auf!"

„Finley?" Ich öffnete die Tür und Finley platzte herein, das Gesicht rot angelaufen.

Er beugte sich vor und schnappte nach Luft. Wir drängten uns um ihn und warteten, bis er genug Puste hatte, um zu sprechen. Wenn ich vorher schon ein flaues Gefühl im Magen gehabt hatte, wurde mir jetzt regelrecht schlecht.

„Mink", keuchte er schließlich, immer noch vorgebeugt. „Er ist weg."

Ich stöhnte.

„Wohin?", fragte Lincoln.

„Weiß nicht." Finley richtete sich auf, aber seine Finger krallte sich in seine Seiten. Er musste den Großteil des Weges von Clerkenwell gerannt sein. „Er ist letzte Nacht spazieren gegangen und kam nicht zurück. Dann haben wir heute von einem Burschen gehört, der in Whitechapel gekidnappt wurde."

„Gekidnappt!" Ich presste eine Hand an meinen Hals, wo die Galle brannte. Das Blut gefror mir in den Adern. „Nein, nein, nein. Das ist alles meine Schuld. Erst Harriet und jetzt Mink. Wäre ich nicht gewesen, würden beide noch friedlich in ihren Betten schlummern. Lincoln ... was habe ich getan?"

KAPITEL 13

*L*incolns Hand ruhte in meinem Nacken, sanft, aber
dennoch beruhigend solide. „Das ist nicht deine
Schuld", sagte er. „Wir wissen nicht, ob einem von den
beiden etwas Schlimmes zugestoßen ist. Straßenkinder werden
in Whitechapel öfter entführt, als du denkst. Das Kind war vielleicht gar nicht Mink. Möglicherweise ist er einfach länger
spazieren gegangen als üblich."

„So lange war er noch nie weg", gab Finley zurück.

Lincoln sah den Jungen scharf an, der sich davon aber nicht
einschüchtern ließ.

„War er echt nich", wiederholte er.

„Ich weiß", sagte ich schwermütig. Finley würde nicht so
besorgt aussehen und wäre auch nicht den ganzen Weg gerannt,
um uns zu holen, wenn es ein normaler Umstand gewesen wäre.

„Harriet ist auch freiwillig ausgegangen", sagte Lincoln.

„Mir gefällt das alles nicht", sagte ich. „Wir müssen sie beide
finden."

Er nickte. „Wir gehen sofort los. Zieh deine Hose an."

Ich eilte erleichtert davon, weil ich nicht darum bitten
musste, mitgehen zu dürfen—ich wäre so oder so gegangen, ob
er das nun wollte oder nicht.

***

LINCOLN, Seth, Gus und ich fuhren nicht mit unserer Kutsche, sondern nahmen eine Droschke, die uns vor dem Smithfield Fleischmarkt absetzte. Im Markt herrschte Hochbetrieb—und eine enorme Lautstärke. Die Lehrlinge der Metzger schrien in der langen Gasse um die Wette, um für Aufmerksamkeit zu sorgen. Tierkadaver hingen heute von den Haken wie makabre Girlanden und vor einem Stand lagen mehr als ein Dutzend Schweine auf dem Boden, die Köpfe auf den Vorderpfoten arrangiert. Sie sahen aus, als würden sie jeden Moment aufspringen und durch das Stroh toben.

Wir fragten den Metzger, mit dem Gawler tags zuvor gesprochen hatte, ob er ihn gesehen hätte. Das hatte er nicht und wusste auch nicht, wo Gawler wohnte, aber er konnte uns sagen, dass er gern im Jolly Joker in Shoreditch einen trank.

Wir liefen dorthin. Der Wirt öffnete gerade die Türen, um die frühen Trinker einzulassen, die wie Fliegen auf einem Stück Fleisch draußen warteten. Nachdem Geld den Besitzer gewechselt hatte, sagte er uns, wir würden Gawler in Myring Place finden.

Ich rechnete damit, dass Lincoln versuchen würde, mich in eine Droschke zu setzen und nach Hause zu schicken, aber das tat er nicht. Wir machten uns auf den Weg zum Myring Place im Old Nichol Distrikt, einem kleinen Hof mitten in einer der Gegenden, die ich als Straßenkind zu meiden gelernt hatte. Das etwa halbe Dutzend Wohnhäuser um den offenen Hof befanden sich in unterschiedlichen Verfallsstadien. Die Außengebäude waren kaum mehr als Holzanbauten, die fürchterlich undicht sein mussten. Fenster waren geschlossen, aber selbst wenn sie geöffnet gewesen wären, wäre weder Luft noch Licht in die Gebäude gedrungen, da weder ein Windhauch noch ein Sonnenstrahl den Weg in den Hof fanden. Kinder drängten sich um eine Feuerschale neben einem kaputten Marktkarren, der aussah, als würde er Gefahr laufen, als nächstes den Flammen zum Opfer zu fallen. Sie beobachteten uns aus wachsamen Augen, die Gesichter von Krankheit und Elend gezeichnet.

Lincoln gab einige Münzen aus und die Augen der Kinder leuchteten auf. „Wir suchen einen Mann namens Gawler", sagte er. „Uns wurde gesagt, er wohnt hier irgendwo."

Einige der Kinder zögerten und warfen sich Blicke zu, aber eins deutete auf das zweite Haus. „Da drinnen."

„Ist er zu Hause?"

Der Junge nickte.

Lincoln gab jedem von ihnen eine weitere Münze und näherte sich dem Haus. Er klopfte nicht, sondern stieß die Tür auf. Ich bedeckte Nase und Mund, um den Geruch von Fleisch abzuhalten. Eine schmale Treppe führte in die nächste Etage. Spinnenweben klebten in den Ecken der Decke und irgendetwas raschelte in den Schatten.

Lincoln legte den Finger auf die Lippen und stieg leise und langsam die Treppe hinauf. Er bedeutete Gus, bei der Tür zu bleiben, und mir und Seth, ihm zu folgen. Die Treppe war gerade breit genug für eine Person, also bildete ich das Schlusslicht.

Die Tür zum Hof fiel zu und stürzte uns ins Halbdunkel. Wir gingen so geräuschlos nach oben, wie wir konnten, aber es war nicht leise genug.

Es gab keine Warnung. In einem Moment war nichts am Kopf der Treppe, im nächsten schoss eine dunkle Gestalt auf uns zu und krachte gegen Lincoln. Wäre Seth nicht direkt hinter ihm gewesen, wäre Lincoln durch die Wucht des Aufpralls die Treppe herunter gepurzelt.

Er stöhnte, aber das einzige andere Geräusch kam von dem Schlag, den er dem anderen Mann verpasste. Es war definitiv ein Mann, kein Tier, wenn auch einer mit überlegener Geschwindigkeit und Kraft. Ein vernichtender Schlag landete in Lincolns Magen. Er klappte hustend zusammen, während Gus mich gegen die Wand stieß und an mir vorbei stürmte.

Er und Seth packten den Mann und Lincoln drückte ihn gegen die Treppe. Ein tiefes, wütendes Knurren ließ mir das Blut in den Adern gefrieren. Ich hatte streunende Hunde so knurren hören, kurz bevor sie angriffen.

„Stopp!", rief ich. „Sofort stopp, Mr Gawler!"

Meine Stimme schien ihn zu überraschen und er hielt still. „Sie?" Er schielte an den Männern vorbei zu mir. „Verdammt."

„Das sind meine Freunde. Wir wollen Ihnen nichts tun. Lincoln, lass ihn aufstehen."

Gawler warf seine Arme hoch, sodass Seth und Gus ihren

Griff verloren, Lincoln jedoch nicht. Er trat langsam von sich aus zurück und hielt Gawler seine Hand hin. Der zögerte erst, nahm sie aber dann und stand auf.

„Begrüßen Sie Gäste immer mit einem Angriff?", fragte ich.

„Gäste kommen normalerweise nicht herein, ohne zu klopfen", sagte er und rollte die Schultern vor. „Außerdem bekomme ich nicht viel Besuch. Bis gestern Abend."

„War das meine Freundin Harriet, die Gestaltwandlerin? War sie hier?"

„Jou. Verdammte Adelige. Ich wusste, dass das passiert. Mit eurer Sorte hat man nichts als Ärger, verlangen dies und das. Verschwindet! Los. Ich will mit keinem von euch was zu tun haben."

„Mr Gawler", sagte ich, „bitte. Wenn Sie wissen, wo sie ist, müssen Sie uns etwas sagen. Sie ist solche Orte nicht gewohnt. Sie könnte in jede Menge Schwierigkeiten geraten."

„Jou, könnte sie, wenn sie es nicht in einem Stück zu King geschafft hat. So ein hübsches Ding würde hier gutes Geld einbringen. Wenn ich ein anderer Typ wäre—"

„Sie haben sie zu King geschickt?", fiel Lincoln ihm ins Wort.

Gawler zuckte mit den Schultern. „Warum nicht? Sie wollte mit ihm und den anderen Mitgliedern des Rudels reden, also habe ich sie hingeschickt. Mich wollte sie nicht, es waren die. Von mir aus können die sie gern haben. Die hat für meinen Geschmack zu viele Fragen."

„Aber sie wollte mit Frauen sprechen", sagte ich. „Warum haben Sie sie nicht einer der Frauen vorgestellt?"

„Sie sind gestern Abend *alle* zu King gegangen", sagte Gawler. „Als ich ihr gesagt habe, dass sie sich dort treffen, hat sie beschlossen, auch hinzugehen. Sagte, sie wolle auch den Anführer kennenlernen und ins Rudel aufgenommen werden." Er wischte sich die Nase am Ärmel ab. „Sie wollen immer King kennenlernen, klar? Die können nicht anders. Es liegt in ihrer Natur, mit dem Anführer zu laufen, und es liegt in seiner, sie zu nehmen."

Ich hob einen Finger. „Nur um das klarzustellen. Mit ,sie nehmen' meinen Sie … Paarung?"

„Jou, aber sie ist 'ne Adelige, also wird er's nicht tun. King hat Prinzipien, das muss ich ihm lassen." Er schnaubte. „Prinzipien und Manieren. Schätze, deswegen mögen ihn alle. Sogar ich", fügte er leiser hinzu.

„Was ist mit dem Jungen?", fragte ich und deutete Minks Größe mit meiner Hand an. „Er war gestern Abend auch bei mir. Ist er hergekommen?"

„Nein."

Wenn Mink nicht hergekommen war, wo war er dann? Was war mit ihm passiert? Warum waren er und Harriet zur gleichen Zeit verschwunden?

Ich ging die Treppe hinunter, aber als Lincoln mir nicht folgte, blieb ich stehen.

„Wie kommt es, dass King sich in die Gestalt anderer verwandeln kann, Sie aber nicht?", fragte er Gawler.

„Keine Ahnung. Das weiß niemand." Gawler wich eine Stufe zurück. „Sie müssen gehen. Ich werde mit Ihnen nicht über King reden. Wenn Sie Antworten wollen, reden Sie mit ihm selbst."

„Er hat den Prinzgemahl nachgeahmt", erklärte Lincoln.

Gawler stieß ein humorloses Lachen aus. „Dann hat er es also endlich hinbekommen."

„Was hinbekommen?"

„Sich in die Gestalt des Prinzen zu verwandeln." Gawler sah Lincoln an, als wäre er ein Dummkopf. „Das haben Sie doch gerade gesagt, oder?"

„Warum hat er das getan? Was hat er vor?"

„Woher soll ich das wissen? Der erzählt mir nix mehr. Bezweifle, dass er einem vom Rudel was sagt. Dieser Tage vertraut er niemandem mehr etwas an."

„Warum nicht?", fragte ich.

„Er hat Geheimnisse und die behält er für sich."

„Welche *Art* von Geheimnissen?" Wenn er mir nicht sagen konnte, was für Geheimnisse es waren, dann konnte er mir vielleicht wenigstens so viel erzählen.

„Die Art, die ihn hier ausziehen lässt und an einen so hübschen Ort wie Bloomsbury bringt."

„Sie wissen nicht, woher er das Geld hat?"

„Nein, geht mich nichts mehr an."

„Aber Sie müssen doch Gerüchte von den anderen hören."

„Die raten nur, genau wie ich. Und jetzt geht, ehe einer aus dem Rudel euch hier sieht und es King erzählt. Ich will keinen Ärger."

Wir gingen hinaus in den Hof. Die Kinder waren noch da und wärmten sich an dem mageren Feuer. Ihre aufmerksamen Blicke folgten uns, bis wir ihr Reich verlassen hatten.

Niemand belästigte uns, als wir die schmierigen Straßen entlangliefen. Selbst Raufbolde wussten, dass man drei große, gut gebaute Männer in Ruhe ließ. Sobald wir die Slums hinter uns gelassen hatten, nahmen wir uns eine Droschke nach Bloomsbury, wo wir an einer Ecke vor Kings Haus ausstiegen. Die Luft war hier nicht viel sauberer als im Old Nichol. Ruß hing in der Luft und setzte sich auf die Haut und die Haare wie schwarze Schneeflocken. Aber die Gebäude waren größer und in besserem Zustand, die Straßen breiter und sauberer. Menschen kauerten sich in ihre warmen Mäntel, während sie vorbeieilten, nicht in zerschlissene Jacken, und niemand beobachtete uns hier voller Verzweiflung und Misstrauen.

„Wenn das Rudel dort ist, können wir nicht einfach hereinplatzen", sagte Lincoln, derweil wir in die Rugby Street einbogen. „Wir warten ab und beobachten. Wenn sie weg sind, gehen wir rein und holen Harriet."

„Aber was ist, wenn sie in Gefahr ist?", fragte ich.

„Das bezweifle ich. Gawler schien der Ansicht zu sein, dass King ihr aufgrund ihrer gesellschaftlichen Stellung mit Respekt begegnen würde, und ich glaube ihm. Er hatte keinen Grund, King zu mögen und ihn uns gegenüber in einem guten Licht zu präsentieren."

„Stimmt", gab ich zu. „Ich hoffe, Mink ist auch dort. Vielleicht ist er aus Neugierde der Spur hierher gefolgt, wie Harriet." Doch das bezweifelte ich. Mink würde das nicht tun. Er war viel zu vorsichtig, um sich allein auf die Suche nach einem mysteriösen Wandler zu machen.

Wir blieben an der Ecke der Rugby Street stehen, und Lincoln zeigte uns Kings Haus. „Er mietet Zimmer im dritten Stock. Laut der Vermieterin, Witwe Griggson, ist King ein netter Gentleman, der für sich bleibt. Er geht oft nachts aus, ist aber leise, wenn er zurückkommt. Wenn ihn Freunde besuchen, sind sie respektvoll und machen keinen Ärger."

„Sie hatten ja ein ausführliches Gespräch mit ihr", sagte Seth.

„Sie glaubt, dass er ein Schriftsteller ist, der unter Pseudonym schreibt und daher sein Geld hat."

„Ein sehr ausführliches Gespräch", sagte ich. „Ich bin beeindruckt."

„Sie war einsam und ich war nett."

Seth und Gus warfen sich hinter Lincolns Rücken ein Grinsen zu.

„Da." Lincoln nickte zum Fenster, wo ein lächelnder Mann im Profil zu sehen war. „Das ist King."

Der schlanke Mann mit einem unauffälligen Gesicht und Geheimratsecken lachte über etwas und verschwand dann aus unserer Sicht. Wir warteten mehrere Minuten. Es fing leicht an zu regnen, sodass die Straßen glitschig wurden, sich aber nicht in Bäche verwandelten. Einen Moment später tauchte Harriet am Fenster auf. Mein Herz hüpfte vor Erleichterung.

„Da ist sie!", sagte ich. „Sie sieht aus, als ginge es ihr gut.

Harriet schaute zum Himmel hinauf und zog die Nase kraus. Sie sprach mit jemandem hinter sich, dann tauchten auch King und eine weitere Frau auf. Sie schauten ebenfalls zum Himmel. Die Frau zuckte mit den Schultern und verschränkte die Arme. Harriet wirkte unsicher. King lachte wieder und legte eine Hand auf die Schulter der Frau. Er schien sie um etwas zu bitten und sie senkte die Arme, warf noch einen Blick auf den Himmel, nickte und bewegte sich außer Sichtweite.

„Sie reden über das Wetter", sagte Lincoln. „Aber ich weiß nicht, warum."

„Warum redet irgendein Londoner übers Wetter?", fragte Gus mit einem Schulterzucken. „Weil's grottenschlecht ist."

„Wir sind hier alle zusammen zu auffällig", sagte Lincoln. „Wir müssen uns aufteilen." Er schaute mich an und ich hatte den Verdacht, dass er überlegte, ob ich wirklich hier sein sollte.

„Warum gehen wir nicht einfach rein und reden mit ihnen?", fragte ich. „Wir können Harriet fragen, ob sie bleiben möchte."

„Jou", sagte Gus.

Seth schüttelte den Kopf. „Und King fragen wir, ob er rausgeht und so tut, als wäre er der Prinzgemahl? Da bekommen wir keine vernünftige Antwort. Ich glaube, wir müssen warten und ihn beobachten, ihn vielleicht auf frischer Tat ertappen. Harriet scheint es gut zu gehen und es besteht keine Eile, sie zu Gillingham zurückzubringen."

„Das ist wahr." Ich sah wieder zum Fenster, wo Harriet jetzt mit dem Rücken zu uns stand. Sie wirkte völlig gelöst. „Also gut, wir beobachten sie eine Weile."

Wir trennten uns und bewegten uns die Straße entlang. Ich drückte mich einige Häuser weiter in einen Eingang, aber der Besitzer kam heraus und verscheuchte mich. Ich fand einen anderen Eingang, tiefer und geschützter, aber im Laufe der nächsten zwei Stunden kroch mir die Kälte trotzdem durch alle Lagen meiner Kleidung in die Knochen. Ich war durch und durch nass und meine Zähne klapperten so laut, dass ich nicht hörte, wie Lincoln sich näherte.

„Alles in Ordnung?", fragte er und reichte mir eine warme Pastete.

Ich wärmte meine Hände daran. „Wo hast du die her?"

„Aus einem Laden um die Ecke. Hunger?"

„Und wie." Ich biss in die Pastete und seufzte. Wie hatte ich in meinen Jahren auf der Straße ohne Pasteten und Wärme überlebt? Ich war hungriger und durchgefrorener gewesen, als ich es jetzt war, trotzdem hatte ich Mühe, mich daran zu erinnern, wie ich mich in jenen Tagen des Hungers und Elends gefühlt hatte. Vielleicht verdrängte ich es. Auf jeden Fall hatte ich keine Albträume mehr.

„Geh nach Hause", sagte Lincoln sanft. „Es gibt keinen Grund für dich hierzubleiben."

„Ich will aber."

„Ich schätze, wir werden hierbleiben, bis der Regen nachlässt. Harriet will nicht rausgehen, solange es so nass ist, und King richtet sich nach ihr."

„Wozu wollen sie rauskommen?"

Er lehnte sich mit einer Schulter an die Wand. „Du wirst nicht gehen, nicht wahr?"

Ich schüttelte den Kopf.

Er beobachtete mich einen Moment länger und drückte sich

dann von der Wand ab. „Es wird ein langer Tag."

Er kehrte an seine Position am Ende der Straße zurück, wo er unter einem Baum Schutz suchte, der auf dem Gehweg wuchs. Seth und Gus standen am anderen Ende in zurückliegenden Eingängen, wo sie kaum auszumachen waren.

Der Tag zog sich in der Tat. Der Regen ließ nicht nach, sondern fiel in unaufhörlicher Monotonie, nicht heftig, sondern gerade genug, um einem den letzten Nerv zu rauben. Und es war kalt. So unglaublich kalt. Ich blies in meine Handschuhe, steckte die Hände in die Achselhöhlen und zwischen meine Oberschenkel. Nichts wärmte sie auf. Jegliches Gefühl in meinen Zehen und Ohren ging gegen Mittag flöten und meine Nase tropfte durchgehend.

Dem Wetter entkam ich nicht, aber gelegentliche Bewegungen in Kings Wohnung linderten meine Langeweile. Die Anwesenden redeten nur und tranken Tee. Manchmal sah ich Harriet oder einen der anderen, aber selten King selbst. Die Gesichter derer, die ich sah, wirkten frustriert und gelangweilt. Ich konnte es gut nachempfinden. Wenigstens hatten sie es warm und trocken.

Als sich die Dämmerung endlich über die Straße senkte und der Lampenanzünder an mir vorbeikam, schlossen sich die Vorhänge von Kings Zimmer. Was sollten wir jetzt tun?

Ich machte mich auf die Suche nach Lincoln und traf auf Seth und Gus, als ich die Rugby Street hinaufging.

„Sind meine Lippen blau?", fragte Seth. „Ich glaube, sie sind gefroren."

„Bei diesem Licht kann ich es nicht erkennen", sagte ich.

„Ich werde ein schönes, heißes Bad nehmen, wenn ich nach Hause komme", sagte Gus verträumt. „Heiß genug, dass es mich verbrüht."

„Stell dich hinten an." Seth blinzelte zum Himmel hinauf. „Wann hat es aufgehört zu regnen?"

„Jetzt gerade", sagte ich.

Wir gesellten uns zu Lincoln und ich wollte ihn gerade fragen, was wir als nächstes tun sollten, als die Tür von Kings Haus aufging. Er kam heraus, gefolgt von Harriet, zwei weiteren Frauen und zwei Männern.

Wir zogen uns in den Schatten zurück. Ich hielt die Luft an und wagte es nicht, mich zu rühren oder ein Geräusch zu machen. Gott sei Dank standen wir im Gegenwind, sonst hätten sie unsere Anwesenheit gerochen. Wir standen stockstill, während die Gruppe auf uns zukam.

„Es ist zu früh", sagte eine der Frauen, die schnell gehen musste, um mit Kings langen Schritten mitzuhalten.

Er tätschelte Harriets Hand, die in seiner Ellenbeuge lag. „Lady Gillingham kann nicht länger warten. Sie muss nach Hause."

Oh, Gott sei Dank. Sie war unverletzt und nicht in Gefahr, wenn er wollte, dass sie nach Hause zurückkehrte. Tatsächlich sahen die beiden aus wie ein Pärchen auf dem Weg ins Theater. Sie kamen an einer Laterne vorbei und ich war erleichtert, einen glücklich aufgeregten Ausdruck in ihrem Gesicht zu sehen, keine Angst.

Aber was meinte King damit, dass Harriet „nicht warten" konnte? Worauf konnte sie nicht warten?

Sie verschwanden um die Ecke. Wir folgten in einigem Abstand, doch als wir selbst um die Ecke kamen, waren sie verschwunden.

„Wo—?"

Lincoln schnitt Gus das Wort mit einer Handbewegung ab. Er signalisierte uns, ihm zu folgen. Ich hatte dabei ein schlechtes Gefühl. Da vorn war auf der linken Seite eine kleine Gasse, aber es war eine Sackgasse. Wir waren vorhin auf unserem Weg daran vorbeigekommen und hatten es als möglichen Ausgang ausgeschlossen, da auf drei Seiten hohe Gebäude standen. Das Einzige, wozu sie etwas taugte, war als Lager oder Versteck. Es hätte mich nicht überrascht, dort streunende Tiere und Obdachlose versteckt zu finden.

Aber jetzt wurde mir klar, dass sie auch für andere Zwecke genutzt werden konnte—um ungesehen die Gestalt zu verändern.

Wir näherten uns der Gasse, waren aber noch recht weit entfernt, als sechs große Kreaturen herausgeschossen kamen. Drei sahen aus wie Wölfe, zwei eher wie Bären, während die sechste keinem Tier ähnelte, das ich je gesehen hatte. Sie war wie die anderen mit Fell bedeckt, hatte aber eine breite, flache Nase, keine Hundeschnauze. Dieses Tier und einer der Wölfe blieben bei unserem Anblick stehen, während die anderen weiterliefen. Der Wolf schnüffelte und wollte auf uns zugehen, doch das andere Tier jaulte und der Wolf wandte sich ab. Beide liefen auf allen vieren ihren Freunden nach.

Lincoln sprintete hinter ihnen her, aber nur bis zur Ecke. Dann kam er zurück und schüttelte den Kopf. „Sie sind zu schnell."

Seth und Gus starrten die Ecke an. Dann drehten sie sich synchron zu Lincoln um.

„Das waren die, oder?", fragte Gus. „Lady G, King und seine Freunde."

Lincoln nickte. „Ich vermute es."

„Alter Schwede", murmelte Seth. „Ich weiß nicht, was ich erwartet habe, aber … das nicht. Sie waren gar nicht alle gleich."

„Nein", sagte Lincoln. „Waren sie nicht. Ich habe Harriet erkannt, aber ich schätze, dass der andersartige King war. Als Anführer des Rudels hat er ihr befohlen, ihm zu folgen."

Ich versuchte, die hübsche, zarte Harriet mit diesem Biest überein zu bekommen, das ich gerade in die dunklen Straßen Londons davonrennen gesehen hatte, aber es gelang mir nicht. Ich fragte mich, wie sie das nächste Mal reagieren würde, wenn ich sie sah. Peinlich berührt? Befreit? Vielleicht weigerte sie sich, mich zu treffen.

„Sie haben darauf gewartet, dass der Regen aufhört und es dunkel wird, damit sie umherstreifen können", sagte Seth.

„Ich finde, die Frau hatte recht. Es ist zu früh", sagte Gus. „Sie hätten warten sollen, bis alle schlafen."

Seth schaute zum tintenschwarzen Himmel hinauf. „Es ist dunkel und kalt genug, dass niemand unterwegs sein wird." Aber er klang besorgt und schaute wieder auf die Ecke. „Was jetzt?"

„Wir warten", sagte Lincoln.

Gus stöhnte. „Wir kommen dem Bad nich näher."

„Du kannst nach Hause gehen", sagte Lincoln. „Nimm Charlie mit."

„Nein." Ich verschränkte die Arme. „Ich bleibe."

„Das ist sinnlos", sagte Gus, bevor Lincoln antworten konnte. „Lady G is nich in Gefahr. King hat sogar gesagt, dass sie bald nach Hause geht. Deswegen sind sie ja jetzt schon losgelaufen. Komm, Charlie."

„Aber sobald sich die Gruppe auflöst, wird King allein sein und wir können ihn konfrontieren. Wenn er nicht antworten will, könnte er Ärger machen. Lincoln und Seth werden deine Hilfe brauchen, um mit ihm fertig zu werden."

Gus brummte. „Ich gehe nirgendwo hin, richtig?"

Lincoln schwieg, was meiner Erfahrung nach Zustimmung bedeutete. Er sah mich nur an, ebenso wie Seth und Gus es taten.

Ich seufzte. „Ja, ich weiß. Ich habe gesagt, Gus wird gebraucht, nicht ich. Also schön, ich gehe nach Hause. Ich will niemandem im Weg sein."

Seth blies eine frostige Atemwolke aus. „Du gehst nach Hause, weil du ein warmes Bad und eine heiße Suppe willst."

„Wenn du noch mal Bäder und Suppe erwähnst, verprügel ich dich", grummelte Gus.

„Wir schauen uns in Kings Wohnung nach Spuren von Mink um", sagte Lincoln. „Dann warten wir hier unten, bis sie zurück sind."

„Vielleicht wartet Mink drinnen ja auch", sagte ich. „Oder er ist schon wieder zu Hause."

Lincoln drückte mir etwas Geld in die Hand. „Für die Droschke. Halt dich warm."

Er ging davon. Seth und Gus trabten ihm hinterher, bis sie ihn eingeholt hatten und bogen dann mit ihm in die Rugby Street ein. Ich ging in die entgegengesetzte Richtung zu einer belebteren Straße, wo ich mir eine Droschke nahm, um nach Hause zu fahren.

Der Fahrer hielt vor den Toren Lichfields an, da die Einfahrt von einer anderen Kutsche blockiert wurde. Es hatte wieder angefangen zu regnen und mein Fahrer rief dem anderen Kutscher zu, er solle weiterfahren.

„Oi!", brüllte er. „Was soll das?"

Ich hatte kaum Zeit, seine Worte zu begreifen, als die Tür der Kabine aufgerissen wurde. Ein schwarz gekleideter Mann beugte sich herein. Sein Kopf war von einer Kapuze bedeckt, die den

Großteil seines Gesichts verbarg. Ich schluckte meinen Schrei herunter und rückte aus seiner Reichweite.

„Sie müssen mit mir kommen", sagte er viel zu höflich für einen Kidnapper.

Ich zögerte trotzdem, da ich wesentlich häufiger entführt worden war, als mir lieb war. Ich hatte nicht vor, ein weiteres Mal auf die Rechnung zu setzen. „Was wollen Sie?"

„Kommen Sie einfach mit und alles wird erklärt."

„Nein."

„Kommen Sie, Miss. Hier draußen ist es nass und kalt. Wo wir hingehen, ist es warm und trocken."

„Gehen wir zu meinem Zuhause, Lichfield Towers?"

Er sah mich unter der Kapuze heraus an. Seine Augen waren zwei glänzende Punkte in der Schwärze. Ich konnte seine Gesichtszüge nicht erkennen. Die Stimme erkannte ich nicht. „An einen schöneren Ort." Er bot mir seine Hand an.

Ich trat danach.

Er schrie auf und presste sie an seine Brust. Ein sonderlich guter Kidnapper war er nicht. Ich trat ihn erneut, während er abgelenkt war, und traf ihn mitten in der Brust. Er taumelte rückwärts und landete unsanft in einer Pfütze.

„Verdammt noch mal! Warum haben Sie das getan?"

Ich zückte das Messer, das ich an meinen Unterarm gebunden hatte, und das andere aus meinem Stiefel und sprang aus der Droschke. Eiskalter Regen stach mir wie Nadeln ins Gesicht. Es war mir egal, denn ich war bereits nass, auch wenn ich in der Kutsche langsam warm geworden war. Jetzt musste ich den eisigen Regen wieder aushalten.

„Ich bin nicht in der Stimmung für den Mist hier", fuhr ich ihn an. „Es ist verdammt kalt und ich will reingehen und baden. Wenn Sie also keine gute Erklärung dafür haben, mich hier zu belästigen, dann gehe ich jetzt."

„Du scheinst das hier im Griff zu haben, Junge", sagte der Kutscher und trieb seine Pferde an.

„Junge? Sie ist kein Junge." Mein Entführer kam auf die Füße und schüttelte das Wasser von seinem Mantel. „Stecken Sie diese Messer weg, Miss Holloway. Ich will ihnen nichts tun."

„Warum sind Sie dann hier? Was wollen Sie? Wer hat Sie geschickt? Und woher wissen Sie, wer ich bin?"

„Das haben Sie mir gerade bestätigt. Was den Rest angeht, bin ich nicht befugt, Ihnen das zu sagen."

„Dann gehe ich nicht mit Ihnen." Ich machte einen Bogen um ihn und achtete darauf, außerhalb seiner Reichweite zu bleiben. Ich senkte weder meine Waffen noch ließ ich ihn aus den Augen.

„So ein Mist", murmelte er und klopfte sich ab, wobei er Wasser in meine Richtung spritzte. „Ich hätte hierfür was extra verlangen sollen."

„Von wem?"

„Sie hätten wofür fragen sollen."

„Ich nahm an, Sie bezogen sich auf meine Entführung." Warum führte ich mit einem Kidnapper dieses völlig normale Gespräch? Es war absurd.

„Wie ich bereits sagte, ich entführe Sie nicht. Ich bitte Sie darum, mit mir zu kommen."

„Warum sollte ich irgendwo mit einem fremden Mann hingehen, der mich davon abhält, mein Zuhause zu betreten? Ich bin nicht dumm."

„Nein, aber Sie stellen eine Menge Fragen." Er betrachtete mich, insbesondere meine Messer. „Sie sehen aus, als wüssten Sie, wie man damit umgeht."

„Ich hatte Waffentraining und bin im Nahkampf ausgebildet."

Er hielt inne. „Tatsächlich? Sind Sie sicher, dass Sie eine Frau sind? In diesem Licht ist das schwer zu sagen, zumal Sie diese Kleidung tragen. Vielleicht sind Sie gar nicht Miss Holloway."

„Das habe ich auch nie behauptet."

Er seufzte. „Ich habe dafür keine Zeit. Mein Herr wartet auf Sie."

„Ich habe dafür auch keine Zeit—oder Lust darauf. Entweder Sie sagen mir, für wen Sie arbeiten, oder ich gehe rein und Sie können Ihrem Herrn erzählen, dass Sie versagt haben."

„Ihr Mann tut mir leid." Er seufzte erneut. „Also gut, ich flüstere es Ihnen."

„Damit Sie näher kommen und mich schnappen können?" Ich schnaubte.

„Himmel noch mal, Sie sind aber misstrauisch. Also gut, ich zeige es Ihnen." Er öffnete den Umhang, um einen roten Mantel mit viel Gold und bestickten Aufschlägen zu enthüllen. Die königliche Uniform. „Kommen Sie jetzt mit?"

Ich entspannte meine Haltung, steckte meine Waffen jedoch nicht weg. „Warum die Heimlichtuerei?", fragte ich den Lakaien.

„Mein Herr hat Bedenken wegen Spionen und Zeitungsleuten. Je weniger Menschen wissen, wen er angeheuert hat, desto besser." Er führte mich zu seiner Kutsche. „Kommen Sie jetzt mit?"

„Wenn es sein muss, aber würde er nicht lieber auf Mr Fitzroy warten?"

„Ich wurde angewiesen, Sie beide oder einen von Ihnen zu holen, sollte der andere nicht verfügbar sein. Ich habe im Haus gefragt, doch dort wurde mir gesagt, dass Sie beide nicht zu Hause sind. Sie glauben, ich wäre gefahren. Ich entschied mich allerdings, hier auf die erste Kutsche zu warten, die ankommt. Ich habe Sie aufgrund Ihres Besuchs im Palast erkannt." Er schaut an mir herunter. „Auch wenn Sie in dieser Aufmachung ganz anders aussehen. Und jetzt steigen Sie ein, bevor ich mir den Tod hole. Bitte."

Er öffnete mir die Tür und ich stieg ein. Dann klappte er die Stufen hoch und kletterte auf den Kutschbock. Sonst war niemand da, weder in der Kutsche noch draußen. Das Innere war in den gleichen Farben gehalten wie seine Uniform, der luxuriöse Samt weich unter meinen Händen. Ich zog meine Handschuhe aus und vergrub sie in der bereitgestellten Decke. Vielleicht konnte ich im Palast um Suppe bitten, und auch einen heißen Tee. Ich würde auf jeden Fall verlangen, an einem Feuer sitzen zu dürfen. Das würde dem Prinzen sicher nichts ausmachen, wenn er meinen Zustand sah. Das Bad würde warten müssen.

Ich hätte darum bitten sollen, erst mit Doyle reden und eine Nachricht hinterlassen zu dürfen, aber in Anbetracht der Umstände, die der Lakai auf sich genommen hatte, bezweifelte ich, dass er mir gestattet hätte, zum Haus zu gehen. Hoffentlich kam ich vor Lincoln zurück. Vielleicht würde der Prinz mir gestatten, eine Nachricht zu schicken, sobald ich im Palast ankam. Es war unwahrscheinlich, dass das Treffen lange dauern würde, wenn er lediglich einen Bericht über unsere Fortschritte wollte.

Einige helle Lampen auf der Straße erregten meine Aufmerksamkeit. Ich sah sie mit gerunzelter Stirn an, während wir vorbeisausten. Die Lampen beleuchteten den finsteren Steinbogen des Kensal Green Friedhofs. Kensal Green! Das lag aber nicht auf dem Weg zum Buckingham Palast.

Mir zog sich der Magen zusammen. Ich war ausgetrickst worden. Wir fuhren zu keinem Treffen mit dem Prinzen. Der Lakai war kein königlicher Lakai, sondern jemand in Verkleidung. Und je länger ich in der rasenden Kutsche blieb, desto weiter entfernte ich mich von Lichfield Towers.

KAPITEL 14

Ich legte meine Hände flach gegen die Fensterscheibe der Kutsche und schaute nach unten. Endlos glitten die Pflastersteine der Straße vorbei, kein Gras, keine Erde. Ein Sprung würde mindestens Knochen brechen, wenn nicht sogar mein Leben kosten. Es war unmöglich, zu entkommen.

Ich packte den Rand des Sitzes und wartete ab. Die Kutsche verlangsamte sich schließlich, um abzubiegen, und ich bereitete mich darauf vor, herauszuspringen. Als wir durch ein großes, von zwei Männern in Regenmänteln bewachtes Eisentor fuhren, überlegte ich es mir anders. Es würde schwierig werden, an ihnen vorbeizukommen.

Wir folgten einer kurzen Einfahrt zu einer im formellen georgischen Stil erbauten Villa, die im Vergleich zu Lichfield von bescheidener Größe war. Dunkle Formen ragten auf, manche davon so hoch wie die Kutsche, doch bei genauerer Betrachtung entpuppten sie sich als in Form geschnittene Büsche. Das Anwesen lag abgeschieden hinter hohen Mauern und das Haus wurde von zwei weiteren Männern bewacht, die stocksteif neben den Laternenpfählen rechts und links der Eingangstreppe standen. Ich hätte es doch riskieren sollen, früher aus der Kutsche zu springen. Meine Fluchtchancen waren bestenfalls minimal.

Ich packte mit jeder Hand ein Messer und versuchte, mein

Herz zu zwingen, langsamer zu schlagen. Ich musste ruhig bleiben, damit ich denken konnte.

Die Kutschentür wurden von einem anderen Mann als dem Fahrer geöffnet. Ich warf ihm kaum einen Blick zu, als ich schon heraussprang und die Einfahrt entlang rannte.

„Warten Sie!", rief er. „Miss Holloway!"

Andere Stimmen stimmten mit ein, doch eine übertönte den Rest. „Stopp, Miss Holloway! Ich bin es nur, der Prinz von Wales!"

Ich kam auf dem Kies schlitternd zum Stehen und schaute zurück. Der Prinz stand in der Tat neben der Kutsche unter einem Regenschirm, der von einem Lakaien gehalten wurde. Der Lakai, der die Kutschentür geöffnet hatte, holte mich keuchend ein.

„Hier entlang ... bitte ... Miss Holloway." Er zeigte auf das Haus, den wartenden Prinzen und die Ansammlung von Angestellten, die mich beobachteten.

„Warum hat mir das nicht früher jemand gesagt?", knurrte ich und ging den Weg wieder zurück.

Ich machte vor dem Prinzen einen kleinen Knicks, der mit meiner Jungenkleidung allerdings albern aussehen musste. „Eure Hoheit." Ich wiederholte meine Frage nicht in seiner Hörweite, doch er musste verstanden haben, warum ich weggerannt war.

„Ich entschuldige mich für die Heimlichtuerei", sagte er, während wir ins Haus gingen. Sein Lakai hielt keinen zweiten Regenschirm für mich bereit und der Prinz bot mir auch seinen nicht an. Da ich ohnehin durchnässt war, spielte es kaum eine Rolle. „Es gibt überall Spione."

„Spione? Haben Sie einen geschnappt? Was hat er gesagt?"

„Nichts dergleichen. Aber ich bin mir sicher, dass es Spione geben muss, da die Sache äußerst delikat ist ..."

„Treffen wir uns deswegen hier und nicht im Palast?"

„In der Tat."

Die Wärme traf mich, sobald wir das Haus betraten. Der Lakai mit dem Regenschirm verflüchtigte sich und wurde durch zwei andere ersetzt. Einer davon nahm meinen nassen Mantel, die Mütze und Handschuhe, der andere stand nur da und tat nichts, außer geradeaus zu starren, als könne er uns nicht sehen. Bei so vielen Dienern um uns herum konnte der Prinz unmöglich erwarten, dass dieses Treffen geheim gehalten wurde. Oder vielleicht waren die Diener für ihn irrelevant.

Er brachte mich in ein Empfangszimmer neben der Eingangshalle, in dem ein Feuer knisterte. Trotz der weniger beeindruckenden Proportionen war der Raum in grandiosem Stil eingerichtet mit vergoldeten Blättern an der Decke, den Wänden und einem Großteil der Möbel. Der purpurrote Teppich bildete einen Kontrast zu dem salbeigrünen Farbkonzept der Möbel und dem weißen Marmorkamin.

„Ist das Ihr Zuhause?", fragte ich und bereute meine Frage sofort. Natürlich lebte der Prinz nicht hier. Zum einen war es nicht groß genug, zum anderen musste er sicherlich im Palast wohnen, da er eines Tages ihm gehören würde.

„Nur, wenn ich für mich sein möchte", sagte er und bedeutete mir, mich ans Feuer zu setzen. „Wenn ich das Gefühl habe, beobachtet zu werden."

Ich hob meinen Blick zum Lakaien, der neben der Tür stand und dem zweiten, der ein Tablett mit mehr Dingen hereintrug, als man für zwei Personen brauchte. „Fühlen Sie sich jetzt beobachtet?"

„Mehr als je zuvor", sagte er.

„Von wem?"

Er entließ den Lakaien mit einem Fingerzeig. „Wenn ich das wüsste."

Beide Lakaien entfernten sich, schlossen die Tür und ließen uns allein. Hätte ich einen Ruf zu verlieren gehabt, hätte ich protestiert. Aber mein Ruf war bereits ruiniert und Lincoln wollte mich trotzdem heiraten. Es würde ihn nicht kümmern, dass ich mit dem Prinzen allein war. Mich auch nicht.

„Bitte entschuldigen Sie dieses Arrangement", sagte der Prinz, dem möglicherweise klar wurde, wie es wirken musste. „Sie haben von mir nichts zu befürchten und Ihr Ruf bleibt intakt. Meine Männer werden kein Wort sagen."

„Danke für Ihre Sorge."

„Schokolade oder Tee?" Er deutete auf die Tassen auf dem Tablett. „Kuchen oder Gebäck?"

„Tee, bitte, und Kuchen wäre äußerst willkommen."

Er schenkte ein und reichte mir eine Tasse und ein Stück Butterkuchen. Dann setzte er sich mit einer Tasse Schokolade. In seinem offenen, grüngoldenen Jackett mit passender Weste wirkte er überhaupt nicht königlich, aber seine distanzierte Haltung machte die legere Kleidung wieder wett. Ich würde wohl kaum vergessen, mit wem ich sprach.

„Wo ist Mr Fitzroy?", fragte er ruhig.

„Er beobachtet einen Mann, den wir verdächtigen, den verstorbenen Prinzgemahl nachgeahmt zu haben."

Er senkte seine Tasse auf die Untertasse, den Mund halb offen. „Sie haben ihn gefunden?"

„Wir glauben es." Ich zögerte, unsicher wie viel ich ihm erzählen sollte. Aber er war unser Auftraggeber, Thronerbe und, vielleicht noch wichtiger, ein besorgter Sohn. Er sollte wissen, was wir herausgefunden hatten, und wenn es nur dazu diente, ihn zu beruhigen. „Mr Fitzroy hat das gestohlene Bild Ihres Vaters in seinem Besitz gefunden. Er plant, den Mann heute Nacht zu konfrontieren und ihn dazu zu befragen."

„Wer ist er?"

„Ein Kerl namens King. Es scheint nicht sein richtiger Name zu sein, sondern der, den er derzeit benutzt."

„Das sagt mir gar nichts. *Wer* ist er?"

„Ich, ich weiß nicht, was Sie meinen."

„Wer sind seine Verwandten, seine Freunde? Kenne ich ihn, Miss Holloway?"

„Das bezweifle ich", sagte ich. „Er stammt ursprünglich aus dem East End, wohnt jetzt jedoch in Bloomsbury."

„Ich kenne einige Autoren und Künstler aus Bloomsbury, aber niemanden namens King."

„Seine Freunde wohnen noch immer im East End. Sie besuchen ihn gelegentlich."

Er rümpfte die Nase, als könne er den widerlichen Gestank der Armenviertel riechen. „Wie hat er es geschafft, sich bis Bloomsbury hochzuarbeiten?"

„Das wissen wir nicht. Vielleicht findet Mr Fitzroy heute Nacht auch die Antwort auf dieses Rätsel."

„Ja. Gut." Er klopfte auf die Sessellehne und nickte mitfühlend. „Hoffentlich setzt das ihrem Rendezvous ein Ende."

„Wessen Rendezvous?"

Er sah aus, als hätte er mich nicht gehört, und ich fühlte mich so unsichtbar wie die Diener. Doch dann verließ die Spannung seine Schultern und er rieb sich die Stirn. „Die Königin hat mich heute am späten Abend darüber informiert, dass sie einen Besuch vom Geist meines Vaters hatte, der sehr lebendig aussah, wie sie es formulierte."

„Wann?"

„Gestern. Sie hat es mir erst vor wenigen Stunden gestanden, daher dieses Treffen. Ich wollte Fitzroy die Hölle heiß machen, aber das ist jetzt nicht mehr nötig."

„Geht es der Königin gut?"

„Ziemlich. Sie war sogar recht gut gelaunt. Sie ist absolut überzeugt, dass er es ist, wissen Sie, egal, wie oft ich ihr erkläre, dass es sich um einen Scharlatan handelt. Sie weigert sich, mir zu glauben. Sobald sie sich etwas in den Kopf gesetzt hat, braucht es Wunder, um ihre Meinung zu ändern. Und jetzt hat sie sich in den Kopf gesetzt, dass der Geist meines Vaters sie zum Plaudern besucht."

„Haben Sie die Diener befragt? Hat ihn jemand hereinkommen sehen?" Das mussten sie. Ein Mann, der wie der verstorbene Prinzgemahl aussah, konnte nicht durch den Palast wandern, ohne bemerkt zu werden.

„Nein. Nicht einer. Das ist sehr merkwürdig. Sie halten seit dem letzten Vorfall alle die Augen offen, aber diesmal hat ihn niemand gesehen. Hoffnungsloser Haufen."

Oder King hatte die Gestalt eines anderen angenommen, jemand, den die Angestellten im Palast erwarteten. Er könnte sich in einen Diener, ein anderes Familienmitglied oder in einen Beamten verwandelt haben. Wenn er jede Gestalt annehmen konnte, waren die Möglichkeiten endlos. Und beängstigend.

„Hat Ihre Mutter—hat die Königin—Ihnen gesagt, worüber sie geredet haben?", fragte ich.

„Er hat ihr das Versprechen abgenommen, es niemandem zu sagen, und dieses Versprechen wird sie nicht brechen. Ich habe versucht, es aus ihr herauszubekommen, ebenso wie einer

meiner Brüder, aber sie weigert sich. Sie ist eine verdammte—"
Er unterbrach sich und trank stattdessen seine Schokolade.

Ich nippte ebenfalls, während ich die Möglichkeiten überdachte. Was wollte King? Geld? Er hatte bisher noch nicht
danach gefragt, aber das könnte noch kommen. Andererseits
hätte er etwas aus dem Palast stehlen und verkaufen können.
Eine teure Vase, einen Goldrahmen oder Kerzenleuchter. „Er
muss etwas wollen", dachte ich laut.

„Vielleicht will er sie auf irgendeine Art beeinflussen, aber ich
weiß noch nicht, mit welchem Ziel."

„Hat sie viel politischen Einfluss?", fragte ich.

„In bestimmten Bereichen. Es gibt allerdings andere Arten
von Einfluss. Wenn sie ein Geschäft fördert, sagen wir, einen
Juwelier oder Pferdetrainer, kommen die Kunden in Scharen."

Ich nickte langsam. „Es ist eine vernünftige Theorie." Ob
Lincoln King eine solche Frage stellen würde?

„Sie ist vollkommen überzeugt, dass er es ist", sagte er leise.
„Nichts, was ich sage, bringt ihre Meinung ins Wanken."

„Das muss für Sie und Ihre Familie frustrierend sein."

„Meine Familie?" Er wirkte überrascht. „Ich meinte frustrierend, weil sie die Königin ist und weiß, dass sie tun, sagen und
denken kann, was sie will. Die Meinung anderer, selbst die ihrer
Kinder, ist für sie irrelevant." Er studierte seine Tasse und hob sie
schließlich an die Lippen. „Es tut mir leid, Miss Holloway. So
etwas hätte ich nicht zu Ihnen sagen sollen. Meine Familie ist ein
sensibles Thema."

„Ist schon in Ordnung. Ich bin Familien nicht gewohnt,
müssen Sie wissen. Ich habe keine. Nicht wirklich."

Er lächelte. „Das ist nicht das Allerschlechteste. Familien sind
manchmal ein Pfahl im Fleisch."

„Sicher sind sie doch auch ein großer Trost. Man kann sich
auf die Familie verlassen, seine Geheimnisse zu wahren. Der
Familie kann man vertrauen."

„Darauf vertrauen, dass sie einem genau sagen, was sie von
einem halten, meinen Sie." Sein Lächeln wurde zu einem Grinsen. „Um einem Standpauken zu halten, die Sünden aufzulisten
und einen mit dem gerechten Vater zu vergleichen, der *niemals*
einen Fehltritt getan hat." Er wollte wieder von seiner Schoko-

lade trinken, stellte die Tasse jedoch mit einem angesäuerten Gesichtsausdruck weg. Er stand auf und goss sich am Sideboard einen Drink ein.

Ich wusste nicht, was ich sagen sollte oder ob meine Meinung überhaupt gefragt war. Vielleicht brauchte er einfach jemanden zum Reden, der keine Gegenleistung von ihm erwartete. Vielleicht fühlte er sich hier sicher. Brachte er hier seine Liebschaften her? Oder seine Freunde, um aus der Öffentlichkeit zu fliehen? Welche Geheimnisse bargen diese Wände und Angestellten?

„Wenigstens haben wir den Kerl jetzt in der Hand", murmelte der Prinz in sein Glas, wobei er mir den Rücken zukehrte. „Das wird sie zum Schweigen bringen, wenn sie herausfindet, dass er ein Schwindler ist."

„Wir haben ihn fast in der Hand", korrigierte ich.

Er drehte sich um, das Gesicht finster, als wäre es ihm nicht recht, dass ich seinen Überlegungen noch lauschte. Ich stellte meine Tasse ab und wollte aufstehen, aber er hob die Hand, um mich aufzuhalten. Er sagte jedoch nichts.

„Gibt es sonst noch etwas, Eure Hoheit?", fragte ich.

Er kehrte zu seinem Stuhl zurück und seufzte, während er sich setzte. Plötzlich wirkte er alt und müde, wie ein Mann mit vielen Lasten. Bisher hatte ich ihn für einen Mann, der auf die Fünfzig zuging, für eher munter und angemessen gut aussehend gehalten. Ich fragte mich, wie er einer Ehefrau, Geliebten, Kindern, einer fordernden Mutter und seinen Pflichten als Thronerbe gerecht wurde.

„Sir?", hakte ich nach. „Gibt es noch etwas, wonach Sie mich fragen möchten? Oder etwas, das ich an Mr Fitzroy weitergeben soll?"

„Fitzroy." Er kniff sich in den Nasenrücken. „Das ist ein interessanter Name."

Ohhh. In *diese* Richtung gingen seine Gedanken also. Ich trank meinen Tee, neugierig, wo dieses Gespräch hinführen würde. Sehr neugierig.

„Leisls Sohn", sinnierte er. „Und neunundzwanzig Jahre alt."

Ich tat so, als würde ich meine Tasse betrachten, behielt ihn aber durch meine Wimpern im Blick. Er schaute allerdings hoch und mein Versuch, unauffällig zu sein, scheiterte kläglich. Mein Gesicht brannte.

„Wie ist er so?", fragte er.

„Äh, also, er ist nett." Ich zuckte zusammen. „Er ist interessant. Zu mir war er freundlich." Meistens, hätte ich hinzufügen können, wäre ich ehrlich gewesen. „Er ist außergewöhnlich klug und in allen Dingen ausgesprochen fähig. Niemand, dem man ohne guten Grund in die Quere kommen sollte."

Was sollte ich ihm noch erzählen? Dass er von einem eiskalten Mann aufgezogen worden war, der sich als Mörder herausgestellt hatte, und von Angestellten, denen er egal gewesen war? Sollte ich Lincolns Vater erzählen, dass sein Sohn aufgrund dieser Erziehung Schwierigkeiten hatte, zu vertrauen und zu lieben? Dass er bis vor Kurzem nichts um sein eigenes Wohlbefinden gegeben hatte? Dass er sich ganz anders entwickelt hätte, wäre es seiner Mutter gestattet gewesen, ihn zu behalten und ihm Liebe zu schenken? Dass er zur Führung des Ministeriums auserwählt wurde, weil er der Sohn des Prinzen war?

„Ist er ein guter Anführer?", fragte er. „Respektieren seine Männer ihn?"

„Sehr sogar." Abgesehen von gelegentlichen Seitenhieben außerhalb seiner Hörweite, aber das war dem Prinzen vermutlich egal. „Vielleicht sollten Sie ihn besuchen und ihn besser kennenlernen."

„Warum würde ich das tun?"

Ich blinzelte. „Ich—ich weiß nicht."

„Er ist besser dran, wenn wir uns über unsere derzeitigen Interaktionen hinaus nicht weiter kennen." Er redete, als wüsste er von meiner Kenntnis seiner Vaterschaft. Er ging wahrscheinlich davon aus, dass Leisl es erwähnt hatte. „Besucht er seine Mutter oft?"

Die Frage überraschte mich. „Nein. Er hat sie vor der Ballnacht bei den Hothfields noch nie getroffen."

„Er wurde von englischen Eltern erzogen? Das dachte ich mir. Es erklärt seinen Akzent, seine Haltung, Manieren und dergleichen. Ihn wegzugeben war das Beste, was Leisl für ihn hätte tun können. Aber beim Ball wusste er, wer sie ist?"

„Ja", brachte ich heraus.

„Und hat er sie seither aufgesucht?"

„Nein."

Er nickte anerkennend. „Sehr klug. Es würde seinem Ruf schaden, wenn seine Verwandtschaft mit ihr bekannt wird."

„Es hat Ihrem Ruf nicht geschadet", rutschte es mir heraus, bevor ich es verhindern konnte. „Eure Hoheit", fügte ich in der verzweifelten Hoffnung hinzu, ihn milde zu stimmen.

Er schaute mich wütend an und ich wünschte, der Sessel würde mich verschlucken.

„Ich meine ... also ..."

Sein Gesicht wurde weicher. „Sie hat es an dem Abend in die verdammte Welt hinaus posaunt", murmelte er. „Gott sei Dank ist es nicht in den Zeitungen aufgetaucht. Meine Mutter hätte mich rechts und links geohrfeigt."

„Darf ich so frei sein, Sie etwas Persönliches zu fragen?"

„Mein Unwille hat Sie bisher nicht davon abgehalten, Ihre Meinung zu sagen."

Mein Gesicht glühte wieder, doch ich fuhr unbeirrt fort. „Sie müssen Leisl damals gemocht haben. Wenn ich Lincoln sagen könnte, dass seine Eltern sich geliebt haben, könnte es vielleicht ..." Ich zuckte mit den Schultern, da ich mir nicht mehr sicher war, was ich eigentlich erreichen wollte. Interessierte es Lincoln überhaupt, ob seine Eltern Gefühle füreinander gehegt hatten?

Der Prinz verlagerte sein Gewicht im Sessel und studierte sein Glas. Einen Moment später trank er den Inhalt bis zum letzten Tropfen aus. Das Glas stellte er mit betont langsamen Bewegungen auf dem Tisch ab. „Sie sind keck."

„Das sagt Lincoln mir auch."

„Sie stehen sich nahe."

„Er hat mich gebeten, ihn zu heiraten."

Er riss die Augen auf. „Ich verstehe."

Dass es ihn interessierte, weil er sich Gedanken um Lincolns Leben machte, oder meines, glaubte ich nicht. Eher wollte er wissen, wie sehr er mir trauen konnte. Ein bloßer Angestellter oder ein entfernter Bekannter sollte gewisse Dinge nicht hören, aber eine Geliebte war eine ganz andere Sache.

„Ich fürchte, ich werde Sie enttäuschen, Miss Holloway.

Liebe spielte keine Rolle bei dem, was zwischen mir und Leisl geschah. Meinerseits jedenfalls nicht, und ich würde mal die Vermutung aufstellen, auch ihrerseits nicht. Wir kamen aus Gründen zusammen, die ich nicht wirklich in Worte fassen kann. Sie war sicherlich wunderschön, aber ich sehe täglich schöne Frauen." Er betrachtete seine Hände, die locker verschränkt in seinem Schoß lagen. „Ich weiß nicht, warum ich mich dazu herabgelassen habe. Eine *Zigeunerin*." Er schüttelte den Kopf. „Sie hat auf dem Jahrmarkt gearbeitet, in Gottes Namen. Hat die Zukunft vorhergesagt. Ich muss verrückt gewesen sein." Er sah mich an, löste die Hände voneinander und streckte die Handflächen nach oben. „Da haben Sie es. Es war Wahnsinn, der uns zusammengebracht hat. Wie soll man es sonst erklären? Wir waren zwei Menschen aus verschiedenen Welten, hatten nichts gemeinsam. Unter normalen Umständen hätten wir keine zwei Worte miteinander gewechselt. Aber irgendwas überkam uns an diesem Tag. Etwas, das ich nicht ganz erklären kann. Ich *musste* einfach bei ihr sein. Es war wie ein Zwang."

Meinte er Lust? Hatte Leisl ihre Schönheit benutzt, um ihn in ihr Bett zu locken, weil sie von der Prophetie wusste? Oder hatte das Schicksal sie zusammengeworfen?

„Danke für Ihre Ehrlichkeit, Eure Hoheit."

„Werden Sie Mr Fitzroy weitergeben, was ich gesagt habe?"

„Wenn er fragt, ja. Aber wenn er nicht fragt … bin ich mir nicht sicher. Es ist wohl kaum eine tröstende Geschichte. Ich möchte aber gern, dass er seine Mutter wiedersieht. Ich wünsche mir, dass er eins seiner Familienmitglieder kennenlernt, und sie ist die … Zugänglichste für ihn."

Er neigte seinen Kopf, doch seine Lippen pressten sich missfällig zusammen. Ich hielt die Luft an und hoffte, er würde Lincoln zu einem privaten Dinner einladen, aber er sagte lediglich: „Es könnte Anlässe geben, die ein Treffen erfordern. Ich würde es begrüßen, wenn das Ministerium eine offiziellere Rolle einnehmen würde."

„Offiziell? Sie meinen, die Übernatürlichen sollten offenbart werden?"

Er lächelte. „Ich bewundere Ihre Neugier, Miss Holloway,

aber ich fürchte, das kann ich nicht beantworten. Nicht bevor ich mir Rat eingeholt habe."

„Natürlich. Falls Sie Gesprächsbedarf haben, bin ich sicher, Lincoln wird Ihnen gern Bericht über das erstatten, was wir tun."

Er machte keine Anzeichen, mit Lincoln reden zu wollen und ich sorgte mich schon, dass er stattdessen einen der Lords des Komitees konsultieren wollte. Ich war drauf und dran, ihm zu sagen, er solle niemanden sonst darauf ansprechen, doch er erhob sich und schaute auf mich herab.

„Mein Lakai wird Sie zurück nach Lichfield Towers bringen, wenn Sie bereit sind."

Ich hatte den Eindruck, er erwartete, dass ich jetzt bereit war. Also stand ich auf und machte einen weiteren Knicks. „Guten Abend, Eure Hoheit. Ich entschuldige mich für meine Aufmachung und meinen Fluchtversuch vorhin."

„Das ist schon in Ordnung. Ich verstehe, warum Sie misstrauisch waren."

Das bezweifelte ich stark, doch sagte nichts dergleichen. Er zog an einer Klingelschnur und kurz darauf sammelte der Lakai mich ein. Der Prinz blieb im Empfangszimmer zurück und ich stieg in die Kutsche ein.

„Bringen Sie mich in die Rugby Street nach Bloomsbury", sagte ich dem Kutscher.

Wir rollten durch die Pfützen und wurden schneller, sobald wir die Tore hinter uns gelassen hatten, sodass wir bald in Bloomsbury ankamen. Der Kutscher ließ mich am oberen Ende der Straße aussteigen und fragte, ob ich mir sicher war, dass ich hierbleiben wollte.

Gus trat aus den Schatten in der Nähe, um zu sehen, wer dort angekommen war.

„Danke", sagte ich dem Fahrer. „Meine Freunde sind hier."

„Was machst du?", fragte Gus, während die Kutsche davonrollte.

„Ich muss euch unbedingt etwas erzählen, bevor ihr mit King redet. Ist er schon zurückgekommen?"

Er schüttelte den Kopf.

„Ihr müsst halb erfroren sein."

„Ist kein Picknick."

„Wo ist Lincoln?"

Er nickte zu einem Baum am anderen Ende der Rugby Street. Ich konnte Lincoln nicht ausmachen. „Dem wirds nich gefallen, dass du zurückgekommen bist", sagte Gus.

„Ich weiß."

Er verschmolz wieder mit den Schatten und ich näherte mich dem Baum, wo ich in der Dunkelheit niemanden erkennen konnte. Als Lincoln leise meinen Namen rief, zuckte ich zusammen.

„Hier oben", sagte er.

Ich legte den Kopf in den Nacken. Er saß hoch oben in einer Astgabel. Ich kletterte hinauf und setzte mich neben ihn auf einen Ast.

„Du bist immer noch nass", sagte er und berührte meine Haare.

„Ich war noch nicht zu Hause. Die Kutsche des Prinzen von Wales hat mich abgefangen und mich zu ihm gebracht. Er wollte wissen, welche Fortschritte wir gemacht haben und uns mitteilen, dass der Schwindler der Königin gestern einen weiteren Besuch abgestattet hat. Sie glaubt, er wäre der Geist ihres verstorbenen Mannes."

„Wie ist er in den Palast gekommen?"

„Er hat sich irgendwie an den Wachen und Dienern vorbeigeschlichen und Zeit mit ihr allein verbracht. Sie haben nur geredet. Er hat ihr nichts getan. Ich wollte, dass du das weißt, bevor du mit King sprichst. Der Prinz glaubt auch, dass King die Königin beeinflussen möchte, vielleicht bei einer geschäftlichen oder politischen Angelegenheit."

„Ich werde ihn fragen." Er lehnte sich an den Baumstamm. „Du hast die Kutsche weggeschickt."

„Ich kann noch eine Droschke nehmen."

„Hmmm."

„Dir missfällt meine Rückkehr?"

„Spielt das eine Rolle?"

„Ich bin mir nicht sicher." Ich überdachte meine Optionen, beschloss, wieder zu gehen und öffnete den Mund, um es ihm mitzuteilen.

Er erstarrte plötzlich und packte meine Hand. In dem schwachen Licht war es schwer, seinen Gesichtsausdruck zu erkennen, aber sein Körper spannte sich an, wachsam und sprungbereit. Dann hörte ich es auch. Jaulen. Kein Bellen, aber gewiss tierische Laute.

Sie hörten auf und ich verrenkte mir den Hals, um etwas zu sehen. Ich wagte nicht, Lincoln zu fragen, ob er sie sehen konnte. Dafür war ihr Gehör viel zu gut.

Einige Augenblicke später wanderte eine Gruppe von sechs Personen an dem Baum vorbei, alle in menschlicher Gestalt. Sie mussten sich nach ihrem Ausflug in der Gasse wieder angezogen haben.

„Ich sollte gehen", hörte ich Harriet sagen. „Könnten Sie mir eine Droschke suchen, Mr King?"

„Schon?", fragte ein Mann. „Aber es ist noch früh. Meine liebe Lady Gillingham, wir würden Ihre Gesellschaft gern noch ein wenig länger genießen."

„Mr King, ich muss darauf bestehen. Mein Mann wird sich Sorgen machen."

„Nach dem, was Sie uns erzählt haben, macht Ihr Mann sich keine Sorgen um Ihr Wohlergehen, sondern nur um seinen Ruf. Er verdient Ihre Fürsorge nicht. Bleiben Sie", schnurrte er. „Wir wissen Sie zu schätzen und möchten Sie besser kennenlernen." Kings tiefe, honigweiche Stimme hallte durch die dichte Luft. Sein Akzent wies keinen Hauch aus dem East End auf, aber er war nicht so vornehm wie Harriets.

„Ich weiß nicht." Harriet blieb stehen und schaute sich um. „Ich möchte Sie auch besser kennenlernen, aber ich bin schon eine ganze Weile fort."

Die Gruppe teilte sich und umringte sie, als hätte King ihnen einen Befehl erteilt. Doch gehört hatte ich keinen. Er nahm ihre Hände. „Ich bestehe darauf. Wir trinken Wein, essen Kuchen bis spät in die Nacht. Kling das nicht wunderbar?"

„Ja-a, aber—"

„Kein Aber! Es ist abgemacht. Sie kommen mit mir nach Hause."

„Ich sollte wirklich nicht."

King antwortete nicht. Vielleicht war es meine Einbildung,

aber ich spürte, wie die Luft sich zusammenzog. Harriet schaute die Leute an, die sie umringten und versuchte, ihre Hände aus Kings Griff zu ziehen, doch er ließ nicht los.

„Sie missverstehen." Kings Stimme wurde harsch, angespannt. „Ich *bestehe* darauf, dass Sie sich heute Abend zu uns gesellen. Sie sind jetzt eine von uns und Ihre Einführung ist noch nicht abgeschlossen."

„Ich—ich verstehe nicht."

„Es ist ganz einfach. Sie sind mit uns umhergestreift. Sie sind jetzt Teil meines Rudels und das bedeutet, es gibt Regeln zu befolgen."

„Können Sie die nicht aufschreiben und mir nach Hause schicken?"

Sein schwaches Kichern entbehrte jeglichen Charme. „Und riskieren, dass sie abgefangen werden? Sie sind ein liebes Mädchen, aber sehr naiv. Lassen Sie mich direkt sein. Eine der Regeln besagt, dass ich als Rudelführer das Recht habe, Sie zu besuchen."

„Tun Sie das auf jeden Fall. Mein Mann wird Sie natürlich kennenlernen wollen. Ich warne Sie, er wird Sie schon aus Prinzip nicht mögen. Ihm missfällt mein—"

„Sie missverstehen. Ich meine, ich erwarte bestimmte … Privilegien von Ihnen."

„W—was für Privilegien?"

Er hob die Hand und streichelte ihre Wange. „Können Sie das nicht erraten, meine Süße?"

Sie fuhr zurück, nur um von den zwei Männern abgefangen zu werden. „Was tun Sie?", kreischte sie. „Lassen Sie mich los!" Sie wehrte sich, doch die beiden hielten sie fest.

King legte seinen Arm um ihre Taille und zog sie an sich. Die anderen Männer gaben sie frei und er zwang sie, weiterzugehen. Sie sträubte sich gegen jeden Schritt, doch er war zu stark.

„Stopp!", rief sie. „Hören Sie sofort—"

Er legte ihr die Hand über den Mund, aber ich hörte ihren erstickten Schrei. Anders als die Nachbarn in ihren Häusern.

Neben mir stieß Lincoln einen Pfiff aus und Gus und Seth traten aus ihren Verstecken. „Bleib hier", befahl er mir und sprang aus dem Baum.

Die Wandler blieben stehen und drehten sich um. Sie schnüffelten. Einige bleckten die Zähne.

„Gehen Sie weg", fuhr King Lincoln an und ging weiter, wobei er Harriet mit sich zog.

Er musste seinen Griff jedoch gelockert haben, denn sie riss sich plötzlich los und schrie. Blitzschnell fing King sie ein und hob die Hand zu einem Schlag.

Lincoln ging auf ihn los und packte seine Faust. Er zerrte sie zurück, brachte King aus dem Gleichgewicht und rang ihn zu Boden. Er landete einen Treffer auf Kings Kinn, ehe die beiden anderen Männer auf seinen Rücken sprangen.

„Harriet, *lauf!*", befahl Seth, während er angerannt kam. Er zog seine Pistole, aber Lincolns Angreifer hielten nicht still, sodass er nicht sicher schießen konnte.

Lincoln schüttelte einen ab, doch der andere versetzte ihm einen Hieb in den Magen. Er grunzte und hustete, rammte dem anderen aber trotzdem die Faust gegen die Wange.

Gus hatte ebenfalls seine Pistole gezogen, konnte aber auch nicht schießen. Es war viel zu riskant bei dem engen Kampf. Mit einem frustrierten Knurren trat er einen von Lincolns Angreifern, wurde jedoch bald von einer der Frauen attackiert. Er hätte sie in dem Moment erschießen können, tat es aber nicht—aus purer Ritterlichkeit, wie ich Gus kannte. Dann war es zu spät. Sie schlug ihm die Waffe aus der Hand, die außer Reichweite rutschte.

Ich blieb im Baum und wartete auf den richtigen Moment. Aber welchen Moment? Was konnte ich tun? Selbst die Frauen waren zu stark und zu schnell für mich. Gus konnte gerade mal seinen Körper vor den Schlägen seiner Angreiferin schützen und landete nur gelegentlich einen Schlag oder Tritt. Seth erging es mit der anderen Frau nicht besser und Lincoln war unter dem Angriff der beiden Männer zu Boden gegangen. Sie traten ihm in die Rippen, den Magen und gegen die Beine. Obwohl er sich zusammenrollte, zeigten sie keine Gnade.

Tränen traten mir in die Augen und ließen meine Sicht verschwimmen. Mein Magen zog sich vor Ekel, Angst und Hoffnungslosigkeit zusammen. Ich betete zu einem Gott, an den ich kaum glaubte, während mir die Tränen über die Wangen strömten.

„Du hast sie hergebracht, nicht wahr?", knurrte King Harriet an. „Du hast sie zu mir geführt!"

Harriet war hysterisch geworden, weinte und jammerte auf Knien. King zerrte sie auf die Füße und schleifte sie förmlich zu seinem Haus. Sie wehrte sich nicht. Sie konnte nicht.

Die Schläge hagelten weiter auf Lincoln, Seth und Gus ein, die sich kaum noch verteidigen konnten. Seth versuchte, seine Waffe zu erreichen, doch seine Hand wurde weggetreten. Er schrie auf und drückte sie an seine Brust.

„Tötet sie", sagte King über die Schulter zu seinem Rudel. „Dann entsorgt die Leichen. Macht schnell, bevor die Nachbarn was sehen."

KAPITEL 15

Ich hatte genau eine Waffe in meinem Arsenal; die gleiche Waffe, die ich bereits mein ganzes Leben besaß, nur dass ich sie bis letzten Sommer nicht als solche betrachtet hatte—meine Nekromantie. Und da mir die Zeit davonrannte, gab es nur eine Art, wie ich sie nutzen konnte.

Mein Magen protestierte gegen das, was ich tun musste, aber ich ignorierte ihn und mein Gewissen. Ich musste meine Freunde retten, koste es, was es wolle.

Ich kletterte so leise wie möglich von dem Baum herunter. Es war nicht leise genug. Einer von Lincolns Angreifern schaute hoch. Seine Lippen zogen sich zurück und er sprang mich an.

Im gleichen Moment tauchte ich nach Gus' Waffe und rollte mich so ab, wie Lincoln es mir im Training beigebracht hatte. Der Mann landete mit einem schmerzhaften Schlag und überraschten Jaulen auf der Straße. In diesem Augenblick erhob ich mich auf ein zerschundenes Knie, zielte und feuerte.

Die Kugel traf ihn in die Schulter. Er wurde zurückgerissen und schrie auf. Seine Freunde hielten inne und sahen hoch. Alle standen gleichzeitig auf und umringten mich. Sie würden ihr Leben riskieren, um mich zu fangen, oder vielleicht glaubten sie nicht, dass ich töten würde.

„Keinen Schritt näher", sagte ich und zielte auf den Verletzten.

Sie blieben nicht stehen, sondern zogen den Kreis enger. Der Verletzte kam dazu, die Schulter feucht von Blut. Sie knurrten tief in ihren Kehlen. Ich hatte hungrige Streuner so knurren hören, kurz bevor sie sich auf ihr Opfer stürzten.

Ich packte die Waffe mit beiden Händen. Sie zitterte. „Zurück!"

Doch anstatt zu stoppen oder zurückzutreten, hörte ich hinter mir ein Geräusch. Ich drehte mich gerade noch rechtzeitig um, um eine der Frauen auf mich zuspringen zu sehen. Ich drückte ab.

Die Kugel traf sie mitten in die Brust und sie fiel zu Boden. Sie stand nicht wieder auf.

Oh Gott.

Ich senkte die Waffe und starrte den Körper an. Blut trat darunter hervor und bildete eine Pfütze auf der Straße. Ein weißer Nebel erhob sich und waberte in der Luft. Er formte die Gestalt der toten Frau in menschlicher Form und heulte.

„Du hast sie getötet", sagte die andere Frau mit weit aufgerissenen Augen. „Du hast Maggie getötet."

„Ihr habt mich angegriffen", sagte ich. „Ihr habt meine Freunde angegriffen."

Sie starrte mich weiter an, doch dann wurde ihr Gesicht hart und ihre Nasenflügel blähten sich. „Du hast sie verdammt noch mal umgebracht!" Sie ging auf mich los.

„Geh in deinen Körper!", konnte ich dem Geist zurufen. „Leg dich *jetzt* auf deinen Körper und—"

Die Frau packte mich und wir gingen zusammen zu Boden. Mein Kopf schlug auf dem Pflaster auf und die Luft wich aus meinen Lungen. Alles wurde schwarz. Ich konnte nicht sehen, ob der Geist mir gehorcht hatte. Ich konnte mich nicht einmal bewegen, weil die Frau auf mir saß und mich festhielt. Ich wappnete mich, denn ich erwartete, dass ihre Faust in mein Gesicht krachen würde.

Doch das tat sie nicht. Mein Blick wurde wieder klar. Ich blinzelte zu ihr auf, doch sie sah mich gar nicht an. Sie starrte die Leiche an, die jetzt auf die Füße taumelte. Die anderen Rudelmitglieder rührten sich nicht. Alle starrten die tote Frau an, die auf unsicheren Füßen stand und mit Augen an sich herabblickte, die nicht wirklich sehen konnten. Es waren ihre Geisteraugen, die sahen, nicht ihre menschlichen, und was sie sah, verblüffte sie.

„Ich ... ich lebe." Ihre Stimme war dünn, brüchig, und kämpfte mit Muskeln, Fleisch und Nerven, die in toter Form erst wieder lernen mussten, wie sie zusammenarbeiteten.

Die beiden Männer näherten sich ihr, berührten sie, schauten nach ihrer Wunde. Derjenige, der ihr in die Augen sah, sprang plötzlich mit einem Jaulen zurück.

„Nein", sagte ich ihr und den anderen. „Du bist tot. Ich habe dich zurückgebracht, um in deinen Körper einzutreten."

Alle Blicke richteten sich auf mich. Die Frau, die mich angegriffen hatte, wich zurück und fiel in ihrer Hast, von mir wegzukommen, über ihre eigenen Füße. „Was bist du?", flüsterte sie.

Ich stand langsam auf und achtete darauf, sie alle im Blick zu behalten. Hinter ihnen rührten sich Seth, Gus und Lincoln stöhnend. Gott sei Dank waren sie am Leben, aber übel zugerichtet. „Ich bin diejenige, die euch alle umbringen und wieder zum Leben erwecken wird, um mir zu gehorchen, es sei denn, ihr tut, was ich sage. Stellt euch alle zusammen da rüber, wo ich euch sehen kann." Ich zeigte mit der Waffe auf die Mitte der Straße.

Ein Mann bewegte sich, doch der andere hielt ihn am Ärmel fest. „Sie wirds nicht tun", sagte er. „Sie lügt. Niemand kann Tote zurückbringen."

Ich richtete die Waffe auf ihn. „Bis vor kurzem wusste ich nicht, dass Leute sich in Wölfe und Bären verwandeln können. Aber hier steht ihr." Ich nickte der Leiche zu. „Und da steht sie. Tot, und doch auf den Beinen. Treib sie zusammen", befahl ich der Leiche.

Sie ging auf die Männer zu, die Arme ausgebreitet, als würde sie Vieh vor sich hertreiben. „Ich kann nicht stehen bleiben", murmelte sie. „Warum? Was tust du mit mir?"

Die Männer wichen vor ihr zurück. Die andere Frau hob ergeben die Hände. Ich richtete meine Pistole auf sie. Seth kam auf die Knie und zielte ebenfalls mit seiner Waffe. Er legte sie auf seinen Unterarm, nicht seine verletzte Hand. Trotz des Blutes, das aus einer klaffenden Wunde über seinem Auge strömte, sah er wütend aus und absolut gewillt, abzudrücken.

Hinter ihm taumelten Lincoln und Gus auf die Füße. Ich ging

nicht zu ihnen, war aber immens erleichtert. Ich konzentrierte mich auf unsere Angreifer. Die Gefahr war noch nicht gebannt, nicht für Harriet.

„Geh rein und stelle sicher, dass King Lady Gillingham nichts antut", befahl ich der toten Frau. „Tu, was nötig ist, um sie zu befreien."

„Nein! Das werde ich nicht tun!" Aber ihre Füße bewegten sich, noch während sie protestierte. Die anderen sahen ihr nach, eine Mischung aus Staunen und Angst auf ihren Gesichtern. Die tote Frau tapste ungelenk zu Kings Haus, als wären ihre Füße am Boden festgewachsen und sie müsste sie bei jedem Schritt losreißen. Bis sie an der Tür angekommen war, hatte sie sich jedoch an den toten Körper gewöhnt und bewegte sich freier.

Vorhänge bewegten sich überall in den Häusern. Nachbarn schauten heraus, blieben aber aus Angst drinnen. Wie lange hatten wir Zeit, bis die Constables ankamen? Der Schuss musste von einem Ende von Bloomsbury bis zum anderen zu hören gewesen sein.

„Wir gehen alle", sagte Lincoln. Irgendwie hatte sein Gesicht nur eine Schramme an der Wange abbekommen. Der Rest von ihm musste allerdings grün und blau sein.

Ich half ihm nicht, während er hinter der Toten her humpelte, den Körper leicht vorgebeugt, die Arme über den Bauch gelegt. Obwohl er keinen Ton von sich gab, wusste ich, dass ihm alles wehtun musste. Ich hätte zu gern nach seinen Wunden gesehen und ihn mit Salbe eingerieben, aber das würde warten müssen.

Seth und ich zwangen die anderen mit vorgehaltenen Pistolen, ihm zu folgen. Sie gingen folgsam und ohne Murren die Treppen zu Kings Wohnung hinauf. Von der Vermieterin fehlte jede Spur. Ich konnte es ihr nicht verübeln, dass sie sich versteckte.

Die Tote hatte King im Wohnzimmer bereits mit den Schultern gegen die Wand gedrückt. Er versuchte sie wegzuschieben, konnte aber nicht genug Kraft aufbringen. Sie war selbst für ihn zu stark.

Harriet kauerte wimmernd in einer Ecke auf dem Boden, die Füße unter ihrem Rock versteckt und das Gesicht in den Händen vergraben. Niemand beachtete sie.

„Lass mich los!", befahl King.

„Kann ich nicht", sagte die Tote. „Tut mir leid, King, sie steuert mich."

Sein Blick glitt zu mir. „Wie?"

„Harriet wird hier rausspazieren", sagte ich zu ihm. „Sie werden sich weder ihr noch sonst jemandem, der mit ihr in Verbindung steht, nähern. Verstanden?"

„Ich wollte ihr nichts anhaben."

„Wir haben gehört, was Sie mit ihr vorhatten."

„Das wollte sie doch, nicht wahr, Harriet?"

„Nein!", weinte sie.

„Aber ich bin dein Rudelführer. Du gehörst jetzt zu mir."

„Ich gehöre zu meinem Mann. Ich wollte mit euch *laufen*. Mehr nicht", murmelte sie. Jeglicher Kampfgeist war verflogen.

Sie rappelte sich auf und stellte sich neben mich. Ich hakte mich bei ihr ein. Die Nähe schien ihr gut zu tun.

„Sollten Sie sich Harriet noch einmal nähern, werde ich Ihnen Londons Tote auf den Hals hetzen", sagte ich zu King.

Er schluckte. „Alle?"

„So viele, wie ich finden kann." Manchmal fühlte sich eine kleine Lüge gut an. Boshaft gut. „Und jetzt beantworten Sie unsere Fragen und wir lassen Sie gehen."

Lincoln war bei der Tür stehen geblieben. Er hatte sich aufgerichtet, aber der Schmerz stand ihm ins Gesicht geschrieben. Ich ließ Harriet los, ging zu ihm und berührte seine Fingerspitzen als Zeichen der Ermutigung. Er lächelte mich gequält an und bewegte sich sicher auf King zu.

„Sie haben sich in die Gestalt des Prinzgemahls verwandelt", sagte Lincoln leise, aber fest.

„Habe ich das?"

„Wie haben Sie das getan?"

Kings Lippen pressten sich zusammen. Er schaute weg.

„Boxe ihm in den Magen", befahl ich der Toten.

Sie protestierte, tat es aber. „Tut mir leid", sagte sie zu King, der sie anhustete.

„Ich werde Sie von ihr töten lassen", erklärte ich King. „Nach allem, was Ihre Freunde meinen heute angetan haben, habe ich da keine Skrupel. Wir wissen, dass Sie zum Palast gegangen sind und die Gestalt des Prinzgemahls genutzt haben, um mit der Königin zu sprechen. Wie können Sie sich in seine Gestalt verwandeln? Und in andere?"

„Ich weiß es nicht", sagte er. „Es ist halt etwas, was ich kann, so wie Sie ..." Er deutete auf die Tote. „Das können. Ich habe vor Jahren gelernt, dass ich mich in andere Gestalten verwandeln kann, aber es ist nicht leicht. Alles, was nicht meine natürlichen Formen waren, brauchte Übung. Wenn ich jemanden Spezifisches nachahmen wollte, brauchte ich jahrelange Übung."

„Ihre natürlichen Formen?"

„Diese und die, in der ich umherstreife."

„Sie versuchen schon seit einiger Zeit, den Prinzgemahl nachzuahmen", sagte Lincoln. „Sie wollten er *sein*, nicht wahr? Daher der Name, den Sie angenommen haben."

„Mir wurde gesagt, dass ich ihm etwas ähnlich sehe." King versuchte, mit den Schultern zu zucken, was aber in seiner Position an der Wand nicht möglich war. „Es war nur ein Spiel. Harmlos."

„Harmlos!" Ich marschierte zu ihm und stach ihm mit dem Finger in die Brust. „Die Königin glaubt, mit ihrem geliebten verstorbenen Mann zu sprechen!"

„Und wieso ist das was Schlechtes? Sie himmelt ihn immer noch an. Warum soll sie nicht etwas Freude bekommen und glauben, dass er sich genauso nach ihr sehnt, wie sie sich nach ihm?"

„Sie machen mich krank", sagte ich.

„Ich weiß, was ich tue."

„Und was genau ist das?", fragte Lincoln. „Was wollen Sie von ihr?"

King schniefte. „Nichts."

Lincoln ließ seine Faust in Kings Gesicht krachen. Es kam so plötzlich, dass es selbst mich überraschte. Kings Kopf knallte gegen die Wand und einen Moment lang wirkte er benommen. Blut rann aus seinem Mund. Er prustete und spuckte dann einen Zahn aus. „Zur Hölle, Sie sind ja in blendender Laune."

„Ist das ein Wunder?", schnappte ich. „Sie haben Ihren Leuten befohlen, sie zu töten!" Ich verspürte große Lust, ihm selbst eine zu verpassen.

„Ich kann jeden einzelnen Ihres Rudels auslöschen", sagte Lincoln mit einem Knurren, das mehr tierisch als menschlich war. „Ich kann dafür sorgen, dass Ihre Art heute Nacht ausstirbt. Nehmen Sie nicht an, dass ich Gnade walten lasse, denn das werde ich nicht. Nicht, nachdem Sie uns keine zugestanden haben."

Harriet schnappte nach Luft. Kings Rudel warf sich besorgte Blicke zu. „Sag's ihm", drängte einer der Männer King. „Das Geheimnis ist nicht mehr wichtig. Du hast es versucht und bist erwischt worden. Das ist das Ende. Sag ihm, was er wissen muss!"

„So einfach ist das nicht." King klang, als würde er seine Optionen abwägen. „Es wird nicht ohne Konsequenzen bleiben."

„Seth", bellte Lincoln.

Seth humpelte vorwärts. „Ja?"

„Erschieß einen von ihnen. Mir ist egal, welchen."

Seth blinzelte Lincoln an und zielte dann auf einen der Männer. Der Mann stolperte zurück und fiel in einen Stuhl, die Hände erhoben. „Ich wollte niemandem etwas antun."

Seth spannte den Hahn. Harriet wandte sich ab und hielt sich die Ohren zu. Die lebende Frau schrie.

„Nicht!", presste King heraus. „In Ordnung! Ich sage Ihnen, was Sie wissen müssen. Ich, ich wollte lediglich Ihre Majestät davon überzeugen, dass Gestaltwandler harmlos sind und sich niemand vor ihnen fürchten muss."

Ich runzelte die Stirn. Das war alles?

„Sie ist schwach", fuhr er fort. „Sie ist leicht zu beeindrucken und wurde von ihrem verstorbenen Ehemann geführt, als er noch lebte. Ich hatte gehofft, er könnte sie auch im Tod noch beeinflussen."

„Sie wohin gehend beeinflussen?", fragte Lincoln

Kings Zunge fuhr aus seinem Mund und leckte über seine Lippen. „Ich, ich habe erwähnt, dass Wandler ebenso ihre Untertanen sind wie jeder andere auch und es verdient haben, sich frei in England zu bewegen, ohne sich verstecken zu müssen."

„Aber *Sie* sind nicht harmlos", sagte ich. „Das haben Sie heute Abend bewiesen."

„Außergewöhnliche Umstände", sagte er und versuchte

wieder, mit den Schultern zu zucken. „Sie wussten eindeutig zu viel über uns und wollten uns bedrohen. Wenn meine Leute bedroht werden, reagiere ich instinktiv."

Es war Wahnsinn, ergab aber trotzdem irgendwie Sinn. Er handelte nach tierischem Instinkt; dem Instinkt, das Rudel zu schützen und um Territorium zu kämpfen.

„Wer hat Sie dazu angestiftet?", fragte Lincoln.

Kings Kopf ruckte zurück. „Niemand. Ich agiere allein."

„Für wen hat er gearbeitet?", fragte ich die tote Frau.

Kings Blick wurde eisig. Mir lief ein Schauer über den Rücken.

„Ich weiß es nicht", sagte die Frau mit gefasster Stimme.

King warf mir ein triumphierendes Lächeln zu. „Sag ich doch", bemerkte er geschmeidig. „Ich arbeite allein. Es gibt sonst niemanden wie mich. Niemanden, der sich in alles und jeden verwandeln kann. Es war leicht, in den Palast zu gelangen, die Briefe zu durchforsten und das Bild des Prinzen zu stehlen."

„Sie brauchten das Bild, um Ihren Betrug zu perfektionieren", sagte ich. „Und das zweite Mal, gestern, wie sind Sie da hereingekommen?"

„Ich habe die Gestalt einer jungen Magd angenommen. Niemand Spezielles. Kein Mensch bemerkt ein schlichtes Mädchen in einer Dienstuniform. Im Palast gibt es so viele. Als ich die privaten Gemächer der Königin erreicht hatte, verwandelte ich mich in den Prinzgemahl und zog die Sachen an, die ich mitgebracht hatte. Einfach." Selbstgefälligkeit erschien in seinem Lächeln. Er war stolz auf seine Täuschung.

„Charlie, sonst noch was?", fragte Lincoln.

„Nur eins", sagte ich. „Wo ist Mink?"

„Wer?", fragte King.

„Ein junger Freund von mir, schlank, vielleicht vierzehn oder fünfzehn."

Er schüttelte den Kopf. „Hab hier keine jungen Blagen gesehen."

Gus öffnete uns die Tür und wir gingen mit Harriet hinaus.

„Oi!", rief die Tote. „Was ist mit mir?"

„Ich werde deinen Geist freisetzen, sobald wir in Sicherheit sind."

„Oh, und danke", sagte Harriet zu der Frau. „Ihr Rat vorhin war unschätzbar wertvoll."

Die blutleeren Lippen der Leiche wurden zu einem Strich. Sie versuchte, auf den Boden zu spucken, doch Tote können keine Spucke produzieren. „Verräterin."

Harriets Griff schloss sich fester um meinen Arm. Tränen rollten über ihre Wangen. Ich führte sie die Treppe hinunter. Gus, Seth und Lincoln folgten.

„Sollten wir ihn nicht noch weiter befragen?", wollte Seth wissen, der neben Lincoln ging. „Über die Person, die ihn bezahlt hat, meine ich."

„Er wird uns keine Antwort geben", sagte Lincoln. „Ich werde ihm folgen müssen oder seine Korrespondenz durchgehen. Aber nicht heute Nacht."

„Nein", sagte Seth leise und hielt seine Hand mit der anderen an seine Brust. „Nicht heute Nacht."

„Was ist, wenn er versucht, London ganz zu verlassen?", fragte ich. „Vielleicht verjagt ihn das jetzt."

„Er wird nicht ohne sein Rudel gehen, aber ich werde dafür sorgen, dass er beobachtet wird."

Wir gingen so schnell, wie die verletzten Männer konnten. Unterwegs kamen wir an zwei Constables vorbei, die auf dem Weg zur Rugby Street waren. Sie schienen es nicht eilig zu haben und hielten uns nicht auf.

Ich machte mir Sorgen, dass wir an einem so elenden Abend keine Droschke finden würden. Es waren auch tatsächlich keine kleineren zu sehen, aber einige größere warteten vor der St. Pancras Station. Wir quetschten uns alle hinein. Seth und Gus stöhnten, als sie sich mit mir in der Mitte setzten, und Lincoln zuckte zusammen, da Seth ihm aus Versehen auf den Fuß trat.

Erst fuhren wir nach Mayfair, um Harriet nach Hause zu bringen. Ich sprach die Worte, um den Geist der Wandlerin freizusetzen, erst, als wir fast dort waren.

„Woher wussten Sie, dass Sie nach mir suchen sollten?", fragte Harriet.

„Ihr Mann hat uns über Ihr Verschwinden informiert", sagte Lincoln.

Sie verzog das Gesicht. „War er sehr aufgebracht?"

„Ja", sagte ich. „Wird er Sie bestrafen?"

Ihre Finger verknoteten sich in ihrem Schoß, wurden dann aber plötzlich still. Sie lächelte ihr Spiegelbild im dunklen Fenster an. „Wir werden sehen."

„Haben Sie King von uns erzählt?", fragte Lincoln.

„Nein! Kein Wort. Ich habe weder Namen noch das Ministerium oder Lichfield Towers erwähnt. Nach dem Angriff und bevor Sie zu uns gekommen sind, habe ich ihm gesagt, Sie wären Fremde, lokale Unruhestifter."

„Das wird er jetzt nicht mehr glauben", sagte ich.

„Ich werde ihm nichts von Ihnen sagen, versprochen. Ich will diesen Mann nie wiedersehen."

„Es ist sehr wahrscheinlich, dass Sie es werden. Sie sind jetzt Teil seines Rudels. Er glaubt, Sie gehören ihm."

Sie biss sich auf die Lippe und ihre Hände nahmen ihr Ringen wieder auf. „Ich wollte doch nur mal laufen und andere wie mich treffen."

„Ich verstehe", sagte ich sacht.

Seth brummte und verlagerte sein Gewicht, nur um erneut zu stöhnen. „Das nächste Mal, wenn du laufen willst, komm nach Lichfield. Ich reite neben dir her."

„Danke, Seth, du bist sehr süß."

Er sah überhaupt nicht süß aus. Er wirkte schmerzverzerrt zwischen seinen finsteren Blicken.

Gus untersuchte seine zerschundenen, blutigen Knöchel. „Alles tut weh. Die waren verdammt stark."

„Ich fühle mich grässlich", sagte Harriet, die mit dem kleinen Finger ihre Augen abtupfte. „Alle sind wegen mir verletzt. Und Charlie, Sie sehen aus wie ein zerlumptes Straßenkind. Saßen Sie oben im Baum? Sie armes Ding. Und Seth, dein Auge schwillt zu. Hier, nimm mein Taschentuch und lass mich dich versorgen."

Gus verdrehte die Augen. „Himmel hilf uns, wenn das hübsche Gesichtchen was abkriegt. Wir wollen doch nich, dass unser Goldjunge sein gutes Aussehen einbüßt."

„Wenn ich sicher sein könnte, dass es mir nicht mehr wehtut als dir, würde ich dich boxen", sagte Seth ruhig. „Und mein Gesicht ist nicht hübsch. Es ist auf raue Art attraktiv."

„Wer behauptet das? Deine Mutter?"

„Ja, wie es der Zufall will." Seth grinste, doch das legte sich schnell. Er tupfte mit dem Taschentuch seine Wunde ab. „Sie wird Anfälle kriegen, wenn sie mich so sieht."

„Du könntest dich im Keller verstecken, bis es heilt", sagte Gus hilfsbereit. „Oder in der Küche. Da geht sie nich rein."

„Keine Sorge", sagte ich fröhlich. „Alices Besorgnis wird jede Standpauke wieder gut machen, die deine Mutter austeilt."

Seths Gesicht hellte sich auf. „Guter Punkt. Ich frage mich, ob sie um diese Uhrzeit noch auf ist. Wie viel Uhr ist es eigentlich?"

„Elf", sagte Lincoln, ohne auf seine Uhr zu schauen. „Und Charlie bekommt das erste Bad."

Seth hob die Hände. „Ist mir recht. Ich werde damit beschäftigt sein, Alice zu versichern, dass ich mich erholen werde."

„Deiner Mutter nicht?", fragte ich.

„Die wird um die Uhrzeit Gott sei Dank im Bett sein."

Wir erreichten Harriets Haus. Lincoln öffnete ihr die Tür und stieg aus, um ihr herauszuhelfen.

„Danke", sagte sie zu uns. Sie drückte meine Hand. „Ihr ward alle wundervoll." Sie erlaubte Lincoln, sie die Treppe hinauf zu begleiten. „Es tut mir leid, dass ich so viel Umstände gemacht habe", hörte ich sie sagen.

Die Haustür ging auf und Gillingham erschien im hell erleuchteten Eingang, nicht der Butler. Alle drei sprachen kurz miteinander, dann kam Lincoln zurück.

„Sie wird zurechtkommen", sagte er und klopfte an die Decke der Kabine, als er saß.

„Wie kannst du das wissen?", fragte ich.

„Weil sie jetzt ihre Stärke kennt und er ein Feigling ist."

„Glaubst du, sie wird ihre Kraft nutzen, um seinen Zorn einzudämmen?"

„Das hoffe ich", murmelte Seth.

Die Fahrt von Mayfair nach Highgate dauerte recht lang. Das Schwanken der Kutsche schläferte uns ein, inklusive Lincoln. Er schloss die Augen, lehnte seinen Kopf jedoch nicht an die Wand, wie die anderen beiden. Ich legte sanft meine Hand auf sein Knie und er bedeckte sie mit seiner zerschundenen. Die andere hielt er dicht an seine Brust. Ich vermutete, dass er auch einige gebrochene Knochen hatte wie Seth.

„Ich mache mir Sorgen um Mink", sagte ich leise.

„Ich weiß."

„Was glaubst du, wo er ist? Was ist mit ihm geschehen?"

Er sagte nichts und ich wusste, dass er es vermied, das Schlimmste zu äußern.

„Und was ist mit King? Wer behält ihn im Auge?", fragte ich. „Soll ich das heute Nacht übernehmen? Oder der Koch?"

„Gillingham wird seine Leute hinschicken, wie er mir mitteilte."

„Ist es klug, ihm das zu überlassen? Es ist eine große Verantwortung, einen so durchtriebenen Wandler wie King zu beobachten, und Gillingham ist nicht gerade der Kompetenteste."

„Er hat kompetente Männer, die für ihn arbeiten."

„Aber—"

„Keine Fragen mehr, Charlie. Bitte." Er schloss wieder die Augen und öffnete sie erst, als wir Lichfields Tore erreichten.

Das warme Licht der Lampen am Eingang hieß uns willkommen und die Tür wurde geöffnete, ehe wir sie erreicht hatten. Doyle trat beiseite, um uns einzulassen, das Gesicht so gefasst wie immer, auch wenn ich glaubte, Beunruhigung in seinen Augen zu entdecken, als er sah, wie vorsichtig die Männer liefen.

„Das wurde auch verdammt noch mal Zeit", knurrte der Koch, die Hände auf die Hüften gestemmt. „Wir dachten schon, ihr seid alle tot."

„Fast", murmelte Seth. Dann strahlte er plötzlich. „Ah, Alice, guten Abend."

Alice eilte die Stufen herab, wobei ihr ein Tuch mit Fransen von den Schultern rutschte. „Gott sei Dank seid ihr zurück. Wir haben uns Sorgen gemacht."

Seth hielt ihr seine Hand hin. Sie wirkte von der Geste leicht verwirrt, nahm die Hand aber. „Es tut mir leid, ich kann meine Rechte nicht benutzen", sagte Seth und hob seine schwer verletzte rechte Hand kurz von seiner Brust.

Alice schnappte nach Luft. „Was ist passiert?"

„Ich habe jemanden sehr fest geschlagen." Er ruckte mit dem

Kopf, sodass seine feuchten Haare von seiner Stirn wegflogen. „Es ist nichts."

Alice sah Lincoln, Gus und mich an. „Seid ihr alle verletzt?"

„Nur die Männer", sagte ich.

Der Koch schlug Gus in einer freundlichen Geste auf die Schulter und Gus jaulte auf. „Wo tut es weh?", fragte der Koch.

„Da." Gus schüttelte seinen Mantel ab und zischte vor Schmerz. „Überall."

„Doyle, rufen Sie Dr. MacDonnell", sagte ich. „Sagen Sie ihm, wir haben gebrochene Knochen, Prellungen und Platzwunden. Reichlich."

„Ich mache mich sofort auf den Weg", sagte der Butler. „Vorher muss ich Sie warnen, dass wir einige Besucher haben, die über Nacht bleiben."

Ich zog meine Augenbrauen hoch und sah Alice an. „Doch nicht schon deine Eltern, oder?"

Sie schüttelte den Kopf. „Die Kinder. Mrs Cotchin hat sie alle im hintersten Schlafzimmer untergebracht. Sie passen alle in ein Bett, aber nur so gerade eben."

„Mink?", platzte ich heraus. „Ist er hier?"

„Ich bin hier", kam eine leise Stimme aus den Schatten. Er trat vor und ich rannte zu ihm und umarmte ihn. Ich war glücklicher, ihn zu sehen als Harriet vorhin.

Er wand sich aus meiner Umarmung und ich ließ ihn los. Er sah unverletzt aus, aber müde. „Was ist mit dir passiert?"

„Nichts." Er neigte verlegen den Kopf.

„Sag es ihnen", befahl Alice sanft.

„Ich bin spazieren gegangen." Er zuckte mit den Schultern. „Ich musste nachdenken."

„Du bist spazieren gegangen!", rief ich. „Ohne jemandem etwas zu sagen? Mink, das solltest du besser wissen."

„Dachte nicht, dass es jemanden interessiert", murmelte er.

Ich umarmte ihn erneut und ignorierte seinen Protest. „Finley hat sich genug gesorgt, um den ganzen Weg hierher zu rennen, als ihm klar wurde, dass du nicht nach Hause kommst", flüsterte ich ihm ins Ohr. „Und ich war den ganzen Tag krank vor Sorge. Das nächste Mal sagst du jemandem, wohin du gehst."

Er nickte, machte sich wieder von mir los und sah mir in die

Augen. „Ich musste über die Dinge nachdenken, die du gesagt hast. Darüber, hier bei dir zu bleiben."

„Und du hast dich entschieden zu bleiben. Ich bin *so* erleichtert."

Mink schaute an mir vorbei zu Lincoln und räusperte sich. „Sir?"

„Ihr dürft bleiben", sagte Lincoln. „Bis ein besseres Arrangement gefunden wird."

„Was könnte besser sein als hier?", fragte ich.

Er antwortete jedoch nicht, sondern humpelte an uns vorbei zur Küche. „Gibt es irgendetwas zu essen?"

Alle außer Mink machten sich auf den Weg in die Küche. Die anderen Jungen waren bereits ins Bett gegangen und Mink sah müde aus. Er war nur aufgeblieben, um mit uns zu sprechen und sicherzustellen, dass mein Angebot noch stand. Lady V, Mrs Cotchin und Bella hatten sich auch schon zurückgezogen, sehr zu Seths Erleichterung. Die Standpauke seiner Mutter würde er erst am nächsten Tag über sich ergehen lassen müssen.

Er nahm eine Schüssel Suppe vom Koch entgegen und setzte sich an den Küchentisch. „Meine beiden Hände tun weh", sagte er zu niemand bestimmten. „Ich bin nicht sicher, ob ich allein essen kann." Er zwinkerte Alice unschuldig an.

Sie tat so, als würde sie es nicht bemerken und reichte mir eine Schüssel mit Suppe.

Der Koch nahm Seths Löffel. „Mund auf für den Tuff-Tuff-Zug."

Seth schnappte sich den Löffel und aß selbst.

„Charlie", sagte Lincoln, der seine Schüssel von Alice entgegennahm. „Du wolltest zuerst baden."

„Eigentlich wolltest *du*, dass ich zuerst bade", sagte ich. „Ich finde, ihr drei solltet vor mir dran sein. Ihr ward länger draußen als ich und für eure Verletzungen wird es Wunder wirken. Ich kann gemütlich beim warmen Feuer sitzen."

„Apropos Feuer", sagte Alice, „in jedem eurer Zimmer wurde eins angezündet."

„Sie sind eine so nette, umsichtige Frau", sagte Seth lächelnd. „Das ist wirklich süß von Ihnen."

„Es war Mrs Cotchins Idee. Ich werde ihr morgen sagen, dass Sie sie süß genannt haben. Sie wird begeistert sein."

Sein Lächeln erstarrte. „Trotzdem, Sie *sind* nett und umsichtig."

Alice ging sehr zögerlich zu Bett und erst als sie weg war, fielen mir ihre Träume wieder ein. Ich hoffte nur, dass sie heute Nacht nicht lebendig wurden. Ich war zu müde, um Kaninchen niederzuringen oder Armeen zu bekämpfen. Und die Männer waren zu kaputt.

Am Ende bekam Gus das erste Bad, gefolgt von Seth. Der Koch musste ihm helfen, sein Hemd auszuziehen, da er seine Arme nicht über den Kopf heben konnte. Er war noch in der Wanne, als Dr. MacConnell eintraf. Der Arzt kümmerte sich zuerst um Lincoln, da der die meisten Verletzungen aufwies.

„Angebrochene Knochen in der linken Hand", berichtete Dr. MacDonnell, als er mich nach seiner Untersuchung wieder in Lincolns Zimmer ließ. Lincoln saß in einem Sessel, das Hemd offen, sodass ein Dreieck von grün-blauer Haut zu sehen war. Sein Gesicht wirkte blasser als vorher. „Einige gebrochene Rippen und verschiedene Prellungen am Rumpf und den Gliedmaßen. Es ist unwahrscheinlich, dass innere Verletzungen vorliegen, sonst wäre Mr Fitzroy ihnen inzwischen erlegen. Er kann von Glück sagen, dass seine Muskulatur so kräftig ist. Meiner Vermutung nach hat ihn das geschützt."

„Vielen Dank, Doktor", sagte ich, ohne meinen Blick von Lincoln abzuwenden. Er sah aus wie ein müder Krieger, der dringend Ruhe benötigte. „Sie haben seine Hand nicht verbunden."

„Die Knochen sind nur angebrochen. Die Hand sollte nach dem Bad bandagiert werden. Er hat mir versichert, dass Sie in der Lage sind, das zu übernehmen, Miss Holloway."

„Das stimmt."

„Passen Sie in der Zwischenzeit auf, dass die Knochen in der Hand sich nicht bewegen", sagte der Doktor mit einem strengen Blick auf Lincoln. „Vergessen Sie die Salbe nicht. Tragen Sie sie großzügig auf die Prellungen auf. Für die Rippen können wir leider nichts tun, fürchte ich. So." Er klappte seine Tasche zu. „Wo ist der nächste Patient?"

„Ich bringe Sie zu ihm."

Bis ich Dr. MacDonnell in Seths Zimmer abgeliefert hatte und zurückgekehrt war, war Lincoln verschwunden. Ich schenkte mir einen Brandy ein und wartete vor dem Kamin auf ihn. Meine Kleidung und Haare waren schon getrocknet, aber ich genoss die angenehme Wärme. Es schien ewig zu dauern, bis die Kälte sich aus meinen Knochen verzog, aber als sie es tat, schloss ich die Augen und sank tiefer in den Sessel.

Ein sachtes Streicheln auf meiner Wange weckte mich. „Lincoln?", murmelte ich. „Bin ich eingeschlafen?"

„Geh ins Bett", sagte er, seine Stimme so angenehm und warm wie das Feuer. „Es war ein langer Tag."

Ich setzte mich auf und gähnte. Er hockte auf dem Fußschemel vor mir und sah teuflisch gut aus mit seinen feuchten Haaren und dem offenen Hemd, das die blauen Flecken preisgab. Er beobachtete mich mit einer Intensität, die meine Eingeweide in Pudding verwandelte. Ich legte sanft eine Hand an sein Kinn, knapp unter der Platzwunde auf seiner Wange, in der Hoffnung, den Blick einzufangen.

„Ich werde ins Bett gehen, nachdem ich deine Hand bandagiert und deine Wunden versorgt habe", sagte ich.

Ein freches Leuchten flackerte in seinen Augen auf. „Dr. MacDonnell hat nur meine Hand erwähnt. Den Rest meiner Wunden kann ich selbst versorgen."

„Und mir das Vergnügen versagen, deine nackte Brust zu berühren?"

„Du hast kein Recht, meine nackte Brust zu sehen, junge Dame. Erst wenn du meinen Ring an deinen Finger steckst." Er nickte in Richtung des Rings, der in seinem Kästchen vorn auf dem Schreibtisch stand. Er war noch weiter nach vorn gerückt. Bewegte er ihn, damit ich ihn nicht übersehen konnte?

„Vielleicht möchte ich die Waren erst probieren, bevor ich kaufe."

Seine Mundwinkel schossen nach oben. „Du verhandelst hart."

„Zieh dein Hemd aus."

Er zögerte und hob dann die verletzte Hand. „Erst die."

Ich seufzte. Und er dachte, *ich* würde hart verhandeln. Ich sehnte mich schmerzlich danach, ihn zu berühren, selbst wenn es nur medizinisch war, aber *er* schien widerstehen zu können. Er war immer ein Mann mit eiserner Selbstbeherrschung.

Der Doktor hatte Bandagen und Schienen dagelassen, um Lincolns Finger ruhigzustellen. Ich positionierte vorsichtig eine Schiene unter jeden Finger und verband die Hand dann fest, inklusive der Finger und des Handgelenks. Es musste schmerzen, aber er gab keinen Ton von sich.

„Zieh dein Hemd aus", befahl ich, als ich fertig war. Als er zögerte, fügte ich hinzu: „Ich werde nicht über dich herfallen."

„Um dich mache ich mir keine Sorgen", murmelte er.

Ich zog die Augenbrauen hoch, doch er bemerkte es nicht, da er mit seinem Hemd kämpfte.

„Lass mich mal." Ich zog das Hemd hoch und sah die dunklen Flecken auf Brust und Bauch. „Oh, Lincoln, das muss wehtun."

Er beobachtete mich sorgsam, als wäre er unsicher, wie er regieren sollte.

Ich schraubte den Deckel von dem Glas mit der Salbe ab und roch an dem dickflüssigen Inhalt. „Es riecht ganz angenehm." Ich vermied es, ihm ins Gesicht zu schauen und konzentrierte mich auf seine Schultern und Arme und trug sacht die Salbe auf die Prellungen auf. Als ich bei seinem Brustkorb ankam, hielt ich inne. „Es wäre einfacher, wenn du liegst, statt zu sitzen."

„Du willst, dass ich mich aufs Bett lege?"

„Das Sofa ist nicht lang genug."

„Nein."

„Warum nicht?"

„Da fragst du?"

Mein Gesicht brannte. „Vermutlich ist es etwas intim."

„Etwas?" Er brummte leise.

„Du vergisst, dass ich dich bereits ohne Hemd in deinem Bett gesehen habe."

„Erinnere mich nicht daran. Ich lebe jeden Tag mit dieser Schuld. Zu meiner Verteidigung, ich wusste da noch nicht, dass du eine Frau bist." Er stand auf. „Es wird so gehen. Mach weiter."

Ich rieb die Salbe auf die Wunden, die den Großteil seines

Rumpfes bedeckten, hauptsächlich auf Brust und Bauch, aber auch am Rücken. Kaum ein Zentimeter von ihm war nicht mit Salbe bedeckt, als ich fertig war.

So sehr war ich auf meine Aufgabe und das Stück Haut konzentriert, an dem ich gerade arbeitete, dass mir seine tiefe Atmung erst auffiel, als ich zurücktrat und mein Werk begutachtete.

„Falls du glaubst, dass es so weniger amourös ist, als wenn du auf dem Bett liegst, irrst du dich gewaltig", sagte ich.

„Das ist deine Meinung." Seine raue Stimme ließ mich aufschauen. Seine Augen waren hinter seinen Lidern verschlossen, sein Kinn fest angespannt.

Ich wollte die Spannung wegstreicheln. Wollte seine Wunden küssen und ihm seinen Namen ins Ohr flüstern. Wollte mit den Fingern durch seine Haare fahren und seine Finger in meinen spüren. Ich wusste ohne Zweifel, dass er es auch wollte.

Ich legte meine Hand an seiner Taille auf einen unverletzten Teil Haut. „Lincoln ...", murmelte ich. „Küss mich."

KAPITEL 16

incoln legte seine Hand über meine und zog sie weg. „Nein", sagte er fest. „Keine Küsse, keine Berührung, nichts mehr von … dem hier. Es ist zu …" Er seufzte. „Ich kann nicht."

Ich ließ meine Hand hängen und senkte den Kopf. Es war vielleicht eine unterwürfige Geste, doch mein Herz war alles andere als das. Es tobte in meiner Brust und gab keine Ruhe. „Wenn es das ist, was du willst."

„Das ist nicht das, was ich *will*, Charlie. Was ich will, ist, dass du meinen Ring an deinen Finger steckst. Entweder wir machen das auf die anständige Art oder gar nicht."

Er fischte nach einer Antwort, doch die konnte ich ihm nicht geben. Nicht heute Nacht. Ich suchte nach etwas, was die Spannung auflösen würde, und fand schließlich ein sichereres Thema. „Lincoln, wir sollten reden."

Er war dabei gewesen, sein Hemd anzuziehen, hielt jedoch inne. „Ja."

„Mir ist etwas bezüglich der Jungen eingefallen."

„Was?"

„Die Jungen. Mink, Finley und der Rest der Bande."

Er fuhr fort, sich das Hemd über den Kopf zu ziehen, wodurch ich ihn einen Moment beobachten und bewundern konnte. „Was ist mit ihnen?"

„Durch ihre Anwesenheit hier ist Lichfield etwas überfüllt und ich bin nicht sicher, ob Lady V damit klarkommt, dass sie alle hier herumlaufen. Da das Cottage, das du mir zum Geburtstag geschenkt hast, leer steht, dachte ich, ich könnte es ihnen zur Verfügung stellen. Sie können dort wohnen, sich Arbeit suchen oder zur Schule gehen. Ein trockenes, warmes Plätzchen wird ihnen guttun."

Er zupfte seine Hose an den Knien nach oben und setzte sich. „Ich habe auch über sie nachgedacht und habe eine bessere Idee."

„Du hast über Mink und Finley nachgedacht? Ich wusste es."

Seine Augen wurden schmal. „Was heißt das?"

„Es heißt, dass ich wusste, sie liegen dir mehr am Herzen, als du zugegeben hast. Du hast ihnen einen Mantel dagelassen, als ich weg war, und vielleicht noch mehr, was du nicht verrätst. Sie trugen auf jeden Fall bessere Klamotten als in der Zeit, da ich dort gelebt habe. Es ist keine Schwäche, sich Gedanken um sie zu machen, Lincoln. Es macht dich nur menschlicher."

Seine Lippen zuckten. „Weniger wie eine Maschine?"

„Ich habe nie gedacht, dass du eine Maschine bist. Ich habe dich nur so genannt, um dich zu ärgern."

„Das ist dir nicht gelungen. Damit jedenfalls nicht."

„Können wir bitte beim Thema bleiben? Was hast du für eine Idee und wie kann sie besser sein als meine? Ich finde, ihnen das Cottage zu geben, löst viele ihrer Probleme."

„Aber nicht alle. Es ist eine gute Idee", fügte er schnell hinzu. „Und die Jungen ziehen sie vielleicht vor, wenn sie die Einzelheiten meiner Idee erfahren." Er streckte seine Beine aus, bis seine nackten Füße neben meinen Schuhen waren. „Ich habe mehr vom General geerbt als den Platz im Komitee. Ich habe sein Haus und sein Vermögen geerbt, welche beide nicht unbeträchtlich sind."

„Du willst ihnen das Haus des Generals geben! Aber das ist gigantisch und sie sind nur zu fünft."

„Nicht ihnen, sondern Gus' Tante, Mrs Sullivan."

Gus' Großtante war mehr als vierzig Jahre Putzfrau gewesen, aber im Alter hatte sie ihr Haus für arme, hilfsbedürftige Mädchen geöffnet. Sie war eine freundliche Seele, voller Elan,

Weisheit und mit einem freigebigen Herzen, das ihre Möglichkeiten bei weitem überstieg. Ich wusste, dass Lincoln ihr Geld gab, um sich um die Mädchen zu kümmern. Damit hatte er erst begonnen, nachdem ich bemerkt hatte, wie anders mein Leben verlaufen wäre, wenn ich ihr vor Jahren begegnet wäre.

„Du gewinnst", sagte ich lächelnd. „Deine Idee ist besser als meine."

„Du hast ja noch gar nicht alles gehört."

„Das muss ich nicht. Ich nehme an, du wirst ihr die Haushaltsführung anvertrauen und sie so viele Mädchen aufnehmen lassen, wie sie kann. Und auch Jungen. Sie wird dabei Hilfe benötigen."

„Das Haus hat Angestellte, deren Lohn aus Eastbrookes Investitionen bezahlt wird. Es ist genug für weitere Angestellte, Lebensmittel und den Lohn für einen angestellten Lehrer."

„Du hast es komplett durchdacht", sagte ich.

„Glaubst du, Minks Bande wird zustimmen? Sie machen auf mich nicht den Eindruck, als würden sie gern gesagt bekommen, was sie tun sollen."

„Wenn sie in einer freien Welt leben wollen und nicht hinter Gittern, werden sie sich an ein wenig Disziplin gewöhnen müssen. Aber nicht zu viel. Mrs Sullivan ist sehr fair. Sie wird den richtigen Ton treffen. Und ich weiß, dass Mink sich insgeheim eine Ausbildung wünscht. Er ist so gescheit, er könnte alles werden, wenn er groß ist." Tränen brannten mir in den Augen und kitzelten mir in der Nase. „Oh, Lincoln, lass nie wieder jemanden behaupten, du wärst lieblos. Du wirst ihre Leben zum Besseren wenden. Wenige Menschen können sich mit dieser Aussage in ihr Grab legen."

„Noch bin ich nicht tot, trotz Kings intensiver Bemühungen." Aber er lächelte, um den Schock seiner Aussage abzumildern.

Trotzdem wischte es mir das Lächeln aus dem Gesicht. Die Schläge waren brutal gewesen und der Gedanke, dass King frei in der Stadt herumlief, machte mich krank. Er sollte dafür bezahlen, was er getan hatte. Aber wie? Die Polizei informieren? Das würde ein Gerichtsverfahren beinhalten, bei dem wir alle Zeugen wären. Das war keine ideale Situation, doch ich würde tun, was auch immer nötig war.

Lincoln hockte sich vor mich und nahm meine Hand. „Danke, dass du in der Rugby Street geblieben und nicht nach Hause gegangen bist. Wärst du nicht gewesen, wären wir nicht mehr am Leben."

Ich schaute auf unsere Hände herab, weil ich nicht wollte, dass er mich weinen sah. Irgendwie hatte ich meine Rolle bei den Ereignissen heute Abend verdrängt, doch jetzt kam alles mit Macht zurück. „Ich habe sie getötet. Ich habe ihr Leben beendet."

„Entweder jemanden töten oder selbst getötet werden. Wir alle."

„Ich weiß." Ich schaute hoch und wollte in die warmen Tiefen seiner Augen fallen und nie wieder auftauchen. „Ich würde es unter den gleichen Umständen wieder so machen. Wenn es in meiner Macht steht, dich zu retten, werde ich es tun."

Er küsste meine Stirn. Ich schloss die Augen und lauschte meinem hämmernden Herzen, meinem stockenden Atem. Ich wusste, es sollte ein platonischer Kuss sein, aber trotzdem berührte er mich zutiefst. Alles an ihm tat das.

* * *

Gawler kam am Vormittag an, als Lincoln und ich zum Palast aufbrechen wollten. Bei so vielen Leuten, die jetzt in Lichfield lebten, war es schwierig, ungestört zu reden. Wir mussten Mink bitten, die Bibliothek zu verlassen. Er nahm einen Stapel Bücher mit.

Gawler drehte seine Mütze in den Händen und stand mit dem Rücken am Feuer. Er begegnete Lincolns Blick gefasst, wenn auch wachsam. Die Mischung von Unsicherheit und Entschlossenheit war widersprüchlich. „Danke, dass Sie mich empfangen, Sir. Ich dachte, Sie lassen mich vielleicht nicht herein."

„Wir sind keine Feinde", sagte Lincoln. „Sie haben nichts Falsches getan."

„Schon, aber meine Freunde ... mein Rudel ... ich habe gehört, was passiert ist. Es geht uns alle an, nicht nur sie."

„Sie meinen den Tod der Frau?", fragte ich vorsichtig. Mein

Magen drehte sich um und ich befürchtete, mein Frühstück von mir zu geben. „Ihr Verlust tut uns leid."

„Das weiß ich zu schätzen, aber mir ist klar, dass sie sich falsch benommen hat. Sie haben mir erzählt, wie es war."

„Ihre Familie", murmelte ich und wagte kaum, die Frage zu stellen. Doch ich musste es. „Hatte sie einen Mann? Kinder?"

„Einen Mann, aber keine Kinder."

Ich nickte benommen. Lincoln legte mir seine Hand auf den Rücken. „Was haben Ihre Freunde Ihnen noch über gestern Abend erzählt?", fragte er Gawler.

„Dass King ihnen befohlen hat, Sie zu töten, während er Ihre Freundin in seine Wohnung gebracht hat, um—" Er schüttelte den Kopf. „Ich … ich habe das nicht erwartet. Sie müssen verstehen, dass ich dachte, er würde sie anders behandeln. Ich hätte sie nicht zu ihm geschickt, wenn ich gedacht hätte, er würde sie wie ein Weibchen seines Rudels behandeln, als hätte er ein Anrecht auf sie."

„Warum sind Sie hier?", fragte Lincoln.

„King ist tot."

Lincolns Hand auf meinem Rücken spannte sich an.

„Mein Gott", sagte ich. „Wie?"

„Jemand hat ihn in der Nacht erstochen, in seiner Wohnung. Es wimmelt dort vor Polizei, die nach Hinweisen sucht und die Vermieterin befragt."

Ich fühlte mich etwas schwach und musste mich setzen. Lincoln legte mir seine Hand auf die Schulter. Ich sah ihn nicht an. Konnte es nicht. Hatte er Kings Tod befohlen? Oder hatte er Gillingham gesagt, dass er ihn erledigen sollte? War es in ihrem kurzen Gespräch gestern darum gegangen?

„Wer war es?", fragte Lincoln. „Wissen Ihre Freunde es?" Es war unmöglich zu sagen, ob der Mord ihn überraschte oder ob er die Frage nur stellte, um den Verdacht von sich abzulenken.

„Sie waren nach Hause gegangen. Sie haben nichts gesehen." Gawler räusperte sich. „Ich bin gekommen, um Ihnen zu sagen, dass es mit Kings Tod keinen Grund mehr gibt, mein Rudel zu belästigen."

„Sie sind jetzt der Anführer?", fragte Lincoln.

Gawler nickte. „Sie werden meine Befehle befolgen und ich

bin nicht wie King. Ich werde sie nicht in Gefahr bringen, wie er es getan hat. Ich werde ihnen nicht befehlen, jemanden zu verletzen. Also können Sie sie in Ruhe lassen."

„Das habe ich vor, aber ich brauche ihre Namen und derzeitigen Adressen für meine Akten. Die Aufenthaltsorte von Menschen wie Ihren Freunden müssen jederzeit bekannt sein."

Gawler zögerte, nickte dann aber. Lincoln holte Papier aus dem Schreibtisch am Fenster und tauchte den Füller in die Tinte. Gawler gab die Namen und Adressen seines Rudels an, inklusive der verstorbenen Frau.

„Dann gehe ich mal wieder", sagte er, während Lincoln den Füller zurück in seinen Halter stellte. „Richten Sie Ihrer Freundin Grüße aus, Miss. Sagen Sie ihr, wenn sie mal wieder herumstreifen will, soll sie zu mir kommen. Bei mir wird es keine Einführungsrituale geben. Sie wird zu nichts gezwungen, was sie nicht will. Nur laufen."

„Danke, Mr Gawler", sagte ich und schenkte ihm ein schwaches Lächeln. „Ich werde es ihr ausrichten."

Lincoln brachte ihn zur Tür, gerade als Doyle mit der Kutsche vorfuhr. Da Seth und Gus ebenfalls verletzt waren, hatte er sich angeboten, uns zum Palast zu fahren. Insgeheim hatte ich den Verdacht, dass er einen Blick auf die Eleganz dort werfen wollte, wenn auch nur von außen.

Lincoln half mir in die Kabine und wies Doyle an, loszufahren, sobald wir uns gesetzt hatten. Wir schwiegen eine Weile, bis Lincoln sagte: „Es gibt etwas, wonach du mich fragen möchtest."

Manchmal brachte mich seine Fähigkeit zu wissen, was ich dachte, aus der Fassung. „Dann werde ich es jetzt einfach sagen. Lincoln, wenn du etwas mit Kings Tod zu tun hattest ... wenn du ihn befohlen hast, sollst du wissen, dass ich verstehe, warum. Du musst mich nicht anlügen."

„Ich habe es nicht getan und auch nicht angeordnet, aber ich kann dir nicht verübeln, dass du angesichts meiner Vergangenheit zu diesem Schluss gekommen bist."

Ich atmete tief aus, wesentlich erleichterter, als ich erwartet hatte. King war absolut unsympathisch und unglaublich gefährlich gewesen, nicht nur wegen seiner eigenen Fähigkeit, sich in verschiedenste Gestalten zu verwandeln, sondern auch wegen der Macht, die er auf sein Rudel ausübte. Sie hätten alles für ihn getan, inklusive Mord.

„Ich nehme an, dass der Mann, der King dafür bezahlte, den Prinzgemahl nachzuahmen, ihn auf dem Gewissen hat", fuhr Lincoln fort. „Oder möglicherweise Gillingham. Es würde mich nicht überraschen, wenn er aus Rache Kings Mord befohlen hätte."

„Das würde mich auch nicht überraschen. Gillingham verliert nicht gern. Er ist allerdings ein Dummkopf, wenn er es befohlen hat. Wir brauchten King, damit er uns zu dem Mann führt, der ihn bezahlt."

„Ja", sagte Lincoln mit einer Frustration in der Stimme, wie ich sie von ihm noch nie gehört hatte. Zweifelsfrei bereute er, dass er die Situation nicht selbst in die Hand genommen hatte. „Ich werde später ein Wörtchen mit ihm reden und schauen, was ich herausfinden kann."

„Ich hoffe sehr, dass es Harriet gut geht und er sie nicht wieder weggesperrt hat."

„Wir können sie nachher besuchen, nachdem wir im Palast waren, wenn du möchtest."

Ich schüttelte den Kopf. „Ich möchte nicht abgewiesen werden. Ich schreibe ihr."

Wir verfielen in Schweigen und meine Gedanken wanderten zu der bevorstehenden Aufgabe und zu meinem kürzlichen Gespräch mit dem Prinzen. Ich zupfte an meinem Rock herum, während ich überlegte, wie ich das Thema bei Lincoln am besten anschneiden konnte.

„Dir liegt etwas auf dem Herzen", sagte er. Als ich nickte, aber nicht weitersprach, setzte er sich neben mich. Er packte die Kante des Sitzes. „Sag es mir, Charlie. Bitte. Bring es einfach hinter dich."

„Du scheinst es sehr ernst zu meinen. Also gut." Ich stieß einen Atemzug aus. „Der Prinz von Wales hat gestern Abend über dich gesprochen."

„Der Prinz?", wiederholte er dumpf.

„Ja. Über dich und Leisl. Vielleicht hatte er das Gefühl, mit mir leichter über eure Beziehung sprechen zu können als mit dir. Da er wusste, wie nahe wir uns stehen, hat er mir vertraut."

„Ich möchte davon nichts hören." Sein Gesicht verschloss sich, wie immer, wenn er absolut keine Gefühle zeigen wollte.

„Du musst. Es sind deine Eltern, Lincoln, ob es dir nun gefällt oder nicht. Der Prinz hat mir erzählt, er wäre auf dem Jahrmarkt, wo sie die Zukunft vorhersagte, von Leisls Schönheit gefangen gewesen." Ganz so hatte er es nicht formuliert, aber ich hielt es für eine angemessene Erklärung für seine Taten.

„Was er später bereute, nehme ich an", sagte Lincoln.

„Auf gewisse Weise." Dazu hatte er nichts zu sagen, also fügte ich hinzu: „Er war sehr an deinem Befinden und deiner Erziehung interessiert."

„Wie viel hast du ihm erzählt?"

„Nur, dass du eine hervorragende Bildung genossen hast, aber deine Kindheit einen Mangel an Zuneigung aufwies. Ich habe erwähnt, dass du Leisl vor dem Ball bei den Hothfields noch nie begegnet warst."

„Und ich habe nicht vor, sie wiederzusehen."

Ich seufzte. „Lincoln, sei nicht so voreilig mit deiner Entscheidung. Sie ist deine Mutter. Du fühlst dich ihr vielleicht nicht verbunden, aber ich bezweifle, dass sie ihre Gedanken an dich so leicht beiseiteschieben kann. Sie muss sich über die Jahre gefragt haben, wie es dir geht. Ich kann mir nicht einmal ansatzweise vorstellen, wie sie sich gefühlt hat, als sie dich beim Ball sah."

Er hatte sich zum Fenster gedreht, während ich sprach, und präsentierte mir sein hartes Profil. Ich wandte mich in die andere Richtung. In dieser Sache war ich nicht bereit, ihm mein Mitgefühl zu schenken. Es ging an Leisl. Vielleicht war ich noch nie Mutter geworden, aber ich hatte mit angesehen, wie Frauen gezwungen wurden, ihre Kinder aufzugeben, weil sie zu arm waren, um sie zu behalten, und es hatte sie am Boden zerstört. Die meisten erholten sich nicht.

Nebel hing dicht über den kahlen Bäumen des St. James Parks, dahinter eine ominöse Leinwand aus Wolken. Es würde später regnen, vielleicht sogar schneien. Ich versuchte, daran zu denken und an das Buch, mit dem ich mich ans Feuer setzen würde, nicht an den Mann neben mir.

„Es ist möglich, dass sie mich nicht wollte", sagte er leise.

Meine Konzentration zersprang in tausend Stücke. „Leisl?"

Er nickte, obwohl er mich noch immer nicht ansah. „Ich glaube, sie sah mich in einer Vision vor meiner Zeugung und wusste, was ihre Rolle sein musste. Ich glaube, sie hat den Prinzen nicht aus Leidenschaft aufgesucht, sondern weil sie wusste, dass er das nötige Puzzleteil war, um die Vision wahr werden zu lassen."

„Du glaubst, sie ist so berechnend?"

„Das kann nur sie beantworten."

„Nehmen wir an, es wäre so", sagte ich. „Nehmen wir an, ihre Vision hätte ihr vor Augen geführt, was zu tun war ... es bedeutet nicht, dass sie nie etwas um dich gab und keinerlei Interesse daran hat, was aus dir geworden ist."

„Es ist das Beste, die Dinge ruhen zu lassen. Eine Beziehung zu ihr zu verfolgen ist sinnlos, wenn wir ohne so weit gekommen sind."

Ich bedachte sein Argument sorgfältig, kam aber zu dem Schluss, dass ich nicht zustimmen konnte. Ich nahm seine Hand in meine, aber da er mich noch immer nicht ansah, berührte ich sein Kinn. Er drehte sich schließlich zu mir und schenkte mir die gesammelte Macht seines eisigen Blicks. Früher hatte er mich erschaudern lassen, jetzt jedoch nicht mehr. „Lincoln, du wusstest anfangs nicht, dass du eine Beziehung zu mir haben möchtest, und jetzt sieh dir an, wie sich das mit der Zeit verändert hat. Weise sie noch nicht endgültig ab."

Er seufzte. „Als Nächstes verlangst du von mir, ich soll den Prinzen Papa nennen."

Ich lächelte. „Ein Schritt nach dem anderen."

Wir kamen im Palast an und ein Lakai brachte uns zu den Privatgemächern der Königin, in denen sie uns das letzte Mal empfangen hatte. Der Prinz von Wales stand an ihrer Seite. Sie sahen aus, als wären sie eine normale Mutter mit ihrem Sohn, die für ein Porträt Modell standen. Sie trug ihre Trauerkleidung, er einen bescheidenen dunkelgrauen Anzug mit Krawatte.

„Miss Holloway", sagte die Königin. „Ich freue mich sehr, Sie wiederzusehen. Sind Sie hier, um mit dem Geist meines Mannes zu sprechen? Bertie wollte es mir nicht sagen."

Ich schaute zum Prinzen. Er wirkte etwas verlegen, aber nicht reumütig. Also überließ er es uns, sie aufzuklären.

„Nein", sagte ich. „Wir wurden gerufen, um einen Bericht über unsere Ermittlungen hinsichtlich des Betrügers abzugeben."

Sie blinzelte und sah weg. „Es ist kalt hier drinnen. Mein Tuch, Bertie."

Der Prinz pflückte ein schwarzes Tuch von einer Stuhllehne und legte es ihr um die Schultern. „Du erinnerst dich an das Gespräch, das wir über diesen Mann hatten", sagte er ungeduldig. „Miss Holloway und Mr Fitzroy haben ermittelt. Es stellte sich heraus, dass dieser Mann eine ungewöhnliche Fähigkeit besaß. Er war in der Lage, sein Aussehen zu verändern, sodass er jedem ähnlich sehen konnte."

War? Besaß? Woher wusste er, dass King tot war?

Die Königin hielt den Saum des Tuchs an ihrem Hals fest. „Hat er zugegeben, meinen Mann nachgeahmt zu haben?" Ihre Stimme klang brüchig, alt. Es war leicht zu vergessen, dass sie das mächtigste Land der Welt regierte.

„Ja", sagte Lincoln. „Der Mann, der als King bekannt war, hat seinen Betrug gestanden, obwohl es möglich ist, dass er dafür bezahlt wurde, Ma'am."

„Können Sie ihn nicht fragen?"

„Das habe ich. Er stritt es ab. Jetzt ist er tot."

Ich beobachtete den Prinzen genau. Er zeigte keine Reaktion, nicht einmal ein Wimpernzucken. „Ich kann noch nicht einmal seinen Geist befragen", sagte ich. „Wenn ich ihn nicht zum Todeszeitpunkt aufsteigen sehe, muss ich seinen vollständigen Namen kennen, um ihn zurückzurufen. Alle kannten ihn nur als King."

„Also ist er fort", sagte sie mit bebender Stimme. „Und ich bin wieder allein."

„Nicht allein", sagte der Prinz. „Du hast deine Kinder und Enkelkinder, deine Ladys."

„Es ist nicht das Gleiche."

Der Prinz seufzte. „Wir möchten Ihnen danken", sagte er zu uns. „Es kann nicht leicht gewesen sein." Er nickte in Richtung Lincolns bandagierter Hand und den blauen Flecken in seinem Gesicht. „Gab es Verluste?" Er fragte, als ob es ein Krieg gewesen wäre. Vermutlich war es auf gewisse Art eine Schlacht gewesen.

„Zwei meiner Männer erlitten Knochenbrüche und Prellungen. Sie werden sich erholen."

„Bitte richten Sie ihnen meinen Dank für ihren Dienst für die Krone aus. Es ist schön zu wissen, dass wir so loyale und fähige Untertanen haben, die uns gegen das Übernatürliche schützen."

„Nicht alle übernatürlichen Personen sind gefährlich", sagte ich. „Ich zum Beispiel nicht."

„Natürlich. Aber wir müssen wachsam sein. Ihr Ministerium ist alles, was zwischen Ordnung und Chaos steht."

Ich warf Lincoln einen Blick zu, aber er blieb unberührt.

„Gibt es etwas, was das Ministerium benötigt?", fragte der Prinz. „Gelder? Ressourcen?"

„Aus welcher Quelle?", fragte Lincoln recht dreist, wie ich fand.

Den Prinzen schien es jedoch nicht zu stören. Vielleicht mochte er Direktheit. „Aus öffentlichen Mitteln."

„Das würde einen Beschluss des Parlaments erfordern, wodurch das Ministerium allgemein bekannt würde. Ist das klug, Eure Hoheit?"

„Warum wollen Sie das, was Sie tun, nicht legitimieren? Vielleicht hat die Öffentlichkeit ein Recht darauf, vom Übernatürlichen zu erfahren. Vielleicht *sollten* sie es erfahren."

Ich hielt die Luft an und wagte es kaum, mir die Folgen dessen vorzustellen, was er vorschlug. Was würde geschehen, wenn die Öffentlichkeit Bescheid wusste? Panik, vermutete ich.

„Ich bin mir nicht sicher, ob das weise ist", sagte Lincoln.

Der Prinz nickte langsam. „Vielleicht haben Sie recht. Ich werde weiter darüber nachdenken. Bis dahin gibt es Wege der Finanzierung, die die Existenz des Ministeriums geheim halten würden. Geld kann durch verschiedene Kanäle fließen."

„Das ist bereits der Fall."

„Es scheint, als hätten Sie es unter Kontrolle. Ich bin jedoch froh, dass ich jetzt vom Ministerium weiß. Es erleichtert mich zu wissen, dass Sie sich in übernatürlichen Dingen um das Reich kümmern. Und es erleichtert mich noch mehr, dass jemand mit solcher Kompetenz, Effizienz und Loyalität am Ruder steht."

Das war absolut überschwängliches Lob. Tat er das, weil

Lincoln sein Sohn war und er nur auf diese Art seinen Stolz zeigen konnte?

Die Königin hielt Lincoln ihre Hand hin. Sie schien sich von ihrer Enttäuschung erholt zu haben oder überspielte sie mit ihrer königlichen Fassade. Lincoln nahm ihre Hand und verbeugte sich.

„Sie sind ein erstaunlicher junger Mann", sagte sie, als er sich aufrichtete. „Und Sie, Miss Holloway, sind ebenfalls sehr erstaunlich. Würden Sie noch bleiben und meinen Mann wieder herbeirufen?"

„Sie kann nicht", sagte Lincoln, ehe ich mir eine Ausrede einfallen lassen konnte. „Ich brauche sie heute Nachmittag."

„Ein anderes Mal. Bald."

Ich konnte sie nicht auf ewig darauf hoffen lassen. „Eure Majestät", sagte ich und näherte mich ihr. „Die Toten schätzen es nicht, wenn sie im Jenseits gestört werden. Ihr Mann wäre natürlich gern hier bei Ihnen, aber jedes Mal, wenn er zurückkehrt, schmerzt es ihn. Es ist das Beste, wenn er bleibt, wo er ist, und dort in Frieden auf Sie wartet."

Ihr Kinn und Wangen bebten und sie tupfte sich mit ihrem Taschentuch die Augen. Einen Moment lang dachte ich, sie würde es mir befehlen. „Wenn das sein Wunsch ist, dann muss ich mich danach richten." Sie hob die Hand, um uns zu entlassen. „Einen schönen Tag Ihnen beiden."

Ein Lakai brachte uns hinaus, wo Doyle mit der Kutsche wartete. Sobald wir saßen, erwähnte ich die Reaktion des Prinzen auf Kings Tod. „Es war, als wüsste er es bereits."

„Ja", entgegnete Lincoln trocken. „Das war es."

„Glaubst du …" Ich beugte mich zu ihm und flüsterte, obwohl wir in der Kutsche ganz allein waren. „Glaubst du, er hatte seine Finger im Spiel?"

Er bedachte seine Antwort eine Weile, ehe er sprach. „Es ist möglich, dass Gillingham ihn gestern Abend informiert hat, vielleicht in der Annahme, dass der Prinz sich um King kümmern würde."

„Damit er die scheußliche Aufgabe nicht selbst erledigen musste."

„Oder sie haben gemeinsame Sache gemacht, um King zu beseitigen."

Wir besprachen weder diese Angelegenheit noch eine andere, bis wir wieder in Lichfield waren. Zum einen war mein Herz zu voll und ich konnte nicht aufhören, über den Stolz in den Augen des Prinzen nachzudenken, als er Lincoln gelobt hatte. Jegliche Zweifel, die ich über sein Wissen, dass Lincoln sein Sohn war, gehegt haben mochte, waren komplett zerstreut. Aber darüber konnte ich mit Lincoln nicht reden. Er würde nichts davon hören wollen.

„Und?", fragte Gus bei unserer Rückkehr. „Bekommen Sie jetzt den Ritterschlag?" Er zwinkerte mir zu. „Wäre 'ne gebrochene Hand wert, so'n Ritterschlag."

Lincoln schloss die Tür des Empfangszimmers, was Lady Vickers, Alice, Seth und Gus neugierig machte. „Was ist passiert?", fragte Seth.

„Der Prinz von Wales überlegt, dem Ministerium eine offiziellere Rolle zu geben", verkündete Lincoln.

„Meine Güte", murmelte Gus.

„Wahnsinn", sagte Seth und tippte sich über seinem blauen Auge an die Stirn. Heute war es komplett zugeschwollen und das umgebende Fleisch zeigte alle Regenbogenfarben. Er sah furchtbar aus und ich hatte sogar Alice bei einem mitfühlenden Blick ertappt.

„Was haben Sie zu ihm gesagt?", fragte Lady Vickers.

„Wir konnten ihn überzeugen, dass es im besten Interesse Englands ist, das Ministerium vorerst geheim zu halten", sagte Lincoln. „Aber ich habe den Verdacht, dass er uns offizieller haben will, als wir es bisher waren."

„Um uns Zugang zu Geldern und Ressourcen zu verschaffen", stellte ich klar.

„Er wird Leuten davon erzählen", sagte Seth mit Gewissheit. „Hoffentlich sind die Leute, denen er es erzählt, liberal gesinnt."

„Du meinst mehr wie Lord Marchbank als Lord Gillingham."

„Ganz genau."

Gus rückte mit leuchtenden Augen nach vorn. „Wir brauchen ein Symbol."

„Was?", höhnte Seth.

„Wenn das Ministerium offizieller wird, braucht es ein Symbol, ein Emblem. Wir könnten Papier damit bedrucken und es ins Besteck gravieren lassen."

„Ist dein Gehirn gestern zermatscht worden?"

Gus' Begeisterung war nicht zu bremsen. „Wir könnten es auf die Kutschentür malen lassen."

Ich verdrehte die Augen und sah Lincoln grinsen. „Ich glaube nicht, dass das Ministerium an einem Punkt ist, wo es ein Emblem benötigt", sagte ich.

„Wir brauchen jemanden, der's zeichnet", fuhr Gus fort. „Alice, Sie haben doch gesagt, Sie wär'n gut mit Wasserfarben."

„Ich kann einigermaßen skizzieren", sagte sie, „aber nur wenn ich etwas abmale. Etwas ganz Neues selbst entwerfen ist keine Fähigkeit, die ich besitze."

„Seth ist kreativ", ließ sich Lady Vickers vernehmen.

Alice wirkte beeindruckt. „Tatsächlich? Das hätte ich nicht gedacht."

Seth winkte mit nonchalant mit seiner gesunden Hand ab. „Ich habe etwas herumgespielt."

„Schon klar, aber womit?", fragte Gus trocken.

„Hol mir einen Block und Stifte", wies Seth ihn an. „Ich habe schon ein paar Ideen."

„Du kannst nicht", erinnerte ich ihn. „Deine Hand."

„Oh. Stimmt."

Gus stand trotzdem auf. „Ich kann mit 'nem Bleistift genauso gut umgehen wie er."

Ich überließ sie ihrem Vorhaben und setzte mich zu Lady Vickers. Lincoln kam dazu. „Mägde und ein Lakai wurden eingestellt und werden morgen anfangen", verkündete sie. „Mrs Cotchin erweist sich als Perle. Lichfield ist bei ihr in besten Händen."

„Meinen Dank, Madam", sagte Lincoln.

„Ich hätte das allein nie bewerkstelligt und Lincoln auch nicht", sagte ich. Hoffentlich bot er ihr etwas für ihre Mühen an, doch er ging davon. Es blieb an mir hängen. „Als Zeichen seiner Anerkennung würde Lincoln Sie gern zum Einkaufen einladen. Nun, ich werde diejenige sein, die Sie begleitet."

Sie berührte ihre Haare und wurde rot. „Das ist sehr freundlich von Ihnen."

„Ich dachte an ein neues Kleid, das Sie zu Dinnerpartys tragen können. Eins für *unsere* Dinnerparty."

Sie klatschte in die Hände. „Charlie, was für eine wunderbare Idee. Ich habe bereits eine Liste von Gästen. Es gibt natürlich Einladungen, die wir erwidern müssen und einige liebe Freunde, die seit meiner Rückkehr nett zu mir waren. Und natürlich passende junge Damen", fügte sie mit einem Blick auf Seth und Alice hinzu, die die Köpfe im Gespräch zusammengesteckt hatten.

Beinahe hätte ich eine Einladung an Lady Harcourt erwähnt, biss mir aber auf die Zunge. Wollte ich sie bei meiner ersten Dinnerparty dabeihaben? Sie war vielleicht in einer unglücklichen Situation, aber was konnte ich dafür? Ihr Stiefsohn hatte das angerichtet. Er sollte derjenige sein, der es wieder gut machte. Ich würde noch ein wenig darüber nachdenken.

„Es ist nicht so übel", sagte Lady Vickers leise.

„Wie bitte?"

„Ich weiß, was Sie denken, und möchte Sie wissen lassen, dass es so wundervoll wie schrecklich sein kann. Es hängt alles davon ab, ob Sie einander genug lieben, um die Tiefen durchzustehen."

„Dinnerpartys auszurichten?"

Sie lachte. „Nein, die Ehe."

„Oh!"

„Ich hatte eine schreckliche Ehe und eine gute", fuhr sie fort. „Glauben Sie mir, Charlie, welche Gefühle Sie füreinander hegen, macht einen großen Unterschied. Wenn zwischen Ihnen kein Respekt besteht, keine echte Freundschaft, keine Liebe, dann werden Sie einander irgendwann verabscheuen." Sie schaute zu der Tür, durch die Lincoln gerade gegangen war. „Mr Fitzroy ist anders als alle Männer, denen ich bisher begegnet bin. Sie können ihn und Ihre Beziehung nicht mit irgendeiner anderen vergleichen. Sie sind beide einzigartige Individuen und was Sie jetzt verbindet und in der Zukunft verbinden wird, gab es noch nie."

„Danke für Ihren Rat."

„Werden Sie ihn aus seinem Elend erlösen?"

„Ich ... ich glaube, ich muss mit ihm reden."

Ich erhob mich leicht benommen, folgte ihm aber nicht. Ich wollte bei meinen Freunden und ihrem lebhaften Geplauder sein, also blieb ich im Empfangszimmer. Wir aßen ein formloses Mittagessen in dem gemütlichen Raum, obwohl Lincoln fehlte. Doyle informierte mich, dass er ausgegangen war, aber nicht gesagt hatte, wohin. Nach dem Essen fand ich mich allein mit Seth, denn die anderen waren auf die Suche nach mehr Papier für ihre Zeichnungen gegangen.

„Du siehst nachdenklich aus", sagte er und streckte seine Beine aus. „Möchtest du darüber reden?"

Ich schüttelte den Kopf. „Oder warte, doch." Ich senkte meine Stimme. „Ich wollte mit dir über Alice sprechen."

Er richtete sich auf. „Hat sie mich erwähnt?"

„Ja, aber nicht im positiven Sinne."

Es dauerte einen Moment, bis meine Worte zu ihm durchgedrungen waren, dann lehnte er sich seufzend zurück. „Was muss ich tun, Charlie? Warum mag sie mich nicht, wenn alle anderen es tun?"

„Alice ist sehr aufmerksam", sagte ich. „Und sie ist dir sehr ähnlich. Auch sie wurde ihr Leben lang für ihre Schönheit bewundert. Aber anders als bei dir hat ihre Schönheit zu Problemen geführt."

„Du meinst die Verlobung mit dem älteren Kerl, die sie nie wollte."

Ich nickte. „Also ist sie jetzt vorsichtig, wachsam, und du ... nun, du bist nicht gerade feinfühlig, Seth. Du hast ihre Schönheit oft gelobt."

„Ich dachte, Frauen mögen es, wenn man ihnen sagt, wie hübsch sie sind. Soll ich sie hässlich nennen?"

„Dreh mir nicht die Worte im Mund um."

„Tschuldigung", murmelte er und rieb sich die Schläfe. „Weiter."

„Nenn ihre anderen guten Seiten."

„Wie ihre Stickerei?"

„Wie ihre Klugheit, zum Beispiel. Ihre Kreativität", sagte ich und deutete auf die Zettel mit den halbfertigen Entwürfen.

„Sehr kreativ ist sie nicht."

„Sag ihr das nicht."

„Ich bin kein Idiot. Ich weiß, wie man Frauen Komplimente macht, Charlie."

„Und noch etwas. Sei du selbst."

„Bin ich."

„Nein, du spielst ihr etwas vor. Die Rolle des charmanten, umgänglichen Gentleman."

„Das ist keine Rolle."

Ich wusste gar nicht, dass er so widerspenstig sein konnte. Vielleicht war ich ihm zu nahe getreten, als ich ihm einen Fehler aufgezeigt hatte. Daran war er vermutlich nicht gewöhnt. „Sei ehrlich zu ihr. Mach dir keine Sorgen, ob sie eine schlechte Seite an dir entdeckt. Es wird dich nur interessanter machen. Ich habe mich trotz seiner Fehler in Lincoln verliebt. Zu deinen zu stehen wird sie nicht verjagen, wenn sie dich wirklich genug mag."

Er schaute zur Decke und schüttelte den Kopf. „Ich kann nicht glauben, dass ich auf den Rat einer Neunzehnjährigen höre. Ich kann nicht glauben, dass ich überhaupt Rat brauche. Was ist nur aus der Welt geworden?"

„Du wirst reifer, Seth. Das ist das Problem."

Er verzog das Gesicht. „Reife ist etwas für ältere Leute wie meine Mutter."

„Lass sie das bloß nicht hören."

Er schnaubte ein humorloses Lachen heraus. „Und was ist mit dir? Was macht dein Liebesleben?"

„Ich war zu beschäftigt, um darüber zu sinnieren."

„Jetzt bist du nicht beschäftigt."

Ich schaute auf die Uhr auf dem Kaminsims. Lincoln war schon fast drei Stunden weg. „Das bin ich tatsächlich nicht." Ich küsste ihn auf den Kopf und ging, als Alice und Gus zurückkamen. Sie sprachen aufgeregt über die Entwürfe für das Ministeriumsemblem. Ich hoffte nur, sie würden nicht enttäuscht sein, wenn es nie genutzt wurde.

Ich lief die Treppen hinauf in Lincolns Zimmer. Das Feuer in seinem Arbeitszimmer war aus, der Raum kalt. Ich nahm das Kästchen und befreite den Ring aus seinem Samtbett. Er glitt leicht auf meinen Finger.

Ich starrte ihn an. Der Diamant sah so groß und leuchtend aus, selbst im Halbdunkel. Gehörte er wirklich mir?

Ich verbarg meine Hand in meinen Röcken und ging wieder nach unten, wo ich mich allerdings nicht wieder zu den anderen gesellte, sondern in die Bibliothek ging. Mink und Finley waren am Morgen mit dem Rest der Bande nach Clerkenwell gegangen, um sich auf den Umzug in das Haus des Generals vorzubereiten. Vielleicht war Lincoln auch dorthin gegangen.

Es dauerte zwei weitere Stunden, bis er endlich zurückkam. Ich ging ihm in der Eingangshalle entgegen und winkte ihn in die Bibliothek. Just in diesem Moment fing es an zu regnen. Die Tropfen hämmerten gegen die Scheiben und übertönten das Gelächter im Empfangszimmer. „Du warst lange weg." Ich bedeutete ihm, dass er sich ans Feuer setzen sollte. „Ist dir kalt? Es sieht fies aus da draußen. Zieh die Stiefel aus und wärm dir die Füße."

Seine Augen wurden zu Schlitzen. „Du machst viel Aufhebens. Sollte ich mir Sorgen machen?"

Ich kniete mich auf den Teppich und verknotete meine Finger hinter meinem Rücken. „Sag mir, wo du warst."

„Erst bei Mrs Sullivan."

„Was hat sie gesagt?"

„Sie kann es kaum erwarten, mit ihren Mädchen, wie sie sie nennt, in das große Haus zu ziehen."

„Du hast die Jungs erwähnt?"

„Habe ich, und es macht ihr nichts aus, sich auch um sie zu kümmern. Ich glaube, sie freut sich auf die Herausforderung. Dann bin ich beim Büro meines Anwalts vorbeigegangen, um alles zu regeln. Er wollte auch darüber sprechen, was jetzt mit deinem Cottage passieren soll, aber ich habe ihm gesagt, dass du dazu anwesend sein musst."

„Richtig. Danke. Noch etwas?"

„Ich bin zum Haus des Generals gegangen und habe die Angestellten informiert."

„Was haben sie gesagt?"

„Die Haushälterin hat protestiert. Sie findet, Kinder sollten weder gesehen noch gehört werden. Ich habe ihr nahegelegt, sich woanders Arbeit zu suchen, wie jeder, der mit diesem Arrangement nicht glücklich ist. Ich erwarte, einige zu verlieren, aber nicht viele. Ich werde Mrs Sullivan sich ihre eigene Haushälterin aussuchen lassen, wenn sie so weit ist."

„Finley und Mink waren ein bisschen überwältigt, als wir es ihnen erzählt haben", sagte ich. „Ich verstehe, wie sie sich gefühlt haben. Vor nur vierundzwanzig Stunden hatten sie gar nichts, noch nicht einmal Hoffnung. Und jetzt haben sie eine Zukunft, wie auch immer sie die gestalten wollen. Glaub mir, Lincoln, das braucht Zeit, bis es gesackt ist."

Er betrachtete mich mit sanft leuchtenden Augen. „Ist es schon gesackt?"

Ich grinste. „Ja." Ich legte meine Hände auf seine Knie. „Ist es."

Er starrte lange Zeit auf den Ring, ohne sich zu bewegen oder gar zu atmen.

„Lincoln." Ich holte Luft und sammelte Mut, um das zu sagen, was ich sagen wollte. „Lincoln Fitzroy, willst du mich heiraten?"

Er schaute auf, lachte und zog mich an sich. Er rückte zur Seite, damit ich neben ihm im Sessel sitzen konnte, und ich passte auf, dass ich nicht zu viel Gewicht auf seine verletzten Oberschenkel verlagerte. Ich umfasste sein Gesicht und lächelte.

„Ist das ein Ja?", fragte ich.

„Von ganzem Herzen ist es ein Ja. Es gehört dir, Charlie. *Ich* gehöre dir und ich will, dass die ganze Welt es erfährt."

Mein Herz hämmerte zur Antwort, ein Zeichen, dass ich die richtige Entscheidung getroffen hatte. Welche Stürme auch immer vor uns lagen, wir würden sie zusammen als Paar meistern. Ohne einander waren wir nur zwei getrennte Hälften, aber zusammen waren wir ein Ganzes.

Ich streichelte sein Gesicht und purzelte in die Tiefen seiner Augen. „Und ich gehöre dir", flüsterte ich.

Ich küsste ihn und er küsste mich intensiv zurück. Er hielt mich fest an sich gedrückt, doch als er zischte, wich ich zurück.

„Entschuldige", sagte ich. „Habe ich dir wehgetan?"

„Das ist es nicht. Ich hatte noch eine Vision."

Unsere Blicke trafen sich. „Gut, hoffe ich."

„Sehr sogar."

„Erzähl mir davon."

Er schüttelte den Kopf. „Ich will nicht, dass du rot wirst, schon gar nicht, da wir gleich Gesellschaft bekommen."

Ich öffnete den Mund, um zu protestieren, aber die Tür der Bibliothek flog plötzlich auf und Gus und Seth stürmten herein.

„Da seid ihr ja", sagte Gus und blinzelte noch nicht einmal, dass ich so dicht bei Lincoln saß. „Doyle hat gesagt, ihr seid hier drinnen. Welches gefällt euch besser?" Er hielt uns zwei Blätter mit Entwürfen hin.

„Ich habe versucht, ihm zu erklären, dass der mit dem Drachen besser ist", sagte Seth.

„Wir erschlagen keine Drachen", gab Gus zurück. „Die sind nich echt."

„Das wissen wir nicht sicher. Sie könnten echt sein. Und wenn sie es sind und wir eines Tages feuerspeiende Drachen bekämpfen, dann wirst du schrecklich enttäuscht sein, dass du nicht das hier gewählt hast." Seth tippte auf das Papier mit dem Drachen, aus dessen Mund Flammen schossen. „Es ist eindeutig das Bessere der beiden."

„Bloß, weil Alice es nach deiner Anweisung gezeichnet hat und du sie anschmachtest. Du bist'n Dummkopf."

Ich nahm beide Blätter und stellte sicher, dass meine linke Hand durch ihr Blickfeld wanderte. Gus schnappte nach Luft und hielt sie fest. Seth zog mich in eine Umarmung.

„Das wurde verdammt noch mal Zeit", murmelte er in mein Ohr.

Er ließ mich los und ich wurde von Gus geknuddelt. Seth schüttelte Lincolns Hand ausgesprochen vorsichtig, dank ihrer Verletzungen. „Herzlichen Glückwunsch, Fitzroy."

„Jetzt, bevor wir's den anderen sagen", sagte Gus, „musst du was entscheiden."

„Was denn?", fragte ich grinsend.

„Wer von uns bringt dich zum Altar?"

Seth sah ihn an, als wäre er nicht ganz richtig im Kopf. „Ich natürlich. Wen würde eine Lady lieber an ihrer Seite haben? Lord Vickers oder Mr Hässlich?"

„Eher Lord Arsch."

„Das wird eine schwierige Entscheidung", sagte ich und sah

sie beide an. „Ich werde irgendwie eine Wahl treffen müssen. Vielleicht sollte ich eine Münze werfen."

„Das is kein Witz", sagte Gus. „Seth is'n großer Idiot und seine Haare sind albern."

„Meine Haare sind schön!"

„Oder", sagte ich, „ich denke an eine Zahl zwischen eins und hundert und wer näher dran ist, ist der Sieger."

Sie sahen mich beide finster an.

„Ein Nahkampf entscheidet?", schlug Lincoln vor.

„Hervorragende Idee", sagte ich und nahm seine Hand. „Wir warten natürlich, bis ihr beide ganz genesen seid." Ich führte Lincoln aus der Bibliothek ins Empfangszimmer, um die anderen zu informieren.

Seth und Gus folgten uns artig.

„Sie werden dir aus der Hand fressen, bis du deine Entscheidung getroffen hast", sagte Lincoln mit einem Lächeln in der Stimme.

„So ist der Plan."

Er legte den Arm um mich und küsste meine Stirn. „Du bist eine boshafte Frau. Aber du bist *meine* boshafte Frau."

Ich legte den Kopf zurück und sah ihn an. Sein warmer Blick glitt über mein Gesicht und sein Arm umfasste mich fester. „Auf jeden Fall", sagte ich. „Auf jeden Fall."

ENDE

Charlies und Lincolns Geschichte können Sie hier weiterverfolgen:
Verschleiert im Mondschein
Der 8. Band der *Ministerium der Kuriositäten* Reihe von C.J. Archer.
Abonnieren Sie den Newsletter von C.J., um über neue ins Deutsche übersetzte Bücher informiert zu werden. Abonnieren: WWW.CJARCHER.COM

EINE NACHRICHT DER AUTORIN

Ich hoffe, Sie hatten beim Lesen von *Von Vorhersehung und Phantomen* ebenso viel Spaß wie ich beim Schreiben. Als unabhängige Autorin ist Mundpropaganda entscheidend für den Erfolg. Wenn Ihnen dieses Buch also gefallen hat, überlegen Sie doch bitte, ob Sie Ihren Freunden davon erzählen möchten und in dem Shop, in dem Sie das Buch gekauft haben, eine Rezension hinterlassen. Wenn Sie über Neuerscheinungen informiert werden möchten, abonnieren Sie meinen Newsletter unter http://cjarcher.com/contact-cj/newsletter/. Sie werden nur dann kontaktiert, wenn ein neues Buch erscheint.

AUSSERDEM VON C. J. ARCHER

REIHEN MIT 2 ODER MEHR BÄNDEN

Glass and Steele

Ministerium der Kuriositäten

The Glass Library

Cleopatra Fox Mysteries

After The Rift

The Emily Chambers Spirit Medium Trilogy

The 1st Freak House Trilogy

The 2nd Freak House Trilogy

The 3rd Freak House Trilogy

The Assassins Guild Series

Lord Hawkesbury's Players Series

Witch Born

EINZELTITEL

Courting His Countess

Surrender

Redemption

The Mercenary's Price

ÜBER DIE AUTORIN

C.J. Archer begeistert sich für Geschichte und Bücher, seit sie denken kann, und wähnt sich glücklich, dass sie beides vereinen konnte. Sie verbrachte ihre frühe Kindheit in der dramatischen Schönheit des Outbacks von Queensland, Australien, lebt inzwischen aber mit ihrem Mann, zwei Kindern und einer frechen schwarzweißen Katze namens Coco in Melbourne.

Abonnieren Sie C.J.s Newsletter auf ihrer Webseite, um informiert zu werden, wenn sie ein neues Buch herausbringt: http://cjarcher.com/deutsch/

facebook.com/CJArcherAuthorPage
x.com/cj_archer
instagram.com/authorcjarcher

9 781922 554895